◆ 第十二章 且归去，共赴桃源 309

◆ 番外篇 331

目录

第一章 重叙离衷 001

第二章 大巫 029

第三章 时间河流 059

第四章 仙君渡我 089

第五章 凤凰来仪 119

第六章 千军万马避红袍 143

第七章 凤凰涅槃 175

第八章 他认栽了 199

第九章 浮生若梦 231

第十章 长相思 257

第十一章 桃源君 285

第一章

重叙离衷

凌凤箫的神色稍纵即逝，让林疏几乎以为是自己的错觉。

下一刻，凌凤箫还是那个凌凤箫，那样肃杀又漂亮。他勒马立于高地，居高临下，血衣猎猎，身形挺拔笔直，在地面上留下一道长长的剪影。

若凌凤箫真的问了。

林疏想，我并没有，并没有不愿见你。

只是不愿见你这样的神色。

凌凤箫该是永远骄傲，不会为任何东西所摧折的。在皇宫之中，林疏之所以离开梧桐苑，也是因为这个。

那样失落而易伤的神情，不该在凌凤箫眼中出现。

回过神，他往下看，看见鬼城铁骑踏入火炼尸群，铁骑数量既远远超过尸群，厉鬼骑兵的实力又高过火炼尸，一时之间，所向披靡。

林疏也正是借此找到了巫师的所在。

能操纵活尸的巫师，大都修炼法术，不擅长近身搏斗，因此，骑兵冲踏下，火炼尸们聚集，仿佛保护着什么东西的地方，大约就是北夏巫师的所在了。

他运起剑阁轻身步法"踏雪"飘下城头，一式"月出寒涧"，刺入尸堆！

渡劫修为的一式下，元婴初期的火炼尸们无从阻挡，只听"嗤——"一声轻响，火炼尸们所保护的那个空间逸散出漆黑雾气，一个着黑斗篷的巫师术法被破，现出身形。

林疏变招"天云回雪"，剑光纷落，封住他的退路。

既不可退，只能迎战，巫师出手如电，一道阴邪紫光自他袖中飞出，向林疏激射而来。

这术法林疏在典籍上见过，一旦沾了人身，立刻如附骨之疽一般在经脉中游走，阻断修仙人的灵力流动。

他横剑回挡，以剑意击散那术法紫光，继而振剑连弹，灵力涟漪以折竹剑为中心飞快散开，荡开周身毒瘴。

趁着这片刻的机会，那巫师意欲向后逃窜，却被一柄暗色长刀封住去路！

凌凤箫勾唇一笑，刀光大盛！

那巫师是渡劫修为，奈何被他们两个前后夹击，渐落下风。

林疏的余光看到那独孤将军原欲往这边来，加入战局，却控马陡然一转，长枪刺入另一尸堆中！

果然，一阵黑雾散去，又一个黑袍巫师露出行迹。

独孤将军胸腔中发出一声笑，与那巫师斗起来。而上陵简飘然落下，出手襄助独孤将军。

独孤将军乃是万千厉鬼之首，实力极其强悍，又不怕北夏巫法，一边与巫师缠斗，一边还有余裕对上陵简道："孟简！你当初灭我闽州满城时，可想过有今日？！"

上陵简道："天意弄人，我未想到。"

独孤将军道："你南夏王朝，多行不义必自毙，我早想到有天下大乱之日！"

两边正在打斗，另一道金红身影也自城头落下，翩若惊鸿，婉若游龙，乃是凤凰庄主！

凤凰庄主亦一刀挑出一个巫师，与那巫师打斗！

越若鹤的身影在尸群中隐现，对这边遥遥点了点头，意思是，场上没有别的巫师了。

南夏这边有五个渡劫期，北夏却只有三个，高下立判，又兼厉鬼骑兵战斗力卓绝，南夏已经掌控全场，大局已定。

又经过一个时辰的打斗，巫师死亡两个，被生擒一个，其余火炼尸亦败于鬼城骑兵铁蹄下，这场突发的战争，以南夏胜利告终，锦官城也终于守住了。

一切平息后，开始打扫战场，不过，这就不是林疏的事情了。

林疏落回城头。

灵素接过他的剑，将折竹剑上的污血拭净，还于鞘中，又以术法除去林疏白衣上的烟灰。

这是剑侍的职责所在。

而清卢看着灵素的动作，很是跃跃欲试，似乎"想分一杯羹"。

没来由地，林疏的目光越过他们，看向凌凤箫。

凌凤箫倚在一根城柱上，低头擦刀，凤凰庄主在他身边，不知在说些什么。

休整毕，他们重新聚在一处。

凌凤箫道："多谢独孤将军高义。"

声音清寒，很郑重。

独孤将军道："只要殿下莫忘记答应我之事。"

凌凤箫道："永志不忘。"

独孤将军长笑几声道："其余人，我只当他们说鬼话，却有点信你。"

凌凤箫："定不辜负将军所期。"

独孤将军道："那本将军以后便听你调遣。"

半晌，这将军仿佛想起什么："你的声音，我很熟悉，我是不是听过？"

凌凤箫沉默了一会儿，道："五年前我曾叩响闽州城门，向将军要一人。"

"原来是你，"独孤将军道，"你当初是去寻自己夫君的？节哀顺变。"

凌凤箫没说话。

独孤将军话锋一转："孟简！你何故不发一言？"

这将军，总是找上陵简的麻烦。

上陵简道："在下负尽闽州满城，自知有愧，无颜与将军攀谈。"

独孤将军道："你知道便好，我闽州上下，可是恨你恨得咬牙切齿。"

谢子涉却要为上陵简说话："然而若大国师没有迅速驰援长阳城，我朝山河早已被北夏逆贼攻破，皮之不存，毛将焉附？到那时，亦无闽州城立足之地。"

独孤将军却是冷冷一笑："我管你南夏死活？照你这样说，若当初本将军造反成功，这天下早就是独孤家的太平天下了。"

他们自去扯皮，总之打不起来，林疏无心去听。

灵素轻轻问："阁主，此间事了，可要回去？"

林疏觉得还不是时候。

首先，北夏要打仗，必不可能只简简单单地进攻一次就撤退。

其次……凌凤箫听到这句话后，看了他一眼，继而看了灵素一眼。

实际上，早在灵素给他擦剑、整理衣服的时候，凌凤箫就看了看他，继而看了看灵素，又看了看清卢。

并且，看灵素的时间比看他的时间长。

林疏觉得凌凤箫看灵素的目光有点审慎。

他对灵素道："暂时不走。"

灵素道："是。"

借着和灵素说话哄了哄凌凤箫后，林疏感觉这只小凤凰的目光这才收了回去。

那边的人扯完皮，话题又转到现在的局势上。总而言之，北夏不知有何居心，要做好一切准备。

林疏面无表情，不参与任何讨论，别人知道他的脾性，也没人主动与他搭话。

只是那位爱找事情的独孤将军，将目光转向了他。

想来这独孤将军在世时是个凡人，还是个粗人，和仙道没什么关系，只是因为化身厉鬼才有了如今的修为，故而并不知道什么剑阁，什么剑阁阁主。

"这位仙君，"独孤将军挑挑眉，道，"你怎的一言不发？"

林疏看了看他，没什么话想说。

凌凤箫道："将军，他并非我朝中人。"

"哦，"将军饶有兴致道，"也是你请来的？"

凌凤箫道："……不是。"

"哦？"将军看着凌凤箫，道，"那怎么帮了你们？"

林疏觉得这个将军有那么点无事生非的意思，道："我为殿下而来。"

"啧，"将军道，"殿下，你看，旧的不去，新的不来，这位仙君一表人才，和你正好般配……"

林疏觉得凌凤箫的表情有点僵硬。

终于，他们散了。

暮色苍茫，天际有几颗闪烁不定的星子。

城中万家灯火，和平。

凌凤箫走到林疏身边。

沉默了一会儿，他似乎不知道该说什么，半晌，看着清卢，道："这是……"

林疏道："徒弟。"

凌凤箫便笑了笑："都有徒弟了。"

清卢有些犹疑地看了看凌凤箫，又看了看林疏，道："师尊……"

林疏道："你们先下去吧。"

灵素道一声"是"，把清卢拉走了。

遥遥听见清卢问灵素："是不是师娘？是不是师娘？"

似乎……是？

他和凌凤箫三年没有见。

此时和凌凤箫一起站在城楼上，结合之前所做的种种事情，林疏客观推断自己相当于一个抛"妻"弃"子"的"渣男"，马上要被兴师问罪了。

但凌凤箫并没有问什么。

他说："我打算去北境。"

然后他补充道："锦官城由独孤将军镇守，可以放心。但北境……我总觉得，将有北夏人来犯。"

林疏道："你给了独孤将军什么？"

请独孤将军出城，必然付出了相应的代价。

凌凤箫："其实，没有什么。"

他拿出一方寒玉匣。

打开玉匣，乃是一朵淡金色的千瓣莲花，在夜色里发出微光。

正是当年他们在万鬼渊所得的"还阳"。

"还阳"沟通生死，是怨气、戾气所化之物，怨鬼若是得到"还阳"的滋养，便能逐渐生出血肉，最后成为常人。

"我许诺独孤将军，战事平定后，便将还阳植在闽州城中，所有枉死之人，尽可渐渐复生，"凌凤箫道，"除此之外，还有一事。"

林疏："何事？"

凌凤箫轻声道："天下河清海晏。"

林疏静静听他说。

"二十年前，天灾人祸，其中亦有王朝许多过错，闽州民不聊生。独孤诚出身草野，率众揭竿而起，言说南夏不仁，要替天行道，一呼百应，众人称他为'将军'。"凌凤箫轻抚着莲花，道，"他所行虽是叛乱之事，却一腔赤诚，并非觊觎皇座之人，只是不满王朝行事，想要百姓安居乐业，不再为苛政所苦。我知他为人，故而与他讲了些道理，说苛政之源，在于南北分立，北夏虎视眈眈，故而我朝须厉兵秣马以待，而兵者为凶器，最耗民生。我朝要备战，扩充兵马，修筑工事，便必定要加重赋税、徭役。民不聊生，便由此始。"

林疏："嗯。"

苛政猛于虎，滋生民怨，自古以来，一向如此。可朝堂上的那些人，采用这样的"苛政"，也是不得已而为之。

凌凤箫继续道："南夏固然没有做到让百姓安居乐业，但北夏更加不仁。若二选其一，独孤将军还是倾向南夏。我答应他，若能收复北夏，便收拾山河，重现太平盛世，他这才答应率兵马出城，襄助我朝。"

林疏说："你要做皇帝吗？"

凌凤箫道："我不做。"

林疏原想问他为什么，但是没有问。

凌凤箫从来不想做皇帝，他知道的。

"萧灵阳没有什么大的能耐，但是，毕竟还听我的话，也听大臣们的话。"凌凤箫道，"他至少不是昏君。我想，只要有贤臣提点，他也能做一个好皇帝。"

林疏道："谢子涉吗？"

"谢子涉主和，我不同意。但我这三年来，从未打压她，而是将她一路提拔，"凌凤箫道，"她有经世之略，是治世良臣，而……她又是女子之身，即便她有滔天权柄，我也不怕她篡位夺权。"

似乎也是。

由谢子涉来辅佐萧灵阳，既不用怕萧灵阳搞出什么荒唐事情来，又不用怕谢子涉生出二心，很合适。凌凤箫可以说是为这个不靠谱的弟弟铺平了所有的路，萧灵阳以后躺着也能做明君，一不小心还能流芳百世。

可这不是皇后想要的。

皇后想要凌凤箫做人皇。

他看向凌凤箫，凌凤箫望着万家灯火。

方才，这人把自己这三年来做了什么，交代了一通。

林疏想，自己是不是也要交代一下？

但他的生活过于乏善可陈了。

正想着，他就听凌凤箫道："你昨日为何不见我？"

躲得过初一，躲不过十五，该来的，总是要来的。

善恶终有报，天道好轮回，一个抛"妻"弃"子"的"渣男"，必要受到盘问。

林疏说："你见了我，会难受。"

凌凤箫望着远方，轻声道："若不见，也未必好受。"

林疏问："你醒了，为何装睡？"

凌凤箫道："你不愿见我，我也是要些面子的，为何还要醒？"

林疏："并非不愿。"

凌凤箫道："你走后第一年，我去过许多次梦境，却无回应，想来你是不想见我。"

林疏："……那时我闭关了。"

凌凤箫挑了挑眉，看向他，过一会儿，勾唇笑了笑，却又垂下眼，看不清神色，道："我去北境，你要去吗？"

林疏："嗯。"

凌凤箫似乎想说什么，却蹙了蹙眉，又吐了一口血。

凤凰血又开始作怪，凌凤箫脸色有些苍白。

林疏想，自己走的时候，这还是好好的一个人，三年不见，却成了病恹恹的一只小凤凰，吐血不说，情绪也不大好。

他虽是个没有感情的剑修,却没有失去理智,对事态进行一番客观的判断后,得出一个客观的结论。

——我有罪。

凌凤箫擦去唇上血迹。

远处,春山如黛,满城灯辉。

春夜里,风都是静的。

寂静里,凌凤箫问:"你见过盈盈了?"

林疏:"嗯。"

凌凤箫道:"你走前,我让无缺结果子,后来你虽走了,果子仍结了出来。"

林疏:"她不能说话,是因为这个吗?"

凌凤箫没有说话。

良久,他道:"走吧。"

两人便下城楼,回城中。

锦官城在方才那一场战斗后,分毫无损,百姓在最初的恐慌过去后也平静下来,甚至因为一切进犯都被阻挡在了城外,大多数人其实并不知道发生了什么。

走过一处坊市,又有丝竹弦歌之声隐约荡起。

遥遥地,林疏依稀听见唱词。

似乎是"又谁知一片痴情付流水",唱毕,换一道男声唱"她如怨如慕我心有愧"。

林疏:"……"

再走近些,唱词更清楚了,唱的是什么"公主啊,请容我倾尽肺腑表衷怀",什么"你本是冰肌玉骨神仙态,我岂能顽如木石不生爱",什么"我岂忍负情再使芳心碎"。

走到近前的时候,又换了一道女声,音色极美,缠绵低回。

"劝君子,临行更尽酒一盅。

"愿与你,再向人间陌路逢。

"重叙离衷,重叙离衷。"

凌凤箫停住了脚步,望向那处红灯高照的楼台。

夜色里,一声"重叙离衷"余音将散未散之时,又换了声音。

"见公主展愁容,柳毅欣然接玉盅。

"倾觞一尽酬知音。

"从今后……"

"天涯长忆月明中。"

原来是《柳毅传书》中，书生柳毅辞别龙女那一出。

一折戏毕，满座轰然叫好。

人间的离别或许大同小异，三年前，凌凤箫渡口送别，与戏中之景，何其相似，只是没有那样花哨的用词。

林疏想，三年前渡口一别，便再没相见，而今日相见，是不是便如那戏中所唱一般，"再向人间陌路逢"了？是否又要"重叙离衷"？

他忽然感到自己的手腕被碰了碰。

他没有动。

凌凤箫继而轻轻牵了他的手腕。

他们并肩缓缓行去，过宫门，入深殿。

林疏望着"梧桐苑"三个大字，心想，自己怎么稀里糊涂又被凌凤箫拐了回来？

却没进去，因为有卫兵接引，道："殿下，敌首已经押入大狱，是否要审？"

自然要审。

两人当即便去了大牢，石室之中，那名巫师被数道铁链缚身，听见声响，抬头看他们。

巫师大都长得阴鸷苍白，这个也不例外。

凌凤箫既来，便开始正式审讯，对待敌方高手，无所顾忌，当即便下重刑，令他求生不得，求死不能，终于吐露消息。

说此次进攻锦官城，不过试验而已，胜固然好，败亦不足惜。

这巫师不识得凌凤箫，只知道他便是现下南夏的掌权人，喘了一口气，说："陛下，您好自为之。"

再拷问，已问不出什么来。

凌凤箫一刀刺穿了这巫师的胸膛。

巫师咯出几口带着白沫的血，弥留之际又开了口，声音像是被拉破的风箱。

他说："我忘了，陛下，尊主有话要带给你。"

尊主，便是大巫。

凌凤箫道："何话？"

巫师诡异一笑："尊主说，你身上流的是凤凰血，该是天上人，大可弃世而去，就此逍遥自得，何苦蹚这趟浑水。"

凌凤箫道："诛灭北夏，我自然逍遥自得。"

巫师缓慢地道："那就莫怪……天意如刀，世人负你。"

说罢，他便闭眼了，再无生机。

凌凤箫道："尸体，烧了。"

一路无话，回了梧桐苑，盈盈先到了林疏身前，伸手要抱。

果子还在生气，干脆不以人形出现了，变成了美人恩的本体，待在桌子上。

盈盈抱着林疏不撒手。

凌凤箫道："那你们两个睡？"

然后他就要去偏殿。

盈盈又伸手拉住他的袖子，不让走。

凌凤箫就笑，刮了一下盈盈的鼻子。

盈盈躲进林疏怀里不让他刮。

小小软软的身子，林疏根本不敢用力碰，怕化了，只能轻轻搂着。

盈盈却不怕，伸出手去一点一点摸林疏的脸。

林疏抬头看凌凤箫。

见他倚在床前玉柱上，看着自己和盈盈，眼里一泓静水，藏了一点微微的笑意。

最终，凌凤箫还是没能走成，林疏自然也没有被盈盈放开。

盈盈在他们中间，她很快便睡着了，睡颜很安静。

果子突然出现。

他把盈盈抱走了。

然后进了青冥洞天。

最后留给林疏一个"我不可能让妹妹与你这只黑乌鸦为伍"的眼神。

房间里，便又只剩他与凌凤箫两个。

他的余光忽然看见，床头桌上摆着一面镜子。

还是那面神秘的铜镜。

凌凤箫道："无缺这三年一直在琢磨它。"

林疏问："有结果吗？"

凌凤箫说："他说，镜中有因果之线、造化之功。"

林疏把镜子拿了过来。

这面镜子，第一次照的时候，他看见自己身着剑阁的衣服，面无表情，立在雪山之巅。

这次的场景，却变了。

他怔了怔，向镜中看去。

红的。

昏暗中,一支红烛燃至一半,旁边是一张雕花的大床,床上垂落红色的轻纱软帐。

似乎是有风,红纱床帐被轻轻吹起。

帐子里,影影绰绰,似乎躺着一个人。

林疏等着。

终于,一个片刻,红帐在风中被掀开一个缝隙,"噼啪"一声,烛火猛地亮了一下,令他在电光石火间,看清了帐子里的人。

那人也缓缓转过脸来看他。

是他自己。

是林疏。

依然是熟悉的五官,没有表情的脸,在烛光下,无端端有些清明温和的意思。

但这不是重点。

这人的左胸上,心脏位置,深深插着一柄似剑非剑的锥状黑色长兵器。乍一望去,倒像是他被死死钉在了这高床软帐之中。

转瞬后,风停,红帐恢复原状,再窥不清帐中情形。

林疏将目光移开。

他问凌凤箫:"你看到的是什么?"

凌凤箫:"未曾变化。"

未曾变化,也就是说,还是血。

可他的变了。

凌凤箫问:"你呢?"

林疏想了想,道:"我也是。"

欺瞒的原因无他,那场景仔细想来,是有些不祥的。

林疏觉得,这面镜子,应当映照着未来。因为在他回归剑阁之前,镜子就映出了他站在雪山之巅的景象。

那么现在镜中的情形,又预示着什么呢?

他不知道,也懒得想。

他听到的预言与警告已经很多了。

包括今天,那个巫师对凌凤箫说的那番话。

"天意如刀,世人负你……"他放下镜子,重复了那番话,看向凌凤箫,"你如何想?"

"我不如何，"凌凤箫眼中有一点全不在意的笑，然后淡淡道，"世人负我又如何，不负我又如何？我……一生行事，又何须他人置喙？"

林疏望着他，想，三年来，凌凤箫并没有变。

无论有什么不祥的预示，他要做的事情，还是会做。

既如此，又何必在意镜中之景，或巫师之言？

凌凤箫轻声问："你以后都跟着我吗？"

林疏："跟着。"

凌凤箫道："大巫极为危险。"

林疏道："我已经是渡劫巅峰。"

凌凤箫便笑："嗯。"

林疏想，昔日他们分离，是因为自己修为尚未完全恢复，大巫又不知有什么打算。

而如今，三年清修，他已经恢复所有修为，甚至更进一步，不再需要任何形式的保护。

而他们与大巫之间，最坏，不过是生死一战。

凌凤箫静静地看他，春日满庭芳树，夜风吹来，一瓣落花穿过半开的木窗，轻轻落在林疏额头。

触感柔软，微微有些凉，像个落在额上的吻。

林疏任凌凤箫伸手摘去那片落红，动作间，这人独有的冷冷香气笼住了他，像是多年前的许多片刻。

林疏转过眼，看见了天边的月亮。

他忽然想，月圆如何？月缺又如何？

战胜如何？战败又如何？

有情如何？无情又如何？

他来到此世，一路顺遂，全靠凌凤箫相护，连这一身修为，都是凤凰血所赐。

凌凤箫想要什么，他能给的，便给。

小凤凰要护着南夏众生，他一条咸鱼，没有那么远大的志向，只能退而求其次，护着这只小凤凰。

虽然……

虽然他现在觉得有点不妙。

凌凤箫的手指搭在他的肩膀上。

虽感觉不妙，但林疏还是决定再观察一下，视观察结果再确定是否反抗。

观察结果是，凌凤箫这个动作很轻，不是很坚定，或者更像是无意识的一个动作。

林疏便随他去了，不再警惕。

凌凤箫目不转睛地看了一会儿，目光有些发沉。

当即林疏就觉得这人恐怕有点变态了。

半晌，听得凌凤箫道："瘦了。"

显然，有个人觉得他的仓鼠的皮毛没有以前那么油光水滑了，很不满。

剑阁上没什么饮食之说，一粒辟谷丹，就此不沾人间烟火，顶多饮一些雪莲冰露。

但辟谷丹是能满足身体的需要的，故而林疏自忖他还是正常的体格，并没有明显变瘦。

甚至因为每天练剑，渐渐没那么孱弱易病了，还长了些不甚明显的薄薄肌肉。

比如，三年前，这具身体的皮肤，既嫩且薄，掐一下，痕迹就会留很久。

现在再掐，明显有些弹性了，也不是那么易红了。

林疏想，男孩子和女孩子终究有些不同，凌凤箫不会是仍然没有适应吧。

但是看凌凤箫的目光，也不像。

这人此时披着天下第一美人的壳子，端的是艳色泼天，还很有压迫感。

林疏觉得他有点遭不住，把眼闭上了。

凌凤箫喊他的名字："林疏。"

林疏："嗯？"

凌凤箫的声音有点沙，很低，说："我疼。"

林疏将真气送进他的经脉，不出所料地发现，又是凤凰血。

他便把自己的灵力送到凌凤箫的全身，缓缓运转，持续压制着凤凰血的离火之气。

凌凤箫还是有点委屈地说："我疼。"

林疏觉得他应该不疼了，问："还疼？"

凌凤箫道："现在是骨头疼。"

林疏聚了真气，一时之间，送也不是，不送也不是。

不给他输真气，凤凰血就又泛起来，侵蚀经脉；若是输真气，凌凤箫的骨头，因为那个"玄绝化骨功"，很怕寒，剑阁的真气正是极寒之物，又会骨头痛。

凌凤箫说："我想……吃药。"

林疏："什么药？"

凌凤箫说："幻容丹解药。"

然后他道："让萧韶出来玩。"

林疏想了想，凌凤箫换回萧韶的壳子，就不用运"玄绝化骨功"，自然不会因为剑阁真气而疼了。

他就允许了。

他就后悔了。

早上醒来的时候，林疏望着宫殿的琉璃顶，一时之间，不知该说些什么。

萧韶把他裹在被子里，喊了好几声"仙君""林疏"，嘘寒问暖，全无昨晚的虚弱之状。

林疏慢吞吞地起床，探了探他的经脉，发现凤凰血消停了许多。

这凤凰血竟如此叵测。

一遍一遍用灵力冲刷，也只能暂缓，起不了什么作用，而渡灵一次，就平息了很长时间。

他继续面无表情地待了一会儿，觉得自己不是很虚弱了，才彻底穿好衣服，佩好剑，然后等凌凤箫化妆。

化完妆出门。

凌凤箫须先向母后请安，摆脱弟弟的胡搅蛮缠，再拜别父皇，最后才能出门。

林疏跟着，由此见了南夏的皇帝。

皇帝的寝殿，守卫森严，黑衣的图龙卫，层层守着这位不省人事已久的老皇帝。

药味，浓郁得几乎要凝成实体。

凌凤箫站在床头，先总结了昨夜的战事，又交代自己的去向："儿臣此去北境，或许有数年不得侍奉在父皇身边，请父皇恕罪。"

皇帝还是不省人事着。

离开的时候，林疏没来由地回望一眼殿中。

屏风后，影影绰绰，一个仪态万千的侧影，是皇后。

她低头，轻抚着一个镂雕的香炉，香烟袅袅流散。

走出大殿的时候，凌凤箫道："我小时候，不常见父皇，长大后才在宫中住了些日子，他待我很好。"

这话来得突兀，结束得也突然，没头没尾的一句话。

林疏想，凌凤箫或许是希望自己的父亲好起来的。然而南夏倾举国之力，竟无法挽回皇帝的病情。

他眼前忽然一阵恍惚，想起殿中浓郁得使人闻不见任何气息的药味，还有皇后手下炉中袅袅而散的香烟。

一路无话，半个时辰后，凌凤箫领了五千兵马，向北而去。

果子、盈盈、灵素和清卢跟着。

萧无缺一看见冷若冰霜、面容美丽的灵素，就去献殷勤，左一个"姐姐"，右一个"仙子"，浑然不顾自己白衣飘飘，纤腰束素，眉目如画，也是个漂亮的少女形象。

清卢就和盈盈玩，很合拍。

到了凉州地界，凌凤箫说："我带你看个东西。"

他和林疏便离开军队，策马而去，到一处高山下。

虽然有些不适宜，但林疏还是想到一句古诗。

"九天阊阖开宫殿。"①

但见恢宏宫殿，绵延不绝，飞檐画栋，气势非凡。

宫殿以墨、朱二色为主，威势沉重。

山体被削平了一片，上面用朱红大笔写了四个字。

"凤凰山庄"。

铁画银钩，杀气凛冽！

他与凌凤箫共乘一骑，策马而上，直入主殿。

然后下马，他跟着凌凤箫在宫殿群中七拐八绕，最终推开一扇凤纹檀木门。

凌凤箫说："到了。"

红的。

红与金。

雕梁，玉柱，牡丹，凤凰。

卷起一层珠帘，便看见这房间的全貌。

林疏看着房中央的鎏金大床，床上垂落数重软红罗帐。

凌凤箫道："这是早些年，山庄为你我备下的'婚房'。"

林疏看床头的烛台。

其上有一支未燃的红烛。

他再看房中的陈设，冥冥中感到熟悉。

他寻思那面镜子的意思，不会是说自己要死在萧韶手上吧？

---

① 引自唐代王维的《和贾舍人早朝大明宫之作》。

他觉得萧韶还没变态到那个地步。

即使到了那个地步,那也不对,萧韶要在什么样的情况下才会往他的心口插刀,他想不到。

萧韶毕竟是个好人。

正想着,忽然听一声门响,凌凤箫把门关上了。

又一声响。

——还上了门闩。

林疏:"……"

林疏当即警觉。

凌凤箫关上门后,倒是没有别的动作,只是去换了装,变成萧韶的模样,回到他身边。

林疏察觉,没有外人在的时候,除非沉迷凌凤箫的美貌,此人还是喜欢用萧韶的模样活动。

林疏环视这间"婚房"。

重重屏风,绣着百鸟朝凤,墙壁饰以明珠,凤凰山庄富有四海,陈设的精美自不必说。

从窗户往外望,见一湖似火的红莲,湖心红莲掩映间有一座小亭。

"现在不好看,"萧韶道,"到了晚上,屋子里很暖,点起灯烛,躺到床上,便不想起来。"

他也望向窗外,继续道:"有时候夜中醒来,下半夜的时候,会看到月亮挂在亭角,仿佛伸手可摘,极漂亮。我那时候就会想,若这间房的另一个主人来了,我一定要告诉那人,下半夜要记得看月亮。"

林疏被他拉到了床边,坐下。

萧韶继续说:"后来又想,下半夜是要睡的,我必定又不舍得喊醒那人,那人最终还是看不见月亮的,可我又很想让人看到。"

林疏试图理解他想表达什么,问:"所以?"

"所以我带你来这里住一晚,你想象一下,假装自己看到了,也算是圆了我多年的心愿。"

林疏:"……"

竟然很有道理。

他说:"我可以不睡。"

萧韶："不行。"

林疏说："我冥思到下半夜……"

萧韶打断："不准。"

林疏辩解："我在剑阁的时候习惯常年不睡——"

萧韶："剑阁欺人太甚！"

林疏想了想该如何反击，最终慢吞吞地道："你难道就每夜好好睡觉了吗？"

萧韶无法反驳。

协商不成功，最终还是要睡觉。

林疏算是发现了。

一直以来，此人有两个爱好。

一个是看他吃东西。

另一个是看他睡觉。

在学宫的时候，林疏就对这种情况进行过归纳总结。

当这人进入河豚状态，把身边人都炸了个遍，就会靠看他吃东西或睡觉来让自己平静下来。

这时候，他的态度，就像春风一样和煦。

林疏认为，此人需要看一只仓鼠缓慢进食、安详睡觉来中和掉多余的暴躁，以此获得平静。

平静的萧韶拽了拽他的衣袖。

平静的萧韶拍了拍他的脸颊。

平静的萧韶玩了玩他的剑穗。

林疏改变定义，将其定义为"多动的萧韶"。

多动的萧韶把脸埋在枕头里，不动了。

林疏再次改变定义，定义为"安静的萧韶"。

安静的萧韶道："小时候，不想待在外面，我就会到这里来，然后锁上门。"

原来锁门是习惯性举动。

林疏感觉自己错怪了萧韶，有点愧疚。

"小时候，要练刀，要背很多功法，还要学兵法韬略……"萧韶说起小时候的事情，"没有时间睡觉，慢慢习惯了，在自己房间的时候，就睡不着，要到这里来睡。"

林疏侧头看萧韶。

夕阳斜晖从窗外透进来，莲池的水波闪着细碎的金光，而这金色的微光也细碎地缀在了萧韶的眼睫上，恰如他此刻眼中温柔安静的神色。

林疏便听他慢慢讲。

他讲小时候怎样读书，怎样练武，还在莲池旁的石头上磕碰过。

又讲凤凰庄主如何严厉而不苟言笑，山庄的女孩子们都怕她。买了太娇艳的脂粉首饰，怕庄主看见责罚，统统拜托大小姐收着，到现在还是满满一柜。

又说其实过得不好，不开心。

身边都是女孩子，他想和男孩子一起玩，但萧灵阳每次看到他，又很怕。

女孩子们咋咋呼呼，他其实是很喜欢安静的，有时候有些吵了，他又想，自己那个乖乖巧巧、安安静静的未婚妻，什么时候才会来呢？

说到这里，他靠近了林疏一点。

说现在自己既有了安安静静的人陪伴，又有了可以一起玩的男孩子。

林疏先是想这人什么时候口中噙了蜜糖，说得这么温情款款的。

又想当年相互"丧妻"的时候这人可不是这样说的。

最后想，他小时候，也想和别的男孩子一起玩。

但他不会玩，也不敢上前去靠近他们。

而萧韶这个男孩子好像不需要玩什么游戏，和他相处的时候，或是安安静静地待在一起，或是研究一下刀剑，这恰好是自己仅有的两个长项。

他就这样听萧韶说着遇到他之前那十几年的岁月，时光仿佛淌得很慢，可一抬头，窗外竟已星子漫天了。

萧韶点上了房中红烛。

灯红帐暖，一时间如梦似幻。

两人躺在床上。

然后萧韶拉了红色的软纱过来，覆在林疏脸上。

"仙君，"萧韶说，"你以后与我同行吗？"

林疏不说话，只隔着一层红纱，看着他。

仿佛看着镜花水月之外的人。

萧韶继续问："可以吗？"

他又说："你不允，我怕来日死在战场上，到了黄泉路口，想求孟婆不要给我喝汤，却没有说得出口的理由。"

林疏觉得眼前隔了一层雾。

漫漫的雾气里，他说："我早允了。"

他回想三年前的自己。

想他一介孤魂野鬼，就算是南夏要亡，也不大可能随随便便就去和什么人同道共修。

萧韶缓缓掀了红纱，和他说话。

萧韶说："大道孤独，你不在的这三年，我其实很寂寥。"

又说："昨夜你在我身侧，一时之间，几乎忘了今夕何夕。"

林疏提醒自己只是个没有了感情的剑修，花言巧语入耳，不过胡言乱语、"鸦言鸦语"罢了。

萧韶说："那仙君今晚还要帮我渡灵。"

林疏就推了推他。

萧韶就笑。

他说："仙君连真气都没动，不是真心要推。"

林疏终于为"鸦言鸦语"所击溃，偏了头不去看萧韶。

渡灵并不是件轻松的事情。

窗外是满天的星子。

林疏觉得自己可以看见下半夜的月亮了。

月亮是好看的，一弯明亮的月亮。

但林疏有些失神了，看东西的时候，也因为眼里含着雾而有些模糊，缓了许久，这才看清了。

便看见一弯上弦月，挂在湖心小亭的檐角上。

亭上一弯月。

湖中一弯月。

红莲摇曳。

他的灵力被催进萧韶的经脉里，霜流涌动，抚平炽烈的离火气息，受损的经脉终于得了喘息之机，经年暗伤缓缓愈合。

萧韶声音温和，问："仙君，好看吗？"

林疏虚软地吐一口气，只顾着灵力周转，说不出话来。

渡灵终于结束的时候，他们各自收回灵力，稍作调息。

林疏看窗外的湖、亭与月。

室内燃着暖香，白烟从香炉口丝丝缕缕散出来，缠绵悱恻地浮动着。

云白的烟色也像月色。

仿佛那浩渺无垠的天地，一下子小了。

仅剩这一方红烛高照的房间、一帘随风拂动的幔帐、一湖永不凋谢的红莲，与一弯清辉无限的弦月。

"林疏。"他听见萧韶道。

林疏："嗯？"

他发觉自己的声音很虚弱。

萧韶继续道："林疏。"

林疏："……嗯。"

萧韶对林疏的称呼会随情境而变化，请他帮忙渡灵的时候就喊"仙君"，他发现了。

萧韶问："你在剑阁过得怎么样？"

林疏道："还好。"

萧韶问："每天都不停修炼吗？"

林疏答："嗯。"

萧韶继续问："有没有人对你不好？"

林疏："没有。"

萧韶："嗯。"

林疏问："你呢？"

"我……也还好，"萧韶道，"盈盈是第二年出生的。"

林疏想着盈盈。

他知道萧韶这三年一定不好过。

皇帝不省人事，萧灵阳不管事，朝中的大臣又分作几派，吵成一团，家国天下，全压在他一个人身上。

……也还好有盈盈在。

那么可爱的小姑娘，任谁见了，都会开心的。

萧韶忽然道："我不敢让盈盈穿白衣服。"

林疏："嗯？"

萧韶轻声道："她长得像你。"

林疏歪了歪脑袋。

萧韶道："若穿了，便更像，我就想起你了。"

林疏忽然想起他隐身在宫殿檐角后看宴会那一晚，宴席散去后，几个微胖的中年华服男子问萧灵阳，殿下为何发这么大的脾气。

萧灵阳说，她看不得人穿白衣服，也看不得人弹琴，更看不得穿白衣服的人弹琴。

他便有些惘然了。

萧韶继续道:"小时候,我养过一只猫。"

话题转变得太快,林疏一时有些反应不过来。

只听萧韶道:"小黑猫,很小的一团。后来,它走丢了。

"我找了很久,终究没有找到。那以后的很多天,我都在想,外面那么大,它那么小,什么都不会,得吃多少苦头,能不能活下来,活得好不好。"

萧韶声音微微低哑:"后来,林疏丢了,也去外面了。我想他那么好骗,那么不爱说话,被欺负了,也不会反抗,我就这么……看着他走了。"

林疏垂下眼。

"他在我身边的时候,吹了一点凉风,我都要怕他受凉,他却要在雪山上住下了。天地之大,或许毕生都不会见到他了。"萧韶轻声道,"我开始那一年,常梦见他,后来少了。"

说到这里,萧韶笑了笑:"过年的时候,宫里有年戏,太热闹,我便出去走了走,未想到坊间也搭了许多戏台,偶尔听见什么'自古来巫山曾入襄王梦,我何以欲梦卿时梦不成'①,一时间没有忍住,想赐死整个戏班。"

林疏问:"最后赐死了吗?"

萧韶道:"没有,唱得不错,赏了些金银。"

林疏想,他不在的时候,这人的脾气还是这么坏。

便听萧韶压低了声音:"林疏,以后不走了,我好难受。"

林疏道:"不走。"

萧韶便开始无理取闹:"可我若走了,不在人世了,你怎么办?"

林疏想了想,提出一个可行的解决方案:"……我也死?"

萧韶道:"你不死。"

林疏:"那你也不死。"

萧韶:"那我们都不死。"

林疏:"嗯。"

达成一致。

只是这对话,林疏想了想,觉得有点像小朋友的对话。

他转身面对着萧韶,拍了拍他的肩膀,以示安抚。

---

① 引自《剑阁闻铃》,引用时有改动,原句为:"从古来巫山曾入襄王梦,我何以欲梦卿时梦不成。"

萧韶道:"不准看我。"

林疏看着他,疑惑地歪了歪头:"?"

萧韶轻轻笑:"你不想睡觉了?"

行吧。

睡觉。

林疏闭上眼,被萧韶用被子盖住了。

四下安静,林疏听见自己的心跳声。

一下,一下。

一下,一下……

然后他几乎立刻失去了意识。

失去意识的前一秒,他还在为自己这极快的入睡速度而惊讶。

是渡灵耗费了太多灵力,导致身体疲虚。

第二天醒来的时候,已经快要中午。

修仙之人的身体,恢复速度很快,一觉醒来已经没什么不妥了,只是骨头缝里散发出一些懒意,使他不大想起床。

萧韶也不知道是什么时候醒的,松松地披了衣服,倚在床头看他。

——然后就是艰难的起床过程,萧韶呈阻止状态,但林疏必不可能让自己养成起不了床的习惯。

这一点都不"剑阁"。

终于起来的时候,萧韶说:"我去换衣服,等会儿带你去见母亲。"

他便去屏风后易容易骨换装化妆了。

林疏没事做,又从锦囊里把那面镜子拿出来了。

他现在对这面镜子有些耿耿于怀,故而从果子手中要来了。

镜子里的场景没变。

还是那张床,那截烧到一半的红烛,那个被锐器插在心脏上的他。

而且,现在他确认,这个房间,确凿就是自己现在所处的"婚房"。

——不,也不能说没有变。

第一次看到这个场景时,整个房间是模糊的,看不清细节,而现在,这些细节都一清二楚,俨然是这间"婚房"的景象。

林疏觉得不行。

他进了青冥洞天。

师兄正无聊地在洞天内飘来飘去。

"师弟，好久不见！"师兄惊喜地飘过来，"你修为又精进了，可喜可贺！可喜可贺！恭喜师弟！"

——师兄昔日便因为报喜而被青冥魔君拍死，看来如今也没有改变贺喜的习惯。但林疏此来不是要听师兄道喜的。

"师兄，"他拿出那面镜子，"这是何物，你认得吗？"

镜子出自青冥洞天，那师兄或许认得。

"我自然认得！"师兄一脸晦气，"这晦气的狗东西！"

林疏："此话怎讲？"

师兄道："当年师尊与月华仙君大打一架，被那月华贼子废去全身经脉，就是因为此物！"

林疏："怎么说？"

师兄便义愤填膺地说了起来。

说，此物名为"孽镜台"。

而这东西的来历非常不凡，是魔君在幻荡山上拿到的。

师兄一脸骄傲，说师尊有通天彻地之能，幻荡山一个传说有大造化、大气运的什么"生生造化台"被不知什么人毁掉后，剩下一堆残渣，师尊觉得暴殄天物，便拿来炼器，最后炼成了这东西。

说到这里，师兄的情绪由骄傲转为愤怒，说那月华贼子，不知从何处得了消息，他原本就看师尊不顺眼，如今更是找到了好借口，攻讦师尊逆天行事，说自己要替天行道，就此开始和师尊打来打去。

师兄耸了耸肩，说："后来他俩搞得你死我活，又哭又笑，还搞了什么死而复生的戏码，也不大打架了，师兄我也不知道到底发生了什么，总之月华贼子从师尊手里把孽镜台抢去了。但此人也算良心未泯，最后封印了镜子两面中的一面，又还给师尊了。"

林疏听师兄扯了这么一堆有的没的，怎么也分析不出来重点，只得再问："那此镜有何作用？"

师兄道："师尊说，世间万物，因果相生，分离聚合，莫非前定。孽镜台就记着世间万物的因果，它有两面，一面可以追溯往事之因，一面可以窥探来日之果，是天地间独一无二的宝物。"

林疏感觉心口有点疼。

他问："准吗？"

师兄道："我不知，反正师尊说不准，月华贼子说准，我自己看着，觉得也算八九不离十。"

　　林疏离开青冥洞天，觉得自己的心脏真有点疼。

　　他转念一想，镜子里的自己，虽然心口被捅了一下，但还没死，眼神也很温和，所以他应当是不会死的。

　　不死就好。

　　就算是萧韶插的刀——他爱插刀那就随意吧。

　　一切照常，美艳的大小姐也从屏风后走出来，该去见"家长"了。

　　他们想推门的时候，忽然有什么东西一头撞在了门上。

　　然后那东西"咚"一声落地了。

　　凌凤箫打开门，见门槛前躺着一只蓝色的异鸟，鸟脚上有个竹筒。

　　鸟脚上的竹筒一般用来送信，这个也不例外。

　　他们从竹筒中取出一张塞得无比糟糕、满是折痕的宣纸，然后展开。

　　　　丹朱、玉素，见信如面。

　　林疏一脸迷惑。

　　丹朱、玉素，这是他们在北夏时的化名。

　　他接着往下看，看见两个硕大无比的字。

　　　　教我。

　　然后是几行潦草的小字。

　　　　我快死了。
　　　　南夏亦活不成。
　　　　三日内，有良机。
　　　　找我，我欲杀大巫。

　　翻到背面，是一个极端丑陋，显然是匆匆涂成的地图，上面标注了几个地点。

　　按照林疏对北夏的了解，这些地点都在北夏王城的心脏位置。

　　凌凤箫沉默了。

　　林疏也沉默了。

他们再次把信纸翻到正面。

落款是萧瑄。

北夏的那个太子？

当初他们易容成两个美人，能潜入北夏，多亏这位买下他们来伺候美人恩。

可萧瑄是如何找到他们的所在的？

会不会是大巫"钓鱼"？

信，还是不信？

假如这是真的……

那萧瑄想杀大巫，并且已经有了些许的眉目。

萧瑄身为北夏的太子，怎么会想杀大巫呢？

大巫统御巫师，与南夏为敌，是北夏皇室的一大助力，北夏若想要一统天下，绝不能离开大巫的帮助。

虽然……这两者可能有一点点不对付，毕竟一山不容二虎，一国不能二主。

若是这样的话，萧瑄想要杀大巫，那也情有可原。

但萧瑄为什么要找上他们，又为什么能找到他们呢？

凌凤箫从地上捡起了那只蓝色的鸟，这鸟长了一个长且扁的嘴，但看头部，像极了一只大鸭子。

被凌凤箫这么一提，它从昏迷中醒来，大叫："嘎——"

林疏："……"

他想起来了。

凌凤箫也想起来了，说："寻香。"

他们在学宫上课的时候，学过"灵兽辨识"这一门，上课的内容就是八荒海内种种神异的飞禽走兽。

这"寻香"就是其中一种，《大荒异志》上有记载，说其色多变，其喙如鸭，其声如鹅，能寻千里之香踪。

凌凤箫道："我身上熏香，因身份不同，换过数次，但为使凤凰蝶能找到，有几味香料一直未变。"

这就可以解释为什么萧瑄能找到他们了，当年他们在北夏，和这位皇子殿下共处过很长一段时间，他若是有心，完全能够采集一点凌凤箫身上的香气，继而在未来用这只"寻香"来找他们。

而天照会上，越若鹤遇险，林疏和凌凤箫出手襄助，两个人都展现出了渡劫的实力，萧瑄便由此知道丹朱和玉素两人与北夏不对付，并且实力极强。若是此时他真如信上所说"快死了"，并且孤立无援，情急之下孤注一掷向他们求救，也确实是可能的。

而且，若真如此，此次可能就是解决大巫的天赐良机！

而萧瑄这人……

此人固然没有凌凤箫那样靠谱，但也不像萧灵阳那样不成才，是个有谋略的人。

但也有点风险——若是有人布下陷阱呢？

林疏看了看凌凤箫。

就见凌凤箫道："不太可能是大巫。大巫这人……有幻身可来往于天地之间，若想杀我们，当面杀便是。"

林疏点了点头。

幻身，是大巫最让人忌惮的地方。

他总共见过大巫两次，估计此人至少也是渡劫巅峰的修为。而且……呈现出渡劫巅峰修为的，不是他的真身，而是幻身。传说大巫得上古大魔的传承，可以化身千万，也就是说，杀了幻身，真身不会有大的损伤。而他们自始至终……都没有见识过大巫的真身与大巫真正的实力。

他问："去吗？"

凌凤箫道："先去拒北城，而后去北夏王都。"

林疏点了点头。

他们本就是要去拒北城戍边的，恰好顺路。

凌凤箫领的这五千人都是精锐的轻骑兵，行军速度异常快，若是加快速度，昼夜行军，不到两天，即可抵达拒北城，然后他们从拒北城出发，用法术直奔北夏王城，用不了多长时间。

而且……当初他们在北夏的时候，萧瑄给丹朱、玉素二人办好了全套的身份证明，二人可以在北夏畅行无阻。

敲定计划之后，仍是要去见"家长"。

路过殿外莲池的时候，林疏特意往水里又看了一下，确认自己的外表没有什么不妥之处。

一路上，他被许多凤凰山庄的女孩子注视。

有欣赏仰慕的目光，有打量的目光，还有敌视的目光，大抵是觉得他这个外面来的男人拐走了自家的大小姐。

林疏觉得不行。

昨晚被"鸦言鸦语"欺骗，然后被骗走灵力的是他，今天面对谴责目光的也是他。

　　承受见"丈母娘"这一沉重心理压力的人还是他。

　　凌凤箫轻轻咳了一声，牵住了他的手腕。

　　两人一起步入凤凰庄主所在的大殿。

　　前些日子那场死战里，形势危急，林疏和凤凰庄主并没有什么接触，此时才算近距离见到了庄主的真容。

　　凤凰山庄的血脉，长相自然是无可挑剔的，即使已经年过四十，仍不显任何老态，而只添威势。

　　凤凰庄主，就是这样一个威势沉重的女人。

　　据萧韶所说，庄主为人也非常严苛。

　　凌凤箫规规矩矩地上前一拜："母亲。"

　　林疏也按照他们之前商定好，还演练了一遍的流程，对庄主一礼："庄主。"

　　庄主身后的几个女孩子窃窃私语，林疏隐约听见"姑爷"之类的字眼。

　　庄主屏退了她们，女孩子们便下去了。

　　林疏看着庄主，看见庄主眼中的神色。

　　庄主也在看他，这毫无疑问——而且是那种非常、非常仔细的看，并且若有所思，和皇后初次见他时的神情如出一辙。

　　这种感觉，林疏不知道该怎么形容。

　　若非要形容，那就是，庄主仿佛见过他，而此时正在回忆。

第二章

大巫

凤凰庄主缓步走了下来，看着林疏。

林疏本该集中注意力，和她对视，但他的思绪有点不受控制，飘往他处。

皇后已经知道他的真实性别了，凤凰庄主知不知道？

假如知道他是男孩子，会不会也像山庄的其他女孩子一样，觉得是他欺负了凌凤箫？

假如不知道……

但林疏看凤凰庄主的神色，既没有一种对儿媳妇的疼爱，也没有对黑乌鸦的谴责。

凤凰庄主还在回忆，还在深思。

最终还是凌凤箫打破沉默："母亲？"

凤凰庄主终是回到正题，道："林仙君。"

她又淡淡地笑了笑："箫儿在与我的往来书信中，常提起你。那日锦官城匆匆一见，未与你正式相见，原是我的过错。"

林疏思考。

思考怎样进行寒暄。

凌凤箫轻咳了一声解围："一家人，不必客气。"

凤凰庄主便询问他们此行欲往何处去，然后嘱咐许多，最后对林疏道："箫儿性子不好，这些年有劳仙君照顾。"

凌凤箫立刻附和："这些年我心境平稳，全是疏儿的功劳。"

凤凰庄主含笑点头。

疏儿。

林疏："……"

点罢头，凤凰庄主又道："你心境平稳，自然是好事，但平日还须多加注意。尤其是你现在所用之刀，虽是不世神兵，却也是千百年的邪物，万勿为其所控。"

凌凤箫应了一声"是"，说："母亲尽管放心。"

他现在用的是无愧刀。

此刀在武器谱中，大名鼎鼎。

早在五年前，在幻境的演武场之中，萧韶拿出无愧刀的时候，就引起了围观弟子们的惊叹："妖刀无愧！"

世间的刀剑，都有各自的脾性，愈是鼎鼎大名的神兵，其脾性就愈凛冽，若是主人压不住自己的兵器，就会反过来为兵器所控。

比如林疏所用的折竹剑。

多年来，学宫中的弟子没有一个能用它，因为这剑的寒气过于深重，压不住它的人，一旦用了，便受其影响，走火入魔，无愧也是这样。

千年前，天下大乱，中州大地，血流成河。无数枭雄割地而称雄，战乱百年不止。

其中有一帝，闻说天下第一名匠欧冶子锻打的兵器携带无穷的气运，便要求欧冶子为他锻造一柄王道之剑，助他一统天下。

欧冶子说这位帝王并无一统天下的心胸气度，拒绝为他锻剑。

帝王大怒，杀欧冶子家人，逼迫他锻造。

欧冶子无法，便答应了他。

说这把王道之剑，要采集九种异铁、三种天外陨石，用极南之地的狱炎烈火锻造，还要用天下十四州的人在战乱中所流的鲜血淬炼，再在万人坑中埋藏十年，方能夺天地之造化，对世间万物有生杀予夺的大权。

帝大喜，允之，连年征战以采鲜血，连屠十城以造万人坑。五年后，材料集齐。

欧冶子开始锻造，三年，兵器成，埋入万人坑，再十年，欧冶子取出兵器，献予帝王。

帝视之，却是一把刀，大怒，赐死欧冶子，与家人同葬，欧冶子大笑而死。

虽不是剑，帝王将信将疑，却还是将它佩在身侧。

第二日，帝王七窍流血，暴毙而死。

再后来，凡有接触此刀者，下场皆极其惨烈。后世有修为的修仙人，持此刀，也逐渐走火入魔，爆体而亡。

无愧刀便成了闻名于世的"妖刀"，身具无穷的煞气和血气，寻常人不能驾驭。

林疏想，别人不行，凌凤箫还是可以的。

这人冷静果决，不会轻易被外物迷惑神志，为人又光明正大，没有一点妖邪之念，若他压不住妖刀，世间便没人能压住妖刀了。

待庄主叮嘱完，凌凤箫说："时候不早，母亲，我与疏儿先走了。"

凤凰庄主道:"稍等,你先出去,我与疏儿说几句话。"

凌凤箫犹疑地顿了顿。

庄主便说:"我又不会吃了他。"

凌凤箫道:"母亲,疏儿不善说话,您……"

庄主说:"你且放心。"

凌凤箫这才出去了。

殿里只剩下林疏和凤凰庄主。

林疏看见凤凰庄主又露出那种似乎在回忆的神色,对他道:"箫儿说,你忘记了十五岁前之事。"

林疏道:"是。"

凤凰庄主道:"那你自然也不记得自己师父的模样。"

林疏:"嗯。"

凤凰庄主轻轻叹了口气,却是另起一个话题:"那你身上,可有什么关乎气运、造化……或是其他效用神奇的上古宝物?"

林疏摇了摇头。

"也罢。"凤凰庄主道。

林疏问:"为何这样问?"

"若我所猜不错,终有一日,你将知晓,"庄主如是道,"只是不知到那时又要经历怎样一番磨难了。"

她语焉不详,又是一副不愿意细说的样子,林疏就没再纠缠,只"嗯"了一声。

他问起了凌凤箫身上的凤凰血。

凤凰庄主的说法,和皇后的大同小异,都是要凌凤箫去做人皇。

林疏问:"若他不想呢?"

凤凰庄主只一笑,道:"箫儿从小所学——百家兵法、治世识人之策、三韬五略,全是人皇根基。到那时,他岂会有不想做的道理?"

林疏没有说话。

他告辞,走出大殿。

凌凤箫问他庄主说了什么。

林疏说:"嘱咐我好好照顾你。"

凌凤箫就笑,说:"你连自己都照顾不好,还是一动不动地等我照顾吧。"

当下两人便向北行去,与军队会合。

进了马车里面,正和清卢一起玩耍的盈盈一见到林疏,就伸手要抱。

林疏就把女儿抱了起来。

盈盈倚在他胸口，还是那么小小软软、安安静静的。

果子也往这边坐了坐。

果子和盈盈，都是靠吸纳他们两人的气息结出来的，因此有一种天性，那就是喜欢待在他们两个身边，这一点在盈盈身上体现得最多。

至于果子，仍然在灵素身边献殷勤，喊了无数个"姐姐"。

但灵素是什么人？

那是雪山绝顶上长大的仙子，比雪莲花还要高洁，心如止水，冰清玉洁，任他"姐姐""妹妹""美人""仙女"喊来喊去，不为所动。

清卢说："师尊，这位无缺妹妹的嘴好甜。"

凌凤箫道："他生性如此，至少有三十位姐姐、五十位妹妹。"

清卢："……"

林疏自诩为一只雪白的乌鸦，却没想到，世上最黑的两只乌鸦，就在他的身边。

那他也可以说是出淤泥而不染，濯清涟而不妖了。

献了一番殷勤未果，果子兴致缺缺地去了马车一角闭目养神。

他正在结第三个果子。

——并不是要再弄出一个弟弟或者妹妹来，而是当年折竹没有成功化形，让他耿耿于怀，感觉自己很没有面子。

他打算不停地结果子，不停地用到折竹上，不信自己没有足够的灵力让折竹化出形来。

虽然，林疏觉得，有果子和盈盈两个，已经够了。

凌凤箫更是觉得有盈盈就够了。

但果子振振有词。

果子说："折竹已经被我点化了，如果我现在不加快速度，让他快点出生，那他缓慢地吸收天地灵气，就得等到上千年后，才能混混沌沌地化成人形。到那时，我们该死的死，该飞升的飞升了，他没有人养，也没有人教，独自一个人，岂不是很孤单？"

凌凤箫认为他说得有理，也就允了。

一天半的路程过后，一行人抵达拒北关。

这座雄关仍是那样威严牢固，仿佛永远固若金汤，永远不会被敌人攻破——但林疏永远记得大巫那弹指一挥间杀上千人的诡奇法术。

萧瑄定然对大巫有所了解，若是这人能站在他们这边，或许有所帮助。

凌凤箫为拒北关重新布防，制定了巡逻的路线，将其扩大数十里，此后便要动身往萧瑄所给的地点去了。

边城小客栈里。

林疏面无表情地对着镜子，改造自己的脸。

萧瑄约的人是丹朱和玉素，不是萧韶和林疏，所以，还是要象征性地装扮一下。

一身绯衣的丹朱姑娘从背后看着他，妩媚妖冶，倾国倾城。

林疏处理完五官，就要化妆，但他不大会化，最终还是凌凤箫接过眉笔，细细勾勒眉角。

丹朱姑娘很漂亮，动作很温柔，嘴唇殷红，香气也很好闻。

林疏侧了侧头，看见镜子里的景象。

看了三秒，他默默把头转回去。

……实在是不大像话。

丹朱姑娘就笑。

泼天的艳色扑面而来，林疏有点招架不住，只得把目光移向既不是镜子，又不是凌凤箫的那一边——墙。

形势毕竟很紧急，装扮完，两人就继续往北去了。

他们一路往北，很快便到王城脚下。昔日，他们一个是元婴修为，一个没有修为，无法混进守卫森严的北夏王都，但今日两人都是渡劫期，轻易便越过了守城结界，混进了哈奢城。

城内景象，却让人大吃一惊。

故地重游，本该一切如旧，现在却是大相径庭。

——街上没有人，或者说，没有凡人。

街市、店铺，全都关着门。道路上，偶尔有黑袍的巫师牵着活尸走过。

整座城安静得可怕，没有一点声音。

萧瑄给的地点，是北夏皇宫里的一处大殿。

殿里，传来丝竹之声。

林疏和凌凤箫对视一眼，觉得有点蹊跷。

萧瑄不是说他快死了吗？

他们推开殿门，看见萧瑄正在醉眼蒙眬地看美人歌舞。

凌凤箫面无表情，拉着林疏走上前。林疏旁观，觉得这人一进殿中，那些唱歌跳舞的美人仿佛是小野花开在了牡丹花下，一个个全都失了颜色。

凌凤箫踹了踹萧瑄躺着的琉璃榻："你怎么回事？"

萧瑄看了看他们两个："三年不见，两位美人还是一样要好。"

凌凤箫说："那是自然。"

萧瑄道："可是我不大好。"

凌凤箫道："看出来了。"

只见原本俊秀风流、一表人才的萧瑄，五官虽还俊秀着，眼里却布满血丝，眼下一片青黑，似乎很久没有睡过好觉。

萧瑄挥退殿中歌舞的美人。

"你们是南夏的人？"萧瑄道。

凌凤箫："嗯。"

萧瑄轻轻吐了一口气，说："我觉得大巫疯了。"

凌凤箫："怎么说？"

萧瑄摇了摇头："此事太过血腥，我不忍对两位美人说。但我想，南夏是北夏的敌人，对于大巫，自然欲除之而后快，你我合作，先杀死大巫，再互下战书，以胜负来论定谁主天下，未尝不可。"

林疏："？"

南夏、北夏的两个太子，一个不问朝政，游手好闲，只关心他姐；另一个看起来一切正常，实际上则想把自己这边具最强战力的大巫弄死，莫非脑子都有问题？

凌凤箫提出了和他一样的疑问："何出此言？"

萧瑄疲惫地叹了一口气："大巫实力高强，能助我朝一统天下。"

凌凤箫点头。

萧瑄按了按眉心："但他……他……"

凌凤箫说："嗯？"

萧瑄道："对你我来说，天下城池，皆归一朝所有，算是一统天下。"

凌凤箫："嗯。"

萧瑄继续道："但……对大巫来说，天下人都变成活尸，那也算是他一统天下。"

话音一落，房间中就陷入了沉默。

萧瑄耸了耸肩："大巫此人，行事不能以常理揣度……他也并不受王朝辖制。"

凌凤箫微微蹙眉："前些日子，尸人军队进攻锦官城。"

"嗯哼，"萧瑄"唰"的一下展开一把扇子，一边摇，一边回答凌凤箫的话，"滇地，地势高，日头极盛，故而滇人体质特殊，比常人阳气稍重一些……"

凌凤箫沉吟一下："故而大巫将血毒散布于滇地，是为了……得知血毒的传染能力？"

"正是。"萧瑄咧嘴笑了笑，"若是在滇地，血毒都能够顺利传播，那换成其他地方，自然不在话下。大巫想不想攻打锦官城，我不知道。不过既然滇地满城活尸……前往散播病毒的巫师必定按捺不住去攻打一番南夏。"

这人说出了自己的担忧，然后又看看凌凤箫和林疏，将心理压力转移给了其他人，就轻松了许多，很有些幸灾乐祸的样子，懒洋洋地道："我实在是想不通，他为何要这样做。诚然，天下人全变成活尸，他就成了天下的共主，可那样也太没有意思了。这世上若是没有美人，那还成何体统？"

凌凤箫没管这人的胡言乱语，问他："你可知大巫的生平？"

萧瑄便讲了。

"那时候我还小，前任大巫和父皇关系很好，时常一起议事，巫师们也听命于我朝……那天父皇正在考校我功课，有人通传，说尊主来了。我一转头，就看见前任大巫，牵了一个青衣的少年过来——就是现在的大巫。"萧瑄微闭上眼，"……那是快二十年前的事了。"

他又道："我第一眼，差一点被他吓到。"

萧瑄笑了笑，说："很邪性。"

凌凤箫："怎么说？"

萧瑄道："第一眼，我就觉得邪性。他的眼睛，像血那样红，他看你的时候，你会觉得，他不像个人，像个……"

他疲惫地吐了一口气："我也说不上来。"

他顿了顿，继续讲。

说前任大巫告诉他父皇，这是自己的亲传徒弟。

他父皇就让他和那邪性的家伙认识一下。

他知道这是父皇有事要和大巫商量，便拉了拉那家伙的手，说："哥哥，我们去后殿玩。"

那人就任他拉着，去了。

到了后殿的莲花池旁边，萧瑄问他名字，他不说，问他年龄，也不答。

萧瑄说到这里的时候，打了个寒噤，说："我那时候只当他不爱说话，就自己喂锦鲤，他只坐在一旁……我就招呼他，说哥哥过来一起喂鱼。只记得那时候，他一走过来，满池的锦鲤，全都逃命一样散了。我被吓了一跳，就看他。他就看着我，笑了笑，回头走远了。过了三天，我又到父皇殿里，听见宫女说，好端端的，一池锦鲤，怎的全死了。"

他脸色有点白："从那时候我就知道，这人绝非善类。我便各方打听他的来历，向我老师，向父皇，乃至向当年的大巫……可谁都说不出他是从哪里冒出来的，大巫也只说，偶遇一有缘之人。后来，前任大巫死了，他便接过位子，成了新的大巫。他境界高，能服众——不服的也都被杀了，总之不出一年，那些巫师，全成了他忠心耿耿的手下，也渐渐与王朝离心了。"

凌凤箫道："还有吗？"

萧瑄点了点头："还有一事，我觉得颇为重要。"

按照林疏的观察，萧瑄确实比萧灵阳拎得清轻重。

便听萧瑄道："我及冠那天，按照规矩，太子要由大巫加冠……我便由他加冠，加完冠，要说些赞美之词，他没说，只问了我一些话。"

说是大巫问他："殿下，来日登基为帝，你待如何？"

萧瑄说了些面子话，来日勤勉云云。

说完，他又有些战战兢兢，觉得自己说得不好，得结合一下实事。

他便补充了一下，大意是收复南夏，一统河山，使天下百姓从此免于战乱饥馑，安居乐业。

说完，他自觉说得不错，引颈待夸奖。

但大巫淡淡地说了一句话。

一句让他当时就毛骨悚然，后来更是愈思愈惧的话。

大巫说，圣人不死，大盗不止。

萧瑄说完这句话，仿佛被抽干了所有的力气，如同一条死鱼一样，说："那时候我就知道，这个人，绝对有问题。自那以后，我便派人对其暗中监视，监视到如今……他果然动的就是让天下人都变成活尸的念头。前些日子，巫师们大批制造活尸，城中人心惶惶，甚至没人敢出门，我怕他彻底丧心病狂，不得已，向你们两人传了信，若你们不回，我恐怕就要将信递到南夏皇宫了——不过想来你们两个与那里也关系匪浅。"

"圣人不死，大盗不止。"凌凤箫轻轻地重复了一遍这句话。

萧瑄用袖子掩住了自己的脸，没有说话，更像一条死鱼了。

这句话林疏倒是知道，是《南华经》中的一句，学宫要求学的。

圣人乃是制定礼法的帝王或贤者。

而窃钩者诛，窃国者侯，大盗则指"窃国"之人。

这句话的本意很是直白易懂，若是没有圣人制定国家法度、三纲五常，那也就没有国家，没有国家，也就没有争斗。

但大巫的意思，肯定不止于这个本意。

凌凤箫道："世间有圣人，故而有大盗。人心有贪欲，故而数千年来战乱不止。战乱中，百姓皆苦。即便是太平盛世，世间亦无桃源……"

林疏见他微微笑了笑，语气缥缈诡异："若天下无人，或人皆化为无知无觉之活尸，确实天下清静。"

萧瑄惊恐地道："你也？"

凌凤箫恢复了正常表情："没有，我与大巫有血海深仇。"

萧瑄大出一口气。

凌凤箫道："你在信中说，有办法对付大巫？"

萧瑄点头。

凌凤箫道："说。"

萧瑄这人也有点变态——反正他们萧家整体都有点不正常，林疏就静静地看着被美人支配的萧瑄痛并快乐地把事情一股脑儿交代出来。

"大巫身体不好。"萧瑄首先这样说。

林疏觉得不错。

大巫那次约他在大龙庭相见，没披斗篷，只穿一身青衣，看身形居然有些单薄，而且还没开口，先咳嗽了几声。

萧瑄继续道："我便查了他的药，到如今，已经十年。"

林疏肃然起敬。

光这一点，萧瑄就不知比萧灵阳高到哪里去了。

失敬，失敬。

下一刻，萧瑄说出了惊人之语："我怀疑他不是人。"

不是人？

这确实是一个意外的消息。

萧瑄"哼"了一声："我就说，一个好端端的活人，怎会像他一样古怪？"

凌凤箫问："为何不是人？"

"他用的那些药，很古怪，不是普通伤病之药。察觉不对之后，我便多方查阅典籍，三年前，更是向见多识广的黑市商人询问了其中的几味药，结果发现，那些药，全都是稳固神魂、加固形体之用。人生天地间，三魂七魄与肉身乃是一体，何须加固？"

凌凤箫道："你说得也有些道理。"

萧瑄得到了认可，说得更加起劲："发现了此事之后，我又多方证实，甚至遣人捉来了一只道行很浅的兔子精，那兔子精的术法学得稀松平常，每月只有月圆之时，才能化成人形——化了形长得也很难看。我照着大巫的药方熬药，给兔子精灌了一碗下去，结果，这兔子精竟维持了三月有余的人形，对我感激涕零——可见那药的药性之烈。"

凌凤箫："然而天地间有规矩，精怪化人，法力比人要略低一筹。"

而大巫的修为……可能比平均水准略高九筹吧。

萧瑄点头："所以，这人肯定不是寻常的精怪，而且很有可能是非常厉害的魔物。"

凌凤箫姑且同意了他的观点，点了点头："知道他非人后，你待如何？"

萧瑄说："我自然不会坐以待毙。"

凌凤箫："嗯。"

林疏觉得凌凤箫对萧瑄的回答还是很欣慰的。

萧灵阳游手好闲，凌凤箫时常为没有一个聪敏上进的弟弟而烦忧，而这位萧瑄殿下——他的远房堂弟，可以说是填补了这个空缺。

萧瑄道："大巫来历成谜，又修为高深，我和他斗，无异于以卵击石，然而我想，任他如何可怖，总会有一二弱点，我必揪出。"

凌凤箫："你揪出了？"

萧瑄骄傲地挺胸："我自然揪出了。"

凌凤箫："嗯？"

萧瑄："每月十五前三天和后三天，他所居之处的防守便无比严密，而他本人也不出府邸一步。每当这七天过去，他才会重新出来走动，而此时，他的气息就会比往日虚弱许多。我观察多年，终于确定，每月十五必然是他最虚弱之时，若此时下手，胜算便大大提高。"

林疏看见凌凤箫蹙了蹙眉头，眼中有思索之色。

他便也想了想。

说来也是，拒北关、大龙庭，他每次见到大巫，都不是在十五前后，而是在月末、月初。

天照会的时候，他和凌凤箫两人与北夏的巫师打成一团，城中的动静无比之大，大巫的左、右两个护法都被废了，也没见对方出面——现在一想，那年的天照会，正是在十五的前后。

所以说，月圆的时候，大巫会出现一些状况。

那么这个大巫，不仅是个狠人，还是个狼人。

"眼下，十五将近，"凌凤箫看着萧瑄，"故你邀我二人前来，乃是想要借我们之手，除掉大巫。"

萧瑄道："我没有其他信得过的人了，看谁都像大巫的耳目，只能求助南夏。"

"而用南夏之人，即使出事，你也可以置身事外。"凌凤箫淡淡地道。

萧瑄咧嘴一笑："在下会倾尽全力襄助。"

"免了。"

凌凤箫忽然以迅雷不及掩耳之势，卸了萧瑄的下颌，塞进一枚紫黑色的药丸！

然后他把卸掉的骨头合回去。

并没有什么值得一提的修为的萧瑄，就这样猝不及防地吞了一枚什么东西。

按照正常的逻辑，这应该是一枚剧毒无比的丹药，而且只有凌凤箫身上有解药，若是凌凤箫在对付大巫的过程中死了，萧瑄也活不成。

林疏默默围观这一幕。

这个堂弟，还是过于天真了。

以凌凤箫的为人，他绝不会让自己陷入被动。萧瑄想要友好合作还有点可能，但如果打的是把他们当枪使，而自己毫发无损的主意的话，是绝对行不通的。

萧瑄绝望地咳了几下，发现咳不出，也只能接受安排。

他们当即便开始商议相关的事宜。

今日是十四，明日是十五，明晚这个时候，夜探大巫居处。

时间不等人，过了这个月，就只能等下个月，而中间一个月的时间，说不定大巫就把血毒散出去了。

见面结束，萧瑄给他们安排了住所，还是原来那个房间。

萧瑄说："两位美人那么要好，想必三年过去，仍是住一个房间的，故而我没有安排别的——不知妥不妥善？"

凌凤箫："妥善。"

萧瑄便眯着眼睛笑了笑，转身走了。

月将圆。

没来由地，林疏想起大巫给他的信背后那句诗。

"此时相望不相闻，愿逐月华流照君。"

他和凌凤箫拆了拆招，讨论了一下大巫那诡奇的武功路数，猜测了一下大巫的来历，不知不觉便深夜了。

好巧不巧，在这间寝殿，床的对面也是一面硕大的落地铜镜。

林疏就看着丹朱姑娘这样那样一番，再那样这样一番，最后又对着床蹙了蹙眉。

这人嫌弃不熟悉的床。

林疏看着，并不发表意见。

一晃，便到了第二天的晚上。

大巫所住的地方，乃是一座高塔。

这高塔原是羯族人为祭"班纳毗卢神"所设，后来逐渐成为历代大巫的起居之地。

在羯族传说中，上古，人们皆会受到毗卢神的拷问，但凡有一点恶行，都会被毗卢神生吃。

而毗卢神行走世间，发现竟无一人全善，便饱食而死，化为阴灵。人死之后，皆受其审判，根据恶行的轻重，有不同的刑罚，刑罚无一例外都很可怕——若被毗卢神吃掉眼睛，下辈子便是目盲之人；被吃掉舌头，便是哑巴；若被吃掉全身，下辈子便是草木或猪狗。

为了使毗卢神早日吃饱，羯族人每年都要以三百人活祭。

林疏望向塔顶。

塔身漆黑，塔顶有一盏飘摇的灯。

他又望向凌凤箫。

凌凤箫在擦刀。

暗色的刀身，煞气环绕。

凌凤箫开口问："你同意大巫的想法吗？"

凌凤箫说话，什么时候是真的，什么时候是开玩笑，林疏自觉还分得清楚。

上次讨论大巫的想法时，这人说："若天下无人，或人皆化为无知无觉之活尸，确实天下清静。"

这句话把萧瑄吓了一跳。

而在林疏看来，凌凤箫说这句话的神色，并不似作伪。

恰此时凌凤箫擦好了刀。

收刀归鞘，煞气隐去。

"嗯哼。"他点了点头。

林疏用一个没什么含义的语气词应了一声。

他回头，接着看塔，想怎样上去才能万无一失。

就听见凌凤箫声音清寒，语气仿佛叹息，在他身后淡淡地道："不过，世人又何罪之有？"

他说，世人又何罪之有。

林疏想，这可能就是凌凤箫和大巫的区别吧。

正想着，凌凤箫问："我若是同意大巫呢？我们还能一起修道吗？"

林疏想了想。

我和你妈同时掉河里，你救谁？

原来，即使没有女朋友，他也没能逃过这个终极问题。

凌凤箫："嗯？"

林疏说："能吧。"

"嗯……"凌凤箫道，"我做什么都可以？"

林疏："……嗯。"

凌凤箫就埋头笑了笑。

林疏面无表情地接受了这个笑。

凌凤箫问道："因为我长得好看吗？"

继而他自我否定："你修了无情道，恐怕分不清美丑。"

林疏认真思考后道："你还是美的。"

凌凤箫："你道心不坚定。"

林疏反驳："颇为坚定。"

凌凤箫："那你的五感也没有变迟钝？"

林疏："略有平淡。"

他自觉现在眼中的世界比往日平淡许多，色彩不再强烈，声音逐渐缥缈混沌，触觉、痛觉都有些消退了。

话题回到正常的轨道。

"防御法阵很严密，要从一楼进去，从里面到顶楼。"凌凤箫的手指在萧瑄提供的图纸上划来划去，确定路线，然后道，"若不惊动大巫就能看到他，自然很好；若惊动，我们立即进青冥洞天，亦不会有伤亡。"

林疏"嗯"了一声以示同意。

和凌凤箫一起做事的时候，别人可以完全放弃思考，任凭他事无巨细安排好。

凌凤箫取笔在图纸上勾勾画画。

林疏就看着他确定了八个上塔方案、七个下塔方案，以及三套应急逃脱预案。

一切记妥，准备进塔。

塔底的防守并不是很严密——对于渡劫期的人来说。

他们两人靠着小有所成的身法，顺利避开所有护卫，飘进了一层的窗子里。

第一层是空旷且高大的。

巨大的毗卢神像，立在这层空间的中央，微微前倾。

这尊神像有百只眼睛、千条手臂，长在身体各处，无法形容的诡奇纹路遍布全身。

最大的一只眼睛长在毗卢神的正面，大概在脖颈到肚脐的位置。

虽然此前见过了图纸，但身临其境时，还是能感到那种疯狂、诡谲，有着难以形容和充满压力的窒息感。

他们昨天曾谈论毗卢神。

谈论的结果是，毗卢神之于羯族人，就像天道之于修仙人。

毗卢神有百只眼睛、千条手臂，用以察觉人行之恶，裁决有罪之人；而天道，在仙道的理论里，也知晓世间一切，会对罪大恶极之人降下天雷刑罚。

然后凌凤箫若有所思地举例，说滇国信奉"苗神"，西疆信奉"萨诃神"，以及其他种种异族、种种修行流派，乃至最出世的佛道，都有类似于毗卢神、天道、苗神、萨诃神的至高无上的神明。

仿佛天地间真有一套不可触碰的铁律，有一个无所不能的执律之神。

萧瑄抚掌赞叹，听卿一席话，胜读十年书。

林疏则不敢吱声。

实话说，他虽然修仙，但其实是个无神论者，甚至经常在唯物主义与物理学的边缘试探。

不过，话说回来，无论是否真有这样的存在，看着这尊毗卢神像毫无灰尘，显然得到妥善养护的表面，就能推测出，大巫可能真的自诩毗卢神、天道之类的神明，看不惯污浊的世间，想要彻底净化一番。

他们绕过神像，来到背面，从左侧木梯上塔。

二层空无一人，只有一些奇异雕塑，和毗卢神同出一脉，不成人形。

三层空无一人，只有一些奇异壁画，画上的东西也和毗卢神同出一脉，一些黑色的形体，以癫狂的形态在深褐色的墙壁上疯狂乱舞，看久了，甚至觉得它们会动。

四层依然空无一人，却没有雕塑，也没有壁画，空空荡荡，唯独南边的墙壁上，挂了一幅美人图，美人没有脸，没有形体，乃至没有性别，只是陈旧的画纸上一团模糊的红影，但林疏觉得，应该挺美。

这些楼层全部寂静得可怕，没有一个人走动，林疏怀疑其中有诈的时候，他在第五层看到了一个巨大的冰棺。

冰棺里有水。

不会结冰的水，唯有南海之底，归墟之中的无尽之水。

水里有一只巨大的、外壳雪白的蛤蜊，贝壳之大，需数十人环抱。这蛤蜊闭着壳子，正在睡觉，只有浅淡的白雾从缝隙逸散出来，发出某种甜美迷乱的气息。

显然这白雾不是寒气，而是致幻的蜃气。所以，这不是一只大蛤蜊，而是一只蜃，海市蜃楼的"蜃"。

南海中，年年有船只翻覆，大多数是船上之人被蜃气迷住了心神，死在了驶往海市蜃楼的路上。

眼下，它在睡觉，但是当这东西醒来，蜃气弥漫整座塔楼，踏入此处之人，就会完完全全陷入幻境。

但是这样小缕小缕的蜃气弥漫，也会对神志造成一定的扰乱。

不过，凤凰山庄心法中的炽阳之气，正是蜃气的天生克星。

林疏想拉一拉凌凤箫的袖子，却冷不防拉了一个空。

他回头看身边，只看见空空荡荡的一间房。

林疏深呼吸了几口，回忆自己是什么时候和凌凤箫失散的。

——却发现自入塔以来，他的记忆就十分模糊，似乎根本没有和凌凤箫说过话。

幻境？

林疏看着眼前的蜃。

或许，这只蜃并不是实景。

或许在刚刚踏入塔中的时候，他们就为不易察觉的蜃气所迷惑，陷入了半真半假的幻境中。

塔中一片寂静，林疏不敢弹琴清心，只默默念着心法口诀，试图脱离幻境。

没有用。

眼前的场景始终是一个空荡的大房间，以及一只雪白的蜃。

再看他来时的那条楼梯，已经消失不见了，而往上去的那条楼梯，也遍寻不见。

唯独在房间的角落里，有一个黑黢黢的门洞，似乎连接着一条走廊。

林疏别无选择，向那里走去。

踏进去的一瞬间，他忽然一阵恍惚，又置身第二层无数奇异可怖的雕像中。

他从此起彼伏的肢体中穿过，同样的位置，仍是那个黑黢黢的门洞，再进去，到了第三层，壁画那层。

墙壁、天花板、墙柱，上面全是扭曲的形态，他穿过去，仿佛在海藻丛中穿行。同样的位置，同样的门洞，他进了第四层，有美人图的那一层。

再走，又是养了蜃的第五层。

一个死循环。

林疏最终停在了第四层，美人图前。

美人图。

美人。

红色。

凌凤箫。

他看着陈旧的纸张上一团晕开的红色。

无论如何，这种颜色使他感到安全。

可就在他注视着这幅图的时候，那朱砂般的红色，竟渐渐消退了。

变成一张空纸。

他有些喘不过气来，靠在墙壁上，思索破解之法。

假如这是他在蜃气中的幻境，那么幻境中的事物，应该与他自己有关。

再假如……这张美人图代表着凌凤箫，那么第二层与第三层那些诡谲、扭曲、层层叠叠的雕塑、壁画，又代表着什么？

虽然胸口发闷，他的心神却异常清晰。

他想起了以前行走在街道上，迎面遇到翻涌的人潮，阳光下、地面上是纷乱的影子。

他忽然想。

那些诡谲、扭曲、密密麻麻、不可形容的，或许是他眼中的世人。

这念头闪过的同时，仿佛有脚步声从门洞中传来。

林疏望向那里。

仿佛只是错觉，刹那间，脚步声又消失了。

他继续看美人图。

美人图象征着凌凤箫。

可现在，图画上的红影已经消退了。

这又是什么？

关于幻境的知识，他学过不少，幻境的内容往往与心境相关，你必须想清楚这里面的一草一木都有什么样的含义，才有可能找到幻境的破绽。

消退……无情道吗？

他触摸着斑驳的画纸，心中略感茫然。

那脚步声又响起来了。

林疏再次转头。

这次，他看见一身黑衣的萧韶倚在门洞旁，缓缓拭着无愧刀。

他的脸上戴着那个银色的面具，林疏已经很久没有见过了。

面具下有一道殷红的血痕，似乎是从眼底落下来的。

林疏没有上前，他知道幻境里的一切都不可信。

一片寂静里，有碎屑簌簌落下的声音。

是那幅画碎掉了。

墙壁上空无一物。

他移开目光，看着萧韶。

萧韶却看着那幅画原本在的地方。

良久，他听见萧韶道："林疏。"

林疏："嗯。"

萧韶问："在意我吗？"

林疏："……在意。"

萧韶说："不在意。"

林疏："没有不在意。"

"不在意。"萧韶的声音微微有些哑，与此同时，那血缓缓滑落，"滴答"一声落在了地面上。

"修道修心，修仙人守无情道，如僧人持戒，要淡薄七情六欲，不动心、不动情，一旦动情动欲，无情道就顷刻坍塌。独你还是……"

房间空荡，微有回声。

萧韶似乎笑了一笑："……好高的修为。"

林疏一时怔住了，不知该如何作答。

萧韶不知什么时候来到了他的近前。

浓重的血气里，他抬起了林疏的下巴，手指冰凉。

"无论修不修无情道，你从来没有动过情……"冰凉的刀鞘抵在了林疏胸前，然后逐渐上移，移到脖颈、脸颊、耳侧。

使人战栗的冰凉触感，他听见萧韶低声问："是不是？"

语气是凉的，吐息也是凉的，像他的手和刀鞘那样凉。

暗色的刀鞘最后压在了他的嘴唇上，不动了。
　　彻骨的凉。
　　林疏抬手握住刀鞘，把它拿开。
　　"滴答"。
　　血接连不断地从萧韶的眼里流下来，落在地面上。
　　林疏看着萧韶。
　　萧韶的刀鞘有微微的颤抖。
　　面具覆住了大半张脸，让人看不清神色，那种想要靠近，却克制自己不要上前的姿态，林疏不知道该怎么形容。
　　林疏再抬手，想拿掉萧韶的面具。
　　他想，面前的萧韶，是什么？
　　是自己内心衍生出来的幻象，还是萧韶本人？
　　如果是自己想象出来的，那……代表他对自己和萧韶的关系一直心存疑虑。
　　而如果这是萧韶，或者说是被幻境影响的萧韶，就说明他平日里没有任何表现，但在心中对这件事耿耿于怀，甚至为此感到……痛苦。
　　林疏微微蹙了眉。
　　对面的萧韶微微倾身，离他更近一点，低声道："不说话了？"
　　林疏往后退了一步。
　　萧韶便几不可闻地笑了一声。
　　极轻的一个气音，甚至更像一声自嘲的叹息，让林疏觉得，眼前这个人仿佛被伤了心。
　　他没有再上前。
　　他们就这样在昏暗的房间中僵持。
　　半炷香时间后，林疏陡然拔剑！
　　他没有用什么别的招式，直接以"长相思"中的一招"空谷忘返"向那人刺去！
　　剑光萧飒，剑意充盈，带起呼啸风声，是全然不留余地的招式。
　　"叮"。
　　无愧刀出鞘，一式"悲秋"，挡住了"空谷忘返"。
　　林疏一怔。
　　就在他这一个愣怔的电光石火间，"悲秋"变招"观河"，封住了他所有退路！
　　林疏被巨大的冲击力狠狠掼在了墙壁上，吐了一口血。

那人将他按在墙壁上，殷红的嘴角带笑。

林疏咳了几下，胸口灼痛。

他想，这人不是萧韶。

因为认为这人不是萧韶，他才出剑，但……对面这人居然使出了"悲秋"与"观河"，这两招都是"寂寥"中的刀法，普天之下只有萧韶会。

所以真的是自己的幻觉吗？

他觉得不是幻觉。

那就只剩下一个离谱的可能。

林疏道："……你不是萧韶。"

那人轻声道："那我是谁？"

林疏决定孤注一掷，说："你是大巫。"

那人却笑了。

"阁主……"入耳的声音渐渐变了音色，"原来你也算聪明。"

林疏艰难地喘了几口气，抬头看他，眼前的萧韶已经消失不见了，变成一身青衣的大巫。

大巫的眼睛是深红色的，五官的轮廓因着苍白的脸色，而过于寡淡，殷红的嘴唇却挽回了这一点。那一刻，林疏明白了萧瑄口中那句"不像人"。

大巫问："不像吗？"

林疏摇了摇头。

不大像。

大巫道："哪里不像？"

其实……很像了。

语气、动作，都很像，天衣无缝。

尤其是那两招"悲秋""观河"，正宗无比。

大约是见林疏没说话，大巫扼住他脖颈的手又紧了紧，语气带着些偏执："……哪里不像？"

林疏呼吸困难，有点窒息地想：我总不能说，这是猜的吧？

也不能说，是因为你声音太冷。

更不能说，我觉得萧韶不会打我。

这话说出来，实在有些恃宠而骄的意味，林疏不大好意思。

诚然，大巫的表现没什么问题。

但是，萧韶不是这样的人——不是会指责他"你不在意我"的人。

这件事情，说来话长。

但大巫的手劲不算很大，短时间内掐不死他，林疏也就有了那么点儿余裕去回想。

其实，一直以来，他在和人打交道这一方面，都没什么长进。但萧韶，以及披上各种壳子的萧韶，是唯一他可以没有任何压力地去相处的人。

诚然，萧韶喜怒无常，脾气很坏，林疏也很怕大小姐。

但是，怕归怕，林疏从一开始就知道，萧韶是个很磊落坦荡的人。

你做了什么惹他生气的事情，萧韶就会夯成河豚。

重点是，夯成河豚的时候，他会告诉你他是为什么夯的。

然后，只要改了，河豚就会消失。

所以他不觉得和萧韶相处是一件很难的事——不需要揣测自己哪里做得不好惹人不高兴，也不需要费力去想自己到底是哪里不招人喜欢。

比如最开始，在鬼村里初遇的时候，大小姐想把这个脏兮兮的小傻子丢出去。

然后小傻子变干净了，也就没有被丢出去。

又如，他对婚书一无所知，让大小姐气到差点拔刀，最后他承认了错误，两人还是重归于好。

他觉得，对无情道这件事，假如萧韶真的心里有个坎，早就化身那只虚弱的小凤凰，哼哼唧唧说出来了。

或者，如果萧韶不说，选择悄悄生气，那他……恐怕早就因为从头哭到尾，而脱水死在凤凰山庄了。

但萧韶为什么不在意这件事呢？

林疏忽然有点害怕，思来想去，得不到一个结果，然后把自己绕晕了。

他闭了闭眼，决定不想，然后重新睁开眼睛面对大巫。

大巫这人，果然有点偏执。

大巫继续问："哪里不像？"

林疏说："你不是他。"

大巫面无表情地松开了手。

林疏本来就窒息了一会儿，陡然被放开，四肢脱力，沿着墙壁滑到地上，费力地咳嗽。

"砰"。

门洞那边的墙壁碎了，显然是被人破开的。

随后响起了脚步声。

然后有人从后面扶住了他。

"林疏？"

林疏倚靠着背后那人。

他觉得这个是真的萧韶。

他又咳了几下，向萧韶说明情况："大巫……"

因着先前被大巫扼住了咽喉，他的声音有些哑。

"乖，先不说话，"萧韶顺了顺他的后背，"我都听见了。"

林疏就不说了。

只是有点绝望。

都听见了？

这个幻境到底是什么构造？

萧韶语速很快，对他低声解释道："凤凰血百毒不侵，幻境对我的影响很小。方才我在探查，此处是一个以蛊为核心的阵法，其实类似梦境。但受大巫控制，故而我来迟了。"

林疏点了点头。

然后他就开始旁观大巫和萧韶对谈。

萧韶道："阁下那样问他，意欲何为？"

大巫淡淡地道："一时好奇。"

林疏："？"

一时好奇？

一时好奇所以你扮成萧韶问我在不在意他？

他缓了一会儿，感觉可以顺利喘气了，便扯了扯萧韶的衣服。

萧韶会意，放开了他，然后拔刀出鞘，刀尖斜斜抬起，指向大巫。

林疏提醒他："他会'寂寥'。"

萧韶微微蹙了眉。

大巫的笑容泛着一丝诡异："我无意与你动手。"

萧韶："我有意与你动手。"

大巫咳了几下，脸色是某种病态的苍白，缓缓道："在下是陆地神仙境。"

萧韶似笑非笑："在下也是。"

林疏："……"

"涅槃生息"。

凤凰功法的最大底牌，可以让人生生拔高一个境界。

萧韶现在是渡劫期，那他就可以到陆地神仙境界。

大巫也似笑非笑："你，小凤凰……羽翼未丰，不该来。"

萧韶："你在幻境中现身，而非现实，又意欲扰乱我二人心境，不战而胜。想必真身虚弱已极，今日便是你的葬身之日。"

林疏就静静地听他们两个说话。

萧韶说的话，是经过了学习的。

当初学宫有很多偏门的课程，其中有一门便是教弟子怎样和敌人说话。

大巫道："若能以幻境取胜，我何须动手？"

林疏觉得大巫也学习过这门课。

他们又说了一阵子车轱辘话。

林疏默默观看，忽然觉得从某个角度看，这两人的轮廓有点相似。

再一看，差别又很大。

他正想再仔细看，这两个人已经话不投机，也不知是谁先动了手，又或许是同时动手——不再你来我往地说车轱辘话，各自出刀。

两把都是无愧刀。

煞气、血气，刹那间充斥整个房间。

妖刀铮鸣，黑气缠绕。

萧韶用"观河"。

大巫以"观河"回挡。

萧韶用"飘零"。

大巫以"飘零"回挡。

一模一样的招式，都出自"寂寥"，只是风格很不相同。萧韶的路子萧飒孤绝，大巫则非常邪煞，戾气极重。

大巫为什么会这些刀法？

林疏确定，"寂寥"的后面几招，连他都没有看过。

电光石火间，他忽然看到萧韶变招了。

这一招的轨迹极难形容，无迹可循，却又圆融玄妙，神完气足，如百川归海，倦鸟归巢。

激烈的打斗中，这凌空一刀好似神来之笔，直直挑向大巫面门。

林疏认得它。

这一式叫"归舟"，不是"寂寥"中的刀法，也不是凤凰山庄的传承。

这是萧韶几年前自创的一套招式。

还是……因为林疏而创的，说是林疏这人安静又乖巧，使他心境平和不少，偶有所感，便创出这套刀法。

大巫斜收刀，划一道诡奇的轨迹，挡住这一式。

萧韶刀芒惊鸿一转，刀气纷落，如同漫天大雪，刮向前方，封住大巫周身退路。

大巫右手一划，半空中仿佛出现无数刀影，与萧韶的刀芒相撞、相抵！

这一招，林疏也知道，名为"夜雪"，灵感来自多年前他们雪夜烤鼠。

而大巫的招式，林疏就不得而知了。

他轻轻舒了一口气。

随着萧韶不再用"寂寥"和其他凤凰山庄的高级刀法，转而用早些年的杂学和自创，这两人的路子终于不像是同一个人的了。

虽说胜负仍未可知，但至少不像先前那样……诡异。

针锋相对了一刻钟，两人已过了几千招，一个僵持后，萧韶无懈可击的身法忽然出现一个破绽。

林疏刚想出声，却又生生咽了下去。

普天之下，他最了解的武功路数，除了自己的，恐怕就是萧韶的了。

这人是故意的。

只见萧韶刀气忽然横斩向右，携风雷之势，通过了先前他在墙壁上破开的那个口子，往隔壁去了。

隔壁是那只蠹。

蠹发出一声低沉的嘶叫，整座塔忽然颤抖摇动起来。

林疏会意，立刻出剑，剑气劈开墙壁，露出一个巨大的洞。

然后，他把蠹打死了。

塔的摇动更加剧烈，幻境将破。

大巫的身形也虚幻波动起来。

萧韶："你是谁？"

大巫："你执意杀我？"

萧韶："我执意杀你。"

大巫一笑："那在下只好也执意杀你。"

话音落下，幻境彻底破灭，林疏眼前天旋地转，再睁眼，已经站在了塔中第五层，旁边是一只死蠹。

他身边的萧韶却还是萧韶，不是现实中的丹朱姑娘。

林疏："还是幻境？"

萧韶："不像。"

消失了的楼梯口再次出现在他们面前，木质阶梯很长，曲折向上，通向一道幽深的石门。

这座塔原本就只有六层——再上一层，应当就是大巫真身所在之地。

根据萧韶方才的推测，大巫试图用幻境来击退他们……意味着这人的真身可能真的比较虚弱。

林疏拿出青铜骰来，真身进入了一下，确认青冥洞天可以正常进入。

师兄还是在大殿中飘荡，见他来，打招呼道："师弟！"

林疏应了一声"师兄"，打算出去时，却被叫住了："师弟别走！"

林疏："嗯？"

师兄指了指角落："你的猫不知道什么时候偷偷进来啦！在那里发抖，是不是病了？"

林疏看向角落。

黑漆漆的角落里，亮着两只绿莹莹的眼睛，响起了一声细弱的猫叫："喵。"

然后猫一步一停，迟疑地走了出来。

林疏："你要跟着？"

猫声音颤抖："喵。"

林疏抱起这只被吓得发抖的黑猫，回到现实。

萧韶看了看猫："不怕。"

猫把头埋进林疏胸前，很怕。

他们继续向上攀登阶梯。

阶梯很长，几无尽头。

萧韶忽然道："大巫问你无情道，大约是故意使我听到，以扰我心境。"

林疏想了想，问："你在意吗？"

萧韶停了脚步。

林疏抬头看他。

萧韶道："此事，你自然不知道。"

林疏歪了歪头。

萧韶眼里有微微的笑意："你其实很在意我。"

林疏："为何？"

萧韶说："过来。"

林疏往他那边靠了靠。

萧韶把正在瑟瑟发抖的猫从他怀里抱起来，放置在楼梯扶手上，然后拉着他的手腕道："若是在意一个人，你知道该怎么做吗？"

林疏摇了摇头。

"我还没有来到你身边的时候，很多年里，"萧韶轻声道，"没有人待你好，故而你不知道在意一个人，要怎么做。"

林疏望着萧韶。

萧韶声音有些哑，垂下眼，说："不知道怎么做，就只会听话，所以才会那么乖。"

林疏安静地站在萧韶身边。

他的心里一片空茫，似乎明白了，又似乎没有。

等发抖的猫快要把自己抖下扶手，萧韶才重新抱起了它。

猫恶声恶气："喵！"

萧韶挠它后脑勺："前辈，你是陆地神仙，不需要害怕。"

猫置之不理。

林疏："大巫也是陆地神仙，但没有飞升。"

理论上，世上不可能有陆地神仙境界存在——因为该飞升的都飞升了，像猫这样没还清因果的除外。

萧韶道："据萧瑄所说，他怀疑大巫非人。"

林疏"嗯"了一声。

大巫，很邪性。

但是妖物精怪之属，天赋有限，并不能拥有大巫那样精深的、神鬼莫测的功法。

比如猫，它的实力是毋庸置疑的，平时布个结界，吐一下灵气，都是手到擒来，但是要让它去布一个精密的大阵，就很不现实了——毕竟只是一只猫，没有那样高的灵智。

更让人如鲠在喉的一点是，大巫为什么会"寂寥"。

寂静的阶梯上，他听见萧韶的声音淡淡道："方才的幻境已破开，但现下……也不像是真实的。"

比如说，如果现在是现实，那他身边应该是丹朱姑娘，而不是男装状态的萧韶。

这座塔，和幻境脱不开关系。

那么大巫本人，也就有可能与幻境关系匪浅。

林疏接上了萧韶的思路："大巫以幻身出现在世间……若我们见到的他都是幻

身，那他的真身或许确实不是人。"

现在的问题是，大巫是什么东西？

以前每次相见，大巫离开的方式，都是身影在空气中直接消散。

先前，林疏一直觉得，大巫用幻身，是因为他练成了某种身外化身的法术。但是，若他所见的大巫，本来就是一个幻影呢？

那大巫的真身，到底是什么？

一只巨鼍？

林疏："……"

萧韶继续道："他以幻身穿梭世间，世间便无处不可去。"

林疏点了点头。

又听萧韶道："方才与他过招，我想，大巫为何会凤凰刀法。随后我便试，发现早年间我学过的刀法，他并不会。"

林疏说："确实。"

萧韶道："你是否还记得三年前，与大巫初相遇，他道'找到你了'？"

林疏："记得。"

"拒北关一战后，我平日练习的刀法……他使得分毫不差，而'归舟''夜雪'之类，除去在梦境里给你看过，我从未使出。早年间一些刀法，亦是如此。"

林疏想，他大概知道萧韶的意思了。

大巫会用凤凰刀法。

而会用一种刀法的前提是，看过这个刀法。

假设大巫看过萧韶使用那些刀法，那么，最合理的一个猜测是，他曾经观察过萧韶。

从什么时候开始观察的呢？

大约是三年前，拒北关一战后，得知世上有他们两人存在。

如果以上假设成立的话，大巫的幻身就可以无拘无束，往来于天地间。

所以大巫应该是什么东西呢？

他的目的又到底是什么？

不过，林疏无暇再细想，因为楼梯到头了。

而大巫究竟是什么物种，打开这道门，大约就可以得知。

石门是漆黑的，很沉重，但并不难推开。

事实上，萧韶将右手按在石门上的下一刻，它就自发轻轻颤动起来，"轰"的一声响，向两边打开。

林疏被突如其来的光刺了一下眼，但是恢复得非常快，因为这光芒很柔和，仿佛暮春傍晚，夕日轻柔的晖光。

他眼前的世界恢复清晰。

这不是一个房间或殿堂，也不是一个有边界的塔顶空间。

呈现在他们面前的，是一个仿佛无边无际的世界。

天穹是暖黄色的，丰满的白云缓缓舒展开。

地面上，他们所在之处，是一座繁华的城市，空气中有种庄严静默的异香。

他与萧韶对视一眼，向前走去。

这座城市，道路平直，行人往来不息，林立的房屋每一栋都整洁如新，琉璃瓦流光溢彩，墙壁漆得发亮，没有一点斑驳。

人们走动、交谈，每个人都嘴角带笑，眼中有很祥和的神色。

林疏与萧韶在街道上一路穿行，人们见了生人，微笑着见礼，让出道路。

一切都不真实，仿佛梦境，使得林疏怀疑自己是否还清醒。

萧韶道："滇人。"

林疏点了点头。

滇地，地势高，日头极盛，因此滇人皮肤偏黑，外貌上，也有些独特之处。除此之外，街上行人们的衣饰、所行的礼节也都符合滇地的风俗。

猫从萧韶怀里探出头来，四处张望，迎面走过来的一个少女脸上挂着笑，摸了摸它的脑袋。

他们在繁华的街市愈行愈深入，再回头，恍然自己已经迷失在这座城市中了。

南夏的都城固然繁华，可终究没有这种人人衣饰如新、家家雕梁画栋的景象。更何况，出了锦官城三百里，便是满目乱世景象，荒烟漫地，路有白骨，萧瑟无比。

——眼前这繁华的景象竟让林疏想起前世的世界里，人群川流不息的景象了。

可那个世界的人们，神态又远不如这里的人们那样祥和。

这样的景象，与他所经历过的世界截然不同。

只有一点没有变。

猫仍在害怕着，发抖的幅度小了一些，但还是在抖。

猫害怕，说明这里仍有危险。

危险必定来自大巫。

那么这个和乐安宁的繁华世界，是大巫为他们营造的另一个幻境吗？

萧韶叫住了一个老伯。

他的语气温雅有礼："老伯，你可知城主在何处？"

老伯只是笑："没有城主。"

萧韶问："可有管事之人？"

老伯仍是笑："没有管事之人。"

萧韶："只有城中众生？"

老伯点了点头，与他擦肩而去，边走，边用古滇语哼着奇异的曲子。

林疏看见萧韶驻足回望。

梦境一样的地方，时空有微微的错乱，地面没有影子，林疏看着不知何处来的微风吹起他的黑色衣袂，一刹那光华流转，仿佛过去了很多年。

他想，萧韶身为一个要治理国家的人，会不会对自己的国家有所期望？

他的期望，会不会就是这座城市的样子？

良久，他听见萧韶道："走吧。"

林疏记不得走了多久，也许是一刹那，也许是一两年。

他们穿过小巷与长街，搭过几个姑娘载歌载舞的花车，被街头的老婆婆送过糖葫芦，最后乘一艘宝船来到了城市的边缘。

他们来到一处高地，俯视这座偌大的奇异城市。

萧韶忽然道："此城，有没有三十万人？"

滇国，有三十万活尸。

但这不是目测就可以得出的，林疏望着它，只知道，有很多、很多的人。

城市的边缘向外延伸，有无边无际、金黄色的麦田，麦穗在微风中起起伏伏，有微微的光亮。

整个世界仿佛被蒙了一层"滤镜"，不真实，但不可否认，它很美。

脚步声在他们身后响起，猫"喵"了一声。

来者毫无疑问是大巫。

大巫的身体似乎还是不好，这样轻暖的风里，仍咳了几声。

萧韶右手轻轻按在刀柄上，回身看他，目光仍旧很冷，道："舍利佛，彼土何故名为极乐？其国众生，无有众苦，但受诸乐，故名极乐。"

大巫道："众生闻者……应当发愿，愿生彼国。"

他们两人的对话出自同一部旨在讲述极乐之国的佛经。

萧韶："城中是滇国众生？"

"若是，殿下意下如何？"大巫的声音仍是那种奇异机械的沙哑，血红色的眼珠缓缓转了转，望向城中，"世间众生，不必诵佛，不必发愿，皆可脱离苦海，永登极乐。"

萧韶："众生来此，现世该当如何？"

大巫轻拢双袖："现世肮脏，弃去也罢。"

萧韶望着天际，久久不言。

大巫缓缓说："我与殿下从无仇恨隔阂。"

说罢，他轻缓拂袖，无边无际的旷野中，一阵微风拂过。

田间出现一个麻衣少年郎的身影，追着一只灰狗子跑动。

他们愈跑愈远，天边逐渐浮现一片梅林，梅林后是一座安详的村庄，阡陌交通，鸡犬相闻，渐有炊烟袅袅，间有人声。

"大娘！"那少年郎回了村里，道，"你怎的一直站在门口？"

大娘说："前些年走了的那对孩子，怎的也不见回来看看？"

第三章

时间河流

这是桃花源。

还有桃花源里的大娘、邻居家的少年郎和灰狗子。

桃花源还像昔日那样安宁、祥和。

像他们眼前的那座城一样安宁、祥和。

这座城和这座桃花源。

——他们都是被大巫杀死的人。

或是被法术直接杀死，或是死于血毒。

若这个世界并非幻境，而是真实，那么他们死于大巫之手后，以某种方式，以灵魂，或是别的什么，来到了另一个世界——大巫为他们准备好的这个世界。

这个世界没有风霜雨雪，没有战乱饥馑，人人和蔼可亲，他们一路走来，没见过哪怕一张哭泣、发怒、忧伤的面孔。林疏想，不知道他们还是不是以前的那个人，还记不记得以前的事情。

而另外一个问题是，假如这个世界是真的，那么大巫是想要世间所有人都死在他手中，然后将世人引至这个"极乐世界"吗？

是一个有理想的大巫。

他漫无边际地想着这些，听见萧韶问："这是陆地神仙境界吗？"

大巫道："是。"

萧韶："脱离天道束缚，另创一界？"

大巫缓缓道："人间世亦不过混沌中一片浮苇。我既已修行圆满，脱离人间世，飞升仙界，为何不可自行开辟天地？"

林疏不想说话，只是听着他们的对话，获得新的理论知识。

原本，修仙人的飞升，就是对自身之"道"的感悟彻底圆融完满，可以不依附于天道而独存，此时经过破界劫雷，便可以飞升仙界，到更广阔的世界去。

而此时，这个人已经有一套足以自洽的"道"了，依托天道，有人间世，那么依托此人的道，也未必不能开创出另外一个可以自洽的世界。

毕竟，自古以来流传着的盘古开天辟地的传说，也是一个人，于混沌中开出一片天地来。

佛家说婆婆三千世界，刹那为生灭，连物理学中，也有人提出什么"平行宇宙"的假说。

林疏觉得这套理论他可以接受。

他继续听。

萧韶："你为何没有飞升？"

大巫一笑："尚有余事未了。"

萧韶神色淡淡，没有看大巫，只是看着城中众生，道："余事便是使天下之人，永登极乐吗？"

大巫："你若愿意，南北两夏即可言和。"

萧韶一脸冷漠："在这里言和吗？"

大巫："不然？"

林疏居然莫名觉得大巫对萧韶挺好。

大巫甚至很和蔼，像个长辈，一点都不像对他那样阴阳怪气、暧昧不清。

但是，大巫话里的意思，一点都不和蔼。

南夏和北夏握手言和，大家一起在人间世变成活尸，然后在这个世界和平生活。

不言和也可以，强行传染血毒，大家一起在人间世变成活尸，然后在这个世界和平生活。

林疏："……"

行吧。

萧韶道："不能苟同。"

大巫："为何？"

萧韶俯瞰整座城："他们过得好吗？"

大巫："好。"

"心中再无仇恨怨怼？"

大巫："他们皆已摒去恶欲。"

"其实阁下要达成所愿，也无须去祸害苍生。"萧韶转向大巫，"只需要将自己变成城中众生之一，便可再无仇恨怨怼，永登极乐，得偿所愿。"

大巫一时语塞。

林疏想，韶哥还是韶哥。

但大巫也不是等闲之辈："我为众生抱薪于风雪，岂可先行一步？"

萧韶："恐怕只是你一厢情愿。"

大巫却幽幽笑了。

他笑的时候，眼里的血色仿佛在流淌，森冷又诡异。

"殿下，"大巫缓缓地道，"你又怎知他们并不想这样？"

萧韶没有说话。

林疏看着大巫，觉得他眼中的血色又加深了。

只听大巫道："世间凡人颠沛流离，或苦于苛政，或苦于饥荒，衣不蔽体，食不果腹，已到极苦处，不信来日，只求解脱……我渡他们来此，有何不可？"

萧韶："众生疾苦，是我等的过错。你……既有此愿，为何不与南夏停战乱，养民生？"

大巫殷红的嘴角继而勾出一丝飘忽的笑意，道："却由不得我愿或不愿。"

萧韶："哦？"

他说："你身为大巫，连此等权柄都没有吗？"

大巫略低下头，嘴角还是带笑。

他眼里的血色微微跳动，像一潭流动的血，几乎要破开眼珠的束缚，往下流出来。

林疏打量大巫。

他觉得大巫此刻的神色很疯狂，疯狂之中又很压抑，而从他垂在身侧的、青色的衣袖里，露出的那只毫无血色、干枯瘦削的手，微微颤抖着，仿佛在压制着什么。

大巫的声音嘶哑而断断续续，仿佛一半含在喉咙里，说："殿下，你当真不与我苟同吗？"

萧韶："不与。"

大巫笑了笑。

"道不同，不相为谋。"大巫道，"殿下有林疏在侧，聊以解闷，恕在下失陪了。"

说罢，他的身影缓缓消散，化为无数漆黑飞灰，弥散在天地间。

林疏和萧韶对视一眼。

林疏道："他还会回来吗？"

萧韶："不会。"

林疏："哦。"

萧韶："走？"

林疏："嗯。"

他心中还是颇为清楚的——这两人谈崩了。

大巫一走，他们两个人就被困在这个世界了。

至于要怎么出去，还须自己寻找破解之法。

萧韶道："去村子里吧。"

林疏："嗯。"

无论如何，桃花源是一个特殊的存在。

他们便离开这个高地，往北边走去。桃花源的一切映入眼帘，是熟悉得不能再熟悉的景象，田埂、小溪，都是他们走过的地方。小溪里时不时游过去的，一看就十分肥美的鱼，也是他们曾捞起来的那一种。

村民们在田地锄地干活，见他们来，脸上露出和善的笑意，和他们打招呼，有几个甚至喊出他们的名字，说："好几年不见，你俩又回来啦。"

村民们脸上的笑意，和城中众人几乎一模一样。每个人脸上的表情几乎都一样，有些怪异，但竟然并不违和。

林疏思索其中原因：桃花源中的村民，生活状态其实本来就和那座城里的人的生活状态非常接近——没有战乱，没有饥馑，食物取之不竭，生活井然有序且无忧无虑。

桃花源，算不算一个小型的极乐之国呢？

他们走到了大娘家所在的小巷子里。

灰狗子不知从哪里跑出来，坐在路边，以固定的频率摇晃着尾巴，嘴张开，露出小半截舌头，居然仿佛也在笑。

倚在门框边的大娘也笑："孩子来啦。"

她在麻布围裙上擦了擦手，转过身，带着两个人往里走："被子晒好啦，睡得舒服，也熬了鱼汤，给孩子补补身……"

雪白的鱼汤被端上桌，上面漂浮着鲜嫩翠绿的葱花，绵长鲜香的味道和记忆中的味道一模一样。

大娘坐在他们对面，脸上带着笑。

林疏和萧韶规规矩矩地喝了，大娘便笑意更深。

萧韶引起话题来，和大娘闲谈，大娘便和他们攀谈起来，对话竟然进行得十分顺利。

若不是之前发生过一系列事情，林疏几乎要以为自己回到了三年前。

而通过对话，他们发现，在大娘的记忆里，根本没有被大巫杀害一事，她的生活风平浪静，只是三年前那一对孩子走了，三年后又回来看她。

林疏看到萧韶眉头轻蹙，问大娘："大娘，村里还有地动吗？"

"地动？"大娘露出不解的神情，"地动是什么？"

萧韶用指尖在桌面上轻轻敲了一下，然后对大娘道："无事……我记错了，这是外面的词。"

他轻轻叹了口气，转移话题："大娘，不知你还记不记得，我和疏儿，掉了的那个孩子？"

掉了的那个孩子？

林疏回想。

当年他和萧韶发现彼此都是真实的男儿身，便相互指责对方把没出生的盈盈弄丢了，大娘误以为是滑胎。

大娘却又露出不解的神情："你们两个去外面三年，怎的多了这么多我听不懂的话？"

"掉了，就是……疏儿原本怀了身孕，却一时不慎，滑胎……"萧韶面不改色。

大娘更加不解："揣在肚子里的孩子，怎么会掉呢？我从未听过这等稀奇之事。"

林疏就听见萧韶又诡异地转变了话题，带到不相关的事情上去了。

鱼汤喝完，话也谈完，他们便被大娘塞进卧室，说他们远道而来，赶快休息一下。

等房间中就剩他们两个人，萧韶道："大娘的神志比城中人清楚许多。"

林疏："嗯。"

他们与城中人说话，那里的人往往语焉不详，说两句话就开始机械地重复，大娘却能与他们进行完整的对话。

萧韶轻轻吐了一口气，道："我知道大巫怎样创出极乐之国了。"

林疏用眼神表示自己愿闻其详。

"人有七情，喜怒哀惧爱恶欲。极乐之国中人，只知喜乐，不知其他，是因大巫抹去了他们与哀惧有关之记忆，或魂魄中与其相关之物，故而人人皆和善喜乐，忘记一切与忧惧相关之物。故而大娘明明记得你爱喝鱼汤，记得你我所睡之房间，亦记得你我离开三年之久，却不知何为'地动'，何为'滑胎'。"

林疏觉得萧韶说得有理，点了点头。

萧韶继续道："而桃花源中人，原本就天性纯朴，又避世而居，并没有多少与忧惧相关的情绪，故而……被大巫剥离之物较少，神志偏向正常。而滇地民生多苦，被大巫剥离之物……便多，故而神志不清。"

很合理的一个解释。

林疏望向窗外这个山清水秀的村庄。

村庄还是那个村庄，大娘还是那个大娘，她的魂魄还在，还是原来那一个，只是——有什么东西被永久地抹去了。

而大巫将人心中负面之物尽数抹去，他们就会永远、永远活在这样安乐祥和的氛围当中，极乐之国也就这样无限地运转下去，永远和平，永远宁静。

毕竟，没有人知道"苦"为何物。

这是一个自洽的世界，从理论上来说，是确实可以存在的。

若无外力，大巫的这个世界永远不会被破坏。

那么，他们也就找不到这里的漏洞。

找不到漏洞，就无法出去。

他看着萧韶也望向窗外，眼神中有些许迷惘神色。

林疏想，这恐怕是一个难关。

若找不出破绽，恐怕要永无止境地在这里待下去。

他看见萧韶笑了一下。

林疏："嗯？"

"无事。"萧韶道，"三年前，我曾想，永久与你在桃花源居留，便是我平生心愿。今日得大巫所赐，也算了却一桩心事。"

林疏说："那……留下？"

他是个没有感情的剑修，没什么原则，对外面的世界也没有什么留恋牵挂，假如萧韶突然改变主意想留下，那也无不可，反正对他来说，怎样过都是一辈子。

他继续道："不找漏洞了？"

"找。"萧韶勾唇笑了笑，这人生得好看无比，眼角微微上挑，这一笑，好看之中，又带一点戾气，仿佛牡丹沾血、桃花结霜，"桃花源血债，必以血偿。"

作为一个没有感情的剑修，林疏没有主观倾向，只附和了一下："好。"

就听萧韶道："极乐之国，其实有一个惊天的漏洞。"

惊天的漏洞？

林疏刚刚还在想大巫通过抹去人心中的负面因素，构建了一个完美自洽的世界，很能自圆其说——萧韶就说有一个惊天的漏洞，这让他不得不再次怀疑自己的大脑比起萧韶的是否有些许简化。

但他能做什么呢？

他什么都不能。

他只能发问："什么漏洞？"

"说来话长。"萧韶用手指抚过枣木的桌面,轻轻叩了一下。

恰逢其时,大娘院子里的公鸡引吭高啼,而两只母鸡发出"咕咕"之声。

"大娘家里有两只母鸡,每日清晨下蛋,大娘原本每天拾了鸡蛋,就拿到巷子尽头两个儿子家中。"萧韶道,"后来,我们来了,每日的两枚鸡蛋便不再往那处送,而是留给你补身子。"

林疏点点头。

大娘的两个儿子分家出去,和自己的媳妇过日子,但他们经常来串门,大娘也经常往他们那里送吃食和物品——但林疏和萧韶来到这里后,大娘的喜爱发生转移,两个儿子便失去了每天的鸡蛋供应。

萧韶道:"开始几天,那两位兄弟其实有点不高兴。"

林疏歪了歪脑袋。

萧韶继续道:"后来隔着窗户看见你……你那时还穿着女孩子的衣服,也有易容在,他们恐怕是见你美丽,就不再为两个鸡蛋嫉妒了。"

林疏:"?"

萧韶轻轻"咳"了一声:"你毕竟那样好看,他们时常往你身上乱瞟——后来被我略施惩戒,还被各自的妻子拧了耳朵,便不大看你了。再后来你换成男装,大家便相安无事。"

林疏:"……"

原来他看不见的那段时间,还发生过这种事情。

那萧韶说这件事情的用意在哪里呢?

萧韶仿佛知道他心中迷惑,继续解释:"不患寡而患不均,桃花源已经是世上罕有的清静淳朴之地,他们两个却也会因为两枚鸡蛋吃醋。"

顿了顿,萧韶继续道:"后来那几天,我看着整座村子,便想,桃花源有这些人,已经足够,不要再多了。"

林疏蹙了蹙眉头:"嗯?"

随即,他反应过来,眉头舒展开,觉得自己理解了萧韶的用意:"嗯。"

萧韶看着他笑了一下。

林疏觉得自己被嘲笑了。

桃花源地处群山环抱之间,四面皆是峭壁,无法出去,可以说是一个封闭的世界。

也就是说,这片土地的面积是固定的。

土地面积固定,所能生产的资源也是固定的……而若是村民不断繁衍,从现在的二百余人，到四百，到八百，乃至两千呢？

若是有限的土地不能供给村民足够的粮食，桃花源会怎样？会发生争抢吗？会有动乱吗？

——到那时，它或许就不是一个桃花源了。

萧韶以指尖蘸水，在桌上画了一个圈。

他说："这是一个鸡蛋。"

林疏觉得萧韶现在对待他的态度仿佛在对待一个低龄儿童。

可他能做什么呢？

只能像一个儿童那样向萧老师点点头罢了。

萧老师说："假定此鸡蛋为赵鸡脖与赵鸭脖喜爱之物，且仅此一个。"

林疏继续点头。

赵鸡脖和赵鸭脖是桃花源大娘的两个儿子。

萧韶继续道："大娘将此物给你，赵鸡脖与赵鸭脖便会不悦。"

林疏："嗯。"

"若你并非一个白衣仙子，而是一个面目普通的男孩子，赵鸡脖与赵鸭脖便会找你麻烦。然后两方发生冲突，乃至开始打架。"

林疏点头。

虽然萧韶的举例有点奇怪，但还是很有道理的。

萧韶便极轻极淡地一笑，指尖又划一道，将那个鸡蛋一分为二。

一分为二还不够，继续二分为四，四分为八，最后整个鸡蛋惨不忍睹，变成一摊什么都看不出来的杂乱水迹。

只听萧韶淡淡地道："天下之事，战乱纷争，皆出于此。"

林疏："似乎是。"

天下的疆域有限，百姓的繁衍却没有止息，没有一个国家能放弃开疆拓土之欲，如同赵鸡脖与赵鸭脖希望得到鸡蛋。战乱便由此而起，民生疾苦，也因此生发。

林疏便道："所以……"

"所以桃花源之所以是桃花源，是因为村民可以自给自足，而那座城……之所以永久宁静祥和，是因为城外有取之不尽的粮食。"萧韶道。

林疏点点头。

他们观察过城中人的生活。

水、食物、衣料、房屋，全都可以凭空而生，没有穷尽。

而大家所拥有的东西都一样，故而没有攀比，也没有争斗。

每一天，都有漂亮的少女去汲取河中清澈甜香之水，灌满琉璃杯。城中居民，渴时随意去饮，饮时闭目细品，放下琉璃杯时，满脸陶醉笑意。

"因其不寡，故而可均，因其均，故而民众怡然自乐……圣人道'不患寡而患不均'，实则有寡便必有不均，因人心不足，欲壑难填。而赵鸡脖与赵鸭脖有对鸡蛋之喜爱，才有失鸡蛋之嫉妒。"萧韶淡淡地道。

林疏便想起城中居民饮水时那幸福的神情。

他们一定很喜欢，大巫没有剥夺"喜欢"这一正面情感。

但若是，城中人尽皆口渴难耐，而河水断流，城中只剩一杯水呢？

他们会怎样？

会哄抢吗？

毕竟……他们都很喜欢。

喜欢，就会想要得到。

都想要得到，便会起争执和冲突。

一旦他们争先恐后，都伸出手去争那杯水，毫无疑问，城中便会大乱。

那么到那时的城，就不是大巫想要的那座极乐之城了。

萧韶最后道："他痛恨世间污浊，众生皆苦，可世人……就是这样。喜怒哀惧爱恶欲，七情相生相成，喜可生欲，爱可生恶。他自以为抹去世间肮脏，便可永远清静，却不知春风吹又生，永无干净之日。"

萧韶给自己讲解了这么多，林疏给他倒了一杯水，推过去，然后附和之："所以……大巫的极乐之国，其实是空中楼阁。若无无限的资源供给，迟早会沦落，和他抹不抹去人的情绪无关。"

萧韶揉了揉他的头发："聪明。"

林疏："但这个世界是大巫所创造的，他想要这里有无穷无尽的资源，便会有。"

萧韶道："但维持这个世界应该会消耗大巫自身。"

这话使林疏一下子清醒了。

大巫的身体很差。

据萧瑄所说，每个月还会虚弱七天。

会不会就是为了维持这个世界？

假如、假如这个假设是成立的，这座城的供给看似无限，其实却是有限，取决于大巫的力量——

那么极乐之国是有尽头的。

再假如，极乐之国有尽头，那么只要找到了尽头，他们就能返回，而不会被大巫困死在这里。

要怎样才能走到尽头呢？

萧韶忽然戳了戳黑猫的脑袋。

猫正在专心致志地发抖，冷不防被他一戳，怒目而视，甚至竖起了尾巴。

"前辈，"萧韶十分有礼，"前辈身为陆地神仙，难道除灵力深厚外，便没什么特殊之处吗？"

猫的气焰一下子弱了，连尾巴都垂下去了。

萧韶很失望。

林疏也很失望。

但萧韶没有放弃："阵有阵眼，此处应当也有一个中枢，前辈感知力比我们敏锐许多，难道这个世界便没什么气脉特殊的地方吗？"

猫钻到了林疏怀里，不看，也不想听。

萧韶冷漠了起来，拎起了猫的后脖颈。

"我一路抱着你，你发抖的频率，分明有强有弱。"萧韶冷漠无比，"带我们去你最怕的地方。"

猫虚弱地挣扎了几下，无法，妥协地"喵"了一声。

萧韶把它放在桌子上。

它跳下去，往门外走。

林疏和萧韶跟上。

猫虽胆小得很，可萧韶一旦冷漠起来，周身的气势也很冰冷，这让猫屈服了。

猫带着他们重新回到城中，穿街走巷，愈来愈深入这座城。

最后，它一步一停、一步一抖地，在一个佛寺前停下了脚步。

滇地尚佛，古来便有"妙香佛国"之称，故而这里出现佛寺，并不稀奇。

萧韶态度软化，重新抱起猫来，安抚地摸着它。

猫生无可恋地把脸埋在身体里。

他们走入这座佛寺。

佛寺寂静无比，连一个洒扫僧人的身影都不见，大雄宝殿里空空荡荡，只有几个蒲垫与斑驳的佛像。

斑驳的。

林疏看向四壁，墙皮脱落，殿内装饰陈旧。

这是整座崭新鲜艳的极乐之城里唯一破旧的地方。

——猫果然没有带错路。

大巫的意思是把他们困死在极乐之国，永生不能出来，却不知他们还随身携带了一只陆地神仙。

猫常有，而陆地神仙不常有。

纵然是大巫，也想不到。

他们看向高大的佛像。

昏暗的佛寺里，外面的光线透进来，照亮空气中飘荡的浮世尘埃。高大的佛像静静矗立，微微前倾，一掌前推，掌心向外。

佛像的形制、佛衣上的花纹，与寻常佛像很不一样，最骇人之处是，它只有一只眼睛，位于脸的正中，微微下视，仿佛在俯瞰众生。

林疏："过去佛？"

萧韶激发出灵力，无形气劲推着佛像缓缓转动，露出背面。

背面却不是背，而是另一个几乎一模一样的佛像，同样的姿势，也是一只眼睛，不同的是，这只眼睛是微微往上看的。

这是一个双面佛。

方才那一面，名为过去佛。

现在这一面，名为未来佛。

佛香无火自燃，香火气弥漫在整座大雄宝殿，不知何处传来唱经声，并着这座微微前倾的佛像，空气中仿佛有很沉重的压力。

他们正仰视佛像，忽闻身后传来脚步声。

是个老年僧人，看衣服，很有可能是这里的住持。

住持面目和蔼，对他们行一礼："施主。"

桃花源里的人们，因为心中负面情绪很少，所以神志大多正常。

僧人的负面情绪，向来也不会很多，可以推知，住持的神志也颇为清醒。

萧韶道："我有一惑。"

住持微笑一躬身道："施主请讲。"

林疏没有想到的是，萧韶再次问了那个问题。

"此国之主在何处？"

住持道："无处不在。"

萧韶："是一人，还是众人？"

住持："是一人。"

萧韶直视住持："无处不在之人，是何人？"

住持捻动手中念珠，眉目和蔼如菩萨低眉："是众生。"

极乐之国的主人，是一人。

那么这位老住持为何又要说，是众生？

萧韶的目光若有所思，说："多谢方丈。"

老住持躬身行礼："施主，客气了。"

萧韶道："方丈，为何供奉两面佛？"

方丈没有说话，神情依旧慈祥。

林疏便知道，这个问题超出了方丈所能回答的范围。

先前他们拦住路上的老者，问此地的主人是谁，老者没有给出任何有意义的回答，而方丈给出了，说明方丈的神志比较清晰，对这个世界也有所了解。

而问到"为何供奉双面佛"，方丈却无法回答了。

"为何供奉双面佛"，是比"极乐之国的主人是谁"更难回答的问题吗？

方丈不回答，事情便再次陷入僵局，萧韶用灵力催动佛像，使它缓缓旋转。

过去佛与未来佛在旋转中交替出现，其庄严沉默的神情、向前推出的手掌，与那脸部正中横亘着的眼睛，无一不透露出某种难以言说的诡异。

过程中，萧韶忽然开口。

"方丈，"他道，"现在佛在何处？"

过去佛、现在佛、未来佛是佛教的"三佛"，在佛经中往往一同出现，这座庙宇却只供奉了过去佛与未来佛合一的双面佛，或许有些问题。

方丈依旧慈和："现在佛在众生之间，无须供奉。"

萧韶便蹙了蹙眉，似乎在思索这句话中有何玄机。

他停了下来。

佛像恰好转到过去佛这一面，其眼珠下视，仿佛直直地看着殿堂里的三人。

萧韶与它对视。

奇异的寂静在殿堂中流淌。

一声颤抖的猫叫打破了寂静。

林疏和萧韶看向缩在角落里，死也不出来的猫。

显然，猫害怕佛像。

故而可以佐证，佛像是这个世界的核心之物。

"前辈，"萧韶以诱哄的语气道，"若我们无法离开这个世界，你便再也吃不到外面的食物。"

猫歪了歪脑袋。

萧韶继续道："不仅如此，还无法飞升。"

猫的耳朵动了动。

它的身体虽仍蜷缩在角落，但微微转动的绿色瞳孔已经泄露了心中的动摇。

萧韶的声音放缓："乖，出去给你烤竹鼠。"

猫的耳朵又动了动。

林疏想，甜言蜜语，果然有用。

猫站了起来。

猫迈出了前爪。

猫颤颤巍巍地向佛像走去，走到了佛像的底座前。

但它没有停住，而是轻轻一跃，落在了佛像所坐的莲台里。

九瓣金莲中，猫又发了一会儿抖。

然后它再次往上爬，爬上了过去佛的膝盖，继而跳上了佛像的手臂。

佛像的手臂平直向前伸，掌心向外推。

然后，一只黑色的、毛茸茸的猫爪，搭在了佛像那只向外推的手掌上。

这动作似乎是在结一种神秘的佛印，而看猫的动作，似乎又是在暗示这只手掌上有玄机。

萧韶走上前，观察着佛像的掌心，眼中有思索之色。

林疏也看佛像的掌心。

其掌心有一枚浅淡的印记，依稀也是一只往下看的眼睛的形状。

眼睛，其实是一种很奇怪的东西，只有成对出现在人脸上的时候，才不恐怖。

而在其余任何情境下，单独的眼睛形状，都有些神秘，乃至不祥。

萧韶轻轻碰了一下那掌心上的眼睛。

放下手，他微蹙眉。

林疏："怎么了？"

萧韶道："有一种……很特殊的感觉。"

说罢，他缓缓展开右手，将自己的手心与佛像的手心相抵！

林疏睁大了眼睛。

那一刻，他感到空气中泛过一丝无法言喻的涟漪！

是一种非常、非常特殊的感觉。

仿佛整个世界的内部，出现了一丝变化，如同一座巨大机器的齿轮开始往不同的方向运转。

萧韶闭着眼，林疏喊了他几声，他都没有反应。

猫趴在佛像的手臂上，也密切关注着萧韶。自林疏遇到它以来，第一次见这只懒惰的动物亮出了小弯月一样锋利的爪钩，似乎随时准备把萧韶挠醒。

林疏看向香炉中的一支线香。

香燃尽之时，萧韶猛地睁开眼睛！

他此时的眼瞳墨黑一片，很深，仿佛含着无尽的混沌，过一会儿，这种感觉才渐渐散去，一切恢复正常。

林疏："怎么了？"

萧韶道："我看到了一个……场景。"

说罢，他似乎理了理思绪，想寻找合适的措辞，却未果，对林疏道："你也来吧。"

林疏走上前，也像方才的萧韶一样，将手心贴在了佛像的手心上。

浩瀚而无形的吸力从佛像的掌心传来，他的整个神魂仿佛被抽离出躯壳，坠入无尽深渊。

难以忍受，充斥整个脑子的眩晕过后，林疏发现自己能看见了。

灰色。

一片灰色。

往上、往下，都是一样的情景。

眩晕里，他没有看到自己的形体，也不知道自己到底身处何方，灰茫茫的世界里，寂静、毫无声息。

又过一会儿，似乎是适应了这里的环境，他不大晕了。与此同时，无边的灰色虚空里，忽然布满了密密麻麻、若隐若现的金色线条。

一眼望去，数之不尽，而且相互纠结缠绕，以难以言喻的姿态缠在一起，线条中流转着隐隐约约的光芒。

虽纠缠不清，但是，仔细观察后，却能看出有一个总体的趋势，它们仿佛在流动。

仿佛一条往前流淌的光河，断在了林疏这里。

再往前，就是虚空，所以林疏选择溯流而上。

他不知道这到底是怎样漫长的一段路途，只知道，纠缠不断的金色丝线，一直在减少，丝线之间的关系也愈加简单，不再复杂到使人眩晕。

这条金色的光河，在虚空中愈收愈窄，只有原来的一半宽度，然后，戛然而止。

它收拢于一点。

这到底是什么？

林疏在那虚空中的金色光点边徘徊。

作为一个有物理学素养的人，他的脑海中闪过许多专业的名词。

比如很简单的概念——质点和原点，又如奇点。

观察没有结果，他又沿着河流向下，不断往前，不断往前。

仿佛走过了一辈子那么长，终于到了河流的尽头。那些在虚空中缠绕的金色丝线在尽头处戛然而止，仿佛猛地被一个截面切断！

林疏在横截面上徘徊，试图看清这里的全貌。

徘徊。

他努力调整角度。

忽然，在某一个特殊的位置，他忽然一个激灵！

在这个位置，他看到了真正的横截面，因着视角有限，金色丝线的来龙去脉全部被隐在后面，他看见铺天盖地，全是金色的光点。

金色光点隐约闪烁，背景是无尽的虚空，整个场景如同盛夏之夜抬头所见的那片星空。

下一刻，一阵天旋地转，再恢复清醒的时候，他回到了佛寺之中。

萧韶扶了他一把，稳住他的身形："你看到了吗？"

林疏："看到了。"

然后，他从眩晕中缓了缓，喘了几口气："一条河，很多线在流……但我不知道意味着什么。"

萧韶："我亦没有想通。"

这下林疏就放心了。

韶哥都没有想通，那他想不明白，也不是什么丢脸之事。

萧韶转动佛像，让未来佛那一面朝外，道："再试？"

林疏点点头。

佛像很大，故而手也很大，他们两个可以同时将掌心贴在上面。

同样的眩晕过后，展现在他们面前的是一片星空。

但林疏已经是有经验的人了，他往旁边飘了飘，场景立即变化，又变成纠结缠绕不清的金色丝线所组成的河流。

与此同时，另一个金色的光点在他眼前飘了飘。

这个世界只有线，没有点，所以林疏估计，这个点是萧韶。

而自己现在的形态，应当也是一个光点。

他看见那个光点飞舞着朝自己画了个圆。

于是他也飞了一个圆。

那个光点很亲昵地飞到了他的旁边。

他们一起沿着河流的方向飞。

飞。

不停地飞。

在方才的那个空间里，丝线越来越少，河流越来越窄，可现在，他们往前飞，纠缠的金色丝线中，有的丝线断了，但也在不断地生出新的线，河流缓慢地流淌着，愈来愈宽，线条纠缠的方式也越来越复杂。

整个世界都被望不到边缘的金色河流充斥。

整条河流，仿佛永远、永远没有尽头。

萧韶停下了。

林疏也停下了。

萧韶仿佛打消了继续往前的念头，开始围着他绕圈圈。

林疏就也围着萧韶绕圈圈。

绕着绕着，他发现代表萧韶的那个光点，拖曳着一条淡淡的金色轨迹。

他往回看，发现自己也因为飞动，在虚空中留下一道痕迹。

两条痕迹相互缠绕，然后很快消失。

他忽然顿住了，脑海中炸起一道惊雷！

他脑中嗡嗡作响，仿佛窥知了一个惊天的秘密。

若他有形体，此时必微微颤抖。

他想起了一句话。

点动成线。

点动成线！

这不是物理学，这是数学。

他望向那些金色的线。

人，独立的人，在这个空间内，是一个金色的光点。

当这个光点缓缓移动，往前走，就是一条线。

两个光点相遇，相互吸引，或排斥，它们的线便相互纠缠，不再平行。

而当不可计数的光点在一起，向前移动，就成了一道金色的河流。

假如说，每个光点是一个人，或一只动物，或一株草、一棵树，所有的光点聚合在一起，就是整个大千世界在虚空中的投影。

而时间往前流淌，光点不断前进，光河奔流不息。

佛像的名字——过去佛、现在佛、未来佛，正与时间有关。

那么河流的每一个横截面，那片浩瀚的光点组成的星空，就是在一个具体的时间点上，这个世界的样子。

比如说他们来到此地的时候，面前那个横断面，就象征着现在。

光河自过去流淌而来，流向未来，所有丝线相互纠缠向前的形态，就是他们所处的这个世界随光阴而变迁。

那么这条光河，是……时间的河流。

林疏心中惊雷久久不息。

他想了很多东西，想过去，想未来，想那条河，主要是想物理学。

通过过去佛，可以从时间河流逆流回到源头。

通过未来佛，可以往前，去往不可知的未来。

佛寺中没有现在佛，因为他们所处的时间就是现在。

代表他和代表萧韶的两个光点在虚空中静静悬停，然后在某一个时间点，突然眩晕，回到现实世界。

萧韶将自己的手从佛像手心上移开，望向他。

他和萧韶对视。

萧韶问他："你怎么想？"

林疏摇了摇头。

和萧韶讲物理学，恐怕是行不通的，他需要组织一下语言，所以他想先听听萧韶的看法。

于是他道："我先听你说。"

萧韶道："你我在虚空中是光点，与金线材质相似。"

林疏点点头。

萧韶继续道："金线数之不清，有生有灭，我想，或许是世上的人，或是生灵。"

林疏道："我也这样想。"

萧韶望着佛像，道："那面镜子。"

林疏："嗯？"

"分离聚合，莫非前定。"萧韶复述了青冥洞天那面奇怪的铜镜后面镌刻的题词，然后道，"我想，金线相互缠绕，是不同生灵间的因果。所有金线都向前移动，相互之间不断影响，假如它们原本不是互相缠绕的，而是渐渐缠绕向前走……"

萧韶蹙了蹙眉，似乎是不知道该怎样形容，过了一会儿，才道："虚空中，我接近你的时候，会有一种……感觉，似乎有力量在推挤。"

林疏点点头。

相互作用力。

"丝线向前走,相互推挤,此刻的走向,由上一刻决定,上一刻的走向,由上上刻决定,如同今日之果是昨日之因,今日之因是明日之果,桃源君为你我定下婚约是因,你我如今情深义重是果。世间万事,其实都是之前所有事情种下的因所确定之果,而现在发生之事,又是来日即将发生之事之因。"

林疏明白萧韶的意思。

那些金线相互缠绕,就是世间万物的因果纠缠。

萧韶继续道:"那条河流,我想,是整个大千世界之流变。"

林疏看他的目光已经发生变化。

萧韶继续道:"圣人立于川上,曾曰,'逝者如斯夫,不舍昼夜'[①],我想,因果之河,亦可以说是光阴变迁。"

林疏:"!"

韶哥,请你穿越后世,学习物理。

想必当我埋头苦学的时候,你已经是学界泰斗了。

再一想,那个世界没有桃源君,估计他和萧韶不会产生任何交集。

萧老师必然是不会注意到总是坐在角落里的他的。

虽然……他学得其实还不错。

林疏拽回自己的思绪。

萧韶问他:"你怎样想?"

林疏在窗台的香炉中拔了一支香,在窗台铺一层薄薄的香灰,在香灰里开始画图。

他画了一条直线,然后画了两条竖线,将直线截断。

萧韶:"嗯?"

林疏道:"光点移动,成了线,但是,假如我将线截出一段……"

萧韶:"是一段时间。"

林疏继续道:"假如这一段,非常小,或者无限小……"

萧韶微微蹙了眉。

林疏道:"——直到它不能再小的时候,我就截出了一个点。"

随后,他在直线旁边添数道波浪线,示意这是那道光河,又画一条直线,将

[①] 引自《论语·子罕》,引用时有改动,原句为"子在川上曰:逝者如斯夫!不舍昼夜"。

其拦腰斩断。

"此时我截出了无数不动的点。"林疏道,"这就是在某一个……时刻,一个静止的世界。"

萧韶看着那幅图,眼中略有思索之色,然后眉头舒展,道:"确实如此。"

没等林疏继续往下解释,他道:"进入未来佛时,河流从某一处开始流动,便是你我进入佛像的那一刻。"

他从林疏手中拿到那根线香,在河流中截了一道:"你我那时进入,在这里。"

然后,他在河流旁边不远处又截了一道:"若现在进,便在这里。"

林疏点点头。

萧韶:"你好聪明。"

林疏脸上有点发烫。

萧韶又拿线香在香灰上拨了几下,然后道:"这样说来,由过去佛,可以追溯往日,由未来佛,可以预知未来……而世间发生之事,因果相生,其实早已注定。"

林疏蹙了蹙眉,道:"或许可以这样说。"

无数光线,彼此之间有不同的相互作用,它们互相推挤,互相改变,在命运河流中缠绕向前……如果有一台运算力足够强大的智脑的话,所有光线的轨迹,其实是可以模拟和预测的。

换成通俗的话来讲,前因已经确定,那么后果也已经确定,所有的未来都是……已经注定的。

这就有点不太唯物主义,但事实已经摆在面前。

林疏将线香重新插回去,清理掉窗台上的香灰。

清理完,他看见萧韶望着两面佛,目光深沉。

他走到萧韶身边。

萧韶:"我有一个危险的想法。"

林疏:"?"

萧韶:"此佛像,为极乐之国的核心。"

林疏点了点头。

——就见萧韶上前,指尖与佛像的指尖相触。

然后,他猛然发力!

磅礴灵力在那一刹那激起,压缩到难以想象的强度,直冲佛像而去!

"噼啪"。

未来佛的指尖,出现了一道裂痕。

与此同时，一直慈眉善目的老方丈的眼睛忽然失去所有神采，变成两个暗淡无光的黑洞。

　　下一刻，他变指为爪，飞速向萧韶袭去！

　　折竹出鞘，林疏横剑前扫，一道冷光挡住方丈攻势！

　　事情发生在电光石火间，猝然出剑，林疏并没有留下任何后手，方丈立刻被强横的剑气击飞。

　　渡劫期的剑气，击在凡人身上，不死也要重伤。

　　却见方丈被剑气携带的力道重重推在了墙上，吐出一口血来，身形竟渐渐消散了！

　　也对……极乐之国的人们，原本就不是真实的人。

　　他听到了脚步声。

　　密集的脚步声。

　　仿佛地面都在震颤。

　　先来的是几个灰袍的僧人，目光也如同方才的方丈一样漆黑无神，直直撞上来，攻击萧韶。

　　林疏把他们全部解决。

　　脚步声轰鸣，仍然未停，墙壁簌簌落下灰尘。

　　林疏知道，整个世界的人，都要往这里来了。

　　这不是坏事——至少证明萧韶正在做的事情，会动摇这个世界的根基！

　　所以才有源源不断的人去攻击他，以保护极乐之国。

　　他看了看萧韶。

　　萧韶转过头来，对他点了点头。

　　裂痕已经从指尖蔓延到了佛像的整条手臂。

　　林疏回头，面对寺门外汹涌而来的众生。

　　他们似乎全部被什么东西控制，不像众生，倒像成千上万的活尸。

　　林疏没有杀过生，没有沾过血。

　　但他现在是个没有感情的剑修。

　　而这些人，根本不能算是人。

　　折竹剑，锋芒闪烁。

　　无情剑意如万古云霄。

　　极乐之国的人们如潮水涌来，而林疏剑锋所到之处，他们成片成片倒下，消失。

　　终于，在某一个时刻，所有人都静止了。

他们缓缓让出一条通道。

青衣的大巫朝这里走来。

林疏闭了闭眼,平静心神,然后缓缓拭剑。

大巫是陆地神仙,比他高出一个境界,唯有死战而已。

昔日他在拒北关外打坐恢复修为,是凌凤箫为他护法,牵制大巫,如今,也该轮到他为萧韶守一次。

大巫停在了庙门前,目光直接越过他,对萧韶冷冷地道:"停下。"

萧韶没有任何停下来的意思。

大巫振袖上前,身形中,煞气极浓。

林疏不退不避,荡剑迎上。

"长相思"第五式,"天地无情"。

大巫手中出现一把漆黑兵刃,与剑锋相击,随后迅速上扫,直取林疏咽喉!

这一式,极快,也极凶!

林疏仿佛听见兵刃的破空声中,夹杂着万千道痛苦的嘶吼、号叫。

他定下心神。

折竹剑清鸣。

嘶吼、号叫声转瞬远去。

高山之巅,雪花飘落。

掩埋一切尘世声响。

第六式,"湛然常寂"。

大巫冷冷勾唇,锋刃再度迎上。

他的招式中有种混乱邪恶的气息,血气扑面而来,仿佛来自修罗地狱。

那一刻,林疏眼前的世界仿佛被血色浸透。

他刹那变招。

雪停了。

山川里,冰原上,白茫茫一片。

一切色彩远去,血色消散,风声也停了,天地一色,只余他一个人、一把剑。

第七式,"一叶孤舟"。

这必死的招式,竟被他以攻为守,接住了。

下一刻大巫手中刀光大盛。

林疏收剑回挡!

却不防,大巫身形鬼魅一闪,竟直接越过他,往萧韶的方向去了!

漆黑刀尖，直取萧韶的后心！

林疏脑中一片空茫，但他的身体比他的直觉更快。

大巫的身法固然很快。

但是，剑阁的千年传承，亦毫不逊色。

林疏不知道自己到底是怎样挡住那一招的。

不知道手臂和剑刃怎样动作，不知剑法的奥义和轨迹。

一切仿佛在直觉中完成。

他挡在萧韶背后，大巫的刀尖穿透了他的左边肩膀，微微向下，与心脏相差无几的一个位置。

而他削掉了大巫的右手臂。

血流如注。

林疏却没感到疼。

学"长相思"时，他一直在想——

剑阁的剑招，孤寂荒芜，一往无前，从没有这样的剑招，这样以自伤来伤人的剑招。

这个招式，毫无自保的余地，当用剑之人对敌方造成致命伤害的时候，对方的刀剑，必然已经贯穿他的心脏。

这是"长相思"第八式，"平生心事"。

大巫的刀没有捅进他的心脏。

最后一刻，他似乎收了一下刀，幅度太小，林疏不知道究竟是不是。

大巫冷笑，但他看着林疏的目光很复杂。

很疯狂的一种眼神，也很痛苦，像光河中缠绕不清的线。

他左手执刀，从林疏左胸抽出，鲜血喷溅。

刀锋再次指向萧韶——只在毫厘之间！

时空却仿佛静止了。

一刹那的寂静。

佛像摇动，颤抖，片片崩落，轰然坍塌！

坍塌的碎块，全部化为黑色飞灰消失，而佛像原来所在的地方，出现一个暗金色的光点。

萧韶缓缓将光点握入手中，一字一句道："你晚了。"

下一刻，他右手猛地一握！

光点消失在他手中。

林疏看着萧韶，觉得那一刻他眼中有暗金色的河流在淌。

下一刻，萧韶接住林疏，带着他向外飞掠，飞到整座城市的上空。

"疼吗？"萧韶问林疏。

林疏摇摇头。

萧韶道："给你看好玩的东西。"

下一刻，这个世界忽然恢复正常。

人们欢声笑语走在街道上。

再下一刻，他们走动的速度快了许多！

再下一刻……所有人的动作飞快，身形快得仿佛幻影。

林疏微微睁大了眼睛。

他知道了。

佛像里面，是这个世界的核心。

而拿到了这个世界的核心，就可以随心所欲地操控这个世界！

那么，萧韶现在就是在飞快地加速这个世界的时间！

一代人死去了。

新的一代又出生。

人越来越多，极乐之城飞快向外蔓延。

也不知过了多久，萧韶道："好慢。"

他说："我带你直接去两千年后吧。"

两千年后，城市一眼望不到尽头。

萧韶就又快进。

三千年后，极乐之城填满了整个世界。

没有稻田的位置了。

萧韶嘴角噙着一点笑意，继续加速这个世界的时间。

城市里，人越来越多，越来越拥挤，摩肩接踵。

分食物的时候，饥饿出现了，随后，争抢出现了。

两人各拿着馒头的一边，互不相让。

混乱就此开始。

哄抢，踩踏，攻击。

尖叫，嘶吼，挣扎。

整个世界开始颤抖，摇摇欲坠。

萧韶最后一次将时间流速拨快。

鲜血染红了整片土地，这个安宁、美丽的极乐国度轰然倾塌，仿佛走向早已注定的尽头。

沾血的尘埃飞扬中，天空、土地、风，全都分崩离析，化作一片片碎块砸落。

林疏嗅到了夜晚干燥、冰冷的空气。

他望向外面，见整个世界的外缘轰然倾塌。

场景变换。

他发现自己和丹朱姑娘并肩躺在一个蜃壳内，身下是柔软的蜃肉，蜃肉缠绕在他们身上，几乎要结成一个蛹。

迷乱的气息。

千年之蜃，是天地间一种可怖的妖物，海上商人闻之色变。

海上航行之时，此物释放蜃气，使过往船只上的人们陷入幻境，逐渐癫狂。

船只倾覆，海员落水，成为蜃的食物。

蜃不杀人，只是将人含在自己的蜃肉中，逐渐侵蚀。

传说，那人还是会活着，甚至形体也会保留，只不过所有的记忆、意识都成了蜃的一部分。

在他们陷入幻境的时间里，大巫没有杀他们，而是把他们的身体喂了蜃，然后将他们的神魂接引入极乐之国，意在将他们永生永世困在那里。

但大巫打错了算盘，萧韶发现了极乐之国的漏洞，又有陆地神仙的猫帮助，他们找到了整个极乐之国的核心，将其击溃。

林疏激发灵力，切割自己和凌凤箫身上缠绕的雪白蜃肉。

丹朱姑娘缓缓睁开了眼睛。

第一件事情，是检查林疏身上的伤口。

没有伤口，看来极乐之国中发生的事情并没有作用在实体上。

林疏被凌凤箫拉起来，以炽阳灵力去除身上水汽。

夜幕低垂，漫天星子，微微发红。

他们在大巫所居之塔的塔顶。

一声咳嗽。

浓重夜幕中，大巫缓缓转过身来，面对着他们。

他咯了血，脸色惨白，唯有眼瞳和沾了血的薄唇是红的。

凌凤箫抽刀，向前几步。

他们对峙。

林疏感受着大巫身上的气息。

萧韶说得没错，极乐之国的存在是在消耗大巫自身。

而方才萧韶将极乐之国的时间拨快，使极乐之城飞快扩张，人们填满了整个空间，最后整个世界终于支撑不住他们的消耗，分崩离析。而大巫因此受到重创，身上气息比方才又虚弱许多。

夜雾泛起，越发浓重，林疏只能看见他们两人相对而立的轮廓。

他有两件不解的事情。

第一，大巫在能杀他们的时候，为何没有杀。

第二，血毒早已研制出来，而以大巫的实力，大可以血洗天下，他若动手，早已将整个人间世界屠灭，使世人全部升入极乐之国，但他一直未有大动作。这或许是因为以他现在的实力还不能维持一个那样庞大的极乐之国。而早年间林疏便听说大巫一直在找《长相思》，同样，此人还喜欢其他绝世秘籍。一开始，他们皆以为大巫是要壮大北夏的实力，现在看来，大巫另有想做之事，北夏并不入他的眼。那么他此前种种举动，会不会与极乐之国有关？找齐八本秘籍，是否会有事发生？此事，是否有利于极乐之国长存？

大巫曾告诉他，集齐八本秘籍，可以去幻荡山，重召天道。凤凰庄主也这样说。

青冥魔君也要秘籍，不过，是要毁掉秘籍。

凌凤箫开口了。

他说："极乐之国，不过空中楼阁，你仍然执迷不悟吗？"

寒风吹起大巫的衣袖，他缓缓地道："你自诩清醒，世道又何尝因此变好一分？"

凌凤箫："自然比不上你屠戮百姓，血债累累。"

大巫似乎叹了一口气，漆黑的烟雾在他的右手出现，盘旋，凝聚，形成一柄漆黑的刀状兵刃。

他的气息，却像风中的残烛那样，已经摇摇欲坠了。

林疏知道，凌凤箫和大巫，是绝对势不两立的。

于公，若凌凤箫不杀大巫，南夏就绝无生机；若大巫不杀凌凤箫，他在世上就一直有这样一个威胁。

于私，大巫亲手毁掉了凌凤箫的桃花源，而作为"报答"，凌凤箫把大巫的桃花源也毁掉了。

但他们两人之间的氛围，并没有剑拔弩张，而是有种奇异的缓和。

月光清澈。

大巫垂着眼。

林疏忽然发现，大巫的年纪，从外表看来，也不是很大，二十五六岁的模样。

敛去浓重的戾气后，是清清秀秀的一张脸，半垂的眼睫盖住眼中神情，一眼望去，好像很悲伤。

半晌，大巫在安静中开口："小凤凰。"

语调很轻，甚至有些温和。

凌凤箫沉默着看他，终于回道："我与阁下是否曾经相识？"

大巫勾了勾唇角："我有句话，一直想要告诫你。"

他说罢，那阴邪的戾气就又从笑意里漫上来，继续道："不过，想来你也不会听。"

凌凤箫："请讲。"

大巫道："我不说。"

林疏："……"

"哦，"凌凤箫淡淡地道，"我也并不想听。"

大巫握刀柄的右手缓缓收紧："其实，我一直是不想杀，也不愿杀你的。"

说得像真的一样。

林疏冷漠地看着他说着"不愿杀你"，身后却在转瞬间爆发出滔天的杀意、血气，一柄漆黑刀刃宛如幽魂厉鬼，接着整个人向凌凤箫的方向掠去！

凌凤箫亦一直绷紧心神，立刻做出反应，抽刀迎上。

转瞬之间，已过了数百招，不分胜负。

大巫声音缥缈。

"与你兵刃相见，非我所愿，然而我——"

林疏心头微微一跳，抬头看天，看见满天的星子红光更盛，是一种不祥的深红，天幕愈压愈低，扑面而来。

他睁大了眼睛。

下一刻，星空，仿佛变成一片滔天血海！

一阵尖锐的轰鸣刺入他的脑中，久久不去……仿佛整片天地，在嘶声痛哭。

天上血芒愈来愈盛，而大巫原本风中残烛一样的力量，仿佛得到水分的滋养，疯狂壮大，他的刀身上缠绕着血雾，一招一式的破风声里，仿佛有万千道哀哭之声。

这哭声无处不在，如魔音贯耳，其中的悲恸仇恨之意强烈到了摄人心魄的地步。

林疏收折竹剑，拿冰弦琴，以极致灵力催动，弹《清疏破障曲》，琴声清越，穿云裂石。

却没有用。

没有哪怕一丝一毫的作用。

哭声。

千万道哭声。

有吞声哽咽，有放声痛哭，有女子抽泣，有孩童夜啼。

圆月染血。

林疏已经用上自己所有的灵力。

一只冰凉的手，轻轻搭上了他的肩膀。

"没用的，"大巫沙哑的声音响起来，"你如今，离尘离世，弹出的琴音，怎能止住这……苍生夜哭？"

林疏猛地折身，抽剑挡开大巫的手臂，一袭红影闪动，凌凤箫也迅速往这边掠来。

大巫只是笑。

浑厚到诡异可怖的气机将林疏压在原地，不能动弹一分一毫，大巫抬起刀尖，抵着他的咽喉。

鲜红的血从大巫的右眼眶里流下来。

"小凤凰，我不大想杀，但杀你……我已经想了二十年，只是，总是有点舍不得。"他的声音有点抖，眼中的神情偏执又疯狂，似哭似笑，"你……好狠的心。"

林疏不知他在说什么。

"叮"的一声，兵刃相撞，大巫的刀被凌凤箫挑开。

凌凤箫护在林疏身前，冷冷地道："你我之事，与他无干。"

"不怕，"大巫眼中仍落着血泪，语调像是在安慰，"……我让你们死在一起，一起烧成灰，一起撒在桃花源里。"

天上，星辰震动。

一道血色流星划破天幕。

下一刻，星坠四野——仿佛是剑冢长鸣那一夜的重现。

林疏不知道，大巫到底是什么东西——什么东西能有使满天星辰血染，然后尽数坠落的力量？

天地间所有的灵力，在那一刻，仿佛被抽干了。

然后，全部——一滴不留地灌注到了大巫的身体里。

他向凌凤箫抬起刀尖。

夜雾尽数变成血雾，哭声尖厉，不绝于耳。

这是必死的一刀。

无论是林疏还是凌凤箫，无论是渡劫境界还是陆地神仙境界，面对这样如同天地威压一般的灵力，都如同山川倾倒时的一条虫豸、一粒微尘。

此时那种恐怖的感觉……居然比林疏当年渡劫直面天雷时更胜一筹。

凌凤箫挡在林疏身前。

林疏按下他的手，向前了一步，和他并肩站在一起。

凌凤箫将左手轻轻按在林疏肩头上。

人之将死，是会有些生理反应的。

比如林疏虽然感觉自己情绪上毫无波动，心跳却着实快了几拍。

而在凌凤箫这安抚性的一个动作后，林疏的心跳竟渐渐缓和下来。

实话说，他没有想到自己会死得这么快。

不过，好像也没有什么遗憾。

只是有点可惜凌凤箫。

他开始想，无情剑意不受灵力的影响，是否可以护住凌凤箫？

大巫笑得诡异，很疯狂，仿佛多年夙愿，一朝得偿。

刀芒像是寂静的雷霆，极快，也极慢。

林疏将右手按在剑柄上。

下一刻，他忽然被肩头的一股力道往前推！

这角度刁钻无比，他擦着大巫的刀芒被推开，踉跄了几步，毫发无伤地停在大巫的背后！

愈是强劲的招式，愈是无法收回来，大巫的刀芒只能向前刺向凌凤箫。

林疏眼前忽然蒙上一层血色，一切都变成了慢动作，漆黑的刀芒缓缓碾向凌凤箫的胸膛。

寂静。

寂静之中，忽然响起一道细弱的声音。

"喵。"

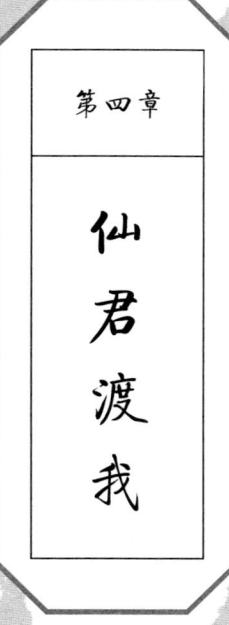

第四章

仙君渡我

随着那一声"喵",天地之间出现另一股浑厚精纯的混沌灵力,直直撞上大巫的刀芒!

猫原本被林疏收回了青冥洞天,却没有想到此时主动出来,蹿进了凌凤箫怀里。它是千年修为的灵兽,也是陆地神仙的境界。

——只是,仍然不敌!

混沌灵力与血煞之气相撞,先是僵持了一瞬,继而显露出颓势,被血煞之气压着缓缓往后。

大巫冷笑一声,猛地加重力道!

猫在凌凤箫怀里发着抖,但向来那么胆小怕事的一只猫,此刻纵然抖如筛糠,却仍然努力释放着灵力与大巫相抗。

凌凤箫抿了抿嘴唇,准备把它放到地上:"乖,回去。"

猫毕竟是无辜的。

却没想到,下一刻,电光石火之间,猫居然挣脱凌凤箫的双手,猛地向前一扑!

这一扑,正好把它自己送到了大巫的刀口上。

大巫猛然发力!

猫小声地叫了一下。

很短,很急促,是那种小动物被狠狠摔在地上时会有的声音。

但与此同时,它脖颈上挂着的那枚白玉铃铛忽然光芒大盛,另一股苍茫寂寥的灵力排山倒海,如滔天大浪,向大巫席卷而去!

两相对抗,两股灵力碰撞,然后刹那间全部消散,大巫吐出一口血来。

但他的身形仍然屹立不倒。

白玉铃铛光芒散去,不知还能不能酝酿下一击。

林疏知道那是什么。

猫是幻荡山浮天仙宫的主人,跟随他们离开幻荡山时,整个浮天仙宫化成白玉铃铛,一直戴在它的脖子上,方才那白光应该就是浮天仙宫的护山大阵。

无论白玉铃铛能不能酝酿下一击，大巫总之还有余裕！

只见他的青衣在血雾中飞荡，对着猫，下一刻，刀芒再起！

晚了。

林疏在大巫的身后。

他手持折竹剑，从背后洞穿了大巫的胸膛。

没有什么阻碍，剑锋穿透血肉，仿佛他刺向的不是陆地神仙境界的大巫，而是一个手无缚鸡之力的凡人。

林疏怔住了。

他分明记得，凌凤箫先前每次与大巫打斗，兵刃刺到他的身体时，两相碰撞，都会发出金石之音，大巫的身体仿佛铜墙铁壁，不会被任何兵器伤到。

或许大巫大意轻敌，没有用灵力护身。

又或许折竹剑，或是无情剑意有其特异之处，可以破开大巫的周身防御。

他想到，在极乐之国里，自己也是那样轻而易举地用"长相思"第七式"平生心事"削去了大巫的一条手臂，没有受到一点阻碍。

但是，无论如何……

剑，刺进了大巫的胸膛。

这个角度无可挑剔，手下的感觉也没有什么特殊之处，林疏能够确定，折竹剑洞穿了大巫的心脏。

心脏被刺穿后，没有人可以活。

陆地神仙也不可以。

因为一日没有升入仙界，就一日仍是半仙半凡之躯。

大巫剧烈地咳嗽起来，咯出了血沫。

下一刻，凌凤箫的刀气，隔空震破他的丹田！

他的身形如一片风中的落叶，为无形的力道所激，飘起来，落下去，重重摔在地上。

塔顶的血雾仍是那样浓，但大巫看起来已经失去了活动的能力。来自猫的混沌灵力再次困住了他，令他动弹不得。

他的呼吸声变得沉重。

凌凤箫抱起了猫的身体："清圆？"

没有回应。

林疏往那边看，看见猫的身体仿佛软了下去，两只胖乎乎的前爪，也无力地垂在一边。

猫的眼睛还睁着，但仿佛被蒙上了一层雾气。

凌凤箫把它放在地上，拿出丹药，掰开它的下颌，一颗一颗地喂进去。

喂不进去。

全部被吐了出来。

他又换成疗伤的丹液，灌进清圆口中，但仍然没有丝毫效果，反而呛了它的嗓子。

猫虚弱地咳了几下，眼睛将闭未闭，满是倦意。

"别睡，"凌凤箫捏捏它的耳朵，"听话，先别睡，吃药。"

猫细弱地"喵"了一声，脑袋蹭了蹭他的手。

林疏走过来，握住它的一只前爪。

它的经脉全碎了。

可没有人知道猫的灵力是怎样在经脉中流淌的，也没人有和猫同出一源的混沌灵力。

旁边倒在地上的大巫，侧头看着这边，流着血的嘴角，仍挂着一丝笑。

他的声音更哑了，拉破的风箱一样，道："林疏，过来。"

猫的经脉全废，大巫何尝不是，更何况他还被刺穿了心脏、震碎了丹田。这人此刻失去所有能动用的力量，没有了任何威胁，林疏走过去。

他其实想知道，大巫说的那些话，到底有什么含义。

他能确定，自己此前和这人毫无交集。

他走到大巫面前。

大巫咳了几声，望着夜空："人之将死，其言也善，有件事，你要听话。"

林疏："什么事？"

"八本秘籍，"大巫道，"留着。不出三年，你必会用上。"

林疏没有拒绝，也没有答应。

他看着大巫，道："我认得你吗？"

大巫笑。

很绝望，又很凄切的一种笑。

他说："这是你第二次杀我。"

林疏："第一次是何时？"

大巫说："二十年前。"

林疏："二十年前，我刚出生。"

大巫咳了几声，说："世事并不如你眼中那样简单。"

林疏："你是谁？"

大巫："无路之人。"

林疏无话可说。

"去看你家小凤凰吧，"那种疯狂又诡异的神色再次出现在大巫脸上，"今夜过后，就不再是……"

他剧烈地咳了起来，止不住，苍白的脸上浮现青灰色，是即将死去的样子了。

塔顶的血雾却像是一片血海，愈来愈浓，天上的星月，也已经殷红欲滴。

千百道哭声没有停，无孔不入。

凌凤箫托着猫的脑袋。

林疏轻轻拨了拨它的耳朵。

凉。

猫费力地睁了睁眼睛，用毛茸茸的脑袋，蹭了蹭林疏的手指。

蹭了一下后，它失去全部的力气，软倒在凌凤箫怀里。

碧绿的眼睛即将闭上，而这一闭，就再也睁不开了。

如同仰面倒在地上的大巫，也缓缓、缓缓合上了眼睛。

但当它的眼睛彻底合上的那一刻，夜空忽然缓缓张开一个口子。

莹白色的光芒很温暖，恰恰照在猫的身上。

林疏和凌凤箫抬头看，见那道白色的裂缝后，仿佛有无尽的虚空。

而原本奄奄一息的猫，居然再次张开了那双圆圆的绿眼睛。

消失的神采逐渐回来。

无法形容的柔软白光笼罩了他们的视野。白光里，一个人影渐渐出现。

熟人。

一个锦衣公子，一手持描金扇，眉目俊秀风流，眼里有温和的笑意。

林疏在幻荡山上见过这位公子，与他下过棋，还听他演说过天道——林疏不知这公子确切的身份，只知道是仙界中人。

"黑圆，你怎的落到这般田地？"公子笑眯眯道。

清圆恶声恶气地"喵"了一声。

公子从凌凤箫手中接过它，然后看了看凌凤箫，道："我道你怎么这么久也不见飞升，原来是和美人在一起，乐不思蜀。"

清圆懒得理他。

公子朝凌凤箫道："多谢阁下助清圆渡劫，眼下因果已了，我引它去往仙界。"

凌凤箫："它的伤怎么样？"

公子道："不碍事，天上有我照料，还有它另外几位旧主人，三日即可痊愈。"

凌凤箫道："多谢。"

公子转眼又看见林疏："原来是你。"

他继而看了看周边血雾滔天的景象，微微蹙眉："你们在做什么？"

林疏颇有些不好意思："打架。"

"这不对……"公子声音沉了沉，望向天上血色的星月，"血涂于野，北斗逆折……谁做的？"

凌凤箫探了探大巫的呼吸，然后对公子道："他。还没有死透。"

公子蹙眉走到了这边，欲探查，莹白裂缝里遥遥传来一道清脆的声音："陈公子！你快回来！青冥和月华又打起来了！"

陈公子没好气道："关到池岭山补天。"

他的身形隐隐有些虚幻。

只听这位陈公子语速极快，道："仙界与人间并不相通，我的幻身无法维持太长时间，你们听着。"

林疏："嗯。"

陈公子道："此人非人，已经化身灵体，故而我不知他的原身是何物，但他以众生之怨力为食，死前又引动天地异象以积聚力量，人间将乱。"

凌凤箫："为何会乱？"

公子问："现今是乱世还是盛世？"

凌凤箫："乱世。"

公子："已乱多少年？"

凌凤箫："三百年。"

"盛世生人，乱世生鬼。"公子望着天上殷血之星，"乱世之中，生灵涂炭，众生怨气已积聚三百年，又被他收拢聚集，已无法消解……待他彻底死去那刻，生灵怨气便流散世间，世间妖魔横行……不可遏止。"

说完这句，公子又似乎很是无奈："我只不过几年没有往下看，怎么就出了这样的乱子？"

凌凤箫道："怎样解？"

公子："我亦从未见过此事——"

他的身形越发缥缈虚幻。

仙界和人间有不可跨越的屏障，仙人幻身，无法在凡间久留。

公子道："你们只能见机行事。"

凌凤箫："……"

凌凤箫已经无话可说，但林疏有一问。

他对公子道："八本秘籍……"

"八本秘籍事关天下苍生，若聚齐了，便有改换天地之力，"公子仿佛知道他想问什么，"多年来，我等一直留意此事，我的道侣曾亲身下界，带走《长相思》原本，然而不知何故，近来凡间又有无情剑意的踪迹，故而青冥魔君把事情交代给你。若你得了那些东西，能毁则毁，万不可使八本秘籍在心术不正之徒手中集齐，切记！"

——原来是这样吗？！

然而就在林疏愣怔之际，他的声音愈来愈小，逐渐消失，身影也消散在天地间。

猫从公子的肩膀后探出脑袋，最后对他们"喵"了一声。

随后，天上的白色裂口缓缓合上，仿佛从来没有出现过。

而这座塔顶，仍然血雾弥漫。

林疏听着风中的哭声。

公子说，这是众生的怨气。

一个人的怨气，不算什么，至多是横死之后，化为幽魂厉鬼，被仙道降伏——就像闽州鬼城周围的爬尸、怨鬼。

乱世中，百姓食不果腹，衣不蔽体，妻离子散，怨天地，怨王朝，怨自身……

这普天之下，所有人的怨气，若聚在一起——

"我知道大巫为何建立极乐之国了，"林疏听见凌凤箫缓缓地道，"并非他执迷不悟，不知极乐之国是空中楼阁……而是天下百姓在离乱之中，希望有一个极乐之国。"

凌凤箫的声音很低："公子说，大巫以苍生的怨气为力量之源，那他就要去做苍生想做之事，要创出一个无忧、无虑的幻境，使天下之人，皆可安居乐业、衣食无忧。"

"所以他才会说，此事，由不得他愿或不愿。"凌凤箫走近大巫的尸身，似乎是说给林疏听，又似乎是说给自己听，"他亦知道，若是议和，停战，养民生，百年之后，百姓便能好过。可普天之下亿万百姓，生于乱世，长于乱世，未通教化，天灾人祸，重税压身，谁会信……王朝会使事情变好呢？"

或许，一开始，百姓是相信王朝的。

可王朝只会练兵、征税，苛政猛于虎，百年来，他们早已视王朝如视虎，怨王朝如怨虎。

由失望而绝望，王朝不可相信，今日之苦已到极致，明日亦不可期，他们只能转而相信虚无缥缈的来世，希望死后转生，生在一个富足、安宁、没有饥馑战乱、没有王朝管辖的极乐之国。

这是众生的怨力，是大巫那诡异力量的来源。

——这也是众生的愿望。

至于大巫到底是什么东西，又为何能掌握这样的力量，他们不知道。

而当务之急，是大巫死后，怨气会逸散。按照公子所说，这几百年间的生民怨气，会直接化为怨魂厉鬼，令天地间妖魔横行，不可遏止。

他看见大巫的身体在逐渐消散。

从身体的边缘开始，化作飞灰，散在天地间。

天上、地下，血气越来越浓。

他也看见凌凤箫注视着大巫的尸身，不发一言。

血红色的光，从大巫身体中透出来。

当大巫的尸体彻底消解的时候，这东西露出了全貌。

一个血红色的结晶状的东西，像是天上地下的血色，凝聚压缩而成的核心。

大巫之所以能凝聚、操纵众生的怨气，大概率与它有关。

它微微跳动着，像心脏，颜色不祥又怨毒。随着它的跳动，血雾流淌的节奏也在变化。

林疏看见，它的边缘，开始一点点融化！

一滴血水落下，天边划下一道妖邪无比的血色流星。

明眼人都能看出，这枚心脏彻底融化之时，就是漫天妖星全数坠落之时，而结合公子的说法，世间即将怨气滋生，妖魔横行。

一只手握住了那枚心脏。

修长的手指，冷白的颜色。

凌凤箫的手。

"仙君。"凌凤箫看着他。

眼神很温柔，又似乎很落寞。

他说得极慢："仙君，我要变脏了。"

下一刻，他将这枚血红的心脏，生生按进了自己的胸膛。

漫天血色，刹那间为之一顿。

凌凤箫缓缓闭上了眼睛。

他的神色很平静，仿佛在做一件很平常的事情。

像吃一枚丹药，喝一杯水……这样寻常的事情。

血雾忽然猛地翻涌起来！

凌凤箫眉头微蹙，似乎在承受极大的痛苦。

林疏握住他的手，试图输些灵力进去。

凌凤箫反握住他，力道很大，手指微微颤抖。

手很凉，彻骨地凉。

林疏探进他身体的灵气刹那间就被翻腾的怨气弹了出来！

那是一股纯粹至极的阴邪怨气，乍一触碰，耳边便响起千万厉鬼的嘶叫。

这是天下苍生，三百年来，在战乱饥馑之中、悲恸绝望之下积累的怨气、戾气。

聚沙可以成塔，集腋可以成裘，众生的怨气一旦聚集在一起，便是使整个天下都为之动荡的力量。

正如那位陈公子所说……这样的怨气一旦散落在凡间大地，便是又一个妖魔横行的乱世开端。

那时，林疏还在想，大巫已死，萧瑄看起来又不大爱打仗，因此到妖魔横行之时，阵营便会划分为人、魔两边，就又是绵延的战事。他想，凌凤箫会做什么？

大抵是先与北夏议和，再开始着手布置战事，最后运筹帷幄，战无不胜，名垂青史。

但凌凤箫没有这样做。

他主动将那枚怨气的核心，融进了自己的身体。

后果会怎样，林疏不知道。

是会走火入魔，失去神志，还是为怨气所操控，变成另一个大巫？

他做不了什么，只能伸出右手，轻轻拨开凌凤箫额角微微汗湿的头发。

凌凤箫眼角落下一滴血红色的眼泪，缓缓往下滑。

他伸手缓缓拭去，鲜艳绮丽的血色，在凌凤箫微微苍白的脸颊上晕开，艳色触目惊心。

周围的血雾似乎又浓了一些。这些不祥的雾气含有明显的恶意，在他们周围缓缓盘旋回荡，成了一个血红色的旋涡。

一只冰凉的手握住了林疏的右手手腕。

他听见凌凤箫的声音在耳边道："林疏，我好疼。"

林疏轻轻拍着他的背。

凌凤箫全身都在微微颤抖。

林疏知道，只有一个人在忍受极度的痛苦的时候，才会有这样的反应。

天地间的所有怨气在侵蚀凌凤箫的身体、神志，乃至整个神魂。

这不是一个人所能承受的东西，也不是一个单独的人该去承受的东西。

没有人要凌凤箫这样做，也没有人会因为凌凤箫没有这样做而去责备他——他本可以不这样做。

但与此同时，林疏又无比清醒地意识到，这就是凌凤箫会做的事情。

若杀一人可以救十人，杀万人可以救十万人，为君主者，必果断杀之。

但若为救那十人、十万人、百万人，要牺牲的，是他自己呢？

说是"受国之垢，是谓社稷主；受国不祥，是为天下王"，然而——

林疏心中胡乱想着什么，偶然一转眼，看见自己肩头已经被鲜血洇透大半。

鲜血作泪，流之不尽，是凌凤箫在哭，还是天下苍生在绝望中恸哭？

他想起以前凌凤箫安慰自己的样子，也学着那样，对凌凤箫道："不哭了。"

凌凤箫回报他以咬住他的肩头。

林疏："……"

行吧。

他想起在极乐之国里，自己给凌凤箫挡那一刀时，忽然使出的"长相思"第八式"平生心事"。

在剑阁，他领悟第七式"一叶孤舟"后，便再无进境，而使出第八式时，才领悟到，这一招，有一个刁钻的条件。

这不是一个全然进攻的招式，也不是全然防守，亦谈不上什么以攻为守，甚至使出来的时候，身上会露出许多破绽，面对强敌的时候，极可能身受重伤。

这一招并不是精湛完美的招式。

可有一个地方，是很完美的。

身后。

使出这一招的人，身后是绝对的安全。

所以这一招不在于攻，亦不在于守，而是要护着身后之物，或是身后之人。

也只有在这种情况下，这一招才能被使出来。

一个修炼"长相思"的、没有感情的剑修应该是没有什么人，或者什么东西要护的。

但假如这人是凌凤箫，他还是可以去做的。

连"长相思"都允许了。

林疏颇有些释然。

小凤凰，还是可爱的。

也不知过了多久，身边的血雾还是那样浓，但那种尖锐的恶意，竟渐渐淡了一些。

而与此同时，这些血雾——缓缓注入凌凤箫的身体。

无穷无尽的血雾环绕他的身体如层层叠叠的红莲，又似冰冷的火焰。

林疏看到他的身体渐渐虚化，内部仿佛在发生什么变化，片刻后又变回来，明明灭灭，仿佛已不是人世中该有之物。

地狱烈火舐舔，眼前色彩逐渐浓烈，他发觉自己已经看不清凌凤箫的样子，只能看见一片模糊的血雾。

他想，变成什么样子都好。

在通过两面佛进入的那个虚空里，他们两个变成了两个光点，也还能相互绕来绕去，玩得不错。

只要还是凌凤箫。

只要那只小凤凰还能回来。

他觉得自己的心跳在逐渐加快，一下一下，朦胧里听得真切。

"凌凤箫，"他听见自己的声音，"凌凤箫，萧韶……"

他一遍遍喊着这人的名字。

一边不断地喊，一边想，"你不要走丢了"。

他声音不大，也没怎么用力，但最后，嗓子还是有些哑了。

血雾在减少，他清晰地看见了这一趋势。

天上的星辰那凶煞无比的血红光芒，也在渐渐减弱。

而消失的血色，全部汇入了凌凤箫的身体。

林疏眼前的世界清楚了一些。

他的眼前是个不明生物。

不明生物似乎长了一张萧韶的脸。

林疏冷漠地伸手戳了戳，是人的皮肤，温度也有点回升。

眼前的世界又清楚了一点。

他仿佛一个观看凤凰涅槃的人，迫切地想知道这场涅槃有没有成功，诞生了一只凤凰还是一只烤鸡。

于是他揉了揉眼睛。

还没揉两下，手腕就被按住了。

林疏抬头，对上萧韶的眼睛。

被血色刺激过度的视觉缓缓恢复正常。

他看见了一双墨黑色的眼瞳。

眼瞳还是那个好看的形状，只是暗沉无光，无端端有些漠然的意味。

他便看见此时的萧韶，一身华美黑袍，衣服的暗纹中有浓浓血色流淌，腰间一把无愧刀，仍是煞气横生的那个模样。

身后红莲业火，血海无涯，映着他眼角未褪的血红。

这一刻，若有人告诉林疏，他并非身处人间，而是修罗地狱，或阴间黄泉，林疏也是信的。

毕竟他现在被这么一个不知还是不是人的妖孽先是按住了手腕，继而又被迫抬起脸来，与他对视。

萧韶的脸，无论看过多少次，再看，审美都要被刷洗一番，更遑论此刻气氛阴森诡异，别有一种气质。

林疏："萧韶？"

他便看见萧韶带上微微迷惘的神色，似乎回想着什么，半晌才答："是我。"

声音的质地仿佛烈酒，烈酒里拌了冰块，清冷冷的质地。

答罢，他半合了眼，微蹙眉，又似乎是忍痛的模样。

林疏关切地问："还疼吗？"

萧韶摇了摇头。

林疏看他神色中隐约透出来的偏执与淡漠，与往日不同，并不能放心："你……还好吗？"

萧韶道："很多人在哭。"

林疏："嗯？"

血海里的哭声，不知何时消退了，他现在听不到。

萧韶边用目光描摹着他的轮廓，边道："在我的魂魄里。"

林疏被他盯得有些不自在，往旁边侧了侧头，却不知怎么招到了萧韶。

萧韶强行把他的脸扳回来，要他看自己的眼睛，然后道："靠近你的时候，会好一些。"

林疏怕萧韶的神志出现问题，问："你还记得我吗？"

"记得，"萧韶淡淡地道，"仙君……喊我，我才回来了。"

似乎是清醒的。

而且还会喊"仙君"，证明仍然是萧韶，而不是其他什么奇怪的东西。

林疏安心了一些。

这时，血雾以比先前快了许多倍的速度淡下去，天上的星辰也几乎恢复正常。与此同时，萧韶周身隐隐约约的气势缓缓攀升。

一切恢复正常的时候，外面传来隐隐约约的声音，很多北夏巫师在往这边来。

林疏自然知道，他们方才和大巫打斗，闹出了非常大的动静，巫师们必然有所察觉，因着血海的阻隔，之前进不来，现在可以进来了。

夜长梦多，他见萧韶没什么表示，就没有征求意见，拉着人回了青冥洞天。

他和师兄打了招呼，便回房间里去。

魔君的卧房自然给魔君留着，他们两个在洞天里住的是另外收拾出来的一间客房。

乍一关门，林疏就有点不祥的预感，仿佛被什么无形的东西锁住了。

他整个人都有点炸毛，转头看萧韶。

萧韶正看着他。

"你……还好吗？"林疏再次问了一句。

萧韶："尚可。"

林疏："……要不要喝点热水？"

萧韶看他的目光里似乎带上了一点疑惑，然后摇了摇头："不必。"

林疏有不少话想问，一时之间，又不知从何问起。

他思虑再三，在这许多问题里挑挑拣拣，终于找出一个比较有代表性的——你还是人吗？

不料，他刚张口要问，就被此人按到了床上。

萧韶居高临下，面无表情。

"你……"林疏刚说出一个字，就没有办法说话了。

因为萧韶的灵力以手指相接之处为起点，陡然灌进他的经脉中。

萧韶目光沉沉，看着他，灵力一边洗刷着他的经脉，一边又把自己的灵力灌入他的经脉中。

林疏有话要问，于是试图推那些灵力出去，可这动作怎么看都像是他在主动获取萧韶的灵力。

他就看着萧韶的目光越发不对，心中逐渐慌张。

萧韶俯下身，另一只手按住他的肩膀。

"仙君，"林疏听见萧韶用略微沙哑的声音缓缓地道，"你好干净啊。"

林疏不问了。

他早该知道答案。

萧韶从来就不是一个人。

仙君，你好干净啊。

林疏一时间不能断定这话是褒是贬，唯一能确定的是萧韶的眼神并不正常。

是很偏执又着迷的一种眼神，分明说着干净，眼神传达出来的意思却是带着破坏欲的。

他被按着，动不了，有些脱力，微微喘了几口气。

萧韶的离火之气变成了深沉暗红的血气，林疏被他牢牢禁锢住，动弹不得，经脉乍一接触陌生的灵力，尚未来得及反应，浑身都软下来。

萧韶的手指是凉的，灵力也是凉的，仿佛夜深露重的深秋。

但那血气不是要毁掉林疏的经脉，无论如何冲刷，属于剑阁的冰霜真意依旧湛然，血气主动靠近它们，在附近游走，仿佛在执着地寻求什么——像黄沙大漠里，焦渴濒死之人义无反顾地奔向海市蜃楼那样。

林疏平日里的体温是不大高的，往往是萧韶握着他的手腕，一点点暖热。

现在此人在血海里走了个来回，却变成他去暖萧韶了。

他暂停了剑阁心法的运转，尽量让自己的体温回升。

等萧韶的体温终于有了一点正常人的样子，他的头发和衣服也散乱了。

但萧韶并没有停下来的趋势。

"萧韶……"林疏试图和他说话。

萧韶很清醒，林疏能感觉出来。

但他为什么变成现在这个样子，林疏不知道。

林疏挣了几下，却挣不开。吸收了那枚怨气心脏后，萧韶的修为高到了一个恐怖的地步。面对这样的萧韶，林疏觉得自己像是一只被任意支配把玩的小动物。

他只能一声声喊着"萧韶"。

萧韶终于回了一声："我在。"

"萧韶……"林疏心中不知为何有些害怕，声音微微发抖，"你怎么了？"

不知为何，现在的萧韶，比方才多了那么一丝活人的气息。

——虽然只有一丝。

他看着萧韶，萧韶眼里映着自己。

这人眼中的神色微微迷惘："我……"

林疏伸手碰了碰他的脸："你怎么了？"

萧韶握住他的手腕，将他的手缓缓往下带。

最后按在自己的左边胸膛上。

林疏怔住了。

明明是心脏的位置，却没有心跳。

他数着秒，也不知过了多久，手心终于传来一下轻微的震动。

接着又是许久的沉寂，沉寂过后，再有一下心跳。

萧韶道："他们还在哭。"

林疏便想起他在血海中听到的嘶吼号哭之声。

那声音自无边血海发出，尖锐，痛苦，撕心裂肺，层层叠叠。

而萧韶将整座血海，并血海中翻腾的怨气，全部收入体内。那些哭声从世间消失，却开始在萧韶的三魂七魄、神魂识海内，日夜呼号。

林疏看见萧韶勾了勾唇角。

他的笑仿佛沾了血，仿佛来自无边无际的幽冥。

不像人，像千年的妖魔。

"我看不清外面。"萧韶道。

林疏："……嗯？"

萧韶放开他的手腕，指尖滑向他的颈侧："我只能看见世如血海，无舟可渡，众生为褴褛怨鬼……日夜号哭。"

他侧了头，往房间里看："这里也是。"

林疏尝试理解萧韶话中的意思。

就听萧韶缓缓地继续道："众生在唤我。"

林疏："怎样唤你？"

萧韶的右手压住了他的咽喉："他们有数亿之众，既哭又笑，在血海中沉浮，邀我归去，唤我入魔，说世间肮脏，不可久留。"

林疏尝试想象萧韶眼中的景象。

他顺着萧韶的话，想象一片汪洋的血海，滔天血海上血雾翻腾，血腥气逼人，狰狞可怖。

佛门说苦海无边，这片血海就是整个苦难的世间，是众生浮浮沉沉的苦海。

众生的怨气，众生的仇恨，早已化成幽冥厉鬼，仇恨王朝，仇恨整个红尘世间。

他们想要什么？

想要萧韶与他们同化，要他也恨世间，杀世人。

于是这数亿的褴褛怨鬼，一齐哭笑，要让萧韶出凡入魔，弃世而去。

后果会怎样？

萧韶不再是镇压怨气的人，而是这些幽魂厉鬼的首领，若他彻底失去神志，禁锢不住怨气，怨气重出世间，乱世就此开始。

萧韶压在他脖颈上的手缓缓收紧。

林疏有微微的窒息感。

他看着萧韶的眼睛。

漆黑无光又冷漠的一双眼睛。

可他的动作又有些执迷。

林疏意识到自己既不能为萧韶分担，亦不知该如何安慰。

他张了张嘴，最后只说出来一句："……我在。"

"我知道。"萧韶俯身。

压迫感和窒息感，使林疏微微眩晕。

"世间如血海……"他听见萧韶微哑的嗓音，"只有仙君这里干净。"

林疏："是吗？"

"是，"萧韶低声道，"因仙君对万物……用情太浅，故而无恨无怨。纵然世间为肮脏苦海，仙君也一身清净，有如桃源。"

林疏已经喘不过气来了，眼前蒙上了一层雾。

他说："我不知道……"

恍惚间，天上地下，全部化为虚无，他只能听见萧韶的声音："我为怨气所缠，为七情所苦，还须……仙君点化。"

林疏："如何点化？"

"渡我。"萧韶的声音沙哑惑人。

"仙君……渡我。"

林疏艰难地喘了一口气，声音虚弱到仿佛已经不属于自己："我……渡你……"

他的脖颈被缓缓放开了。

后来发生的事情，过于混乱，他不知道怎样描述。

因为就连他的记忆，都出现了数度空白。

只记得自己仿佛死了很多次，灵力被抽干，被迫接纳和安抚沉郁可怖的血气、魔气，眼前一片迷离的白光。

嗓子完全哑了，发不出声音，脱水一般，整个人失去所有的力气。

萧韶把他拉起来，喂水。

雪白的玉净瓶，盛着五莲山的仙露，使他终于恢复些许意识。

他也不记得到底过了多久。

到后来，仿佛已经形成某种固定的反应，鼻端嗅到萧韶身上的冷香，他就会无法控制地微微发颤。

萧韶何时放过了他，也记不得了。

或许根本没有放过。

他应该是在某一个时间点失去了意识，然后在另一个时间点昏昏沉沉地醒来。

渡劫期的身体，毕竟与凡人不同，纵然是见骨的伤，也能在两天之内自己痊愈。

不过林疏一觉醒来，灵力只恢复了一小半。

肉体倒是没有什么异样，但灵魂上有挥之不去的倦意。

他睁眼，对上萧韶的目光。

然后，他选择用被子重新盖住脸。

萧韶隔着被子拢住他的肩膀："……仙君。"

林疏不想说话。

他伸手在被子里摸索了几下，按上萧韶的胸膛。

隔一层绸子，温热的，并不算冷。

有心跳，颇为平稳，一下一下，只比常人的慢一点，这差别可以忽略不计。

他脑子转不过来，缓慢回想，觉得就是在他被迫渡灵的时候，这人的体温和心跳在缓慢回升和恢复。

他想了想，决定还是看看萧韶。

若是体温回升代表萧韶的神志回来了，那林疏应该能看到此人羞愧的神情。

他把被子往下拽了一点，露出眼睛。

萧韶道："仙君。"

林疏审视萧韶。

还是有点不正常，缺乏表情。

但正常了不少，眼神有点温柔的意味。

林疏面无表情地看着他。

萧韶："你还好吗？"

林疏："不好。"

萧韶："我做错了。"

认错多少次都不会好的。

林疏重新缓慢地回到被子里，对随之而来的"鸦言鸦语"充耳不闻。

恢复灵力的结果就是他的灵力无限次被萧韶觊觎，他这辈子都不会再为花言巧语所迷惑了。

能让他从被子里出来的只有他自己。

他最后还是出来了。

顺带在床头摸到了自己的芥子锦囊，把那面因果镜子拿了出来，举在萧韶眼前。

然后他问萧韶："现在是什么？"

萧韶："还是血。"

这就有些奇怪了。

镜子有预知未来的功能。

最开始，萧韶在青冥洞天里第一次看到这面镜子时，就说，看到了血。

后来桃花源被大巫屠灭，他以为那时桃花源的血就是萧韶所见的血。

但在那之后，萧韶说，还是血。

于是到大巫所在的塔顶，看见翻腾的血海——

他认为这就该是萧韶在镜中所见的血。

但现在，萧韶说，还是血。

林疏把镜子转回来，看。

还是婚房。

还是胸口被插了什么东西的自己。

那东西的形状，却看得更清楚了，尖锐的，像荆棘的尖刺。

而镜中自己的目光，依然是那样清明温和的。

这人像是自愿的。

罢了。

林疏看着镜子里的自己，觉得他有点不争气。

但再想想镜子外的自己，也并没有比这人争气。

萧韶要什么，他就给了。

也许有一天，在凤凰山庄的那房间里，萧韶想要他的命。

那他大约也是会给的。

萧韶问他："你看到了什么？"

林疏一直没有对萧韶说这件事。

但他昨夜实在是被欺负得狠了，觉得有点委屈，便鬼迷心窍一般，说了出来。

"看到你在我心口插了一刀。"

萧韶似乎微微怔了一下，然后道："……我不会。"

林疏用事实说话:"昨晚你还掐了我的脖子。"
——虽然不知道到底是不是昨夜,青冥洞天里看不出日夜,他总觉得其实已经过了很久。
萧韶直勾勾地看着他,半晌后,道:"那时你想逃。我想把你永远留下来。"
林疏并不想搭理他。
萧韶继续进行一些无理发言:"天下之大,全是肮脏血海……只有仙君身边干净,我想长久待在你身边。"
林疏报之以起床,穿衣,洗漱。
穿好流雪白衣,扣上素银宽束带,镜子里的人俨然一个得体的剑修。
昨晚那人是谁,他不知道。
林疏转身回去,见萧韶也已经起身。
他散着乌黑长发,华美外袍半束,坐在床边,半倚床柱。
乌沉沉的眼睛,望着自己,又有些不正常。
林疏走近。
萧韶道:"又慢了。"
林疏知道他在说心跳。
心跳彻底停住的那天,就是萧韶离开俗世,与血海同化的那一天。
而让他回归活人的方式,大概就是,和林疏在一起,如影随形。
他说林疏无恨无怨,林疏身边是世间唯一的清净之地。
林疏又走近了一些。
萧韶抬头看他,说:"仙君,不能走。"
林疏眼前再次泛起雾气。
对萧韶,他是无法拒绝的。
萧韶说他对世间万物用情太浅。
但世间万物,二十年来,又何尝对他假以辞色?
直到有萧韶待他好。
他这才知道,原来自己也可以被人放在心尖。
现在萧韶以身饲血海,想要仙君的垂怜。
他便又知道,原来自己也可以被人信慕。

萧韶倚在床柱上,懒懒地整理衣领。
他这身黑袍极为华美,暗纹里隐隐流淌着深红,衣袂铺开来,邪性四溢。

林疏离萧韶近了一点儿，看他的眼睛——眼睛的轮廓还是那样，眼尾微微上挑，面无表情时是很凌厉的线条，笑起来，微微弯一下，又像有桃花在流转。而原本墨黑的眼瞳，此时看去，竟也像之前的大巫一样，深处有一丝殷红的血色在涌动。

　　只不过，论起长相来，萧韶要比大巫华丽张扬得多。林疏心说幸好这个世界只有仙道，不然萧韶这么一张脸和一身打扮，可以直接去魔界登基。

　　他正想着，就见萧韶走到他面前，面无表情地望着他。

　　林疏心想：你不好好去魔界登基，非要来针对我。

　　萧韶低头看他。

　　林疏面无表情地回看。

　　良久，萧韶问他："在想什么？"

　　林疏："没有什么。"

　　萧韶："我不信。"

　　林疏："你要信。"

　　萧韶就勾唇笑了笑。

　　有那么一丝危险的笑，仿佛要吃了他一般，让林疏有点想后退，但后面是柱子，他并不能退。他想溜走，但现在修为不如人，也无法溜走。

　　他心想世事实在是过于无常，自己能打过萧韶的时候，此人是只虚弱的小凤凰，他没舍得下手打，现在小凤凰羽翼已丰，变成了一只巨大的黑乌鸦，眼看是打不过了。

　　萧韶声音很低："……还在想。"

　　林疏心想糟了，自己这么多年练就的面上一言不发，心里自言自语的功能，终究还是要被发现了。

　　正想着，林疏眼睁睁看着萧韶的神色越发不悦，听着萧韶的声音越发危险："你一直喜欢和自己说话。"

　　确凿是被发现了。

　　似乎还是早就被发现了。

　　林疏有点心虚。

　　就见萧韶勾了勾薄唇："想撬开你的脑袋。"

　　林疏："？"

　　萧韶继续道："或者挖出你的心脏。"

　　林疏："我觉得不妥。"

萧韶低下头，俯身在他耳边，声音里像含着雪："我想了……很久了。"

林疏："！"

他早该知道这人变态的。

他尽力往后缩了缩。

萧韶在他耳边笑。

林疏辩解："我没有想什么。"

"嗯？"萧韶慢条斯理地道，"你分明在想我好看。"

林疏："……"

他问："为何能看出来？"

萧韶："猜的。"

林疏："然后你就因此要撬开我的脑袋？"

萧韶："只是逗你。"

恶劣。

恶劣至极。

林疏决定不与他说话。

萧韶也没再说话，坐到林疏旁边。

林疏缓慢拍了拍他的后背，以示顺毛，又摸了摸他的左边胸膛试心跳。

一切仿佛正常。

林疏："什么时候出去？"

萧韶："不想出去。"

林疏："不找萧瑄吗？"

萧韶："萧瑄恐怕自身难保。"

林疏："嗯？"

就听萧韶道："大巫已死，消息传出，北夏皇帝必然已经得知。若萧瑄与我们的事情暴露，他此刻正在受罚；若未暴露，他此刻正被他父皇拉着议事。"

林疏想了想，觉得很对。

萧瑄恐怕没空搭理他们两个了。

而这人身为北夏皇室的独苗，即使被罚，也没有性命之忧。

他又想了想，觉得南夏和北夏的后代，有点凋零。

北夏这边，正经的皇子只有萧瑄一个。

南夏有萧韶，但萧韶并不是名义上的皇子，算起来，也只有萧灵阳一个继承人。

至于到最后谁当皇帝，就让这三个人随意折腾吧。

过一会儿，萧韶终于打算出去了。

林疏问他：“你不穿裙子了吗？”

萧韶：“穿。”

就见一片血雾泛起，他眼前萧韶的身影模糊了片刻，血雾散去，就变作了大小姐的模样。

云鬟高绾，斜插三对金步摇。深红华衣迤逦，衣摆泼了洒金的牡丹，和步摇交相辉映。

林疏看完了衣着，又看妆容，见此人眼角点了一颗鲜红泪痣，唇脂比惯常用的深了一个色号。

他问凌凤箫：“可以直接变了？”

凌凤箫就给他解释了一下原理。

他现在不是凡人的血肉之躯了，被那枚怨气结晶直接重塑了身体，从此依托于天地间怨恨戾气而存在，也就没有了固定的形体，无处不在，可以随意变幻。

这人真的不是人了。

两人离开房间。

走到大殿，师兄飘出来：“师弟！你终于出来了！这么久没动静，我以为你要死在房间里！”

再一转眼看见凌凤箫，整只鬼静止在半空中：“……怎么还换人了？”

林疏：“一个人。”

师兄往后退了几尺：“那到底是男是女？”

林疏：“都可以。”

“哟，”师兄沉默了一会儿，最后道，“师弟真是……本事不小！”

林疏想了想。

萧韶的仪容气质，世间的男人恐怕无人能及。凌凤箫，也是天下第一的美人。

也行吧。

告别师兄，他们离开了青冥洞天。

凌凤箫忽然又转换成萧韶。

林疏看了看他。

萧韶道：“到南夏境内再变。”

南夏的长公主出现在北夏境内，确实有点麻烦。

外面也不知过去了几天，此时正值清晨，北夏皇城一片荒凉模样。

萧韶向前走了几步，站在塔顶。

晨风吹起他鬓边几缕墨发。

林疏站在他身侧。

忽听他道："若我此时屠北夏全城，也无不可。"

他缓缓张开手。

手心浮现一簇血红色火焰，其中蕴含无尽血气和煞气。

林疏知道，他现在的实力，和大巫相差无几。

大巫能够翻手之间屠灭一城，那么现在的凌凤箫也可以。而他现在身处无间地狱、滔天血海之中，万民怨气缠身，使他早已不复往日的性情。

或许此时此刻，那些怨恨戾气正在他神魂中呼号，要他去毁掉整个肮脏的世间。

林疏："你要屠吗？"

萧韶没有说话。

林疏转头看他，见东方红日自地平线缓缓而出，黎明辉煌，是很恢宏的一种光。

而自己身边的这个人，已经有了转瞬间倾覆河山的力量，或许一念之间，便可屠尽敌城，成为天下的共主、人间的君王。

他就这样静静地看着萧韶。

看萧韶缓缓、缓缓，一根根收拢手指。

很好看的手指。

而那团血红色的火焰就这样消失在他掌间，仿佛从来没有存在过。

萧韶拢了手指，然后轻轻放下，道："我不屠。"

林疏："嗯。"

他继续看萧韶。

良久，听得萧韶淡淡地道："我虽成怨气之身，然而，只愿能一世为人。"

顿了顿，他望着远方，继续道："今日立誓，从今往后，不论修魔还是修仙，萧韶绝不会以此法力，伤世间任何一人。若违此誓，天降紫雷，元神俱灭。"

他的声音轻缓，语调平淡，但林疏知道，他这样说了，就会这样去做。

曦光里，萧韶仿佛放下一桩心事。

林疏望着他。

无论如何，萧韶的为人，似乎始终没变。

又或许变了一些，但底线还是底线，没有丝毫动摇。

翻手为云，覆手为雨，血洗北夏皇城，一统南北两夏，此时此刻，并不是一件难事。

但萧韶，从来不是不择手段之人。

萧韶回身，看向他："现在回去？"

林疏点点头，过片刻，又有些疑问，问他："你现在是什么境界？"

萧韶蹙了蹙眉，说："我也不知。"

林疏探究地试了试他体内的气息，但见经脉之内，真气浑厚，深不可测，气势慑人，已不能用渡劫的境界来形容。

萧韶控制着自己的手臂化成血雾，又变回来，道："似乎不死不灭，亦不会为兵器、法术所伤。"

他看了看林疏身上挂着的折竹剑："试一试？"

林疏抽剑出鞘。

萧韶露出手腕给他。

林疏面无表情地往他手腕划去。

萧韶："你竟毫不心疼。"

林疏："毕竟我是一个修无情道的剑修。"

他就划了下去。

先是如同碰到铜墙铁壁，不能有丝毫深入，随即，萧韶说："我撤掉防守，你再试。"

接下来倒是很顺利，剑尖毫无阻碍地刺进了萧韶的皮肤，但见剑锋所触之处，那皮肤、骨骼化为血雾。剑锋轻飘飘地刺了个对穿，然后血雾弥合，手腕毫无损伤。

兵器可以刺破血肉，但就算是再不世的神兵，也没办法对一片雾气做什么。

那么问题就出现了。

大巫之死，死于林疏把他的心脏捅了一个对穿，并且，那人确凿死透了。

既然怨气之身不会为任何兵器、法术所伤，那他是怎么杀死大巫的呢？

萧韶道："或许是因为你出其不意，他没来得及防守。"

然后他反驳了自己："血雾之身，不必防守。"

林疏提出想法："剑阁心法诛邪破魔，或许无情剑意有特殊之处。"

然后他也反驳了自己："但刚才我也是用折竹剑刺了你。"

讨论未果，萧韶道："罢了，逝者已矣。"

他又似乎有些许怅然："他并非极恶之人，只是心有迷障。说来蹊跷，我有时觉得他的气息并不陌生,似是一个旧相识,但并不记得何时见过。"

林疏认真地为萧韶开解:"总之他已经死了,想不想得起来,都是这个样子了。"

萧韶一脸正经:"仙君言之有理。"

林疏:"……"

这个插曲过了,两人便起身回拒北关。

趁着晨光熹微,天未大亮,萧韶带他从塔顶凌空跃起,飞身掠过整座北夏皇城,继而向南去。

过了一个时辰,但见荒原之上,高山之间,横亘一道关卡,便是拒北关了。

萧韶不知何时已经把自己变回凌凤箫的样子,一身迤逦红衣,落在城头之时,将士山呼"叩见凤阳殿下"。

凤阳殿下倨傲冷淡,说:"起来吧。"

立即有将领请殿下移步大营,安排防守事宜。

殿下就去了,临走还有点不舍,对林疏说很快就回来。

林疏觉得大巫已死,南夏的心头大患没了,大小姐从今往后也不必花费太多精力,还是可喜可贺的。

他就回了居所。

"师尊!"清卢迎上来。

林疏:"清阳剑诀会背了吗?"

清卢提着剑就溜了:"我去背!"

好吧。

林疏继续往里走。

灵素在庭院一棵梅花树下练剑,一招一式干脆利落,很是好看,见他来,行礼道:"阁主。"

再继续往里走,房里点着暖炉,果子在教盈盈下棋。

见他来,盈盈伸手要抱。

抱着软和温暖的小女儿,林疏看棋盘,盈盈棋艺不精,年纪又太小,棋局上未免露了颓势。

果子炫耀完他即将成功结出第三个果子,一双和凌凤箫极像的眼朝林疏挑了挑,又看看棋盘,意思是要和林疏下——林疏就执起棋子来和他对弈。

时间过得倒也快,没下几盘,日头就几乎走到了半空。

门口忽然一阵骚乱,一个传信兵飞奔进来,被灵素一剑拦在门外:"不得无礼。"

果子拉着林疏循声出去，那传信兵就跪在林疏面前，似乎有点紧张，不知如何称呼："这位、这位公子……仙君，阁主，千万救救我们！"

林疏微蹙眉："何事？"

传信兵说："殿下忽然大发雷霆，重罚了十几位校尉，现下召了众将军，挨个拷问，大帐里人心惶惶，老将军实在别无他法，说阁主……阁主是殿下的夫君，或许能劝住。还请阁主走一趟，劝说殿下，不然这几十位校尉、将军，恐怕要人头落地！"

林疏蹙了蹙眉："殿下为何大发雷霆？"

"这……"传令兵面有难色，"小人也不知，就无缘无故，凤阳殿下忽然性情大变……"

林疏示意他不必再说了："带我过去。"

传令兵欣喜地带路。

多少人要人头落地，林疏倒是不大在意，凌凤箫要罚他们，必定有个中缘由。他过去，只不过有点害怕凌凤箫体内怨气作祟，自己把自己气死。

大营里一片肃穆，前面齐齐跪了一排将士，个个大气不敢出。

地面上被拂落了不少纸笔，还有打碎的砚台。

传令兵引着林疏从后面来，故而他现在看不见凌凤箫的神色，只能听见结了霜一样的冷淡声音："十七禁令，五十四斩，累犯三条，罪上加罪，拖出去……"

林疏从木屏风后走出来，见凌凤箫眸色冷淡，面无表情，而下面那名虎贲校尉已经抖如筛糠。

看那面如死灰的神色，凌凤箫应该是要说"拖出去斩了"。

林疏看见凌凤箫的余光往自己这边瞟了一下。

然后他语气有所缓和："……拖出去，打一百军棍，充入火头军。"

那名虎贲校尉仿佛得到大赦，软倒在地，不住地发着抖，被两个甲兵拖了下去。

此时，凌凤箫右边侍立的一位头发花白的老将军也看了看他，轻吁了一口气，仿佛看见救星一般。

林疏又看了看凌凤箫的脸色。

没有真的生气。

真的，正常情况。

大小姐盛气凌人了二十年，只是发一通脾气，没什么大不了的。

这些将士久在边关，对凤阳殿下无甚了解，以为"公主"都是温言软语的闺秀，这一下子落差太大，又被凌凤箫身上那几近于陆地神仙的气势一压，这才会轻易被吓作一团,以至于病急乱投医,找他来救场。

林疏走了过去。

凌凤箫拉了拉他的手腕,似乎要他坐下。

不过林疏没有选择和大小姐共座,只站在了右侧。

大小姐初来拒北关,只带了些精兵,又是女子之身,这些将士恐怕心中不服,凌凤箫显然是要杀鸡儆猴。

既然是杀鸡儆猴,那他就不能去大小姐身边坐下——这有损大小姐的威严。

老将军看到了他不仅没有阻止,还侍立在凌凤箫身边的举动,露出绝望的神情。

林疏不为所动,看着底下将士们吓得大气不敢出的样子,甚至觉得有点意思——实话说,他的审美这些年逐渐发生了变化,觉得大小姐盛气凌人、大权在握、生杀予夺的样子是很好看的。

大小姐继续处理军务。

林疏旁听,听出了三件事情。

一为聚众赌钱,二为克扣士兵军饷,三为搜刮民脂。最后斩了九人,革职三十余人,其余处罚不一而足,总共罚了一百余人。

散场的时候,在场军士个个噤若寒蝉、垂头丧气——这一垂头丧气,又被大小姐抓到把柄,训斥数句。

最后,大帐里只余凌凤箫、林疏,与老将军。

老将军走的时候看了林疏一眼。

那是恨铁不成钢的眼神,说的是:我以为你身为殿下的夫君,镇得住场子,谁料只是个为虎作伥的小跟班!

这使林疏有点想笑。

大小姐起身,拉了林疏,说出去走走。

穿过校场,到了城墙上,满目黄沙,天色苍茫。

凌凤箫坐在城头,靠着林疏。

林疏怕那些簪子硌着大小姐,一根根取下来,收在手里。

大小姐虽然没生气,但烦得很,他能感觉到。

过一会儿,果然听凌凤箫道:"拒北关松懈已久,周老将军又过于宽和,一个月内我必重新整肃。"

拒北关的风气,早在三年前他和凌凤箫扮作丹朱和玉素混入红帐的时候就领教了,客观来讲,确实应该整肃。

没想到，凌凤箫又说："不过，你没在我身边，我心性有所浮动，似乎过于凶了。"

林疏想了想，回一句："不凶。"

凌凤箫就笑。

美人一笑如牡丹开落，又兼眼角一点朱砂妩媚肃杀，着实惊心动魄。

林疏问："你的心跳没事吧？"

说着，他想伸手去探一下，却又顿住了。

以前，凌凤箫这具壳子，是靠化骨和易容，可现在是靠幻化。

既然是幻化，那大小姐现在，有没有胸？

林疏尝试目测。

目测失败，他开口问了一句："你现在……是真的女身吗？"

凌凤箫道："我又不知真的女身是什么样子，幻化不出。"

然后他神情一动，眼里闪着诡异的光："胸倒是可以大致变出来。"

说着，血雾一闪，凌凤箫的胸口便有了起伏。

气氛正诡异着，后边传来一阵脚步声，原来是老将军上来了，看那样子，似乎有事要与凌凤箫说。

然而，这两人此时此刻都在看凤阳殿下的胸口，殿下还笑得花枝乱颤。

老将军的脸都要绿了，当即转身下城楼，假装自己没有来过。

——按照正常情况，从林疏和凌凤箫的角度确实看不见老将军，可他们两人现在一个是渡劫修为，一个近乎陆地神仙境界，哪能不知？

林疏僵硬地咳了一声，话都说不连贯了："你……注意一下。"

大小姐挑挑眉："南夏江山都是我的，我要什么名声？"

"我……"林疏难以呼吸，"我……不习惯。"

大小姐若有所思地道："是很奇怪。"

大小姐最终选择继续平着。

林疏还没有缓过来，呼吸很不顺畅。

凌凤箫笑得止不住，又玩闹一阵，最后才安静下来，散了满头的墨发，眼尾微微泛着红，身上冷香幽淡，是在学宫里时常熏的那一种。

林疏鼻端嗅着熟悉的香气，忽觉前尘往事，恍如梦境。

他初识凤凰山庄坏脾气的大小姐时，是无论如何都想不到有这样一天的。

而怀中如花美眷，眼前似水流年，恍惚间觉得只过了一瞬，可最初相识，已经是五年前的事了。

他将目光从凌凤箫身上移开，望着远处苍茫天地一色，过一会儿，又忍不住把目光收回来，低头看凌凤箫的眼睛。

凌凤箫对他笑了笑。

这一笑之间，林疏又觉得，自己似乎不像个没有感情的剑修了。

第五章

凤凰来仪

两人静静地待了好一会儿，凌凤箫望着远方，不知在想什么。

林疏道："你的心脏无碍了吧？"

凌凤箫："其实有碍。"

林疏："怎么说？"

"在人多的地方，怨气甚重，就会不舒服，"凌凤箫淡淡地道，"今日在大营发脾气，也有这个原因。日后我恐怕要多待在你身边。"

待在身边，也无妨。

林疏道："那就待。"

凌凤箫："我怎么觉得去了北夏一趟，你倒是对我好了许多。"

林疏歪歪头，他自己倒是没有什么感觉。

说到北夏，便不免要提起大巫，提起大巫，便不免要提起那八本绝世秘籍。

林疏道："青冥魔君要我烧掉，那日仙界陈公子亦说不可使八本秘籍在居心不良之人手上集齐，大巫死前却要我不要烧，留着它们，并说……终会有用上的一日。"

他拿出了大巫给他的三本秘籍。

略显残破的古籍之上，气运流转，隐隐有天地之威。

"八本秘籍各自窥破一部分天道奥秘，合在一起，便是整个天道，若当真集齐，或许真能倾覆天地。"凌凤箫道，"若确实如此，终究是祸患，不若听你师父的话，全烧了，永绝后患。"

林疏道："嗯。"

他留着这三本秘籍没有烧，实际上还有一个原因。

当初大巫要他集齐八本秘籍，理由是凌凤箫身上流着凤凰血，凤凰乃先天的神兽，要天道气运的滋养，如今气脉断绝，人间与天道割裂，凤凰得不到天道回哺，就会渐渐衰亡，而八本秘籍集齐，可以救他一命。

凤凰血此事倒是真的，皇后也说了，只有凌凤箫当上人皇，才能免于衰亡。

那时他没有选择烧秘籍，而是将其留了下来，就是因为，若是南夏和北夏大战，南夏落败，凌凤箫当不得人皇，那他集齐八本秘籍，或许还能挽回。

但现在大巫已死，北夏大势已去，这八本秘籍许是不会再用上了。

——至于大巫说的那番话，什么将来定有用，不能轻信。

他思忖一番，最后和凌凤箫达成了一致，烧。

三本秘籍摆在身前，点起灵火。

灵火是白色的，看起来并不起眼，实则温度极高，纵然是冰湖底的万年寒髓，也会一瞬间化为灰烬。

但这三本秘籍被火舌舔着，竟然纹丝不动，一点烧焦的痕迹都没有留下。

凌凤箫轻"咦"一声，接过秘籍，以真火灼烧。

凤凰家的真火，炽热凌厉，比林疏的灵火又要厉害上许多，可不论如何灼烧，三本秘籍都岿然不动，仿佛只是被微风轻轻吹拂了几下。

凌凤箫微蹙眉，思索了一会儿，道："莫非是气运？"

林疏："嗯？"

凌凤箫道："绝世秘籍之上，有非凡的气运，与天道一脉相承，而你我修为虽高，在气运上却仍无法与天道相比，故而毁不掉。"

林疏觉得他说得有理。

那该怎么办？

他便说："这样说来，世上并无损毁秘籍的方法。"

"也不然，"凌凤箫道，"凤凰后山，锻刀台下，有先天之火。我小时候听山庄的长辈谈起上古传说，说凉州一带，莽荒时名为'沃野'，山庄所在之山，正是上古时凤凰栖居之地，而锻刀台下的先天之火，是新凤涅槃所用之火。"

凤凰是先天的神兽，与天道密切相关，那么新凤涅槃之火，确实有可能与众不同。

凌凤箫继续道："虽然只是传说，但凤凰山庄的血脉确实与常人有异，那簇火焰又的确特殊，我想，或许会有效果。"

林疏点了点头："那我们择日去山庄？"

"嗯，"凌凤箫道，"锻刀台乃山庄三禁地之一，只有历代凤凰庄主可以进入，我先传书予母亲。"

林疏："嗯。"

凌凤箫倒也不拘什么，当即取出纸，铺在城墙砖石上，开始写信——倒没说要去烧秘籍，只说手中有一件邪物，奈何不得，恐怕只有锻刀台先天之火可以制伏，恳望母亲准许。

写罢，他召出灵鸽，灵鸽振翅向南飞去，不消一会儿，便没了踪影。

凌凤箫道："虽禁地不可轻易进入，但母亲深明大义，定会准许。"

林疏"嗯"了一声。

凤凰山庄因着收容天下孤女的义举，在江湖上声望甚高，是以凤凰庄主虽然严厉，不苟言笑，大家却都知道她是慈善之人。

了却了这桩心事，心下便又轻松一些。

林疏眼看着凌凤箫在周围布了一个隔绝别人视线的结界。

然后，他从芥子锦囊中弄出一块半人高的铜镜，开始对镜捏自己的身体。

但见那血雾时隐时现，大小姐的胸也随之变大变小，有时变化的幅度很大，有时是微调。

凌凤箫望着镜子里的自己，若有所思："的确比一马平川时顺眼一些。"

他又蹙了蹙眉："但是感觉有些奇怪。"

林疏面无表情地看天。

非礼勿视，他是一个正经人。

然后就听见凌凤箫道："不知会不会妨碍出刀的速度。"

林疏道："你出刀时可以把胸收起来。"

"很对。"凌凤箫道。

然后，这人开始揣摩大小问题。

大小姐站在林疏面前："你看着，是这样好看，还是……"

血雾一变，大小姐继续道："还是这样好看？"

林疏："？"

他的眼睛是显微镜吗？

有变化吗？

他诚实地道："我看不出。"

凌凤箫大为不满："世上女子或多或少都是不平坦的，不平坦的程度又有高有低，外观上自然有区别，气韵也有所不同，你素日里难道没注意过吗？"

"没有，"林疏道，"我不会无事去看姑娘的胸脯。"

"那你是讥讽我平时看姑娘的胸脯？"凌凤箫为自己辩护，"我是正人君子，素日里从未看过……"

说到一半，他气焰倒灭了："只是在山庄里，身边皆是女孩子，耳濡目染，知道一些。"

说罢，他垂了垂眼，胸也不变了，回到原来平板的样子，然后看了看镜子，又变回萧韶，试探地走到林疏身边："我确实并非轻薄之人。"
　　林疏就静静地看着他演戏。
　　对视半晌，萧韶没有坚持住，先笑了。
　　林疏歪了歪头。
　　他说："萧韶的脾气为何比大小姐的好？"
　　萧韶反问："你猜不出吗？"
　　林疏摇摇头。
　　"大小姐在你面前时，有对你发过脾气吗？"
　　"发过。"林疏不假思索。
　　萧韶沉默了。
　　林疏迅速改口："我记错了，没有。"
　　萧韶似乎看破一切，道："萧韶若是出现在外人面前，脾气大约也不会很好。"
　　林疏想了想。
　　萧韶从不在外人眼中出现，只有在和自己独处，并且确保没有旁人会看见的时候才会出现。
　　和林疏独处的时候，不论是大小姐，还是萧韶，确实都是很心平气和的。
　　这件事情，林疏是知道根由的，"咸鱼"可以传染，任他是修为再精深的河豚，最终也会染上心平气和的气息。
　　不过，只听萧韶话锋一转："凌凤箫是男孩子，却要从小作姑娘打扮，自然有些不舒服，久而久之，脾气便有些坏了。"
　　林疏："也对。"
　　萧韶忽然不说话了。
　　林疏有些疑惑，转身回去。
　　他看见萧韶有些愣怔。
　　林疏："怎么了？"
　　"我……"萧韶蹙了蹙眉，有些迟疑，复述了一遍方才的话，"凌凤箫……实为男子，只是从小作姑娘打扮……"
　　这下，连林疏都意识到问题的所在了。
　　萧韶居然可以说出这件事了。
　　女装的事情，不是被真言咒封住，永世不能说出吗？
　　萧韶手指划开左腹处的衣物，那衣物也并非实体，断口处血雾淡淡。

而断口之下，裸露出的皮肤上，竟然空无一物！

林疏清楚地记得，这个地方，原有一枚真言咒的烙印。

什么时候没有的呢？

萧韶："我的身体被怨气重塑，因此摆脱了咒印？"

片刻后，他又道："但真言咒刻在神魂之上，不该如此。"

无论如何，这咒印现在是没了。

而咒印消失，也就意味着，那些原本永远都不能说出的秘密，现在可以说了。

"它……是怎么来的？"林疏问道。

"是母后所刻，"萧韶淡淡地道，"此事说来话长。"

虽说来话长，但他显然将长话短说了。

"昔日……我八九岁时，还以为是母后偏爱萧灵阳，不欲我继承大统，但年岁渐长后，知母后端庄贤德，待我之心，与待萧灵阳之心，绝无相异。因此便只剩一种解释，凤凰山庄势大，然而立于朝堂江湖之间，亦如履薄冰，凤凰嫡脉这一代更无所出。故而我猜测，为使山庄绵延昌盛，只得将我充作女儿。"

他顿了顿，道："年幼孩童，恐怕不能保守秘密，一出生，母后便亲手为我刻下真言咒，然后交给母亲教养，从此以后，世间便只有母亲、母后与我自己知我真身。"

林疏没有说话。

萧韶亦微蹙了眉，不知在想些什么。

萧韶到底为何穿女装，林疏却是知道的。

只是这世间的事情，有时不知比知道要更好些。

他们各有心事，一时无话。静默间，忽听马蹄疾踏声，自城门遥遥传来。

萧韶重新变为凌凤箫幻身，撤了结界，往南面看。

但见一队士兵飞马前来，铠甲之下，却着白色麻衣。

为首那个跪于大营前，道："求见凤阳殿下。"

凌凤箫下城楼，出大营，来到他面前。

林疏感觉到，凌凤箫握着自己的手很凉，微微用力，仿佛……有些不安。

但见那甲士手捧一素绫凤纹锦书，呈予凌凤箫。

凌凤箫展书。

锦书上，只有短短两行字。

字迹婉丽端庄，却暗含凌厉肃杀之气。

白绫黑字，素绫本就不是喜庆之物，而其上的内容，更加不祥。

陛下病危。

速归！

皇帝病危？

林疏看向凌凤箫，见他拧了眉，望着传信甲士甲胄下露出的白色麻衣。

信已经写在素绫上，士兵盔甲里更是穿了素，他想，皇帝恐怕并不是病危这么简单。

他记得，自己与凌凤箫离开锦官城时，老皇帝已经人事不省三年有余，虽还有命在，却只是日日躺在床上，所有权力名义上由太子萧灵阳代管，皇后摄政，而实际上萧灵阳游手好闲，皇后深居宫中，朝政全部由凌凤箫把持。

挥退了传令兵及一干卫兵，凌凤箫布下隔音的结界："父皇情况应当不好。"

林疏点了点头。

凌凤箫继续道："母后压住消息，只说父皇病危，想是京中情况不好。若父皇果真……萧灵阳登基，还要我去护持。"

林疏道："现在便回锦官城？"

凌凤箫道："现在便回。"

林疏便"嗯"了一声，道："我跟你去。"

凌凤箫："多谢。"

林疏望着凌凤箫。

新帝登基，皇权更替，朝中不会很太平，但凌凤箫既有兵权，又有朝中谢子涉以及谢子涉背后所代表的世家势力支持，他去护持萧灵阳登基，是万全之策，而且手到擒来。

但是……林疏知道，事情恐怕不会这样简单——因为凌凤箫的母后曾经找他长谈过一番。

皇后想的是什么？

她是凌凤箫的亲生母亲，心中所想是让凌凤箫成为人皇。

而若凌凤箫当了人皇，萧灵阳又将被置于何地？

皇后还说过，她为给凌凤箫铺路，将萧灵阳养在膝下，日日揉搓，使他养成了不成器的性子。

凌凤箫以为回京是去帮萧灵阳稳住局势……实际上，却不好说。

所以林疏是一定会跟着凌凤箫的。

谈妥了，即刻便上路。

凌凤箫牵出照夜来，照夜一如最初那样神骏漂亮，行险川如履平地，千里夜奔，速度甚至比御风而行要快一些。

不消三个时辰，便到了凉州地界。

前方有人拦路。

如血残阳下，一袭红衣猎猎。

凤凰庄主。

凌凤箫勒住照夜，翻身下马。

"母亲。"

林疏也跟着下马，规矩地道了一声："庄主。"

"林阁主。"凤凰庄主先是与他打招呼，随即转向凌凤箫："箫儿，随我来。"

凌凤箫没说什么，带着林疏，跟凤凰庄主去了。

林疏原把皇后视为这趟国都之行的最大障碍，没想到半路先被凤凰庄主拦下。

凤凰庄主和皇后是亲生的姐妹，想来凤凰庄主的意思就是皇后的意思，凤凰庄主的说法就是皇后的说法。

他警惕起来。

凤凰庄主带着他们二人，走到了临近的一座高山之上。

暮色四合，飞鸟归巢，从高山往下望，隐隐看见凉州城。

凤凰庄主没有说话，凌凤箫便也没有说。

林疏记得萧韶变为怨气化身的那一天，和他说话时，提起过凤凰血脉之事。

说虽然整个人都可以随意变幻，但身上流的还是凤凰的血脉。

因为幻身变化是随心而动，他心中潜意识，根深蒂固地知道自己是凤凰山庄之人，那么他身上的血脉，便永久是凤凰山庄的传承。

良久，听得凤凰庄主道："前日，北夏王都大乱，虽未有消息传出，然山庄安插在王都的探子来报，似与大巫有关。"

"大巫已死，"凌凤箫道，"是我与疏儿所为，事出蹊跷，线索尚未厘清，故而不曾上报。"

"原来如此……"凤凰庄主深深地看他一眼，"我竟未想到，你会直接除去大巫……此事做得漂亮。"

凌凤箫道："母亲谬赞。"

片刻后，他看向凤凰庄主："母亲，京中情况如何？"

"我此行正是与你商议此事。"凤凰庄主缓缓地道，"此去锦官城，你可想好了？"

凌凤箫微蹙眉:"母亲……这是何意?"

"陛下命在旦夕,太子殿下即将临危受命。"凤凰庄主望着远方,却是话锋一转,继续道,"你以女身示人,至今已有二十二年,可曾想过何日能恢复本来面目?"

"诚然想过,"凌凤箫道,"但此乃母亲与母后之意,不可违背。"

"终身如此,也无怨言?"

凌凤箫:"无。"

"你终究是男子之身……"凤凰庄主话中有叹息之意,"我身为庄主,无法不顾及山庄的未来,然而抚育你长大,心中又时常有愧。"

"落子无悔,"凌凤箫道,"往日母亲做下决定,今日便不必再为此介怀。"

"然而今时不同往日,"凤凰庄主一贯严厉的神情,此时此刻竟流露出些许温和,"乱世之中,凤凰山庄须尽全力保全自身,如今大巫已死,乱世平定,只在顷刻间,我亦不必再担忧何日命丧敌手,山庄无人可支撑。"

凌凤箫道:"母亲之意,是想让我恢复男子之身?"

"锦妹想必已撤了你身上的真言咒,"凤凰庄主道,"此事,我与她一样,还是决心让你恢复本来面目。"

凌凤箫望着她:"然而世人只知南夏有长公主,凤凰山庄有大小姐,世上并无萧韶其人,如何恢复?"

"宫闱秘事,不为外人所知,箫儿,你知道多少?"

林疏就静静地听他们打哑谜。

凌凤箫望向山下人间城池,面有思索之色,稍后,忽然看向凤凰庄主,道:"我在宫中时,曾听年长的侍女谈起,母后早年间曾诞下长子,只是意外夭亡。我听见后,将她们罚进了洗衣房。"

"妄议贵人,确实该罚,"凤凰庄主缓缓地道,"不过,她们所议之事,却并非虚妄。早在你出生前,锦妹就为陛下诞下一子,可惜那孩子与人世无缘,尚未足岁便意外夭亡,锦妹伤心欲绝,生了一场大病。为免她触景伤情,陛下将所有与那孩子有关之人遣散,又下令从此以后,宫中上下不得提及那孩子一句。故而,到如今,知道那孩子的人已经没有了。"

"母亲是要萧韶做那孩子?"凌凤箫道。

"别人虽不知情,陛下却心知那孩子确实已离开人世,而凤凰山庄瞒你真身,若轻易揭露,亦是欺君之罪。"

"如今父皇命在旦夕,故而可以考虑?"凌凤箫道。

凤凰庄主道:"当年那孩子,众人皆以为夭亡,实则,被方外仙人所救,收养二十余年，如今方回。"

说到这里，她望向林疏："你身上凤凰血脉作不得假，皇室血脉更是千真万确，若又有剑阁阁主做证，世上便立刻多出萧韶此人……若你愿意，我即刻告知锦妹，立刻准备。"

"我……"凌凤箫蹙了眉，罕见地，有些迟疑，"我想再考虑一番。"

"不急，"凤凰庄主眼中似有温和之色，"先前你传讯告诉我之事，我看了。若你说的那东西集齐，果真会被有心人利用，酿成祸事，不若就依你所说，以锻刀台天火灼之。七月天火最盛，如今还要等些时日，可将此物暂存山庄秘库中。"

凌凤箫道："多谢母亲高义。"

"无妨，"凤凰庄主说罢，又看向林疏，道，"箫儿从小到大，受了不少委屈，承蒙阁主不弃，凤凰山庄铭感五内。"

"不必，"林疏还是不大习惯与凌凤箫之外的人交流，只道，"我……也承蒙他不弃。"

庄主笑了笑："倒也确实是一段奇缘。"

这话说得极轻，倒像自言自语，片刻后，她话锋一转，又对凌凤箫道："母亲自知有愧于你，如今只望你早日想通。"

"多谢母亲，"凌凤箫道，"我……会给您答复。"

"好，"凤凰庄主深深地看他一眼，"时候不早，去见你母后吧。"

凌凤箫答了一声"是"，带林疏辞别庄主，两人再次向前行去。

路上，凌凤箫显然心事重重。

林疏问他："你不想恢复男身吗？"

他觉得其实有可能。

毕竟一个能分清胭脂红、妃红、绛红、小绛红、檀红、朱砂红……的人，绝对不是等闲之辈。

凌凤箫闷闷地道："我先前，从未想过此事。"

林疏："嗯？"

"我虽是凤凰山庄大小姐，锦衣玉食，父皇与母后皆十分宠爱我，然而我心知自己命如浮萍，又兼战事一触即发，我想自己终有一日会折戟沙场，至多活不过二十五岁。"似是自嘲，凌凤箫笑了笑，"既如此，何必在意用什么样子的皮囊？

"只是……遇到你之后，觉得世间也算有所寄托，想活得长些了，但又觉得，命危于晨露，即使想，也只不过是空想。而你修了无情道，却正好，来日我离世，你也不会伤怀。"

- 128 -

林疏冷漠地回应："哦。"

就听凌凤箫接着道："不过，确实今时不同往日，大巫已死，我又有了如今的绝世修为，这些天，竟渐渐觉得来日可期了。母亲要我恢复男身，我亦有些意动。"

还好，意动了。

林疏想，这人虽然沉迷胭脂红、妃红、绛红、小绛红、檀红、朱砂红，但也不算没救。

他问："那你为何犹豫？"

"一则此事有蹊跷，母亲二十年来从未流露后悔之意，如今却猝然要我恢复男身，我想不通。"凌凤箫的声音逐渐不善，"二则，若我恢复男身，便是嫡长子，岂不是要继承帝位？萧灵阳岂不是要如愿做一个富贵闲王？我不可能让他有机会偷奸耍滑。"

林疏："……"

这人宁愿自己穿女装，也要让弟弟去做一个勤劳的皇帝，殷殷关切之情，感天动地。

弟弟，你自求多福。

林疏觉得萧灵阳迟早因为有凌凤箫的鞭策，而成为名垂青史的大明君。

至于萧灵阳会不会因此而高兴……这就有待商榷了。

林疏："那……等他登基你再恢复。"

"不，"凌凤箫在他耳边道，"假冒别人身份，有失光明磊落，我并不想要这样的为人。"

这人事太多，林疏打算不理他。

照夜继续往前行去。

林疏没有理睬凌凤箫，过一会儿，这人就主动来找他了。

"林疏。"

林疏："嗯？"

"你近日会说很多话了。"

林疏："什么？"

凌凤箫道："你没有发现吗？"

林疏："我没有发现。"

凌凤箫道："你近日来会问我很多东西了，诸如方才问'想恢复男身吗'。"

林疏想了想："嗯。"

凌凤箫继续道："似乎说的话也多了一些。"

林疏拽着照夜的马鬃："似乎如此。"

凌凤箫："的确如此。"

林疏回想，自己近来和凌凤箫的说话数量确实远远超过和其他人的说话数量，也超过前些日子乃至前些年与凌凤箫的说话数量。

至于原因，他想，大约是逐渐知道，他是可以和凌凤箫正常对话的。

他若说话，凌凤箫便会接下去；他若发问，凌凤箫便必定会回答。

久而久之，他便习惯了，潜意识里觉得，和凌凤箫说话是很安全的，不必担心冷场，也不用考虑说的话合不合时宜。

他正如此这般想着，就听凌凤箫问："你到底还是不是一个没有感情的剑修？"

林疏并指，抹出一道剑意。

湛然，清寒，孤高，如同山巅之雪、寒渊之云。

整个人，面对着这道剑意，都仿佛变成万古云霄中一粒渺渺之尘。

林疏道："是。"

凌凤箫："我不信。"

林疏："你要信。"

凌凤箫："姑且相信。"

插科打诨就此打住，照夜继续疾奔向南。

城门由士兵严密把守，凤凰令一出，畅通无阻。

到了皇宫，但见宫城肃穆，墙边行走的侍女个个谨小慎微，大气都不敢出。

皇帝的居所仍是那处，还未进殿，就闻到浓郁的药味，混着为中和药味之苦而燃的香。

一路畅行无阻的凌凤箫，到这里，竟被图龙卫拦住了。

"殿下留步，"一个黑衣的图龙卫道，"陛下传召太子殿下，吩咐任何人不准入内。"

凌凤箫："父皇醒了？"

"正是，"图龙卫终究是凌凤箫多年的下属，并没有隐瞒任何事情，"陛下原本脉象断绝，但一刻钟前，突然清醒，召太子殿下入内。"

"醒了便好，"凌凤箫放松了一些，"我在此处等候，你继续看守吧。"

图龙卫道："是。"

往后退了一些，凌凤箫立在殿门一侧。

"父皇必定会安排妥当，说不定还会拟诏，"凌凤箫道，"这样一来，萧灵阳即位便会顺利很多。"

林疏："若他不愿意……"

凌凤箫："我必不可能使他知道我是男身。"

好吧。

假如萧灵阳心知自己是唯一的继承人，再不情愿，也要硬着头皮坐上皇位。

但假使他知道自己的姐姐并不是姐姐，而是兄长，那定然要和萧韶互相推诿，谁都不愿意当皇帝，留下朝臣、诸侯们各自茫然。

后位空悬，尚且可以向皇帝上书，若是帝位空悬，大臣们恐怕就要呆若木鸡了。

林疏腹诽罢凌凤箫和萧灵阳，注意力回到凌凤箫身上。

见他望着殿门，眼中似有怅惘。

许是注意到了林疏的目光，凌凤箫淡淡地道："从小到大，我住在凤凰山庄，虽然只见过几面，但父皇待我很好。"

林疏："……嗯。"

他没有爹，不知道有爹的人怎样想。

凌凤箫虽然和皇帝只见过几面，但还是有一些感情的，算是亲人。

亲人生命垂危，终归不是一件会使人高兴的事情吧。

大约过了一刻钟，殿门大开，萧灵阳走了出来，竟没注意到他们，扶着殿门旁的柱子，喘了几口气。

他面色有些苍白，脚步也有些踉跄，林疏觉得可能是即将继承皇位，有点绝望。

凌凤箫咳了一声。

萧灵阳像受惊的兔子一样看了看这边，看到凌凤箫，有点不自然地垂下眼："姐。"

凌凤箫走过去问："父皇还好吗？"

"父皇……还好，"萧灵阳道，"刚才很有精神，现在有点不行了，我觉得是回光返……"

凌凤箫冷冷地看了他一眼："慎言。"

萧灵阳没说话。

林疏看到他的手指正有一下没一下地刮着柱子，是很焦虑的一种动作。

凌凤箫显然也注意到了："你怎么了？"

萧灵阳摇头，逃一样地溜了，溜得飞快。

林疏："……"

凌凤箫："该打。"

他走进殿里。

皇帝躺在床上，面色衰败，呼吸浊重。

方才他不许任何人入内，现在萧灵阳已经出殿，禁令解除，侍女们鱼贯进来，皇后也站在了屏风后，绰约的一个影子。

这可能就是性别上的不同了，林疏想。

凌凤箫穿着女装，固然可以拥有与皇后相差无几的样貌，却终究只能是霸道凌厉的大小姐，不会有这样端庄丰润的仪态。

萧韶随时可以去魔界登基，而皇后只需一个屏风后珠帘下的影子，就是母仪天下的模板。

她就那样站着，不动，只看着。

皇帝的眼睛睁开了，浑浊的眼神望向凌凤箫，咳了几声，声音像拉坏的风箱："……凤儿？"

凌凤箫走近，跪在他床头："父皇。"

皇帝颤颤巍巍地伸出朽木一样的手，似乎在比画凌凤箫的轮廓。

"你……这么大了。"皇帝道，"像阿锦……年轻时的样子。"

说到"阿锦"这个名字，皇帝忽然哽了一下，艰难地向四处望，然后整个人的神态都混乱起来："阿锦……阿锦呢？"

"锦"，这个字，林疏听过的。就在三个时辰前，凤凰庄主提到一个人——"锦妹"，按照语境，这个"锦"，就是皇后。

可皇帝喃喃地念着"阿锦"，皇后却始终站在那里不动，亦不上前。暗香袅袅流动，白色的烟淌过她身边，缠绵地绕一会儿，继而轻轻散了。

直到凌凤箫望向那里，轻声道："母后？"

皇后缓缓步出屏风后。

她的衣服质地如同西天的烟霞，随着步履，凤冠的流苏轻轻晃动，华衣曳地，像夕晖中的云，或凤凰尾羽末端的流金。

却看不清她的神情，仿佛隔了一层雾。

皇帝的眼睛死死地盯着她的方向，流露出如痴如狂的神色。

凌凤箫退后。

颤颤巍巍地，皇帝握住了皇后的手。

从神情和语调来看，他已经非常不清醒。

皇后低头看他，神色似乎只是淡淡。

这样的情形，无论如何，不是后辈能看的场景。

凌凤箫带林疏退出大殿，将门轻轻掩上。

掩上的那一瞬间，他听得一句——

"阿锦，我……对不住——"

对不住？

对不住什么？

声音戛然而止。

过半炷香的时间，忽听得殿后丧钟连敲九声。

另有令官一声唱叹。

"陛下驾崩——"

钟声落下。

宫人黑压压地跪了一地。

林疏没有跪。他身是方外之人，不必跪，凌凤箫也没有要他跪。

他便站在宫苑的桃树下，看凌凤箫带着萧灵阳跪在最前方。

肃穆的氛围里，时间仿佛静止。只是，突然听人惊呼一声。

原本跪了一地的宫人、臣子，一个个都抬起头来。

正值正午，原本是日头当空的大好晴天，西方天际却忽然蔓上一层红云。

红霞满天，如同煌煌锦绣，云中隐隐有乐声传出。

不知哪个宫女"呀"了一声出来。

只见红云之中，隐隐约约有个东西在动，是个飞鸟的形状，随着它的运动，那漫天的红云也舒卷起来——终于，半刻钟之后，人们看清了那是什么。

一只颜色赤金的凤凰。

云海中，不知远近，只觉得那凤凰身形极大，身姿优雅，在红云中悠然穿行。

倏然间，一声清亮长鸣响彻云霄——

没有人听过这叫声，但那神异的感觉贯穿了每个人的脑海，谁都不会怀疑这不是上古传说中的神兽凤凰。

下一刻，那美丽的凤凰自西边天际缓缓振翅，向着这边而来，愈来愈低，愈来愈近，它的翼翅扇动间落下流星一样的火花，缓缓落在宫苑的红墙上，继而像是虚幻的光芒一样，缓缓散了。

一个巨大的凤凰虚影，缓缓落在帝后所居的宸极殿上，驯服地低下头，再发出一声长鸣后，渐渐消散。

众人哗然。

一片喧哗声中，只听负责扶乩、占星、历法的礼官道："天降异象，凤凰为上天之使，此番必定有所喻示！"

也有人说："吉兆！我大夏之幸！"

亦有担忧之声："这异象，出在这……之际，不知究竟是何意味啊。"

林疏没什么感觉，只觉得有点不科学。

他看向凌凤箫，却见凌凤箫蹙了眉，振袖起身，快步走入了大殿中。

但见他身形挺拔，行走间红衣飞荡，姿仪不凡，倒是和那幻象凤凰有几分相似。

凤凰，凤凰。

和凤凰山庄又会有什么关系？

林疏来不及多作他想，只知道凌凤箫这人自从身承怨气后，情绪不稳，离不得他。他便稍施法术，踏起凌波步法，也飘入殿中，隐身在大殿顶端的梁柱上。

只见凌凤箫快步走至皇帝的床前："母后！"

皇后坐在先皇的床边，宽大的裙裾流霞一样铺开，手中一支鲜红色的血玉箫，看动作，似乎正要收起来。

见他来，皇后望着他，眼中神色很温柔，全然没有丈夫死去该有的悲伤。

"箫儿。"

"母后，"凌凤箫的神情却是有些严肃的，"您吹奏凤凰箫，引来天地异象，是何意？"

皇后的手指缓缓抚过这支殷红的玉箫，箫的形制很美，纹路古朴，似有上古遗风。

"箫韶九成，凤凰来仪。"她缓缓地念了一句古书上的词句，声音柔和，像山间的醴泉，温和地道，"我还小时，你祖母便交给我凤凰箫，说……以凤凰箫吹奏《箫韶》之乐，可引来天地间一缕凤凰残魄。方才我吹奏后，果如母亲所说。原来凤凰血脉，确有上古传承，并非妄言。"

"儿臣不解，"凌凤箫垂眸，"凤凰血脉确与常人不同，但母后为何要在此时验证？"

"来国都时，你母亲所说之事，可还记得？"皇后收起玉箫，问。

凌凤箫道："记得。"

皇后看着凌凤箫，轻轻叹一口气："箫儿，你过来。"

凌凤箫便到了皇后的身边。

皇后伸手去抚他的脸颊与头发："一转眼，你已这么大了。"

凌凤箫没有说话。

"我虽久居宫中，却也知道，凤凰山庄有史以来，你是最出挑的一个。"皇后款款道。

凌凤箫道:"母后谬赞。"

"数百年来,山庄有过无数漂亮出众的女儿,埋在这宫墙之中。"皇后的眼睫微微垂了下去,"凤凰之血乃绝世炉鼎,正因为此,凤凰家世代为皇家玩物。母后侥幸生一副好皮相,才得与你父皇恩爱,三十年独宠。而新帝即位,又是……"

凌凤箫道:"灵阳非浪荡之人,一旦收心,可以托付。"

"匹夫无罪,怀璧其罪,凤凰血脉,即灾祸之始。皇家纳凤凰家女儿为后、为妃、为嫔,向来不拘个数,纵灵阳能善待凤凰山庄,百年之后,谁又能料到新帝如何?"

凌凤箫望向皇后,道:"凤凰山庄嫡系女儿,贡予天家,天家报山庄以权势富贵,使山庄可以广纳天下失路孤女,为商为武,亦可凭借天恩屹立江湖,远离纷争。儿臣一直以为,母后与历代凤凰山庄前辈,虽有不忍,却无怨怼。"

皇后轻声道:"怎会毫无怨怼?凤凰乃天命玄鸟,上古神裔,却世代拘于人间帝皇之手,任人摆布,如何能不怨?"

"上古神族,不过缥缈传说,母后不必执念于心。"凌凤箫淡淡地道,"母后之意,是想废止皇室立凤凰为后的规矩吗?"

皇后点头:"不错。"

凌凤箫道:"萧灵阳秉性纯善,我立即转告予他。"

"箫儿,"皇后声音却是冷了冷,"你这二十年来,虽在山庄长大,以女身示人,却因功法,并未沾染阴柔之气,你还不明白男人的秉性吗?"

凌凤箫道:"儿臣不明。"

暗中观察的林疏心想,这人是一只彻头彻尾的黑乌鸦,却一直自诩白乌鸦,原来到了他母后面前,也是这样——看来是自我催眠进行得太成功。

在林疏看来,这只小凤凰无论怎样标榜自己的雪白,终究都是谎言,任他好到天上去,也至多是只皮毛为白的乌骨鸡。

皇后微笑着摇了摇头,眼神中似有感伤:"凤凰炉鼎,使用之后,延年益寿,百病全消——世间又有几人抵挡得住?我年少时,与你父皇山盟海誓,也信过他口中的情爱。然而人心易变,数年之后,我才明白,他心中所求,也不过是寿命之长、皇位之固罢了。"

林疏想,凌凤箫这种皇家的后嗣,家庭成分也着实复杂,听皇后的意思,她与先皇帝貌合神离已经很久了,而且心中对先帝很是怨怼。

正想着,就听凌凤箫道:"母后以为萧灵阳会经受不住诱惑吗?"

皇后道:"他如今年纪尚轻,你还管教得住,二十年后,他大权在握,你还管得住吗?四十年后,人寿将尽,他还能不起意吗?纵然他一世都是好的,下一代的皇帝,却又未可知。"

凌凤箫沉默了一会儿。

由他沉默时略微怅然的目光,林疏便知道他明白了些什么。

只听大殿之中,响起他淡淡的声音。

"母亲与母后,终究想让我去当皇帝吗?"

"今日既有异象,母后又已备好陈年往事之证据,箫儿,只需你点头,这南夏皇位,即是你囊中之物。此后皇帝,便皆是我凤凰血脉,山庄亦可从中解脱。"

说罢,她目光殷殷,看着凌凤箫。

凌凤箫这次沉默的时间,比上一次更长,长到皇后轻轻问了一句:"箫儿?"

"回母后,"凌凤箫淡声道,"母后生我,母亲养我,凤凰山庄护持我长大,又给我财势权柄,此恩无以为报。儿臣……自小,亦仰慕敬爱母后,母后吩咐之事,无一悖逆。若……此乃母后心愿,我依母后之命行事,未尝不可,只是——"

皇后听闻这一个"只是",身体微微前倾,目光温柔,目不转睛地看着他,问:"只是什么?"

"只是,为帝为皇,从来非我所愿,"凌凤箫放缓了语速,道,"儿臣平生所愿,不过是为山庄、母后、父皇做完应做之事,而后远离江湖朝堂,或做一逍遥游侠,或成为山间隐者,或游历天下,江河湖海,了寄余生。人间权势诚然可贵,然儿臣志不在此,二十年间,从无窥伺皇座、觊觎神器之思,还望……母后三思。"

"你本是我朝嫡长,理应继承大统,何来窥伺皇座、觊觎神器一说?"皇后缓缓摇头,"箫儿,莫非你已过惯身为臣子的日子?"

"萧灵阳并非不通情理,凤凰山庄亦已有自保之力,若徐徐图之,十年后,山庄必能脱离桎梏,"凌凤箫看着皇后,"母后还是要儿臣去做皇帝吗?"

林疏从上面望着凌凤箫的眼,觉得他仿佛被伤了心。

他冷眼旁观皇后的一举一动。

无双的颜容,绝代的风华,但凡是一个有眼睛的人,都会被迷了眼睛,为之心折。

他虽也有眼睛,却修无情之道,再美丽的皮相,也不过尘世皮囊,他一视同仁。

他得以摒弃皇后款款的温柔,只看她的举动。

他料得没错,皇后的意思,从一开始,就是要凌凤箫去做皇帝,又兼皇室血脉稀薄,这样一来,凤凰山庄就悄然变成南夏皇室,不仅摆脱原皇室的钳制,还可以坐拥天下,千秋万代。

她口口声声说匹夫无罪,怀璧其罪,说男人对权势、寿命的渴望如欲壑难填,可她所求，不也是凤凰一脉的兴盛繁荣吗？

为此，她必要让凌凤箫去到皇位之上，纵然凌凤箫说，他并不愿意。

他继续看凌凤箫看向皇后的眼神，那是很软的一种眼神，带着隐约的期望和请求。

他想，这只小凤凰今年二十三岁，他真的还只是一只毛茸茸的小鸡崽。

他看着自己一直敬慕的母后，想从她口中听到一些温柔的讯息，他或许觉得母后足够宠爱他，不会勉强他去做他非常不愿做之事，不会用他的命运去做争权夺利的棋子或工具。

然而皇后只是神色温柔，轻启朱唇。

她说："箫儿，你须识得大体。"

似是有某种光芒暗淡了下去，他微垂了眼："儿臣知道了。"

血雾隐约在他周身浮现，缭绕片刻，随后颤了几颤，似乎是他在极力压制。

林疏送出一缕冰霜灵力到他身边，在他周身绕了几绕。

凌凤箫微蹙的眉头略微舒展，血雾被压下。

皇后上前，似是要抚他的脸颊："是母后眼花了吗？方才怎么了？"

即将触到的那刻，凌凤箫后退一步，皇后的手落了空。

"儿臣无事，"但听他语声淡淡，"母后无须挂怀。"

"无事便好。"皇后轻声道。

随后，她便道："此事还须周全准备，今日你我便从长计议……"

林疏心头竟隐隐约约浮现一丝从未出现过的烦躁。

他想让皇后赶紧住口。

您儿子心里已经很烦了，并且很委屈，心跳还在慢慢变慢，不知道什么时候就会彻底失控，我想把他赶紧领回去。

况且他那么疼爱弟弟，也不一定真会听您的。

他无心听皇后口中那些瞒天过海的弯弯绕绕，目光在殿中四处望，想制造个什么意外打断他们。

这一看不要紧，就见不远处的墙壁上，正常视角看不见的地方，贴了块黑色的扁圆灵石。

他的瞳孔陡然缩了一下。

这东西他认得！

和留影珠一样，是上陵学宫藏宝阁里的奇淫技巧，留影珠可以记录影像，而这东西名叫顺风耳，一式两个，是个窃听器，这只耳朵所听到的，会传到另一只耳朵里。

有人在监听这座大殿？

何况……还是在皇后和凌凤箫商议这种事情的时候。

他立刻以灵力击碎顺风耳，然后放出神念，探查方圆一里之地——顺风耳的有效距离有限，故而那人不会很远。

几乎是下一刻，他猛地顿住了。

宫墙里僻静的一角，落花纷纷的海棠树下，站着一个失魂落魄的萧灵阳。

他手里拿着一块几乎一模一样的扁圆灵石，下一刻，这石头从他无力的右手中跌落，掉进斑驳的树影中，满地的落红里。

萧灵阳听到了。

听到了多少？

谁指使他来窃听这座大殿的？

林疏一边注意着萧灵阳的一举一动，一边飞快地想着这些问题。

他不相信以萧灵阳的心思，会想到监视皇后，这不是他会做出来的事情。

只见萧灵阳倚在海棠树下，魂不守舍地望着草丛里的落花，他眼中的神色很复杂，复杂到了林疏没有办法形容的地步，他拳头微微收紧，发着抖，嘴唇抿紧，脸色苍白。

知道母后不想让自己当皇帝，而是想让别人去当，和姐姐其实是哥哥……这两件事，哪件的冲击力更大一些？

又或者，从来万事不管的萧灵阳，突然意识到了这个世界并不是他以为的那个样子？

林疏在心里默默给弟弟点了一根蜡烛，将注意力转回大殿里。

皇后让凌凤箫走到了她面前，握着他的手，将具体的计划交代完了。

凌凤箫微微垂下眼："是。"

皇后抚了抚他的头发："你能明白母后的苦心便好。"

"但儿臣有一请求。"凌凤箫道。

皇后："嗯？"

凌凤箫道："眼下，大巫身亡，北夏大乱，战机正好。儿臣自请领兵出征，踏平北夏，收复四海之日，再登基为帝。"

皇后问："胜算有几成？"

凌凤箫道："九成。"

皇后沉思一会儿，道："也好。"

她又道："不知箫儿想以女身还是男身领兵？"

凌凤箫道："先以女身领兵，战场上若有机会，便使凌凤箫战死沙场，萧韶力挽狂澜。其余种种，全凭母后安排。"

皇后点了点头："此举倒是周密，我自会安排妥当。"

凌凤箫："多谢母后。"

这厢商议停当，皇后涂着丹蔻的纤纤玉指，握住了案上的诏书。

皇帝死前立下的诏书，自然是安排即位的事宜。

只见她眼中不见喜怒，将那诏书放在宫中常置的永明灯上。诏书是绢制的，遇火即燃，火舌猛地蹿起，不消片刻便将那形制庄重的遗诏焚成灰烬。

灰烬在香炉的白烟中簌簌而落。

凌凤箫道："儿臣有一事不明。"

皇后的眼睛转向他这边，平淡无波的神色中添上几分温度，温声道："何事？"

"儿臣少年时，为女身一事，多有怨言，母后与母亲却毫不动摇，如今我早已不再执着此事，母后却忽然要我以本来面目示人。"凌凤箫淡淡地道，"是因为此事不能被父皇知道吗？"

停顿片刻，他又道："但山庄武力如此高强，若果真对皇室不满，脱离便是，又畏惧何事呢？"

皇后定定地看着他，眼里盈了一泓悲不能抑的秋水，半晌，将他搂进怀里："母后自然有自己的苦衷，莫要问了。"

凌凤箫亦沉默了一会儿，最终道："冒犯母后，儿臣知罪。"

"无妨……"皇后的情绪似乎有些失控，收回手，静默片刻，才恢复过来，最后道，"好好待灵阳。"

凌凤箫道："我会的。"

皇后点了点头，随后说起皇帝的葬礼各项事宜，大部分时间是她在说，一切流程仿佛早已准备好了一样，只需要过上一遍，凌凤箫时不时"嗯"一声。

交代完毕，皇后道："你似乎有些乏了，早些回梧桐苑歇息吧，宫里一应事务俱有母后操办，不必担忧。"

凌凤箫道："儿臣想与父皇待一会儿。"

皇后叹了一口气："那母后先回后殿料理丧具。"

凌凤箫应了一声"是"。

皇后理了理流霞一样的衣襟，便起身往后殿去了，林疏望着那个仪态万方的背影渐渐消失在重重珠帷帘帐后，最后拐过一个弯，彻底消失。

皇帝床前的凌凤箫望向了他所在的方位。

林疏心知以凌凤箫现在的修为，要察觉自己的存在实在易如反掌，便落了下来，走到凌凤箫身边。

凌凤箫握了林疏的手腕。

林疏体会了一下这双手的温度，又看看凌凤箫眼底隐约流动的血色，知道这人的状态又不大好了。

皇后只知道自己是在明亮温暖的大殿里与儿子推心置腹侃侃而谈，哪里知道凌凤箫眼中的世界就是一片血海，他身处满是尸骸的血海之中，耳边充斥着万千怨鬼哀号，神志时时刻刻都有可能为世间万民的怨气所吞噬——还要在临界点一边维持清醒的神志、温良的仪态，一边听皇后计划着怎样偷天换日。

爱洁者，往往陷足于泥沼；欲逍遥者，往往被缚于尘网。人在江湖，命不由己，换成朝堂宫廷，也是一样。

十五六岁时，他们相识未深，有人说凌凤箫这一生不过"身不由己"四字。

那时候，林疏以为这不过是凌凤箫偶发感伤，是无凭无据的自嘲，现在想来，这句"身不由己"，确实就是这样贯穿了他的一生。

凌凤箫并不喜欢这个世界，林疏是知道的。

方才在梁上时，他想，皇后为何要绕这么大一个弯子呢？

直接告诉他，人间的皇朝夺走了天道的气运，容不得凤凰这样的先天血脉存在，凤凰嫡脉的男孩子不允许活在世上，或者告诉他，凤凰血脉需要气运的滋养，若不做人皇，不去获取人皇的滔天气运，凤凰血脉觉醒之日便是枯涸之时，岂不是比方才那样的劝说更奏效些吗？

可那时，看见凌凤箫的眼神，他就明白了。

凌凤箫这样的人，不是为了自己活着的，他对这个人世没有留恋，对世上的人没有眷爱。假若要么当人皇，要么死，这人也不会去当皇帝，而是会选择逍遥几天，安静等死。

最近他变成了世间怨气的化身，有些地方已经不大像人了，更加厌世。

皇后约莫是太了解自己的孩子了，知道想要让他乖乖当皇帝，只能想方设法去绊住他。

对此，林疏又能说什么呢？

他将自己的手覆上凌凤箫的手。

凌凤箫抬起脸看他。

眼睛好了一些，血色消退了，留下一对乌墨一样的眼瞳。

林疏拍了拍小鸡崽的头。

凌凤箫哼唧了几声，坐直身体，看样子状态稳定了不少。

那几声哼唧在林疏脑海里自动转化成了小鸡崽的"啾啾啾啾"。

看他状态好了不少，林疏开口道："萧灵阳在此处装了'顺风耳'。"

凌凤箫的第一反应，居然不是"他听到了什么"，而是问："他哪儿来这么大的能耐？"

林疏："……"

他将事情一五一十地交代了。

萧灵阳听到的是凌凤箫与皇后的前半段对话，主要是商议皇位的归属。

但要说性别问题，也是模棱两可，他们并没有直言凌凤箫其实是男身，能不能猜出，就要看萧灵阳的脑子是否好使了。

凌凤箫极端不满："终究还是让他逃过一劫。"

林疏："他看起来并不高兴。"

凌凤箫："或许是对母后失望。"

林疏觉得有些道理。

一手抚养自己长大的母后，最后却满心都是凌凤箫，萧灵阳或许心中不大平衡。

"不过也不尽然。父皇与母后之间，必有蹊跷。"凌凤箫缓缓地道，"若有机会，我会查清。"

林疏"嗯"了一声。

此时，宫人陆陆续续从后殿走出来。

皇帝的遗体，总不能不处理。

一切都有条不紊地进行，一个皇帝，就这样悄无声息地走了，没有掀起哪怕一丝一毫的风浪，甚至最后的遗诏都被皇后轻描淡写地焚烧殆尽。

凌凤箫问林疏，萧灵阳现在在哪里。

林疏分了一缕神念，一直关注着萧灵阳的举动。

弟弟在海棠树下失魂落魄一番后，突然暴躁地踹了一下树，弄了满头满身的落花，清理了好一会儿才清干净，故而更加闹心。

然后，他收拾好自己的表情，温良恭谨地跪回了大殿门口。

凌凤箫听完，勾唇笑了笑："能耐了。"

他又道："背后必有人指使，意在离间他、母后与我，出去后，我盘问他。"

林疏点了点头。

说完了这些事，凌凤箫拉起林疏，绕到屏风后。

屏风后的香炉还在袅袅而燃，白烟流淌，与药味混在一起，难以区分。

他拿了一块烧到一半的香炭，弄熄，然后收了起来。

又里里外外看了一遍这座大殿，确认没有别的顺风耳或留影珠一类的物品。

前殿与后殿连接的走廊，挂了层层轻纱，缀了小颗的明珠，风一吹，白纱就在水流一样的白烟里轻轻拂动。

凌凤箫望着纱幕，对林疏轻声道："原以为此间事将毕，却还要拖你在尘世多蹉跎不少时日。"

林疏说："无妨的。"

又说："你还可以吗？"

凌凤箫深吸了一口气，道："来到人多之处，血海翻腾便愈加剧烈，宫中血气本就浓重，以至于我神魂更加不稳。"

又道："若非在你身边可以暂时清净，此刻恐怕已然入魔。"

林疏只看着他。

小鸡崽。

毛茸茸的小鸡崽。

叽叽叽叽啾啾啾啾地说着一些言语。

凌凤箫却仿佛看见了什么珍奇的东西一般，直勾勾地看着他的眼睛，半晌，说："这位仙君，你是不是笑了？"

林疏："嗯？"

他笑了吗？

没有感觉。

凌凤箫："似乎笑了，好看……"

林疏既茫然又无辜，适当地露出一个没有感情的剑修此时应该流露出的疑惑。

凌凤箫望着重重宫门，眼中有隐约的怅惘。

林疏陪他望着。

凤凰血脉，不做人皇，就会死。

可做了人皇，他会不高兴。

一时之间，他心中竟也惘然了。

过一会儿，凌凤箫收回目光，整理好表情，冷淡地道："去收拾萧灵阳。"

第六章

千军万马避红袍

哀悼仪式进行得很顺利。

而那原本消失的凤凰虚影再度出现，彻夜在宫殿上空盘旋。林疏知道这是皇后引来的凤凰残魂，制造异常的天象，可以给将来会发生的大事造势，自古以来，玩弄人心者，对此法用得都很纯熟。

仪式结束，众人退去，萧灵阳见没有自己的事情，往四周瞅了瞅，也想告辞。

凌凤箫冷冷地道："你留下。"

萧灵阳立马像只被拎住了脖子的鹌鹑，不动了，却梗起了脖子："我不留。"

凌凤箫道："跟我回去。"

萧灵阳低着头，抬眼看他时，目光又怕又恨，还带着三分探究，回道："我不去。"

"哦？"凌凤箫道，"你要去做什么？"

萧灵阳："你管我？"

凌凤箫看着他，声音很阴森："管的就是你。"

萧灵阳："……"

他站在原地不动。

凌凤箫："你听不懂人话吗？"

萧灵阳："……哦。"

然后跟上。

凌凤箫冷冷地看他一眼，拂袖离去，红衣拂地，华丽雍容到了极点。

林疏就眼睁睁地看着萧灵阳跟着凌凤箫，想去踩他的衣摆，将其绊倒。

一脚还没下去，凌凤箫背后仿佛长了眼睛，振袖一挥，无形气劲荡出来，先把萧灵阳弄得打了个趔趄。

林疏："……"

这就是他们之间的姐弟情吗？

真是感天动地。

到了梧桐苑，凌凤箫在大殿主座坐下。

萧灵阳站在他下首，微低着头，眼睛不住地往林疏那边瞟，似有求助之意。

林疏往后退了两步，以示爱莫能助，然后被凌凤箫拉到自己身边坐下。

凌凤箫看着萧灵阳，稍施术法，萧灵阳藏在身上的那枚顺风耳便被钩出来，飘浮在空中。

萧灵阳见事情败露，咬了咬嘴唇。

凌凤箫道："你想说点什么？"

萧灵阳："不想。"

眼看河豚要夯，萧灵阳要作死，林疏赶紧轻轻咳了一声。

凌凤箫呼吸了几口气，声音勉强平静下来："听到了什么？"

萧灵阳没好气："听到你和母后商议要谋权篡位！"

"好，"凌凤箫淡淡地道，"有什么想法？"

萧灵阳蓦然抬头看他，眼眶泛红，声音忽然拔高了些："你想当皇帝，和我说一声就是了！我……又不是、又不是不会给，你们、你们何必……"

话未说完，被凌凤箫打断。

凌凤箫冷冷地道："跪下。"

萧灵阳恨恨地看他一眼，跪下了。

凌凤箫："错在哪里？"

萧灵阳大声顶嘴："我没错！"

凌凤箫垂眼看着他，半响，道："没有长进。"

萧灵阳："有长进又怎样？你们逼我白白学了那么多东西，最后不也是不要我当皇帝？"

凌凤箫把那枚顺风耳拿在手中，声音放轻了些："你以为我要和你说皇位的事情吗？"

萧灵阳眼眶更红了，似乎有些想哭，声音也有些哑："不然呢？"

凌凤箫握着那枚东西："谁让你放了这东西？"

萧灵阳："我自己放的。"

"嗯？"凌凤箫反倒笑了，"你有几斤几两，我不知道吗？"

"我……"萧灵阳词穷，"反正说了你也不信。"

凌凤箫道："说来听听——若你真能想到这个，倒是我小看你了。"

萧灵阳道："我做梦梦见的。"

林疏："……"

凌凤箫："？"

他勾唇，笑意深深："来，说给我听，怎么梦见的？什么时候梦见的？"

萧灵阳道："三天前，我睡觉时，听见有一道声音对我说，凤凰山庄包藏祸心，打的是自己称皇称霸的主意，还要……还要把有凤凰血的凤阳殿下当枪使。我说我不信，那个声音就说，如若不信，他教我一个阵法，用蛇血画在顺风耳上，可以让它隐匿气息，不被人发现，把它放在皇宫里，尤其是帝后所居之处，然后我就……"

凌凤箫："然后你就去做了？"

萧灵阳的声音居然还很委屈："嗯。"

林疏心想，完了，这下弟弟的命估计是保不住了。

没想到凌凤箫居然还很平静，只是轻轻叹了一口气。

大概，他的心，累了，林疏想。

就见凌凤箫画了个法印，凤凰真火在那枚顺风耳上灼烧，不多时，便有一丝尖锐的号叫从里面逸出，再过片刻，一缕紫黑色的烟雾被逼出来，遇到炽热的凤凰真火，哧一下散了。

这雾气一看颜色，就知道与北夏巫术有关。

萧灵阳即使再不懂谋略，此时也察觉出不对，脸色一下子白了。

"梦中？"凌凤箫问他，"如此拙劣的离间之计，如此浅显的北夏巫术，你都看不出来？遇到此事，不先来问我，自作主张……你还真是能耐了。"

萧灵阳一下子认栽了："……我错了。"

"施咒之人教你这样的符咒，必然不只是隐匿此物的灵力波动，还要对其改造……"凌凤箫道，"或许，传入你耳中的消息，北夏也知道了。"

萧灵阳的脸色顷刻间煞白，额角甚至渗出了汗来。

凌凤箫看他神色不对，也沉了声音："怎么了？"

萧灵阳睁大了眼睛，似乎说不出话来。

"无妨，"凌凤箫道，"不过是我要登基而已，北夏即使知道，也无大碍。"

"不是，"萧灵阳猛地抬头，看向他，"那父皇、父皇对我说的话……也被他们听走了？"

凌凤箫："你何时放的这东西？"

萧灵阳："三天前。"

凌凤箫："父皇对你说了什么？"

萧灵阳抿了抿唇，似乎不愿说。

凌凤箫看着他，似乎在批评，又似乎在教导："该说不该说，此时都要说了，你要拎得清轻重。"

萧灵阳道："我说了，你不能打我。"

凌凤箫："我不打。"

萧灵阳："我不信。"

萧灵阳又看向林疏。

林疏："他打你，我拦着。"

萧灵阳这才稍稍定下心来，开口道："父皇说，要我即位之后，按照祖宗惯例，娶凤凰山庄嫡脉的女子，与其双修，长命百岁。"

凌凤箫："嗯。"

萧灵阳继续道："他又说，凤凰血脉，包含大祸。凤凰嫡脉，极难生出男子，即使生下，也九成九活不下来。但……若真有那么一点可能，凤凰家生出了男孩子，必不择手段诛之，否则……龙脉被扰，大夏气运危厄，江山难挽，天下生灵涂炭，这是历代先皇口口相传的……铁律。"

林疏："……"

皇后没有说出的东西，倒让萧灵阳给说了。

他看向凌凤箫，见此人垂着眼眸，眼中有深思之色，声音也沉了不少："还有吗？"

"还有……"萧灵阳咽了一下口水，不安地瞧着他的脸色，"智者千虑，必有一失。若果真有凤凰嫡脉的儿子长成，必然……修为盖世，难以控制，这时，我大夏皇室，还有一个没有办法的办法。地宫深处，天字五号密室墙后，有一道只有不掺凤凰血的萧家血脉才能打开的机关，里面……封着一把上古之器，名为羿日神箭，乃世间罕有的神兵。此箭，箭无虚发，威力强大，只是不为世人所知，尤其是……当射向凤凰血脉之时，如后羿射日，不拘男女老少、修为高低，只要身有凤凰血，被此箭洞穿心脏后，都会立刻神魂俱散，灰飞……"

凌凤箫抬起右手按了按自己的太阳穴："带我过去，立刻。"

萧灵阳自觉闭嘴，带路。

皇室地宫，防守严密，封存无数宝物，天字五号密室，只是其中非常不起眼的一间，若不是萧灵阳从老皇帝口中听见，任谁都不会知道这里面居然会藏有上古神器。

来到密室墙边，角落一个不起眼的桌案上，一堆平平无奇的宝物中，有一个平平无奇的灯台。

灯台下陷，呈碗状，若往其中灌注鲛油，并一根烛芯，便可成为长明之灯。

凌凤箫捏着萧灵阳的手腕，割开放血，不一会儿便灌满了灯盏。

墙壁发出"吱呀"的机括转动之声，天花板上簌簌落尘。半刻钟后，墙壁向两边分开，露出一间密室。

空的。

没有一样东西。

只中央一座落满灰尘的高台，上面有一道新鲜的痕迹。

这道痕迹，前端尖，中间笔直，尾有羽，是一支极长的箭的形状。

但是，也只剩下一道痕迹了。

凌凤箫伸手抹了一下这道痕迹上近于无的落尘，道："两个时辰前。"

意思就是，萧灵阳在大殿里，听他父皇说这件神器的时候，就有人按照他们谈话中的地点，把这东西取走了。

萧灵阳："可只有我的血能打开……"

凌凤箫凉凉地看了他一眼，然后说了四个字："萧瑄也能。"

萧灵阳："啊？"

见凌凤箫不答，他追问："萧瑄是谁？"

"你的一个远房堂哥，"凌凤箫不咸不淡地道，"也算我的远房堂弟。"

萧灵阳难以置信地后退了几步："你还有别的弟弟？"

凌凤箫："北夏的。"

萧灵阳："……哦。"

所以说，萧灵阳被不知何时混进来的萧瑄下套窃听了，能杀凤凰嫡脉的羿日神箭，被萧瑄拿走了。

萧瑄拿走它干什么？

当然是杀凤凰山庄的人，尤其是凌凤箫。

凤凰山庄几乎可以说是南夏的最高战力，南夏没有凤凰山庄，就如同北夏失去了大巫。

凌凤箫冷冷地看着萧灵阳："长见识了吗？"

萧灵阳："……长了。"

"知道错了吗？"

萧灵阳："……知道了。"

"如此拙劣之计策，居然有脸使出……而竟然真有人中计，"凌凤箫道，"滑天下之大稽。"

林疏想笑。

他韶哥一世英名，谁料有两个不着调的弟弟争相添乱。

萧灵阳小心翼翼地问："你……会有危险吗？"

"会。"凌凤箫道。

萧灵阳吓得一缩。

凌凤箫向外面走去，淡淡地道："兵来将挡，算不得什么。"

萧灵阳小心翼翼地跟上。

凌凤箫带着林疏走出密室门，萧灵阳刚想抬脚——

哐当。

厚重的铁门猛地关上了。

萧灵阳呆滞了。

凌凤箫慢条斯理地将门锁上，又落了一道结界："但放你在外面生事，我便当真会有危险了。"

萧灵阳绝望地拍打房门："姐！"

凌凤箫不为所动，转身欲走。

萧灵阳很急，道："我还有一件事想问你！"

凌凤箫回头："何事？"

萧灵阳扒着房门上的铁栅栏："你到底是男是女？"

凌凤箫："你说呢？"

"我没大听清……"萧灵阳道，"我觉得不大可能，母后是不是糊涂了，说一些什么胡话……"

凌凤箫定定地看了他一会儿，拿出那枚顺风耳，隔着铁栅栏扔进去："用你的血画小返符，可以重播。"

然后，他不再理会拍门的萧灵阳，一袭红衣施施然离去。

萧灵阳放弃对凌凤箫呼救，转而向林疏道："林疏救我！林疏……姐夫！"

没有用的。

他无助的喊叫声随着两人的远去渐渐变小。

地宫守卫面面相觑。

林疏已经能想象这些守卫心中在想什么了。

陛下尸骨未寒，凤阳殿下软禁太子为哪般？

风云变幻，钩心斗角，南夏皇位花落谁家？

看到了不该看的，他们是否即将被处死？

太子殿下哀号不断，他们是该效忠太子，将他解救，获取从龙之功，还是应该堵住他的嘴，以献媚于凤阳殿下？

但凌凤箫并没理他们，径直从地宫出去了。

他刚出地宫，就有一只蓝色的鸟撞在身上。

乃一只熟悉的"寻香"。

这鸟，是萧瑄和他们联络的手段，它能分辨凌凤箫身上熏的香，上一次，萧瑄就是这样联系到了他们二人，把他们邀去北夏，创造了一个能够杀死大巫的机会。

凌凤箫从鸟腿上取下信筒，展开信，就看见萧瑄的笔迹。

丹朱、玉素，见信如面。

十五一夜过后，不见芳踪，不知两位美人是否安在，在下日思夜想，无一刻不挂怀。

两位姑娘定是方外之人，我在南夏多方打听消息，却不见世间有这样两个绝世美人。两位美人出于正义，助我铲除大巫，感激不尽，必将报答。但父皇心意已决，要与南夏势不两立，在下也只能忍痛与两位姑娘暂时划清界限。战场相见，刀剑无眼，两位姑娘千万保全自身，莫要投身刀光剑影中。来日天下大定，无处可去，二位美人可来投奔在下，太平盛世中，你我三人再花前厮守，月下……

还没等林疏看清萧瑄在叨叨些什么没脸没皮的东西，凌凤箫就把这信撕了。

"战场相见，刀剑无眼？"只见凌凤箫勾了勾唇，笑得很危险，"不若我明日便整兵向北，把他抓来给萧灵阳做伴？"

林疏觉得可行。

母后安静地去搞自己的事情，玩自己的凤凰。

弟弟被关了禁闭。

另一个弟弟拿了羿日神箭，已经逃之夭夭。

世界清静。

由于世界清静，凌凤箫很平和。

林疏陪着他皮毛顺滑、心情平和的小鸡崽回了梧桐苑。

这只鸡崽虽然心情平和，却还是心事重重。

一回到梧桐苑，他就拿起从皇帝寝殿香炉里拿来的那块香炭，琢磨起来。

林疏知道他在怀疑什么。

"一个问题，"凌凤箫以玉器将那枚香炭碾碎，道，"与凤凰血脉双修，延年益寿，百病皆消，那父皇为何缠绵病榻，不省人事三年有余？"

林疏给他摆好一应器具。

学宫里的课程还是很有用的，通过对香气的辨识和一些小实验，可以判断出这块香炭用了什么药材。

他们一边试着，一边说着话。

屏退了侍女与宫人，凌凤箫恢复了萧韶的状态。

"烛尾草。"林疏递给他一把灰白色的小草。

萧韶接过来，继续道："还有一事，萧瑄为何可以混进皇宫？"

林疏："皇宫没有防御结界吗？"

"有，"萧韶沉了声音，"九层结界，不轨之徒难以进入，尤其来自北夏者。"

林疏："北夏有了新巫术。"

凌凤箫摇了摇头："有一事，我耿耿于怀。"

林疏又递给他一盒流金沙，然后道："嗯？"

"皇宫防御的枢纽……因为父皇不省人事，这三年来，一直是母后在把持。"

林疏道："皇后并不像心有歹意之人。"

皇后的动机他知道，皇后曾亲口对他说，一切都是为了让萧韶活下去。

"我亦想不出母后有何理由会做下这种事。"萧韶道，"但从今往后，我恐怕不能信其他任何人。"

林疏点了点头。

局势云谲波诡，很多谜题都使人没有头绪，他们能做的也只有无比谨慎了。

不过，无论有什么阴谋诡计，他们现在都是修为极高的人了。

想到这里，林疏又问："萧灵阳说羿日神箭，可以使身怀凤凰血脉者灰飞烟灭，会伤到你吗？"

"听他的说辞，似乎确有此物。"萧韶想了想，回道，"但萧瑄取得羿日神箭，也不过是想取我性命……况且有弓箭射来，我焉能不察觉？"

林疏想了想："也是。"

平常人察觉到弓箭时，往往已经失去了反应的时间，但修为一旦到了渡劫期，能感应到身周数里之内的微末变化，一草一木的动静，都逃不过感知，躲开一支弓箭简直易如反掌。就算是林疏，也不信自己会被人以弓箭偷袭。萧韶又不一样，寻常修为高之人察觉到有人暗袭，可以用出神入化的身法瞬间化解，而萧韶连身法都不必用，心神一动，全身都化成血雾，瞬息变幻，岂有被射中之理！

林疏放下心来，安心给萧韶递着材料，香炭的粉末分散在大大小小几十个玉容器里，进行着化学反应，有一些所需的时间很长，大约要到明天才能出结果。

林疏把东西整理了一下，放好。

他看着萧韶，又想到一件事："萧灵阳会被饿死吗？"

萧韶说不会，扔顺风耳进去的时候，自己顺便扔了一瓶辟谷丹，他可以存活很久。

可怜。

萧灵阳，可怜。

连饭都没的吃，只能靠着辟谷丹苟且。

他问："什么时候放出来？"

萧韶："我高兴的时候。"

说罢，他挑了挑眉："心疼他了？"

林疏矢口否认，道："怕影响你们的感情。"

"嗯？"萧韶道，"花言巧语，你倒是会一些了。"

林疏面无表情。

这次换成萧韶问："怎么想起来悄悄进大殿？"

林疏："怕你突然失控。"

萧韶："能发现顺风耳，还会看着萧灵阳，你懂得很多了。"

林疏想了想，自己好像确实增长了不少江湖经验。

他道："近墨者黑。"

萧韶就笑："给我母亲的那三本秘籍，你是不是还下了一个自己的小法术，嗯？"

林疏闷闷地道："毕竟是魔君吩咐的东西，我想还是要谨慎一点……"

"嗯，"萧韶似乎并没有不高兴，"来日你一个人，想必也不会轻易被骗了。"

林疏："你在夸我吗？"

萧韶："夸你。"

林疏甚至有点不好意思。

他就给萧韶汇报情况："庄主把三本秘籍放在了一个地方，很黑，我的神念探不到别的东西。"

"大概是山庄的地宫，"萧韶回答他，"凤凰地宫有上古的秘法，是世上最安全的地方。"

林疏："那就好。"

"早睡，"萧韶道，"明日回拒北关。"

林疏点了点头。

然后他就被埋在被子里，露一双眼睛，看着萧韶坐在案前处理事务，兼与人传讯。

夜色渐深沉，点起红烛，映亮了萧韶轮廓好看的侧脸。

他乌墨样的发丝在烛光照耀下发着微光，使整个人都柔和不少。

林疏没有事情做，就一直看着，最后被萧韶以妨碍他做事为由，彻底塞进了被子里，不许露出眼睛。

林疏心想自己只不过是看一看，哪里妨碍了，态度很消极。

被彻底埋进去没一会儿，被子又被萧韶拨开，说怕他在里面憋死。

林疏态度依旧很消极，被放出来之后，更加直勾勾地看着萧韶。

被萧韶以渡灵威胁说，现在不睡，今晚就不要睡了之后，他终于屈服，态度也不再消极，不再盯着萧韶的脸看，而是自发蠕动去了床的最里面，背对萧韶睡了。

他久不做梦，可渐渐睡着之后，居然陷入纷乱的梦里。

梦很多，理不清头绪，有些不安的预感，他喘不过气来，挣扎醒过来，发现萧韶正看着他，眼神温柔。

或许是做了噩梦的缘故，他心跳有点快，和萧韶对视着，渐渐又睡过去了。

他睡得稍微踏实了一些，但始终算不上沉眠，日光方照到窗棂，便醒了。

过了一会儿，起来洗漱，一切收拾完毕，他看见昨夜那些瓶瓶罐罐。

凭着香气，他能判断出其中有沉香、侧柏、龙脑、茱萸子、茉莉与丁香，都不是稀有的香料，但是有个共同点，味道颇大。

一旦味道大了，就让人嗅不出其他的东西。

而瓶瓶罐罐里的化学反应的结果，显示这块香炭里，还有无定竹、玄霜露、青阳藤等温和的仙家丹料，有安神之效。

没有什么问题，确实是一块安神用的好香炭。

皇帝的饮食、用药全都会经过图龙卫的检视、验毒——图龙卫全部直接听命于凌凤箫，不会效忠于其他任何人，这个环节定然没有问题。

可见皇帝确实是病得突然，昏得自然。

但凌凤箫没有就此不再追究，而是传令图龙卫，命他们呈上先帝这些年来饮食的记录和药方。

拿到之后，他一一检视。

这一检视，还真的出了问题。

凌凤箫的目光停留在药方上。

皇帝的药方中有一种虹华白羽丹，乃吊命用的神药，日日服用。

但这丹药里，有一味碧炎龙参，长于南海的岛屿，是性极烈之物，不能与香料中的玄霜露同用，若长久同用，便成了慢性的毒。

凌凤箫召来图龙卫问询，图龙卫道宫中的香料一向是皇后指定，他们检验过香的来源，确认无毒后，便没有再过问。

林疏看见凌凤箫沉默了许久。

到正午，皇后懿令，昭告天下，凤阳殿下领虎符，出征北夏。

凌凤箫一袭艳烈红衣，身骑白马，出城门，众人山呼"凤阳殿下"。

凤阳殿下勒马回首，望城中熙攘百姓，展颜一笑，恍若天人临世。

到了拒北关，凌凤箫去整兵，林疏留在了他们的住处。

自从收了清卢，他便跟着凌凤箫四处奔波，没有好好教导，自觉没有尽到为人师表的责任，这几天，他便看着清卢练剑。

这个徒弟哪里都好，就是有点笨。

别人练三遍可以学会的剑法，他要练三十遍。

好在秉性纯正，不会走火入魔，只要坚持不懈，总能有所成就。

清卢一遍一遍练着，他没有事情做，也练了几下长相思。

结果清卢双眼发亮，道："师尊，好玄妙的剑法！"

林疏就教了他前两招。

然后，徒弟听都听不懂，两眼发直，道："师尊，高山仰止，景行行止，徒弟愚钝，只能心向往之，先去练基础剑法一百零八式了。"

果子"呸"了他一声，抱住林疏，和他玩了一会儿，然后拿走了折竹，说去给折竹喂果子。

这些时日他结了不少果子，喂给折竹后，整把剑又清亮通透不少，果子十分满意，说再来几枚果子，或百年光阴，折竹就可以成人了。

林疏制止了他又想结果的举动。

一个果子，一个盈盈，还有一个徒弟，他觉得已经够了，不需要更多了。

果子哼唧一番，去找盈盈玩了。

结果盈盈专心修炼，不和他玩。

果子脱掉白衣，换一身华丽张扬的红衣，说："你们都无聊得很，我去找小和尚玩。"

林疏问："哪里的小和尚？"

果子说:"最近一个老和尚带着一个小和尚云游到了拒北关,那小和尚眉清目秀,听他讲经倒比听其他秃驴讲好玩。"

林疏问:"你不是不与男人玩吗?"

果子转了转眼珠说:"和尚倒没有男人身上的浊气。"

林疏说:"见和尚要穿得素一些。"

说完,他觉得自己像个操心的老父亲。

果子说:"色不异空,空不异色,和尚佛法都很精深,我穿红穿白一个样。"

说罢,果子蹦蹦跳跳出去了,像只红蝴蝶。

行吧。

听和尚讲经,希望他也能认识到"色不异空,空不异色"的道理,正视自己的性别。

日子就这样流水一般过去,十天以后,整兵完毕,凌凤箫亲写战书。

两国交战,若是讲些颜面,便提前下了战书,派使者送去,写明师出之名、战时、战地;若是不讲颜面,便到兵临城下时,再意思意思,把战书射到别人的城门上。

至于深夜突袭,就属于不要脸的范畴了,若再被写进史书里,后世是要嘲笑的。

从这一点上来说,凌凤箫的战书下得堂堂正正,君子之战,士气也因此很高涨。

况且凤阳殿下又不是普通的将领,而是掌握着整个王朝权柄之人,掌握了王朝的权柄,也就直接掌管了国库。

他昭告这五十万精兵:杀一敌,赏二十两银;杀十敌,赏十两金;杀二十敌,荣归故里。

战死者,家人由王朝赡养,必安乐至终。

在此条规矩的激励下,士兵战意空前,凌凤箫在军中的威望更是攀升至顶点。提起凤阳殿下,无人不敬慕称赞,乃至边城百姓口耳相传,皆将其奉若神灵。

两国交战,不斩来使,又五天后,使者带着北夏应战的书信回到拒北关,林疏展信一看,就是萧瑄的笔迹,这人既已经迫不及待要和萧灵阳一起被关进小黑屋,那他们就成全他。

战书已约好,六月二十,战于洧川。

洧川。

天高云淡。

四五轻骑越过山岭,居高临下俯视此片河原。

谢子涉环顾四周："四野平旷，无地利，还须多下功夫。"

越若鹤道："有修仙人和巫师在，即使有地势之利，也占不了便宜，不如硬碰硬。"

说罢，他用胳膊肘捣了捣身边人："白云兄，你们横练宗来了多少人？"

苍旻道："我横练宗一向忠于王朝，老门主守了一辈子拒北关，我想金丹期以上的，都会来。"

越若鹤道："其实咱们这几个门派，论起对王朝的贡献，几可以封侯拜相了。"

"怪哉，"谢子涉道，"当年雪夜谈心，你们一个个都要走侠道，如今年岁渐长，却想起封侯拜相，要往功名利禄里去了。"

"谢师姐，你有所不知，"越若鹤道，"前几日我与白云兄喝酒，有些醉了，深谈至半夜，就是说的此事。"

"哦？"谢子涉挑了挑眉。

苍旻接过了越若鹤的话头："我们想，游侠游于江湖，路见不平，拔刀相助，但终其一生，纵然成为一方大侠，享有江湖美名，也不过能救百十人，至多几千人。若是为王朝效力，出将入相，却可以救苍生——譬如我们这一战，假如胜了，天下一统，万民得以安居乐业——这是一世为侠也做不到的事情。"

"也有道理，"谢子涉点了点头，"你们俨然已由'私剑之侠'，长成'大义之侠'了。"

"这就有些不好意思了。"越若鹤对着谢师姐，居然难得不再抬杠，而是有了羞耻之心。

"既此意已决，刀剑无眼，我不在前线，你们就好生保重吧。"谢子涉一笑。

苍旻道："谢师姐，不瞒你说，到这个时候，反没以前那般怕死了。"

"红颜由来易老，侠者终须殉道。"谢子涉道，"你们有你们愿殉之道，我亦有我愿殉之道，有道之人，都是不怕死的。"

说到这儿，她哂然一笑，对着林疏挑了挑眉："倒是不理凡尘的仙人也会来战场，我就想不通了。"

越若鹤道："咳，这个、这个……自古来，英雄难过美人关，这个……仙君嘛，有时也会难过美人关的。"

苍旻添油加醋："林兄的家眷毕竟是大小姐……"

林疏听他们打趣的内容，俨然要给自己扣上一顶"色令智昏"的帽子。

也行吧。

他们自去不正经，但大小姐还是正经的。

凌凤箫道："若无异议，就在此处高地扎营。"

谢子涉也回到正经人的状态："北夏骑兵者众，战马骁悍，两军对冲之时，身处高地，可中和我方骑兵劣势，甚妥。"

大师姐既然同意，其他人就更无异议。

"洧川之战，关乎士气，关键在扛住北夏骑兵冲锋。"凌凤箫环视高地，淡淡地道，"中阵要厚，铠甲需重，两翼再以持枪轻骑策应。"

他身旁一位年轻将领道："殿下，安宁城郑将军麾下，有一支重骑，纵横北疆，从无败绩，可以调来。"

"安宁城重骑不可动，安宁、镇远二城，须随时防备北夏奇袭。"

苍旻道："殿下，我横练宗愿以术法相助。横练内功长于守御，区区骑兵冲锋，想必不在话下。"

凌凤箫："多谢。"

苍旻道："本应如此。"

"北夏骑兵，固然可惧，但北夏巫术，比之我朝正统仙道，又多有不及。"越若鹤道。

谢子涉道："此乃大幸。"

林疏想，越若鹤虽然平日里有自己的一套歪理，但这句话是很有道理的。

北夏纵然有千万种诡奇巫术，也不过由一脉异族邪术衍变而来，无非是毒、咒、蛊、尸这些阴邪的攻击之术，但南夏所继承的正统仙道，是数千年的传承，大大小小的门派，有正有邪，各有各自的绝学。

诸如苍旻所在的横练宗，精绝于防守一道，堪称铜墙铁壁。

又如能够化身万物、隐匿气息的如梦堂，将功法用于侦测、奇袭，有如神助。

再如最擅长正面对敌的南海剑派，能够惑人心智的幻海楼，妙手回春的南山医谷……数不胜数。

这些门派若是能各自与军队相辅相成，南夏的战斗力，恐怕会翻上几番。

当然，最关键的一点是，北夏没有大巫了。

林疏正想到这里，就听苍旻道："但北夏巫师狡诈，防不胜防，实在难办。"

"交给我，"凌凤箫道，"你们专心对敌即可。"

苍旻道了一声"是"。

林疏继续想，而掌握大巫那种恐怖力量的人，现在变成了凌凤箫。

关键是，这件事情，北夏不知道。

若是知道，萧瑄送来的就不会是应战书，而是投降书了。

"仙道弟子对敌之时，倒还有一层顾虑……修仙人沾染过多血腥，据说会天地不容，被紫雷销去神魂……就此灰飞烟灭，不得转生。"越若鹤这般说道。

"战事由我挑起，一应因果，我一人受之，与众人无干。"凌凤箫勾了勾唇，淡淡地道，"开战前我自会拜祭天地，言明此事，你们不必担忧。"

越若鹤道："谢过殿下。"

凌凤箫望向远处无垠江山，问谢子涉："大夏离乱，已有多少年？"

谢子涉道："二百一十三年。"

但见凌凤箫微微垂了眼，道："也是时候了。"

过几日，留在洦川的探子来报，说是北夏的骑兵，也探查过了洦川的地形。

第一场战争选在洦川，其实是个颇有君子之风的行为。

诚然，南夏占据高地，能够缓解骑兵冲锋的压力，然而此处毕竟是开阔的平原，比起崎岖不平、最伤马蹄的山地来说，又非常有利于北夏的进攻，两相抵消，谁都没有吃亏。

而洦川，又是一个非常重要的位置。

当年南夏和北夏的大战中，北夏将战线层层推进，最终止于长阳城，鸣金收兵。

而洦川，就在拒北关外五里——据说从洦川的地面往下挖，不出十尺，就能看见乌黑的血迹，那是当年南夏和北夏之战，血流漂杵的遗迹。

无论结果如何，此君子一战后，南夏和北夏都将彻底撕破脸皮。战场上，一鼓作气大胜而归是常事，置之死地而后生却罕有，故而洦川一战，只能胜，不可败。

大军于拒北城内扎营。

黄沙大漠，尘埃漫天，落日之际，寥廓无极。拒北城十万铁甲军，至此再不闻一声嬉闹声。

城外阻挡骑兵的沟渠、蒺藜，以及城头可望到十里开外景象的瞭望台，都已经过妥善的修整。

南北边境的镇远、安宁二关，也全部进入备战状态，秣马厉兵以待北夏铁骑。

整座城里，最轻松的，可能就是灵素和清卢两个人了。

清卢正因为姿态不端，不符合剑阁弟子的仪表而被灵素罚站，头上顶了一方青铜爵，两肩各顶一方，手心也各托了一方，爵里倒满清水，三个时辰内，清水不能洒出一滴。

剑阁认为修剑的最高境界是剑如人，人如剑，人的仪态身形也要像手中剑那样削拔笔直，才算合格。林疏小时候被他师父这样练过仪态，只不过他的身形从来就没有轻浮过，所以并没有为此感到痛苦，也没有洒过一滴水，师父左看右看，啧啧称奇，从此就没再要求过这一方面。

本着师尊对徒弟的关怀，林疏出门时，看到清卢痛不欲生的一幕，原想解救，一想这乃剑阁规矩，也就没有实施，让清卢继续罚站了。

黄昏，林疏立于城墙。

身周被下了一层结界，萧韶走过来，黑色华袍血色流转，近于妖魔。

林疏望他的眉目，还是那样无可挑剔的好看五官，原本面无表情时高华冷淡如云巅积雪，温柔时如暮春里铺天盖地漫漫落花，此时却因着那双不见一点光泽的漆黑眼瞳，凛冽肃杀，周身的戾气几乎要化为实体。

林疏轻轻拍了拍他。

他知道，拒北关这种地方，城墙上泼满血迹，护城河里填满尸体，饱经战乱，又死伤太多，积累的怨气浓郁到了一定的程度，更别提还内含兵戈杀伐之气。连向来只爱圣人典籍，不爱诗词歌赋的谢子涉今日立在墙头，凝望黄沙旷野、断戟折剑，都吟出了"由来征战地，不见有人还"①这样的前人词句，萧韶被影响也在所难免。

萧韶望着远方："有时我觉得，怨气之体，恨世、恨人，迟早以杀戮为快意，必定有失控的一日。不知那时谁能杀我以平祸事。"

"无人能杀你。"林疏道。

"嗯？"萧韶挑挑眉，"那怎么办？"

没等林疏说话，他取出一枚刺绣锦囊，问林疏："你的呢？"

林疏歪了歪头，想起多年前他们两人在北夏结了发，剪下来的头发放在了两个锦囊里。

他便拿出自己那枚。

萧韶从他手上拿走，又把自己的换给他。

然后他拿着林疏的那枚锦囊，贴身放好："留个念想，快要失控的时候，就想想你。"

林疏默默地把原本属于萧韶的那枚也放好。

萧韶恐怕是觉得他的动作过于轻描淡写，口头上也没有表达关心，于是道："仙君对我并无一点担忧吗？"

别喊"仙君"。

---

① 引自唐代李白《关山月》。

林疏现在几乎形成了条件反射，一听到"仙君"两个字，脑子就有点不清明。

最近萧韶偶尔会喊他"仙君"，据这人自己说，这是时时刻刻都想要靠近仙君的表现。

果然，萧韶用右手钩起了他的一缕头发，放在手中打量。

目光很沉，有些不悦，不知在想什么。

林疏辩白："有担忧。"

萧韶将那缕头发在修长的手指上缠了一圈："我未看出。"

林疏垂下眼，过了很久，道："……但并不是很担忧。"

萧韶："……嗯？"

"我觉得……"林疏斟酌着词句，"你不会失控。"

萧韶轻轻笑了一声："怎么说？"

"我不知怎么说。"这人过于妖孽的外貌，和周身过于强大的存在感形成了某种压迫，让林疏有些喘不过气来，他将目光移开，望着拒北关城头猎猎飘扬的战旗，感到些许迷惘。

良久，他道："我知道……世人欲壑难填。他人征战，是为开疆拓土，而后坐拥天下，但你并不像他们。"

萧韶歪了歪脑袋。

林疏轻轻触了触他的手背，以安抚这个时刻在炸毛边缘的鸡崽。

"我看到古书中说'始知兵者为凶器，圣人不得已而用之'①，"林疏缓慢地道，"我想，你必定也知道这个。"

"你身受天地怨气，又有天下间无人可比的修为，来日战场上，因杀戮而快意时，要记得……"

他说着，将萧韶的手翻过来，在他手心写了四个字。

止、戈、为、武。

"我知道萧韶挑起此战，是为使天下自此无战。萧韶在此战中杀人，是为使更多人免于被杀。"林疏说着，喉头有些发涩，"他若是为怨气、为杀戮所迷，背弃初衷，林疏会以毕生之力，寻得其法，将他杀死。"

萧韶没有说话。

顿了顿，林疏继续道："杀他，并非因为林疏不能容忍他的所作所为，而是萧韶自己不愿成为那样的人。"

---

① 引自唐代李白的《战城南》，引用时有改动，原句为："乃知兵者是凶器，圣人不得已而用之。"

说到这里，他抬头看萧韶："而之所以并不担忧，是因为林疏认得萧韶很多年了，这个人，决定不做的，永远不会去做；想做的，全部会去做到，从无例外。"

　　他和萧韶对上了目光。

　　萧韶看着他，直勾勾地看着，很专注地看着。

　　他觉得有些脱力，方才那番话可以说是他有生以来说过的最长的句子了，也用上了他这辈子全部的修辞能力。

　　他的那一缕头发，被萧韶缠在指间的那缕，被轻轻抬起来。

　　萧韶低头，轻轻触了触它。

　　谁都没有说话。

　　林疏能感受到他的心跳。

　　萧韶比他高一些，手臂和胸膛都结实有力。

　　这种感觉往往使他觉得自己如同依附树木的藤蔓——其实也确实如此，无论是萧韶，还是凌凤箫，他都是被饲养的那一个。

　　但有时，他又觉得，自己是树木绵延至地下的根系，萧韶要通过自己才能汲取某些活下去所必需的养料。

　　比如现在。

　　他清清楚楚地意识到，萧韶是这样地需要他。

　　他眼前有些模糊了。

　　他不知道为什么外面的所有人都不懂得真正的萧韶。

　　明明，这是一个很好懂的人。

　　甚至是一个还没有长大的人。

　　他有了天下第一的修为，陆地神仙的境界，宏图霸业，触手可及，可他只是在想，会不会失控，会不会迷路，会不会为祸人间。

　　他没有什么欲求，只是想收拾好这片于他有恩的旧山河，而后归去，归于山川湖海。

　　可别人想要他去筑千秋功业。

　　林疏问自己——

　　那你呢？

　　你是要他从心所欲，还是要他活着？

　　林疏想了很多，最后告诉自己，萧韶自己想要就好。

　　其他的，没有什么。

　　"我……"林疏听到萧韶的声音，"其实没有想过那么多。"

"我知道，"林疏道，"我也没有想过那么多。"

萧韶"嗯"了一声。

"两军交战，对垒厮杀，算是胜得磊落。若能这样全胜，我朝一统天下，算是名正言顺。"萧韶道，"但我想，这样一来，不知要花多少时日……若我一人对千军万马，又会如何。"

林疏道："你愿意就好。"

就听萧韶笑了一声，不再说话了。

林疏抬头看萧韶，恍惚间见他眉目温柔，依稀恢复当年桃花源里的模样了。

一个恍神间，萧韶微微蹙了眉。

"你哭了。"他说。

林疏心下茫然，去摸自己的脸颊，碰到两行正往下滑落的眼泪，尚有余温。

他自觉心中无甚波澜，不知这眼泪是因何而落。

萧韶又说了些"啾言啾语"："见你落泪，我也难过。"

对于这种话，林疏是左耳进，右耳出，不打算理他的。他转身不看萧韶，看远处的洧川。

身后红影一晃，步摇声响，大小姐现身。

此人狡猾至极，知道用大小姐的身体会更加美艳动人，撒娇示弱也更加方便而无所顾忌。

林疏和大小姐打打闹闹哼哼唧唧玩了一会儿，然后一起看着远方发呆。

看着看着，就见远处天际黑压压漫上了一条线。

城楼号角齐响，沉重音调摄人心魄。

大小姐带着林疏翩然跃起，几个起落，来到洧川帅帐前。

探子一批批飞马来报。

说北夏二十万人马，十万骑兵云云。

又说以雁行阵奔驰而来，半个时辰内骑兵必至前线。

又说北夏太子亲征，士气大振。

久经沙场的老将军横眉竖目，火速下令：洧川守军成飞龙翼轸阵，与北夏骑兵对冲，即刻结阵，不得延误！

传信校尉道："是！"

随即他撩开帅帐，欲往下传令，再以行军号角号令全军。

但见凌凤箫上前一步："且慢。"

老将军步出帅帐："殿下，情势紧急，不可拖延！"

凌凤箫恍若未闻:"传我令,按兵不动。"

老将军:"这……万万不可!速结飞龙翼轸阵!"

凌凤箫将虎符猛地拍在案上:"虎符在此,三军听令。"

老将军目眦欲裂:"……殿下!"

传令之人纵使有千般难受,也只得按照凤阳殿下的命令,传令三军,按兵不动。

而此时北夏大军压境,远远望去,如同黑云压城。

数万士兵骚动。

马蹄疾踏,大地震动。

天地苍茫,四野六合之间,只见一袭红衣缓缓向前。

黑雾弥散,无愧刀出现在凌凤箫手中。

这些天来,林疏每次看见"无愧",都觉得它要比上一次妖异一分。到如今,它通体漆黑,缠绕血雾,血光流转间,邪气宛若实体,整把刀仿佛深渊中的上古邪兽,使人震怖。

但凡修仙之人看到它,都会害怕自己因这邪气走火入魔。

日夜与它在一起的凌凤箫,却一切如常。

在今日,林疏也终于明白,凌凤箫之所以镇得住这把妖刀"无愧",是因为他一生行事,确确实实——问心无愧。

马蹄声愈来愈重。

黑压压二十万兵马,另有无数巫师、活尸,宛如漆黑的洪流,浩荡奔腾。

后方还有一个牢不可破的方阵护卫着北夏的主帅萧瑄。

而凌凤箫一袭红衣猎猎,于这万古荒原中孑然独立。

林疏听到老将军惊呼道:"这……螳臂当车!"

老将军又看向林疏:"阁主,你快些将她拦下!"

林疏没有回应。

他只是看着这一幕,眼中也只有这一幕。

这一日,千军万马避红袍①。

十万铁蹄朝凌凤箫踹去。

他一身艳烈红衣,在黄沙荒原上尤其显眼,亦与黑色的骑兵洪流对比强烈,

---

① 化用自南北朝时期的一句童谣,原句为:"大将名师莫自牢,千军万马避白袍。"

如同天际一抹如血的残阳。

但是，一个人的身形是渺小的。

林疏能听见北夏骑兵那里传来的号角声，整个前锋部队都向凌凤箫踏过去。

修仙之人耳目灵敏，他甚至看到前方有些骑兵的面甲下，露出了略显残酷的笑容。

也是。

所谓一夫当关，万夫莫开，只是不可能实现的传说。修仙之人，无论修为如何高深，终究双拳难敌四手，修为耗尽之日，就是落败任人掌控之时。

此时此刻，恐怕北夏的将领、骑兵，心中也满是不屑与嘲讽之意。

或许他们正在想，这南夏的凤阳殿下，听说修为确实高深，可惜脑子却坏了，要跑到这里来螳臂当车——任她再绝世的修为、再美丽的容颜，今日过后，也要在铁蹄下零落成泥碾作尘，尸骨难全了。

林疏就默默地看着他们带着这样的表情踏向凌凤箫，甚至想了想此时此刻的萧瑄是什么样的神情。

越来越近了。

千丈，百丈，十丈，五丈。

他听见身旁的老将军恨铁不成钢地叹了一口气，焦急又心痛。

五丈，四丈，三丈。

生死之际，忽然平地起惊雷！

一缕袅袅血色，如同飘零的落花，从凌凤箫身上升起。也正是在此一刻，天地俱寂。

天地间似乎有某种变化发生了，但谁都察觉不出到底发生了什么，只有直觉驱使着最前方的骑兵猛然勒马，后面的士兵来不及勒住骏马，撞在前面的骑兵身上，引起了不小的骚乱。

骑兵们面面相觑，都不知方才那奇异的感觉到底从何而来。所幸将军及时做出反应，下一刻，表示"冲锋"的号角声响，骑兵们同时双腿猛夹马腹，离弦之箭一般向前疾射出去。

风里，凌凤箫的一缕额发被吹动，拂过他的脸，面对着仿佛自九天之上垂落的漆黑铁骑洪流，他没有什么多余的动作，只是缓缓、缓缓将刀拔了出来。

无愧刀，刀身也是漆黑的，不仅暗沉无光，而且仿佛黑洞，能吞噬这世间的一切光亮。

刀锋彻底离鞘的那一瞬间，万鬼齐哭！

林疏知道，古时战乱动荡，有人想出"四面楚歌"之计，遣人在敌军驻扎的营地四周以他们的乡音唱起思乡之谣，敌方将士离家征战已久，闻此歌不由得泪沾衣襟，悲苦难以自抑，从此士气大衰。

　　思乡之谣，尚且能使万千将士共情落泪，那么这原本就是从世间所有人心中生出的怨恨哀哭，又如何？

　　乱世之中，命如浮萍，谁没有怨恨过？

　　林疏看到，就连南夏这边的将士，都为万鬼哀哭之声所控制，眼神迷惘——更别提直接被声音影响的北夏兵马了。

　　就连那些膘肥体壮、筋肉健硕的骏马，都流露出焦虑的神态，不停打响鼻、甩尾巴，拳头大小的眼珠子红得都要滴血了。

　　可能是没有吃好，或者被主人虐待了？林疏心想。

　　又或者骑兵要日日训练，马也要日日训练，它们原本可以在青山绿水间，做无忧无虑的野马，却因为这个马种的神骏，硬生生被捕捉到军营，套上笼头、马鞍，成了被人驱使的战马，或者运送辎重的拉车马。

　　可见人有恨，马有恨，世间万物，但凡有灵者，无一物没有恨。

　　也正因为此，凌凤箫所能动用的力量，永无穷尽之时。

　　冲锋号角声断断续续，在天地间的哀哭声里艰难传出，不过吹它的士兵状况也不大好，有气无力，还跑了调，极难听。

　　听到冲锋命令的骑兵们强打精神，握紧缰绳，驱使战马向前，北夏的军队经历了第二次急停，终于又艰难地动了起来——之所以艰难，是因为战马们大都不太配合。

　　再下一刻，异变又陡生！

　　血雾从地面上升起，悄无声息地弥漫开了。每一个为怨气所影响的人，他们的脚下，乃至身上，都开始逸散出丝丝缕缕的血色或黑色雾气。他们察觉到的时候，已经身处一片洸洋的血海。

　　这场景实在过于诡谲可怕，有的士兵已经双腿抖如筛糠，另有上百匹战马因此受惊，不约而同地发了狂，在骑兵阵中左冲右突，东倒西歪，撞散了一大堆人马。

　　不论到底发生了什么，北夏这边的士气，总之是近于无了。

　　不过，好歹北夏的军队，不只有凡人骑兵和普通战马，还有修为深厚的巫师。

　　只听一道恍若洪钟的声音从后方传来，震耳欲聋。

　　"装神弄鬼！无耻之尤！"那老巫师道，"这便是你们南夏的君子之风吗？"

　　他的声音带上了法力，整个战场都能听见，凌凤箫回应他，自然也给声音加持了法力，不过特效不大一样，声音也不如老巫师那样洪亮，只是冷冷淡淡缥缥缈缈地自半空落下来。

"哦？"只听他道，"本殿装神弄鬼之无耻，比之贵国将数十万百姓变为活尸，夜袭我朝国都，又如何？"

老巫师显然被噎了一下，但并不示弱，道："沙场刀兵相见，浴血拼杀，你这般玩弄伎俩，有何意义？"

"有何意义？"凌凤箫似乎叹了一口气，"阁下要刀兵相见，在下只好恭敬不如从命了……得罪。"

一声"得罪"落下，他左手轻抹过"无愧"的刀刃。

无愧跟随他的这些年，已渐渐有了灵性，此时此刻，随着他指尖的动作，刀身微微颤动起来，发出低沉鸣声。

大片大片的黑色煞气在血雾中腾起，聚合，分开，又凝结。

时间似乎只过去了半炷香，又仿佛过了一辈子那么长。

那黑色的、诡谲可怖的煞气，在半空中，凝成了数以万计密密麻麻的刀尖向下的刀！

每一把刀都是无愧的模样，都带有无愧身上的无尽血煞戾气。

但凡是北夏士兵，只要抬起头来，都会战战兢兢地发现，自己的正上方悬挂着一把凶恶无比、开过刃的长刀，这刀仿佛下一刻就会直直掉下来，将自己砍成两半。

除去骑兵，巫师也不能幸免，而且无论是修为多么高深的巫师，此时此刻都为无愧散发出的强大邪气戾气所压制，连身体都不能挪动，更遑论祭出法器，念动咒语了。

此时此刻，再无人说凌凤箫是装神弄鬼、虚张声势。

万鬼的号哭可以是幻境，血雾也可以是障眼法，可这头顶悬挂着的尖刀，生死之间的直觉，是绝对做不了假的。所有人心中都明白，凌凤箫假如要取他们的性命，只在顷刻之间。

——这究竟是什么样的修为？

看着他们的表情，林疏能想象到，这些人对这个世界产生了怀疑，甚至在想：我到底为什么要来这里？

不过，没有办法，现在的小凤凰就是这样厉害。

凌凤箫收刀归鞘，轻描淡写一挥袍袖。

血海之间，骑兵和战马的身体已经不受自己控制，被迫往两边去，形成一条宽阔的通道。

此刻，连天际都被映得殷红，凌凤箫一袭红衣缓缓向前行去，走在翻涌的血海之中，仿佛是修罗鬼狱里爬出来的邪魔，又像是自遥远之国而来的，这漫天血海的君王。

总而言之，这一幕将长长久久地留在在场所有人心中，成为终生难忘的回忆，或终生缠绕的梦魇。

尤其是对萧瑄来说。

走到一半，凌凤箫似乎有点不耐烦，不想往前走了。

——又或者，他觉得现在离林疏太远了。

只见他往前方缓缓伸出手。

大小姐的纤纤玉指，在空中虚虚一抓。

北夏军队核心处萧瑄的车辇就腾空而起，在半空中打了几个滚儿，最后重重地落在凌凤箫眼前的地面上。

里面的人没出来，似乎在进行一种沉默的抵抗。

不过，沉默的抵抗，只在双方实力相当的时候才有用。

只见凌凤箫轻轻挑了挑眉，这架结实的、黄铜乌木打制的战辇，就向一边缓缓倾倒。

萧瑄和一众卫兵连滚带爬地从车门掉出来。

这人今天穿了杏金色的衣服，林疏远远瞧着，觉得像个加强版的萧灵阳。

加强版的萧灵阳对凌凤箫道："殿下！殿下，有话好说！"

凌凤箫："嗯。"

萧瑄："……啊？"

凌凤箫道："今日商量一下议和之事？"

萧瑄连连点头："是，殿下。"

"既无异议，本殿下便命北夏全境投降吧。"

"好好好……"萧瑄先是一迭声地应着，然后猛然一个激灵，察觉到不对，"……不可！洧川一战，我们尚未分出……"

然后，他环视四周，看着密密麻麻的刀雨下，战战兢兢的己方将士，"尚未分出胜负"几个字，是怎么都说不完全了。

不过，太子殿下还是要些面子的，就此投降，未免太没有排面——虽然他本来也没什么排面可言了。

萧瑄颤颤巍巍地道："此事……过于重大，我不过是一个……监国太子，还须禀明父皇，才能……才能决断。"

"也好。"令众人都十分吃惊的是，凌凤箫的态度居然很温和。

萧瑄大舒一口气。

"那就请太子殿下随我回去，做客几日吧。"凌凤箫淡淡地道。

萧瑄："……"

林疏有点想笑。

事实证明，无论是萧灵阳，还是萧瑄，在凌凤箫面前，都是一样弱小和无助。

他继续看萧瑄。

萧瑄看看自己的卫兵。

卫兵面色衰败。

萧瑄看看自己的将军。

将军爱莫能助。

萧瑄看看自己的几十万大军。

大军大气不敢出。

萧瑄只得转而看看凌凤箫。

凌凤箫轻描淡写地转身，红衣飘飞。

萧瑄无助、绝望、垂头丧气地跟上，时不时抬头瞅一眼凌凤箫的背影。

卫兵们面面相觑，最后选择留在原地，放弃自家的太子殿下。

凌凤箫领着一个半死不活的北夏太子，朝南夏这边走来。

南夏这边也是大气不敢出。

走得近了，林疏看见萧瑄期期艾艾地问凌凤箫："殿下，美人殿下，我们是不是在哪里见过？"

殿下回头嫣然一笑："太子殿下，不妨好好想想。"

萧瑄就这样被请到南夏做客了。

凌凤箫坐在帅帐的高座上，请他喝了一杯茶，漫无边际地聊了两句天，请他下令给自己的大军，鸣金收兵。

萧瑄的命捏在凌凤箫手里，不得不从，而那几十万大军——自己国家唯一的太子都被别人扣在手里了，不退兵也不可能。

北夏就这样撤军了，当然，撤军的时候，凌凤箫的血雾还寸步不离地跟着他们，直到这些人彻底班师回朝，血雾渐渐散去，兵士们这才长舒了一口气。

一场战争，结束得如此突然。

从时间上来说，没有用多久，原本大家预计的是，以洧川之战为开始，烽火长期绵延，五年左右，南夏彻底打败北夏，或者北夏彻底打败南夏。谁承想，一天之内，北夏的军队就灰溜溜地回去了，还落下一个太子在这里。

而说起伤亡，更是……一个人都没有死——如果不谈萧瑄的话。

毕竟萧瑄现在虽生犹死。

他正在凌凤箫的注视下，给自己的爹写信。

大意是：爹，我被擒了，您来投降仪式上签个字吧。

他写完之后，搁笔，注视信纸，如丧考妣。

凌凤箫不紧不慢，以好看的、优雅的动作将信纸折起来，遣使者送往北夏王廷。

信送出，萧瑄又抬头，问凌凤箫："美人殿下，我们是不是在哪里……"

凌凤箫执起茶盏，啜了一口，放下，眼神冷冷淡淡："美人殿下？成何体统。"

"那……"萧瑄想了想，"凤阳殿下，我们是不是在哪里见过？"

凌凤箫做了个手势，除林疏外的其他人都退下了。

根本无须留人保护，也没人害怕萧瑄会趁机逃走，说实话——见识过凌凤箫的实力，现在连南夏自己的人都心有余悸。

而林疏一直在后面看着他们，只是萧瑄情绪大起大落，估计无暇注意到他。

房里没了别人，萧瑄故态复萌，谄媚道："美人，我觉得你好生面善。"

"嗯。"凌凤箫笑了笑。

林疏静静地看萧瑄被美人迷了眼，神志不清地说些溢美之词。

然后，只见凌凤箫倚着靠背，懒懒地道了一句："夫君，有人调戏我。"

萧瑄："……"

身为夫君的林疏，自然是要上前去配合自家小凤凰突然出现的演戏恶趣味了。

他走到凌凤箫背后。

凌凤箫一脸恃宠而骄，眯了眯眼。

林疏得到暗号，乖乖地给他按肩膀，然后温声道："何人调戏？"

凌凤箫凉凉地往萧瑄的方向看了看。

萧瑄还未从美人已经婚配的悲伤中走出，就抬眼对上了林疏的目光。

所以，他也就看见了林疏的脸。

当初，林疏和凌凤箫用女身行走北夏，用的是玉素、丹朱的名字和脸。

丹朱的脸，与凌凤箫的，并不是同一张脸，萧瑄一时认不出，也情有可原，但玉素的脸完完全全就是林疏的脸经过了一些可有可无的微调，但凡长了眼睛的人都能看出来相似。

萧瑄睁大了眼睛。

他呆滞地望着林疏，望了很久，然后将目光下移，又看凌凤箫。

凌凤箫的脸，其实和丹朱也有一点相似之处。

丹朱是一个风情万种的妩媚形象，当初为了增加效果，凌凤箫在右眼角点了一颗朱砂痣，更衬得一双眼睛波光流转，万种销魂。

自此以后，这人就体会到了朱砂泪痣的好处，给凌凤箫也点上了。

同样的朱砂泪痣出现在凌凤箫眼下，就是肃杀凛冽，美艳不可方物。

林疏相信，对萧瑄这种爱好美人的人，一颗泪痣，足以让他联想到该联想到的东西了。

只见萧瑄一脸呆滞，嘴唇动了动，什么都没说出来，然后深呼吸几次，问："殿下，殿下有个妹妹……叫丹朱？"

然后他艰难地咽了咽口水，又看向林疏："这位仙君，则有个双生的妹妹，叫……玉素？"

看萧瑄的表情，就知道他自己也不信自己的推测。

凌凤箫不置可否，只是慢悠悠地饮着茶，间或喂给林疏一口，动作极端香艳。

萧瑄显然已经猜出了那个离奇的真相，由惊疑而震惊，由震惊而震怖，由震怖而出离愤怒，由出离愤怒而悲伤欲绝。

悲伤欲绝的萧韶道："殿下，你、你、你……欺骗了在下的感情……"

"情势所迫，不得已，太子殿下见谅。"凌凤箫给萧瑄倒了一杯茶。

萧瑄抬起头来，望着林疏，对着男人，他的态度就显而易见地恶劣了许多："你……我还以为你是出尘好看的仙子！谁料……谁料你竟然……"

林疏不为所动。

凌凤箫道："他现在便不出尘，不好看了吗？"

"呸，"萧瑄道，"男人！"

这个萧瑄似乎濒临崩溃了。

林疏想，原来萧瑄和果子是一家的。

凌凤箫没再纠结于这个问题，而是转而换了话题，道："原本该将你关入牢狱，或就地……"

萧瑄惊恐："不可！"

凌凤箫便笑了笑："但三年前萍水相逢，是你我三人的缘分。"

"不，"萧瑄睨了一眼林疏，"美人殿下，我只与你有缘分。"

林疏："……"

来日凌凤箫真身出现之时，是不是萧瑄彻底崩溃之日？

是。

凌凤箫不置可否："当初北夏之行，殿下助我良多。留给我二人一株'美人恩'，于我来说，更是有赠女之恩。"

萧瑄眨了眨眼睛，似乎没怎么听懂。

然后，凌凤箫继续道："后来太子殿下出于大义，传讯，邀我二人前往北夏，诛杀大巫，本殿很是感佩。更遑论因着与大巫的交手，我得了大巫的全部功力，修为一日千里，这才有了今日一人逼退千军万马之举。"

凌凤箫语气和善。

萧瑄却整个人都僵硬了。

林疏同情地看着太子殿下。

太子殿下今日终于知道，自己为什么被擒了，是因为不久前自己亲手把大巫的功力送到了凌凤箫手里。

他，身为北夏唯一的皇子，也是北夏最大的内贼。

萧瑄以袖掩面，悲痛欲绝，整个人精神涣散，着实使人生怜。

但林疏知道凌凤箫没有生怜，凌凤箫很冷静，还很满意攻破了萧瑄的所有防线。

攻破防线后，就是发问。

"前事你已知晓，我却有事要问你。"凌凤箫道。

萧瑄语气飘忽："在下知无不言，言无不尽……"

"妥，"凌凤箫道，"羿日神箭在何处？你如何得知世间有此物？是否打算用它来解决我？"

"啊，羿日神箭……"萧瑄语气越发飘忽，"不是被你们截下了吗？"

凌凤箫猛地蹙起了眉头："截下？"

"是啊……"萧瑄语气虚弱，"我安插在凤凰山庄的探子传讯，说南夏皇宫之中有一个能杀死凤凰血脉的宝物，只有历代的皇帝才知道地点，我就去你们宫里，骗了殿下的弟弟……"

说到这儿，他笑了笑："……弟弟真好骗。"

凌凤箫："……"

林疏："……"

萧瑄接着道："我拿到了那把神箭，想着凤凰山庄有数个渡劫期的人，战场上，若能杀死，我朝的胜算就大大增加……正打算离开皇宫，却被一群地宫守军围住，好不容易才脱身，溜到宫墙上，又被、被……皇后截住了。我用了一个绝世法器才侥幸逃脱，神箭却是保不住了。"

萧瑄说到这里，更加悲伤："回去之后，挨了我爹的骂，他要我带兵亲征，拿下洧川才能抵罪。"

萧瑄痛哭："爹，我对不起你……"

但他俨然有些不正常了，悲伤中，又露出一个恍恍惚惚的笑来："不过，弟弟真好骗。"

凌凤箫的手，握紧了刀柄。

林疏顺了顺他的背。

果然，萧瑄和萧灵阳才像是亲兄弟，他们萧家所有的脑子，仿佛都长在了萧韶一个人身上。

凌凤箫深呼吸了一口，声音还算冷静："凤凰山庄的人，告诉你有羿日神箭。你取了羿日神箭，然后被凤凰山庄拿走。"

萧瑄的动作顿了顿，望着凌凤箫的眼睛，难以置信地道："所以我……也被人骗了？"

凌凤箫："不然？"

萧瑄："……"

他愣了愣，吐出四个字："世人欺我！"

凌凤箫叹了一口气，道："萧灵阳被我关入地牢了。"

萧瑄："弟弟如此天真可爱，美人殿下，你未免有些残忍。"

"很对，"凌凤箫道，"我送你去给他做伴，如何？"

萧瑄："……"

大军班师回朝。

萧瑄宛如一个死人，被凌凤箫拎着，进入地宫。

地宫里面的萧灵阳听到声音，拍打铁栅栏："凌凤箫！你还知道回来！你……没有良心！你不是人！"

凌凤箫隔着栅栏看他，道："我不仅来了，还给你带了礼物。"

萧灵阳："什么？快给我看。"

凌凤箫打开铁门，扔东西进去，关上，一气呵成，萧灵阳连趁机扒门逃出的机会都没有。

扔进去的那团东西道："美人，你扔疼我了！"

然后，林疏就听见萧灵阳的声音："是你？"

萧瑄："是我。"

萧灵阳："是你！"

萧瑄心虚地道："是我……"

凌凤箫隔着铁门，道："血浓于水，你们兄弟重逢，可以尽情叙旧，也可商议一下谁来即位。"

萧灵阳："我不即位！"

萧瑄："我也不即位！"

凌凤箫挑眉："你怎么也不即位？"

这次换成萧瑄扒着门框："因为我不想娶妻，而当皇帝后会被逼娶妻生子。"

凌凤箫："你为何不想娶妻？"

萧瑄道："我喜欢漂亮的美人，却不想染指她们。美人冰清玉洁，应该独自住在花丛里，不应当沾染男人的气息。"

凌凤箫："也算有理。"

萧灵阳："他喜欢美人有理，我喜欢玩便无理了吗？"

凌凤箫："不算无理。"

"不过呢，不如意事常八九，"凌凤箫声音阴森，在到处都是回声的地宫走廊内更显压抑，"国不可一日无君，你们……不妨掂量一下。"

两个弟弟安静了。

圣人言，己所不欲，勿施于人。

但是，显然凌凤箫违背了圣人之言，将己所不欲施加于人后，得到了快乐。

他带林疏施施然走出地宫，全然不管身后的小黑屋在短暂的安静过后，传来一片乒乒乓乓之声。

两个弟弟似乎开始打架斗殴了。

但他是不会管的。

林疏就更不会管了。

两人走出地宫。

正值夜晚，夏夜里，星月生辉，蟋蟀的鸣叫声遥遥传来。

凌凤箫望着星空，缓缓地道："我想去面见母后……她究竟在做什么？"

第七章

凤凰涅槃

根据萧瑄的口供，事情已经明朗了。

首先，萧瑄往凤凰山庄安插过探子。

两国敌对已久，北夏往南夏安插探子，或是南夏往北夏安插探子，都是寻常无比的事情，是正常操作。

要往凤凰山庄安插探子，着实很容易，凤凰山庄收容天下的孤女，不问来处，有修仙天赋者学武，无天赋者安排到下面的钱庄、铺子。北夏只要安排一个有修仙天赋的"孤女"，凤凰山庄的本庄中就有了他们的眼线。

不过呢，凤凰山庄屹立多年，既然敢不问来处收容孤女，就一定有手段保证这些孤女的清白。不知什么时候，萧瑄安插进来的眼线，或主动或被动地成了凤凰山庄对北夏的传话筒。

萧瑄通过眼线知道的消息，是凤凰山庄想让他知道的消息。

而皇后知道皇室藏有一件能杀灭凤凰血脉的宝物，想要得到——或许是出于对安全的考虑，毕竟能左右自己性命的一件神器，握在别人手中，岂能使人安心？

但是，皇帝又不会将羿日神箭的位置告诉别人，除非他要死了，才会告诉继承人。

而继承人知道了神箭的位置，又需要有萧家的血脉才能开启。

按理说，开启机关，取出神箭，这件事情应该由萧灵阳来完成，然后凤凰山庄螳螂捕蝉，将神箭拿到。

但问题是，萧灵阳会去取神箭吗？

林疏想，恐怕不会。

萧灵阳在本质上，是个好孩子。

他被皇后养大，对皇后还是存了亲情的——更别提他那么向着姐姐。

所以说，让萧灵阳去取神箭，是不可行的。

——那该怎么办呢？

自然是北夏，北夏也是萧家的血脉，而且对凤凰山庄，欲除之而后快。

这就有了眼线告诉萧瑄羿日神箭一事，也就有了萧瑄骗取羿日神箭之事。然后皇后再出手从萧瑄手下截住神箭，这样一来，神箭就到了凤凰山庄手里。

这件事情本身是没有什么问题的。

但是它透露出了一个信号。

皇室和凤凰山庄，向来是面和心不和的。

皇室在戒备凤凰山庄，凤凰山庄也在提防皇室。

甚至，老皇帝的死，背后少不了皇后的推波助澜。

再结合林疏先前对凤凰山庄的了解……

凤凰乃承载天道的先天神兽，威胁人皇的地位，所以皇帝不愿看到凤凰血脉的觉醒。

但是，凤凰家的绝世炉鼎，又是皇帝所不能舍弃的。

——于是就有了如今的状况。

林疏想了想，对凌凤箫道："皇后算是为你以后登基，消除隐患？"

凌凤箫："可她为何对我只字不提？"

林疏不知道。

凌凤箫带他飞到了一棵高大的花树上。

两人坐在一根枝杈上。

花木扶疏，依稀有幽淡暗香递来。

凌凤箫不知在想些什么，变回了萧韶的状态。

近日来他变成萧韶的时间直线增长，林疏觉得可能是萧韶的身材比凌凤箫高大一些，拎林疏比较省事。

——至于是男是女，这人倒是不大在意，就在前几天，大小姐还和果子神神秘秘地在一间屋子里待了很久，不知在捣鼓些什么，最后炮制出一盒唇脂，说是往朱红的唇脂里掺研细的金粉，会有晚霞的光泽。

林疏用他的审美看了又看，也没看出什么"晚霞的光泽"，只觉得多了些亮闪闪的东西。

腹诽完"晚霞的光泽"后，林疏对最近发生的事情左思右想。

皇后或许是真的疼爱凌凤箫的。

她想要凌凤箫安安稳稳地活下去。

林疏自己，其实也是希望萧韶能一直活着。

但是，他想，有些事情……还是由萧韶自己决定比较好。

不过，自己也不能挑拨皇后和萧韶的关系就是了。

又想了想，他开口道："三年前，大巫曾告诉我一件事。"

萧韶："嗯？"

"八本秘籍聚在一起，可以影响天道，有无上的气运。"

"我猜也是如此，"萧韶道，"仙界人意欲毁掉八本秘籍，使其不能聚集，免得人间有人拥有过于强大的力量。"

"嗯，"林疏道，"但还有一种方式，假如一个人成为人皇，人间四海为他所有，他就……也有很强大的气运。"

萧韶注视着他，仿佛已经嗅出某种不同寻常的气息，温声问他："然后呢？"

"然后，你身上有凤凰血脉，凤凰血完全觉醒的时候……"

萧韶："我就类似上古凤凰？"

林疏点点头。

萧韶似乎笑了一下，不知是何意，总之不是欣喜的笑。

"凤凰的生长需要气运的滋养，但你是人，没有那样的气运，凤凰血已经觉醒，却得不到气运，就会枯竭消散。"

"嗯……"萧韶道，"然后我就要集齐八本秘籍，或成为人皇。"

林疏："嗯。"

萧韶在他耳边道："仙君……"

声音仿佛浸了桃花酒，明明很轻，却因故意压低而余味悠长，烈酒烧灼过后，又有温柔的余甜，牵连不去。

每次萧韶用这种声音对他说话，林疏都会微微打一个战，有一种被浸在酒里，即将溺死的错觉。

只听萧韶继续道："……你被骗啦。"

林疏："？"

他转过头，看萧韶。

"我猜，集齐八本秘籍，是大巫的说辞；要我去做人皇，却是母后告诉你的。"

行吧。

不知哪里出了破绽。

这只凤凰心思过于缜密，骗是骗不过的。

"母后并不知我的修为，在她心中，我还是渡劫初期，尚可以控制。而剑阁阁主是渡劫巅峰，只要愿意，你可以纵横天地间，做任何想做之事。"萧韶淡声道，"若我不想做皇帝，阁主便会带我远离尘世，远走高飞，谁都阻拦不住……故而母后知道世上有你存在后，便要将你稳住。恰好我身上有凤凰血……便诓你说，不做人皇，我就会死。"

林疏："？"

他也被骗了？

那他岂不是和萧瑄、萧灵阳的智商在同一水平线？

这不可能。

他是不信的。

他便道："若你真的会死呢？"

萧韶煞有介事："嗯……也有可能。"

林疏："那你岂不还是要做人皇？"

"若不做人皇，便会死；若做人皇，有生之年，每一日都要做人皇……我不大想做。"

林疏想：那你的意思，还是想死咯。

萧韶继续道："若说凤凰血脉会渐渐觉醒，可你给我渡灵之后，凤凰血就消停了。我与凤凰血相伴二十余年，心知它只是过于炽烈的离火之气，烧灼经脉，平时练武、用刀也会流露出，离火炽盛，显得天赋过人。"

说到这里，萧韶笑了笑，道："他们皆说我，因来天赋过人，才自小有高强的修为。实则我想，此事，血脉只是锦上添花，关乎心性，纵使给我一具凡人躯体，我亦不会泯然众人。"

这只小凤凰膨胀了。

浑身的羽毛都蓬松了。

林疏拍拍他的手背，附和："很对。"

萧韶继续道："或许我身上的凤凰血脉，确有蹊跷，但我现在以天地怨气为根源，岂会死去？即使有东西能够诛杀我，那也只有天道。"

林疏："可是……"

万一呢？

以前，在学宫里的时候，大小姐是常要和他在一处的。

说辞是"万一你摔倒了""万一你被人欺负了""万一你遇到魔物了"，云云。

他那时候是不解的，世上哪有那么多万一。

现在却觉得，"万一"这两个字，确实是使人害怕的。

"虽有可能，却有蹊跷。"萧韶道，"只怕母后、大巫对你说的东西，都是半真半假。"

林疏："那何为真，何为假？"

萧韶："何为假，我不知道，但有两件事为真。"

林疏："嗯？"

萧韶："大巫想要集齐八本秘籍，母后想要我成为人皇，这两件事为真。而这两件事若实现，一定有不同寻常的事情发生。"

林疏："你要怎么做？"

"见招拆招，"萧韶道，"但……"

林疏现在听不得"但"字。

但萧韶说了下去。

"母后向来是很温柔的人，"他声音缓缓，"但她……想要做的事，没有一件不会实现。

"小时候，若我不好好修炼，母亲会责罚我，但母后不会。"

"母后把我抱进怀里，然后哭，"萧韶的声音有点发涩，"但她的眼泪……是比责罚更让我害怕的东西。"

林疏不知道他话中想要表达的东西。

只知道皇后的形象是那样温柔又美丽，她风华正胜时，一笑就可以使一个陌生的男人痴迷半生。

那她的一滴眼泪，或许能使人心碎。

他说："我没有母亲。"

萧韶让他面对着自己："如今世上，唯独两人可使我伤损。"

林疏明白了他想说什么。

落花簌簌，沾了满身，过了好久，两人才落回地面。

一落地，萧韶就变回了凌凤箫的样子。

凌凤箫道："我去见母后。"

林疏点点头，问："你自己可以吗？"

凌凤箫道："我有分寸。"

林疏："好。"

落花簌簌，凌凤箫拈一花瓣，轻放在唇畔。

林疏想凤阳殿下这个壳子今天涂着传说中有"晚霞的光泽"的唇脂，想必也在花瓣上留下了一个有"晚霞的光泽"的唇印。

殿下往皇后宫中走了，红袍迤逦的一个背影，被宫苑的重重花木遮去。

林疏望着他的背影，看那花瓣随风飘落，心下似乎有什么变化，但捉摸不透。

待凌凤箫的背影消失，林疏也转身，往梧桐苑的方向去了。

半路上遥遥听见一声："阁主留步。"

林疏停下，看见谢子涉从一侧的宫墙后转出来，朝自己这边走。

隔着这么远，难为她能认出来。

谢子涉到了近前，笑道："遥遥看见你的身影，想来这宫中只有阁主有这样如雪如玉的仙仪，果然没有认错。"

林疏想自己仍是素日里的那副打扮，权当谢子涉在客套，道："师姐谬赞。"

谢子涉道："我今日喊你，却有正事。"

林疏："请讲。"

谢子涉："凤阳殿下的命令，我每晚要去给太子殿下讲一个时辰课，教他治国安民之道，这三年来，日日如此。今日班师回朝，想着太子殿下想必落了很多功课，便提早过去，落凤宫中却不见殿下踪影，问宫人，个个言辞闪烁，此事是否与大小姐有关？"

林疏思考措辞："太子殿下……正在思过。"

谢子涉挑眉："莫非已经被软禁？"

说罢，她叹了一口气："也罢，我早猜到了。如今朝野上下议论纷纷，说是凤凰山庄欲改天换日——我心中觉得大小姐并无此意，不过，也觉得此事不算坏事。"

只听她继续道："无论如何，我总是站在大小姐一边的。不过太子殿下……倒也算聪慧，我颇有些惋惜。"

林疏听出了她话中不同寻常的意味，问："怎么说？"

"太子殿下天资不差，只是少年时底子没有打好，初开蒙便学《六略》那样艰深晦涩的典籍，稍长大后却又学什么《诸林》之类言之无物的玄论，十几年间不但没有学得真才实学，还因此对读书厌恶至极，即便后来陛下请大国师为他亲讲《帝策》，也难以弥补了。"她笑了笑，"不过，据说太子殿下一直由皇后一手抚养，我亦不好置喙。"

林疏："师姐慎言。"

"旁人面前自然慎言，不过在阁主面前，倒是可以说一说。"谢子涉意有所指地看着他，一笑。

林疏自然知道谢子涉话里有话，乃是通过他来传递消息，或许，皇后之心，连谢子涉都看出了端倪，故而前来知会一句。

毕竟当年在学宫里，就有流言，说儒道院大师姐谢子涉自恃才华，对男人素来嗤之以鼻，只对凤凰山庄大小姐很是倾慕云云……

倾慕大小姐，谢子涉却对凌凤箫没有什么特别的表示，倒是喜欢口头调戏林疏，所以林疏一直觉得她态度成谜。

说罢了正事，谢子涉却没走，而是看着他："说起来，我心中倒有一惑。"

林疏："请讲。"

"我听闻剑阁的功法乃不入尘世的无情功法，却不知阁主为何又入世来了？"谢子涉道。

林疏道："有情或无情之道，我尚不能解。出世入世，只是随心。"

谢子涉抿唇一笑："那子涉便预祝阁主与大小姐白首偕老了。"

林疏："多谢。"

送走谢子涉，林疏又在原地站了一会儿。

谢子涉问得没错。

他的答案也是真的。

红尘万丈于他，一直有如迷津，不可横渡。

修为恢复后，世间千形百色都平淡如水，世人的面孔亦变得千篇一律，而小凤凰却一直是很好看的。

他不大明白。

不大明白为何"长相思"前七式都是那样孤高凛冽的招式，到第八招"平生心事"，却变成了自伤以护持身后人的一招剑法。

也不大明白方才萧韶俯下身靠近他的时候，为何天地都静了，却独独听见自己的心跳声。

夜风徐徐，他望着梧桐苑中重重灯影，略微迷惘。

说是不大明白，可其实也有些明白了。

古书上说，太上忘情，最下不及情，①若遗忘之者。可他的无情道，如今偏偏在一片空茫寂静中，照见何为有情了。

林疏在梧桐苑里陪盈盈看书，陪了一个时辰，才听见外面凌凤箫的脚步声。

安顿盈盈睡下，房间里剩他们二人，林疏问："怎么样？"

"并无变化，"凌凤箫道，"母后依旧是向我历数历代皇帝对凤凰山庄的禁锢。我说我不想，她便柔声对我说，这关乎凤凰山庄此后千百年的繁盛绵延。"

林疏："有无特殊之处？"

凌凤箫微蹙了眉："母后着实不喜父皇，亦着实在乎山庄的兴盛。"

---

① 引自《世说新语·伤逝》，引用时有改动，原句为："圣人忘情，最下不及情；情之所钟，正在我辈。"

说到这里，他仿佛想到了什么："其实每个山庄弟子，都热衷于使山庄兴盛。"

林疏："……嗯？"

凌凤箫笑了笑："山庄里，都是无家的女子，亲如姐妹家人，无一点隔阂，自然同心为山庄做事。但凡嫁出去的师姐师妹在外面受了委屈，整个山庄都会为她报仇。"

说到这里，他垂了垂眼："唯独历代皇后，在宫里受了苦，是不能说的。"

林疏想，皇后或许确实有她的苦衷。

他和凌凤箫无法理解皇后，是因为谁都没有经历过皇后那样的生活——受制于人，在深宫之中度过三十年，与皇帝名为夫妻，实则相互提防戒备。

凌凤箫继续道："我小时候，听年长的师叔讲故事。说千年之前，凤凰生于沃野凤巢。沃野方圆千里，都是凤凰族人的属地……凤凰族人亲如一家，食竹实，住桐林，饮醴酒，寿命终时，涅槃重生，绵延不息。每年六月，众族前来朝拜。"

林疏想，人间帝王斫龙脉后，天道崩坏，神兽殒殁，凌凤箫所描绘之事，或许确实存在。

凌凤箫剪了灯花，继续道："我先前不信，以为是无稽之谈，直到后来母后吹起引凤箫，在隐蔽处引来凤凰残魄让我观赏，才信了。母亲的血脉，在凤凰山庄嫡系中尤为特异，众人吹奏引凤箫，皆全无反应，唯有她吹奏时能引来凤凰。"

林疏道："故而由皇后所生的你，血脉更加精纯。"

凌凤箫："可以这样说。母后曾说，她自小便预定要成为王朝皇后，所受的教导也都是由此制定……并无朋友，萧索寂寞时，便与凤凰残魄做伴。"

说到这里，他笑了笑："小时候，母亲格外严厉，习武、读书，我每日只能歇息一两个时辰，常觉得难受。难受时，我便想，母后年轻时也是一个人这样度过，就不大难过了。有时候又想，或许我的未婚妻也在世上某个地方日日读书练剑……这样想以后，日子就快了许多。"

林疏只是无辜地眨眨眼。

他问："所以，你究竟是否要做人皇？"

"我恐怕要让母后失望了，"凌凤箫淡淡地道，"但我已将为人子、为人臣者，一切能做之事全部履行。即使我不登帝位，也已许给她凤凰山庄百代之昌盛，山庄弟子永不为血脉体质所束缚。我自己亦已拥有无尽修为、永生不死之身。我不知她还想要什么。

"南夏和北夏彻底议和，母后将地点定在凤凰山庄，这恐怕是给我的最后机会。北夏投降后，国不可一日无君，我若不在那几日让萧韶现世，继承皇位，就要做好与她母子情分全尽、老死不相往来的准备。"

林疏拍拍他。

凌凤箫一字一句道："不过，我意已决。"

我意已决。

既如此——

林疏："也好。"

凌凤箫望着跳动的烛光，眼神微微迷惘。

林疏静静地看着这一切，他知道世事难以两全，有时候必须放弃一些东西，即使可能难以割舍。

这件事无法逃避，因为红尘世间的所有人，都在经受这种苦难。

他在想，自己应该履行一下"夫君"的职责，让大小姐不要那么难受。

他就道："你若当了人皇，我就要终生居留深宫之中，嗯……你假装自己是为了我，才不做皇帝的。"

这样，凌凤箫以后若是后悔"不做人皇"这个决定，就会怪林疏，而不是怪自己。

凌凤箫："我定然不会使你久留深宫之中，但你以前常说'我没关系的'。"

林疏道："有关系。"

然后他调动自己所有的词汇储备，添油加醋道："即使我不在乎自己在哪里，也必定不愿意看你……日日上朝下朝，政务缠身，嗯……奏折堆积成山，殚精竭虑……焚膏继晷，夜以继日……埋首于……劳形之案牍、中原之蝗灾、异族之叛乱、西方之地动、南方之洪涝、北方之旱灾、东方之……"

卡壳了。

凌凤箫挑挑眉："东方之？"

林疏："东方之……飓风？"

凌凤箫笑了，说："仙君真好。"

林疏还想说些什么，就被突然变身的萧韶晃了晃眼睛。

他韶哥最近良心发现，对他的态度十分温柔，是很温柔绵长的一种，像是失落在三月里桃花深处。

他觉得自己仿佛一叶误入桃溪深处的小舟，失了船篙，心绪只能随起伏的水流晃动。

林疏闭上了眼睛，觉得自己愧对剑阁列祖列宗。

但……他又是没有办法控制的。

他想，或许只有待到百年后，泉下相逢，再向师父以及剑阁的先祖谢罪。

剑阁的长辈或许会斥责他轻浮放纵，或许会厌弃他道心不恒。

那时，他要说什么呢？

他想，自己会说，并非出于轻浮，也并非出于放纵，他曾叩问道心，也并非没有尝试过无情。

除去这四句，他没有什么可说。

不是因为萧韶对他很好。

是因为萧韶是很好的人。

与这人交心，与这人同行，他是全然自愿的。

这一夜他睡得昏沉。

到早晨，觉渐渐浅了，缭乱的梦纷至沓来，在最后，他梦见了一只凤凰。

是那个曾经在皇宫出现的凤凰残魄，它正驯服地低下头来，向着一个人。

那人穿着流霞一样的广袖华衣，仪态万方，一张倾倒众生的脸庞，是皇后。

皇后似乎是很年轻时的样子，一个纤弱的少女。她抱住凤凰的长喙，闭上眼，有无尽的落寞。

林疏猛地醒了，睁眼看到萧韶，才安心一些。

这人脸长得好看，身上其他地方也好看。

余光忽然看到什么东西，他转头，蓦地感觉背后发凉。

那面镜子。

那面古怪的镜子兀自幽幽浮在窗边，正面对着他们。

林疏确定，这东西一直好好地待在他随身的芥子锦囊中，从未拿出来过。

他聚起真气，把镜子收到手里。

镜子里的景象没什么变化，只是又清晰了一些，他看见自己胸膛上插着的那东西体积并不大，不是刀剑之属，但很细很尖。

看完正面，翻到背面时，他又怔了一下。

背面裂了一道缝，就在"分离聚合，莫非前定"两行字中间，有些丑陋。

林疏有些不安，把这不祥的东西丢回了青冥洞天。

这下，睡是睡不着了。

所幸快到萧韶醒来的时候了。

然后一如往日，起床，被萧韶支配，穿好衣服，由梧桐苑中侍女伺候漱洗，虽说嗑了无尘丹、辟谷丹，无须这些，但多年习惯，还是做了。

接下来几天，处理的就是北夏投降之事。

不投降也没有办法，皇室的独苗被凌凤箫扣在手里——就算没有扣，以凌凤箫的实力，大家心知肚明，踏平北夏不过是弹指间的事情。

正式去凤凰山庄那天，到了马车已备好，即刻要启程的时候，凌凤箫才把萧瑄与萧灵阳从不见天日的地宫里拎出来。

这两人在地牢里发生了肢体冲突。

几轮打架斗殴过后，发现彼此都是没有修为且四体不勤的人，仙家法宝又被凌凤箫尽数收走，一时竟难分胜负。

——然后演变成言语的攻讦。

直到凌凤箫把他们拎出来，两个弟弟还在孜孜不倦地踢皮球。

萧灵阳说："你不当，至少可以让你爹当！"

"我爹都八十了！"萧瑄道，"他早就不想当了，八十！你还有良心吗？"

萧灵阳道："老当益壮！"

萧瑄道："那你怎的不让你姐当？"

"我姐又不是男人！"萧灵阳说到这儿，偷偷觑了凌凤箫一眼，似乎心事重重。

"你既有脸说老当益壮，我便有脸说巾帼不让须眉。"

凌凤箫大为不耐烦，一人扔了一个禁言咒，消停了。

林疏："北夏的陛下这么老了吗？"

凌凤箫收回敲萧瑄的头的手，回道："不是老来得子，他也不会这么傻。"

萧瑄被禁言，说不出话来，呜呜叫了几声。

凌凤箫似乎好奇他想说什么，解了禁言咒。

萧瑄："你弟弟便不傻了吗？！"

凌凤箫面无表情地又把禁言咒落下了。

两个弟弟被丢进马车。

凌凤箫先上了一步，然后护着林疏进马车。

林疏身为渡劫期的剑修，日常中接受的却还是生活不能自理之人的待遇，他一抬眼，就看见那两兄弟嫉恨的目光。

自古以来，弟弟都仿佛对姐夫抱有敌意，即使是远房堂弟萧瑄也如此。

林疏不仅没有因此感到难过，还感到些许的期待。

姐姐被姐夫抢走，和姐姐根本就不是姐姐，还是后者带来的痛苦会大一些。

马车辚辚向前，往南，进入凉州地界，继而上凤凰山，停在凤凰山庄的界碑前。

凤凰山庄还是那样巍峨美丽，红与黑的建筑基调，大气威重，倒比南夏国都还肃穆几分。

凌凤箫道:"许久未见宝清她们几个了,颇为想念。"

林疏想起凤凰山庄那几个活泼的姑娘来,也感到许久未有她们的消息了。

她们几个是凤凰庄主的亲传弟子,是出身四海的孤女,与凌凤箫没有血缘关系,但从小一起长大,更胜血脉亲人。

下马车,入山门。

凤凰山庄大殿前的空地是石质的,通体呈黑色,其上雕刻着朱红的凤凰图腾。图腾形状是一只凤凰振翅游于九天,周身缠绕云霞烈火。据凌凤箫说,这样的图腾遍布凤凰山庄,地上、梁上、墙壁上都有,山庄建筑绵延数十里,每三丈之内必有一个。

一眼看去,图腾朱红的色泽仿佛在流淌,像流动的鲜血或丹砂。

凌凤箫微蹙了眉,俯身在图腾纹路上划了一下,指尖便沾了红色的液体。

他制止萧瑄与萧灵阳也想观察的傻狍子行为,把手指给林疏看。林疏用指尖挑了一点,朱红的颜色,闻不出是什么,很古怪,或许是颜料。

他们带侍从继续向前方行进,宫阙巍峨,给人沉沉的压迫感。

凌凤箫微蹙了眉,对林疏道:"有些不祥预感。"

修仙人的预感,尤其是到了凌凤箫这种境界的,不得不重视。林疏便与他一起列举在凤凰山庄内,可能遇到什么危险。

北夏暴起攻击?不可能。

皇后与凌凤箫决裂,这倒是有可能的。

凌凤箫沉吟一会儿,对林疏道:"若在山庄内,有人欲以羿日神箭攻击我……"

羿日神箭现在在皇后的手里,凌凤箫这样说,就是做好了最坏的准备。

林疏:"……嗯?"

"到那时,神箭射来,你万不可下意识去挡,"凌凤箫道,"我自会保全自身,不会死。"

林疏想了想,点头。

他最近一直在体悟"平生心事",知道有些时候,护着一个人,或救一个人,会成为本能,成为一种下意识的举动……即使这举动会给自身带来毁灭性的后果。

他不知护凌凤箫有没有成为自己的本能,但知道,在这种时候,自己不能给凌凤箫添乱或拖后腿。他得谨记时刻相信凌凤箫。

说完了这个,凌凤箫才似乎稍稍安心了些,他们继续往前。

几个凤凰山庄的弟子行礼,道了一声"大小姐",接引他们——只是林疏瞧着山庄的建筑和建筑里的红衣弟子们，总觉得今日的山庄比他上次来时空荡了许多，弟子也少了许多。

北夏的老皇帝已近天年，行动不便，兼有病缠身，不能亲自前来，故而是使者捧文书、玉玺前来。

南北对峙这么多年，从没有想过议和投降、归为一体的时刻，会来得这样快——正如所有人都没有想到，一个人的力量，竟然能左右一场战争的成败。

与北夏使者见面的地点是山庄中央区域的祭天台，凤凰庄主已经等候多时，南夏重臣、几个仙宗的宗主也俱已到位。

北夏使者的阵容亦是给足了南夏面子，有北夏的股肱大臣，甚至有原大巫的护法。

繁复的虚礼过后，宣读降书。

林疏的文言文水平不算低，但根据领域的不同有很大的起伏。仙家的晦涩典籍，他读得通，而这些政治文书，听来就一头雾水了。

只听使者读些什么"开示门户，大义炳然"，什么"而否德暗弱，窃贪遗绪，俯仰累纪，未率大教"，他不知道对方在说些什么东西，直到"天威既震，人鬼归能之数，怖骇王师"与"神武所次，敢不革面，顺以从命"①之类的言语出现，才直观体会到中心思想。

他努力去听，却见身边的凌凤箫挑了挑眉，传音过来："仙君。"

林疏也面无表情地传音："嗯？"

凌凤箫道："你说……西疆听从北夏，今日北夏投降，玉玺交接，天下大统，算不算气运归一？"

林疏："我觉得算。"

凌凤箫："我本已代持南夏御笔，今日再接过北夏传国玉玺，岂不是要短暂地当一遭人皇？"

林疏："你恰好可以看看人皇气运是否会对凤凰血脉产生影响。"

凌凤箫："也可。"

投降书冗长无比，北夏官员面对着凌凤箫，读得战战兢兢。

然而，谁都不知道，一人可横挡百万之师，令人闻之色变的凤阳殿下，正和只在传说中出现的、神秘的、不食人间烟火的剑阁阁主用传音叨叨。

凌凤箫说，要强迫萧灵阳去当皇帝。

---

① 引自《三国志·蜀书·后主传》中蜀汉怀帝刘禅的降书。

林疏说，那萧瑄呢。

凌凤箫觉得萧瑄不行，不想娶妻，当了皇帝亦没有用，下一代还是没有继承人。

林疏想了想，萧灵阳的婚姻观好像较萧瑄的正常一些。

但凌凤箫说，亦不能让萧瑄闲着——给他封一个王，萧灵阳被皇后抚养长大，在处理前朝事务上有所欠缺，萧瑄却时常跟着他爹出入朝堂，正好可以帮上忙。

怎么样让萧瑄心甘情愿给萧灵阳打下手呢？不能告诉他这是原本就打算好的，要让他以为，自己不这样做，就只能去当皇帝了。

林疏为此人的一肚子坏水所震惊，腹诽着。

却没想到他们现在正在神念传音，他的心神所想都会被传过去。

凌凤箫："？"

林疏轻咳一声，移开目光，去看别处。

可怜那个正宣读文书的北夏官员还以为是自己哪里说得不对，更加战战兢兢了。

投降书终于念完，接下来是仪式。

庄严的乐曲奏起来，原北夏的丞相在凌凤箫面前跪下，手捧白玉盘，玉盘中乃是一尊铜玺，上刻游龙。

登基的仪式上，新帝往往要从德高望重的老臣手中接过传国玉玺，然后接受百官朝贺，换成投降仪式，也是如此，这一方传国之玺，代表的是一个国家的威权。

北夏丞相道："忝据神器，愧矣。"

凤阳殿下冷白色的纤纤玉指接过玉盘，简单的交接动作，没什么刻意出奇之处，却是，江山易主。

但听他道："敢不敬承。"

话音虽轻，其意却有千钧之重。

光阴似箭，人事如水，江河改道，天下分合，竟在顷刻间。

百官齐贺。

祭坛上已摆诸类祭天之品。

凌凤箫捧玉盘，林疏在他右侧，大国师在左，百官随侧。

但见一袭红衣缓步上高台，面向五色土之祭坛，道："尚飨，永吉。"

众人伏地叩之。

"尚飨，永吉。"

他们毕恭毕敬的神色、仰望敬慕的目光，让林疏觉得，即使凌凤箫是女身，在这一刻，要继承大统，也是没人会反对的。

叩毕，西方忽传来一声清越鸟鸣。

林疏惊觉，此刻西方漫天的云霞，光亮无比，照得半边天空都流转金红的色泽。

忽地，大片的鸟群自西边山里飞出。

不见麻雀、喜鹊、乌鸦之类寻常的禽鸟，都是羽毛鲜艳、体形中等、姿态优美的珍禽，细数来，竟有近百种。

百鸟盘旋至天空，以一种近乎首尾相衔的姿态缓缓飞动，在天上形成一个色泽绮丽的旋涡。

古人云百鸟朝凤，莫非如此？

人群议论声起，纷纷说此乃吉兆。

凌凤箫亦望着天空，一言不发。

林疏想，此情此景，此时此刻，若凤凰再飞来，对着凌凤箫乖顺俯首——那么不论是萧韶还是凌凤箫，不论究竟是男是女是人是鬼，立刻就可以宣称自己是承天景命的帝王，国不可一日无君，天命不可违，立地登基。

前提是这人想当。

林疏想得不错。

下一刻，那只尾羽像晚霞一样艳丽、色泽像朱砂一样鲜红的凤凰残魄，果然带着缥缈的光晕，自西边天际徐徐飞出了。

众人惊叹。

唯独林疏知道，这并非什么天兆，而是皇后在凤凰山庄的某处，吹动了引凤箫，引来了它。

凌凤箫却面无表情。

礼官接过了放传国玉玺的玉盘，凌凤箫则面无表情牵了林疏，欲往祭台下走去。

态度很明显——此事与我无关，我不合作。

那凤凰果不其然地朝他飞过来了，看似飞得极缓，实则俯冲得极快，几乎是片刻间，就悬在了凌凤箫的正上方。

它的眼睛是黑色的，有些温润的光泽，注视着凌凤箫，愈飞愈低，然后朝他温驯地低头，递出鸟喙。

林疏能感受到凌凤箫身体的紧绷。

凌凤箫本该伸手抚上鸟喙，接受它的顺从，他却没有动，只是与凤凰冷漠地对视。

凤凰低低叫了一声，似乎在催促。

众人已经看呆了，连大国师都不能免俗："这……"

林疏忽然心神一动。

他蹙眉，伸手，青冥洞天所化的那枚青铜骰出现在手中，疯狂乱颤。

林疏不知这东西抽了什么风，神念探进去，看见那面因果镜子在洞天内激烈地左冲右突，撞上墙壁，将青金石的墙面都撞出深深的裂缝，似乎极力想要出去，师兄则飞快追赶，试图制住它。

——这令林疏想起昨夜这镜子幽幽出现在他眼前的一幕，心神极其不安，握住青铜骰，看向身侧极近处的凌凤箫，思索是否该告知他此事。

——就在这一刻，他心中的不安猛地放大！

那一刻，浑身的血液都凝固了，呼吸也无以为继，他心脏停跳一拍后，忽然狂跳起来！

他瞳孔缩了缩，一股强横的天地威压锁住了自己，令他不能移动半分，而这感觉无限放大，他眼前甚至出现五彩缤纷的杂乱虚影，像是濒死之时的幻觉！

远方，似乎有一道飞光朝自己射来，如白虹之贯日，不可阻挡。

说时迟，那时快，这一切的发生，就在顷刻间。

他眼前红影一晃。

一声沉闷的声响。

五音五色五味，刹那间仿佛都离林疏而去了。

下一刻，他的意识渐渐回笼。

凌凤箫站在他前面。

一个险恶的、苍白色的、仿佛骨质的箭尖，从凌凤箫左边背上，穿了出来。

——意味着有一支箭，穿透了凌凤箫的左胸，心脏的位置。

是什么箭？

自然是……羿日神箭。

凌凤箫的身形有些不稳，林疏抱住他，看见一支细而长的骨质长箭，死死钉在凌凤箫的左胸上。

凌凤箫似乎还没有反应过来，低头去看自己的胸口，左手缓缓握上箭尾。

林疏在那一刹那忽然窥见了这支箭背后的险恶用心。

若它朝着凌凤箫而去，或许会奏效，或许不会。

但若是朝着林疏去，凌凤箫会去挡。

不是用术法防御，不是抽刀出鞘与之相撞。

生死关头那弹指的一刻，下意识地，他会挡在林疏的前面。

不是幻身，不是虚无缥缈的血雾，那一刻，他或许什么都忘了，只有直觉中一具血肉之躯，可以挡住刀光与剑影。

林疏手指微微颤着，去探凌凤箫的脉。

他们上山时约好的，箭朝着凌凤箫去，林疏不要去挡。

却没有提及，当这必死之箭朝着林疏而去的时候……凌凤箫下意识里，会怎样。

全错了。

凌凤箫握住那支箭，似乎是要使力拔出来。

但那苍白的骨质仿佛和他的胸膛连在了一起，无论如何也拔不出。

林疏便想起那句话，说羿日神箭，洞穿有凤凰血脉之人时，那人会魂飞魄散、灰飞烟灭——

他心下一片茫然，右手即将摸到凌凤箫脉象的时候，凌凤箫放开那支箭，反握住他的手腕。

他的手很凉，但动作不容抗拒。

林疏一个愣怔，不知他要做什么。

林疏看见一滴鲜红的血沿着骨箭流下，血是红的，箭身是白的，触目惊心。那滴血缓缓淌到箭尾，然后滴落在漆黑的祭坛上。

一滴血的落地，几乎没有发出声音。

林疏却清清楚楚听到一声"啪嗒"的声响，似乎是什么东西碎掉的声音，又仿佛天地之间发生了什么肉眼不能察觉的变化。

这变化必定非同寻常，使林疏心神为之一颤。

第一滴，第二滴，凌凤箫心口的血愈淌愈多，落到地上，成一摊深红的痕迹。

林疏看凌凤箫。

凌凤箫望着林疏，嘴角似乎有一点血迹，他微微喘了一口气，然后借林疏的手臂站稳了身形。

下一刻，他猛地变指为掌！

一股沛然莫御的力道击中林疏的胸口，陆地神仙的修为，林疏无法与之相抗，被生生逼退一丈！

他猝然望凌凤箫，不知他此举是何意。

凌凤箫以袖掩口，咳了几声，内腑受伤，他咯出了血，华丽红衣，凄恻刺目。

而几乎是在林疏稳住身形的下一刻，整个祭台忽然微微颤动起来！

人们先是被凌凤箫中箭的一幕骇得说不出话来，接着被这突如其来的晃动吓一大跳，一时间，恐慌的情绪蔓延在整个祭坛上。

凌凤箫的声音很低，也很哑，但用了法力，清清楚楚地响在每个人耳畔。

"走！"

人们在电光石火间尚来不及反应这是什么意思，祭坛上，一个血红的凤凰图腾，就以凌凤箫为中心疯狂蔓延开来！

有一股凝实到恐怖，仿佛来自千万年前亘古荒原的气机，压住了每一个人，使他们不能动弹一步！

而林疏因着被凌凤箫凌空拍了一掌，此时所站的地方在凤凰图腾的边缘，没有受到影响。

他便看看，看着血红的凤凰图腾肆意扩张，仿佛潮湿之处疯狂生长的苔藓藤蔓，每一道纹路上都燃起了同色的火焰，火舌仿佛摇曳的红莲，吞噬了每一个人，也吞噬了中央的凌凤箫。

他刹那间拔剑出鞘，无情剑意湛然荡出，一式"万古云霄"直指这诡谲的血色火焰。

火焰为剑意所激，有些暗淡下来，然而这道剑意在抵达火海中央的凌凤箫时，却奇异地消弭了。

对凌凤箫没有效果。

在这样的关头，他惊人地冷静，变招"湛然常寂"扫向火海中其他地方。

剑气激荡，上陵简身上缠缚的火焰减弱些许，他剑刃上清光一现，扫灭其他火焰，终于挣脱出来，落到林疏身边："多谢。"

林疏没说话，运起轻身功法踏入火海。

他有分寸，没有深入火海中央，剑意护体，几度进出，带出了正在瑟瑟发抖的萧瑄和萧灵阳，最后带出了一脸惊骇之色的凤凰庄主。

此时凤凰山庄已经受了重伤。

其余人，纵使他想救，也心有余而力不足，因为那些人本身修为不够，或者干脆是凡胎肉体，即使有他相助，也挣脱不出来。

——萧瑄与萧灵阳则是因为身份尊贵，不可出半点纰漏，各自身上都带了护命的神器。

上陵简已是渡劫的境界，凤凰庄主离渡劫巅峰也只有一步之遥，连他们都要借助林疏的帮助才能脱身，可见这图腾的诡异可怖。

那血色的火焰舔舐着他们的身体，陷身火海的人们发出撕心裂肺的惨号，几乎响彻云霄。更可怖的是，他们被灼烧的肢体，没有被灼烧成焦黑的枯骸，而是逐渐变了形状，变成一团血红色的黏稠之物，淌下去，成为血火的一部分。

若真有人间地狱，那大抵就是现在的景象。

无数个正在缓缓往下流淌、不成形状的血红色雕像中，唯独凌凤箫还完好，一身红衣似乎与这火海化为一体。

凤凰庄主喊道："箫儿！"

林疏猝然转头，气机锁住凤凰庄主，冷冷地道："你们在做什么？"

羿日神箭被皇后拿到，凌凤箫受伤后，又浮现这么一个诡异的凤凰图腾，显然只能是凤凰山庄的手笔。

——她们必定有所谋划，只是竟不顾凌凤箫的死活吗？

凤凰庄主仍望着血海中央的凌凤箫，目光中是从未有过的焦灼："……不应如此！箫儿……"

下一刻她眉头猛蹙，望向西方天际，喃喃道："锦妹骗我？"

火势迅猛，很快，所有人都没了声息，也没了形体，只剩一个图腾，一片火海，以及中央的凌凤箫。

还有……

还有天上的凤凰。

它在凌凤箫头顶盘旋不去。

凌凤箫没有看它，而是看着祭台的西面。

西面，缓缓落了一辆四只珍禽所拉的羽饰华辇，俨然是皇后的凤驾。

林疏一边时刻注意着凌凤箫的状态，一边将手按在了折竹剑柄上，时刻戒备。

皇后缓缓下车，徐徐攀登台阶，流霞一样的裙裾，轻掠过九百漆黑石阶，来到图腾前方。

随着她的步子，西方天际的霞光更盛，而凤凰山庄多处都亮起了不祥的血红色光泽。

林疏想起山庄内无处不在的凤凰图腾，想起仪式开始前凌凤箫在图腾纹路中发现的诡异红色液体，愈想愈心惊。

凤凰清鸣一声，落在地面上，低头温驯地蹭了蹭皇后的手。

皇后笑了笑，喊它："凤儿。"

"锦妹！"凤凰庄主紧蹙了眉头，看向她，"你……这是何意？"

皇后却没有回答她，而是缓缓走进了火海。

奇异的是，这火焰并不伤她分毫。

她的仪态仍是那样端庄，一步一步走到凌凤箫面前，那只凤凰也跟着她走进，长长的尾羽拖了丈余长。

凌凤箫低着头，墨发散了下来，林疏看不清他神色。

他淡淡地道："母后。"

皇后声音怜爱："我儿。"

"母后生我，使儿臣有人身，行世间，恩泽……无以为报，今日想要收回，亦无怨言。"凌凤箫道，"只是想知道，母后这般算计于我，乃至将疏儿也牵扯在内，究竟所为何事？"

皇后伸手触了触他的脸颊，是温情款款的动作，语气中却带着一丝责备："今日大好良机，你视而不见，母后先前与你说的凤凰山庄千秋万代的繁盛，你也毫不在意吗？"

"山庄之事，我已允了你。"凌凤箫道，"山庄自此不受王朝管辖，何须母后再挂怀？"

"你明知母后想要的不是那样的繁盛。"皇后轻轻嗔怪。

"山庄滔天权势、泼天富贵，比之皇家，又有何异？"

"凤凰血脉，怀璧其罪。如此这般，百代之后，岂不仍是任人欺压？"皇后道，"上古凤凰神族，居于西方，食竹实，居桐林，饮醴泉，三百年一涅槃，生生不息，万邦朝拜，岂非更加使人神往？"

凌凤箫终于缓缓抬起头来："母后竟是这样想吗？"

皇后用右手握住羿日神箭的箭尾："凤凰乃万古洪荒中承天载命之神灵，世上岂有能杀灭它之物，除非凤凰自伤……这是上古凤凰心头之骨制成的一支箭。箫儿，你原本就是至精纯的凤凰血，如今又有了凤凰骨为引，更有人皇的滔天气运，若再有凤凰的精魄入体，涅槃重生，凤凰神族即刻重现人间，永世绵延——箫儿，你不愿吗？"

林疏听着她口中之语，终于知道她一直以来究竟所图何物。

挣脱皇室的束缚——远远不够，她要复生上古凤凰，使传说中的凤凰神族重现于世，凌驾于世人之上。

凌凤箫似乎笑了一声："母后运筹帷幄，我……自愧不如。"

皇后轻声道："你知错便好。"

凌凤箫缓缓低下头去，似乎顺服，声音也轻了："入山庄后，我觉得少了许多女孩子，母后知道她们在哪里吗？"

皇后道："她们修炼凤凰心法，血脉中有炽阳离火之气，已作了引子，就在你身下的凤凰图腾之中。"

凌凤箫低低笑起来，又咳了起来。

声音哑了，含着血，林疏望着他，却无法靠近一步，什么都做不了。

林疏想那些活泼的女孩子。

她们或刁钻泼辣，或温柔活泼，时常爱打趣，是很好的。

……却没了吗？

整座山庄，只剩那些年龄幼小，还没有学好心法的女孩子了吗？

宝清、宝尘她们几个呢？

就这样无声无息地消失在世上了吗？

她们会不会反抗挣扎，会不会……哭呢？

他蓦地想起山庄那些凤凰图腾纹路里，流淌着的深红。

他又看凌凤箫所处的火海。

鲜红色的火焰依傍鲜血而生，凌凤箫的、火海中死去的其他人的。

再听凌凤箫哑了的，含着血的笑声。

血。

因果镜里的血。

桃花源的血。

北夏，塔顶的血。

凤凰山庄的血。

一个人的命格就这样浸在血里。

凌凤箫又咳了几声，胸口血流如注，脸色苍白，声音断断续续：“羿日神箭……神魂俱散。母后……一开始，就没有想要儿臣活。”

皇后道：“与凤凰共生，永生不灭。”

"我魂飞魄散，它却有精魄，"凌凤箫看凤凰，"母后很喜欢它吧。"

皇后没有说话。

凌凤箫自嘲般笑了笑：“我也曾很喜欢母后。”

他语声淡淡，声音很低，听不出情绪：“我幼时给自己取名萧韶，'箫韶九成，凤凰来仪'①，《箫韶》是母后常吹的曲子。”

皇后微微笑了笑，后退几步，与他拉开距离：“箫儿，你意志非比寻常，或可保留一二神念，莫再伤心。”

凌凤箫身上的生气一直在流逝，似乎有什么看不见的东西逸散而去了，是魂魄吗？

折竹剑嗡鸣，剑气不断撞着血海，却始终被压住，毫无效果。

---

① 引自《尚书·益稷》。

皇后说着要凌凤箫"莫再伤心"，却看向了凤凰。

凤凰低鸣一声，低下头，向凌凤箫靠近。

它缓缓走入了凌凤箫身体里。

凌凤箫的身体剧烈颤抖，仿佛在承受脱胎换骨之痛，却没有一丝一毫的反抗，仿佛已经在极度的失望中认命。

林疏心下一片空白，要往火海中去，却被上陵简死死按住。

连那尾羽也消失的时候，火海渐渐熄灭，凌凤箫身后浮现出悬空的金红色凤凰虚影。

由西方天际而始，整个天穹一片金红，辉煌无比，恍若梦中。百鸟飞舞，遥遥有仙乐自云中传来。

纵使是仙人飞升，也没有这样宏阔盛大、天地万物为之齐贺的景象。

凤凰涅槃，便是这样的涅槃，这样的重生吗？

皇后再次走近凌凤箫，抚过他的头发，将他额前的乱发别在耳后，轻轻唤："凤儿。"

凌凤箫缓缓抬起头。

林疏看见了他的眼。

漆黑空洞，没有一丝光泽，毫无感情。

皇后猛地怔了怔。

下一刻，凌凤箫勾了勾唇。

再下一刻，整个金红辉煌的天穹，化作一片漆黑！

仿佛置身万古长夜里，只血雾幽幽浮起，幽微的血光照亮这片区域。

滔天血海里，万鬼号哭。

凌凤箫的身形在虚幻中隐隐变化，属于大小姐的皮相悄然隐去，华衣染墨。

萧韶将胸口的长箭猛地拔下！

没有血，连伤口都立刻弥合。

皇后难以置信地后退几步："你……你是谁？"

林疏这才想起，皇后是萧韶的母亲，但自始至终不知萧韶的真容。

"忘记告知母后，"萧韶声音不带一丝温度，"我早已不是活人。"

第八章

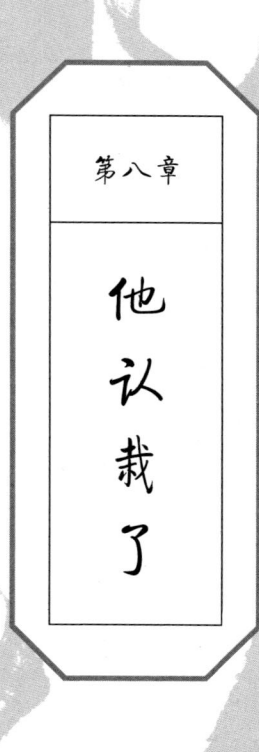

他认栽了

天地间，没有风。

尚未入秋，天却在此时此刻迅速寒了下来。

万鬼齐哭，声音癫狂绝望，挥之不去的血雾里，寒冷从皮肤表面向内渗透，终至刺骨。

望着萧韶，皇后本能地后退几步。

她的眼睛睁大了，喃喃道："凤儿……我的凤儿呢？"

她丰润的脸在那一刹那似乎变得苍白，嘴唇微微颤动，难以置信地望着萧韶。

若不是看到这一幕，林疏还不知道，人真的可以在一刹那老去。

萧韶没有说话，他就那样站着，血雾涌动，却不近他的身，天幕是浓黑的，只因他一人，他仿佛是这修罗地狱里高高在上的君王。

沉沉的压迫，仿佛空气中有什么东西，压着每一个人。

皇后猛地睁大了眼睛，对萧韶道："你不是凤儿！"

凤儿。

皇后身边的那个凤凰残魄吗？

林疏听见身边的凤凰庄主道："锦妹，你竟然……"

他问凤凰庄主："你们做了什么？"

凤凰庄主道："事已至此，亦无可隐瞒。"

林疏只听着，听凤凰庄主说起一桩往事。

说是一桩，其实这故事很长。

皇后是凤凰山庄嫡脉的女儿，凤凰血脉，多生女儿，而极少有男孩子，这件事情众所周知。

故而，历代的皇后没有生过一个皇子，这件事没有引起过任何人的怀疑。

凤凰庄主说，锦妹自小温柔解意，因着一出生就预定了是将来母仪天下的皇后，便只修习了心法，没有着意锻炼武学——实则是皇室本就喜温婉贤德的妃子，并不欲皇后的武学修为过高，所以，锦妹都是偷偷看她习武。

不习武，而是习琴棋书画、女德女红，在凤凰山庄里，便有些格格不入了。凤凰庄主又多数时间都在练刀练枪，不大有时间陪她，她便没有玩伴，整日和那凤凰残魄玩耍，喊它"凤儿"。

与此同时，她又因着知道自己终将是皇帝的妻子，女儿家的情愫，自幼时便一直存在，十七岁时大婚，与皇帝更是浓情蜜意、恩爱甚笃。

两年后，她怀了孩子，值得一提的是，某一天她梦见凤凰飞舞，便觉得这孩子和她的凤儿定有关系，更是百般呵护、爱逾珍宝，生下来后，是个男孩，乃皇帝的嫡长子。

她打小没有什么朋友玩伴，那一腔温柔，先是全都给了皇帝，后是全部给了这个孩子。

再后来，不足一岁时，那孩子竟死了。

凤凰庄主道："我听闻消息，心想，锦妹对那孩子，像眼珠子一样地护着，寸步不离，怎么会出了事？"

当即皇后便生了一场大病。

这病来得蹊跷，药石无医，天底下所有的神医都束手无策。皇后昏了三个月，皇帝心急如焚，却不知该如何是好。最后是凤凰庄主心疼她，抛下山庄的事务，衣不解带地照顾着皇后，日日与她说话，也不管她到底能不能听见。

说儿时的趣事，说世间的美景，说山庄的事务，也说那凤儿。

一日复一日，某一日深夜，皇后忽冷汗涔涔，叫一声"凤儿！"，然后神色惊惶，拉着她说了许多胡话。

说什么，她的孩子就是这世间最金贵的宝贝，她万不会让他有一丝闪失，宫女、宫仆，粗手笨脚，孩子那样娇嫩，每次假手于人，她都要心惊胆战。

她又发起抖来，说她为此在宫殿的隐蔽之处，都放置了留影珠。

凤凰庄主听着她的胡话，想自己的锦妹如此呵护的孩子夭折，令她伤心至此，也不由得心如刀割。

她只能安慰："你好好醒来，养好身子，来年与陛下再诞子嗣。"

皇后那一刻却仿佛听到什么极恐怖之词，整个人发着抖，说："我看见了，他杀了我的凤儿，他杀了我的凤儿。"

她又笑，说："世人原是如此肮脏，他为何要对自己的儿子痛下狠手呢？"

凤凰庄主心中大骇。

又说了一阵子胡话，皇后再次昏过去，这次发了高烧，高烧退后，整个人悠悠醒转，根本记不得先前说过一次胡话，渐渐恢复正常，性子还是温柔端庄的，只是沉默了许多。

这是前情，凤凰庄主叹一口气，道："我想，她自那时起，或许就有些疯了。"

后来呢？

此事又和羿日神箭有什么关联？

凤凰庄主道："她自那件事后，就一直郁郁，常和我提起，凤凰山庄的女儿，何时才能不受王朝的辖制。"

那时凤凰庄主说，山庄与皇室联姻，各有所得，此乃祖宗惯例。

皇后恍惚中说，那何时山庄会有天下间说一不二的权势呢。

话是这样说，她却还记得皇后昏迷中所说的那番话。

到后来，皇后又怀孕了。

这一次她梦见天上烈日入怀，冥冥中有种直觉，这恐怕又是一个男孩子。

此后种种，便是她们瞒天过海，将凌凤箫扮成女孩，放在凤凰山庄教养的故事了，不必赘述。

皇后面对这个孩子时有些执拗的意思，要庄主把他教成这世上最完美无缺之人，要他有这世上绝无仅有的修为。

庄主对自己的妹妹何其了解，加之皇后说过，当即就隐隐猜出了她的意思，文韬武略，读书用刀，但凡是用得上的，尽数教给了这孩子，自己教不了的，便请人来教，凌凤箫学不会的，便逼他学会。

及至两年前，皇后对她说了羿日神箭之事。

说从南海归墟深处打捞上来的沉船古籍中有记载，如何可以复苏上古凤凰的血脉。她说，要凌凤箫身承这气运与血脉，成为统御天下、说一不二的凤凰神王。

凌凤箫有怎样惊才绝艳的实力，凤凰庄主自然知晓，她教养凌凤箫长大，又对他寄予厚望，自然愿意。

凌凤箫也如她们所愿，一路扫平北夏，天时地利俱已齐备，只差一味人和，无论凌凤箫愿或不愿，都是行得通的。

为此，她甚至默许皇后亲手将凤凰山庄的女孩子们推入祭台，启动阵法，让她们身体中的炽阳离火之气，作为唤醒凤凰血脉的引子。

可直到今日——她直到今日才知道，并不是她和皇后瞒天过海，做下了一切，而是皇后瞒过所有人，甚至她，做下了这一切。

她不是想要凌凤箫做人皇，她是要她的凤儿做真正的神兽凤凰。

她要凌凤箫成为这样优秀的一个人，一则是让他一统天下，获得人皇气运，为凤凰复活做铺垫；二是为使他的神魂强大精纯，承载得住凤凰的残魄。

至于凌凤箫的心愿，乃至凌凤箫的命，并不在她的考虑之中。

凤凰庄主是爱凌凤箫的，可皇后不是。

她心中或许只有凤儿，只有死去的那个孩子，以及对皇帝，乃至整个王朝的仇恨，对无力抗拒的命运的不甘，皇帝杀死她的孩子，她从那之后，似乎便只信自己的凤儿了。

为此，她决定反抗。

而凌凤箫和凤凰庄主，乃至萧灵阳和皇帝，都是她所需的工具而已。

在那场三个月的昏迷中，她失去的似乎不仅是一个孩子。

事情的来龙去脉已然清楚。

林疏和凤凰庄主是用神念传音交流，虽然说了不少，但实际上不过是瞬息之间。

说罢这些，凤凰庄主似乎也颓然了，她本就在火中受了重伤，此时吐出一大口黑血来，面如金纸。

而祭台之上，短暂的沉默过后，皇后拿出了引凤箫。

她将其放在唇边，吹动。曲声低咽，幽幽响起。

往常，她用这支玉箫吹起这首曲子的时候，那缕凤凰残魄就会从天际而来，与她亲昵。

可如今，只换来一片沉默。

她的曲声逐渐急促零落，到最后，一声刺耳的破音后，再也无以为继。

她失魂落魄，玉箫滑落在地，发出清脆响声，然后断为三截。

她抱住头，跌坐在地，声音似是尖叫，又似嘶吼："凤儿——！"

金钗坠地，华衣黯淡，但见仪态尽失的她猛地抬头望向萧韶，笑得癫狂："你们萧家——萧家的男人……果然……"

她眼中神情愈加狂乱，甚至作势要往萧韶那里扑过去："你身上流着凤凰血，你为何……你为何……"

萧韶只是居高临下地看着她，神情漠然。

他的眼瞳依旧那样漆黑无光，不似活人，甚至使人不能看出，他到底有没有在看皇后。

他因潜意识中觉得自己属于凤凰山庄而可以为羿日神箭所伤。

那么现在他毫发无损，是否证明皇后与庄主的举动，以及凤凰山庄那些女孩子的血，彻彻底底使他对这一切失望？

林疏不知道。

只见皇后愈加癫狂："把凤儿还给我！"

凤儿在哪里呢？

林疏望着萧韶背后巨大的凤凰虚影。

那原本应该是辉煌灿烂的金色影像，如今彻彻底底变成浓黑与深红交织的邪异画面。

恐怕，那只上古凤凰的残魄，已经为萧韶所吸收，成了他力量的一部分。

这个结局，恐怕是所有结局中，皇后最不能接受的。

但见她扑向萧韶。

萧韶只是站着，没有动作，也没有说话。

那冰冷而空无一物的眼神显示，在这修罗地狱中，对着昔日生身母亲，他已经毫无感情。

果然，还没来得及碰到萧韶的一丝衣角，皇后便仿佛被什么无形之物阻住——这使她更加癫狂痛苦："你不得好死——"

随着这怨毒的语气、癫狂的动作，她身上有丝丝缕缕的血雾渗出来，愈渗愈多，浓郁黏稠，仿佛血液，可这血量又比一个人身上能流淌出来的多得多——林疏知道这是她经年积累下来的怨气，在这一天终于爆发出来。

可惜，她的最可悲之处，就是自始至终都没有意识到萧韶的实力究竟是什么样的。

——是修仙修魔之人，穷尽所有想象，都无法想象到的境界，就连她此时释放出来的怨毒戾气，最终都只能化作萧韶力量中的一部分。

怨气流淌而出，变成血雾的一部分，似乎也抽走了皇后的所有精气，她形容枯槁，没有一点力气，仍然执着地想要抓住萧韶："凤儿，我的凤儿……"

萧韶微微蹙了蹙眉。

林疏清楚他一切微小的表情，觉得萧韶估计已经不认得任何人了，但皇后伏在他脚边哭喊，让他觉得很烦躁。

下一刻，萧韶朝皇后伸出手来。

修长好看的手指，冷白的颜色，骨节分明。

皇后眼睛中迸射出光亮："凤儿，是你吗？"

她向萧韶的手伸手。

两手即将相触的时候，萧韶的五指轻描淡写一握。

皇后睁大眼睛。

她母仪天下，一生被人爱慕仰望，但这一刻她眼中的错愕绝望、迷茫不解与撕心裂肺的癫狂痛苦，就像世间任何一个含恨而死的人一样。

因为下一刻，她就身化齑粉，飘飞在无边血雾之中，茫茫天地，再不见踪影。

林疏望着这一幕，觉得她有些可悲。

到最后，她也没能明白为什么事情走到了这一步。

她不知道，她并不放在心中的那个孩子，在过去的二十几年，是怎样殷殷地敬慕着她。

不过，多说也无益，她已被挫骨扬灰。

倒是凤凰庄主喊了一声"锦妹！"，失了魂魄一样，望着她消失的方向。

末了，凤凰庄主又撕心裂肺地咳起来。

林疏能看出，她在方才的烈火中受了太重的伤，即使能救回来，恐怕也修为尽散，再拿不起刀了。

他没有动。

只上陵简扶了扶凤凰庄主，给她喂了护命的丹药。

林疏再看旁边。

两个弟弟你拉着我、我扯着你，目光呆滞地看着这一幕，连瑟瑟发抖都忘了，仿佛变成两座相依为命的雕像。

今天一天，死了太多的人。

这是过于残酷的场景，萧瑄在北夏见过世面，还好一些，萧灵阳估计心神巨震。

然而，还有一件事，倾国倾城的姐姐，变成了一个男人。

于是萧瑄也显得格外不好了："他……他是谁？"

他恍恍惚惚："怎么和美人殿下，长得有点像呢？"

林疏："是凌凤箫。"

萧瑄："……啊？"

萧灵阳似乎早就有了心理准备，此时并不像萧瑄那样呆，甚至对着萧韶喊了几句。

"凌凤箫？凌凤箫？你怎么了？"

萧韶缓缓转过头来。

那一眼，所有人都仿佛被泼了一桶冰水，置身无底寒渊。

萧灵阳颤了一颤，看向林疏："他……"

"情况不好，"上陵简道，"他似乎走火入魔了，神志尽失。"

林疏只看着萧韶，然后对上陵简道："国师大人……劳烦，带萧瑄与灵阳回国都。"

缓了缓，他继续道："国事暂且交给你与谢大人，即位之事，由他们两人自行决定。"

上陵简看着他，目光深深："阁主，你不走吗？"

林疏摇了摇头。

萧灵阳看看萧韶，又看看他："他好像要杀我们。"

原因无他，萧韶的眼神实在过于冷漠和空洞，周身的气势又是那样冰冷骇人。

林疏道："现在就走吧。"

晚一步，就多一分危险。

上陵简道："我现在就将他们带回，阁主放心。"

林疏点了点头。

但见上陵简袍袖一挥，学宫的飞舟出现在天上，他送了两个弟弟上去，最后看了凤凰庄主一眼，将她也带上。

最后，他望着林疏，道："阁主，保重。"

林疏："后会有期。"

声音都是压低的，似乎害怕萧韶也觉得他们聒噪，刹那间把他们变成飞灰。

上陵简最后望了林疏一眼，登上飞舟。

飞舟缓缓而去，消失在浓黑的天际。

林疏看着他们安全离开，转头面向萧韶。

今日在萧韶身上发生的事情，实在过于……残酷。

不谈皇后，凤凰山庄的血案，那些美丽活泼的女孩子的死去，即使未曾亲眼看到，也使人心惊。林疏与她们并无太深的交情，尚觉得惋惜，更何况是在凤凰山庄长大、与这些女孩子朝夕为伴的萧韶了。

杀死她们的，却又是他的母后。

林疏不敢想象，这只皮毛暖和柔软的小凤凰，心中该是多么失望乃至绝望。

若是从前的萧韶，或许不会走火入魔、迷失神志……可现在的萧韶，即使没有发生这些事，因着身承世间怨气，他的神志也一直在崩溃的边缘游走，哪怕是一丝一毫负面情绪，都会把他往彻底化身成魔的方向推一把。

所以，发生今天的剧变后，萧韶会变成这个样子，林疏毫不意外。

至于能不能恢复，他心中也实在没底。

萧韶甚至不会认得他，或许下一刻就会像杀掉皇后那样杀掉他。

但林疏知道自己不能走。

萧韶就算真的彻底不再是人，为怨气所控，变成横行世间、掀起怨鬼之世的大魔，他也就当自己养了一只黑鸡崽。

他往前走了几步。

萧韶没有动，只站在这万古长夜、滔天血海中，看着他。

眼神之冰冷，无法言说。

林疏走到离他极近处，伸手按上他的左胸。

今日上午还像正常人那样跳动的心脏，此时已经彻彻底底停了。

他抬头望萧韶，轻声喊："萧韶？"

没反应。

再喊"凌凤箫"，喊"大小姐"，喊"殿下"，喊"韶哥"，连"表哥""哥哥"都喊了，没有反应，萧韶甚至又感到烦躁，不悦地蹙了眉。

这人不悦，那是要把人挫骨扬灰的。

林疏只得后退了几步。

下一刻，萧韶化身雾气，消散了。

幻身只能幻走自己的本身，身外之物"当啷"一声落地。

萧韶只有一件身外之物，那就是无愧刀。

林疏："……"

走了？

他有一丝窒息。

刀都不要了，这次是真的危险了。

危甚。

他捡起无愧刀，又看见落在一旁的羿日神箭，想了想，也带上。

还是要找萧韶，去哪里找呢？

他茫然回头望，见来路已经被无边的血海掩去，看不见了。

他又放出神念，观察方圆千里的情况。

凤凰山庄被血雾之海淹没，而这方圆千里之地，则被漆黑长夜覆盖。

或许更远处，乃至整个世间都是如此，但他神念有限，看不到了。

当务之急还是找到萧韶，至于能不能哄回来，另说。

林疏茫然地抱着刀在山庄穿行，可是血雾之浓，使他只能看清身边一尺范围的东西，如此找人无异于大海捞针——甚至有几次险些撞墙。

林疏对着血雾喊了几声"萧韶"，没有任何回应。

陷入绝望之际，无愧忽然颤了颤。

似乎是吸饱了血，这柄刀的血煞之气浓到了几乎要滴下来的程度，相比最初的那把无愧，已经有了巨大的变化。

果子也曾说，折竹可以变人，同悲可以变人，天底下所有的兵器都可以变人，但无愧，对不起，他一个果子都不会给无愧吃的，因为这刀杀伐太重，血气太浓，又是上古的神兵，会变成怎样残暴之人，可以想象。

但是此时，林疏顾不得这么多了，无愧实力增强，也就意味着刀的灵性增强，兵器和主人之间精魄相连，它或许能感知萧韶的位置。

他当即便问无愧："你知道他在何处吗？"

无愧又颤了颤。

似乎是知道。

林疏道："带我去。"

他当即便感受到手中无愧刀身出现一股牵引力，冥冥中引着他往某个方向去。

他照着无愧的指引前进，也不知绕了多少路，终于依稀认出了身边的景色。这地方他来过。

是大小姐的房间。

房间抽屉里塞着很多金银首饰、华丽衣裙。

庄主管教得严，山庄的女孩子们买了过于鲜艳的东西，不敢自己拿着，都是委托大小姐代为藏着。

房间的正厅，他看见萧韶。

他就走过去，继续喊名字、试心跳。

萧韶被他叨叨得不耐烦，又瞬移走了。

林疏继续找。

于凤凰山庄大殿再次捕捉鸡崽。

鸡崽再次瞬移。

于练刀厅再次捕捉。

再次逃走。

……

林疏已经不记得自己找了多少地方，简直是疲于奔命，而无愧想必也很累。这个萧韶也不杀自己，就那么看着自己，然后瞬移。

也不知过了多长时间，他再次找到萧韶，发现这地方，他很熟悉。

湖中，红莲摇曳。

是那间"婚房"外的景色，他按着无愧的指引，来到了湖心亭。

萧韶黑衣华丽，墨发半束，身形挺拔，气质高华的一个背影对着他，单看背影似乎萧索落寞。

林疏也没有别的法子，上前继续："萧韶？韶哥？哥？"
　　萧韶这次连看也不看他了，直接蹙了眉，然后面无表情地抓了林疏的肩膀。
　　森寒之气笼罩全身，林疏立刻感受到了濒临死亡的恐惧。
　　他还不能死，于是挣了挣："你不能杀我，我是你——"
　　话未说完，他就被萧韶往前带，动作极端粗暴，但并不是下手要杀。
　　林疏闭了嘴。
　　他被萧韶丢进了房间里。
　　哦，不是房间，是房间的床上。
　　林疏悚然，寻思着"那我看你也没忘什么，还不是又想吃我的灵力"。
　　但是下一刻，萧韶转身，走了。
　　走前，还关上了门。
　　林疏："？"
　　他都做好以身饲魔的准备了，这就走了？
　　鸡崽的逻辑，怪哉。
　　他从床上爬起来，走到门边，准备推开门，继续捕捉。
　　指尖即将碰到门框的那一刻，他陡然顿住了。
　　丝丝缕缕的黑气，从指尖开始，缠在了他的手上，继而如同一条藤蔓般，缠住了他的手臂和腰，还分出一根在他的脖子上缠了一圈，将他往回拽。
　　这气息明明白白，来自萧韶，而且很纯正，不同于血雾是由怨气凝成，这是萧韶自己的灵力。
　　既然来自萧韶，那就不是林疏的修为抵抗得了的。
　　果然，反抗失败。
　　林疏："？"
　　这架势是不让他出去了？

　　他被那灵气藤蔓按了回去。
　　按回之后，那些黑色藤蔓便消弭了，只是右手手腕上，缠了一圈黑色灵力，无论怎样都弄不下去。
　　林疏觉得不行。
　　他再次起身，这次还没等往门口去，就又被灵气缠住了，原来那灵气藤蔓并没有从他身上消失，而是隐在了衣下——虽说质地柔软，可以随意改变形状，像是锁链，但其坚韧至极，不可挣脱，简直是锁链。

萧韶和他捉迷藏,又把他扔进来,锁在屋里,到底是什么意思?这人又究竟存了几分清明?

林疏不得其解,却知道萧韶现在极端危险,说不得哪一刻就会维持不住人身,彻底化为怨气厉鬼。而依照往日的经验,唯一能让萧韶好一点的,就是他在身边。

他就盯着那灵力藤蔓的走向。

萧韶武学上的造诣自然是深厚的,灵力流转生生不息,难以寻到破绽。

林疏自忖,虽说萧韶因着有了怨气之力,能完全压制他,但若只是灵力,他在武学上的修养也未必就比萧韶低。

他当即仔细观察手腕上那道黑气的流动交替,过一刻钟,果然寻到破绽,猛地一道剑气斩了过去。

虚空仿佛激起涟漪,发出金石相撞之声,结果却不如林疏所想,那黑气只是被斩了一道豁口,并没有完全断裂。他想,这萧韶吸了凤凰残魄的力量,恐怕又有所提高。

思及此,他又想剑阁源远流长的数千年传承,未必便不如那只上古凤凰,当即默念心法,剑气、剑意齐出,一往无前,即刻将那黑气斩断。

没了束缚,他又拿起无愧,要无愧给自己引路。

无愧这次却没声息了。

林疏没别的办法,还是往门口走去。

却未想一步迈出,他猛地被一股大力再次按倒,几股比先前更加坚硬柔韧的灵力藤蔓,再次把他束缚在了床上。

而且,这次将他束缚在床上之后,这些诡异的东西也不消失了,就那么与这张红绸软幔的婚床融为一体,将他牢牢地制住。

分别有四条藤蔓束缚住了他的手脚,另有一条缠在腰间,还有一条细软些的,扼住了他的咽喉。

林疏不断尝试挣开,自觉将毕生的修为都用在了上面,也不过是让那些藤蔓上多了一些无足轻重的裂痕。

却招得那藤蔓在他身上愈缚愈紧,紧紧勒住一般——而且还在缓缓游走,而且因着在衣下,又是无形之物,外观上看不出。

若是别的东西,在他身上这样碰,他早就犯了过敏的症状,头昏欲呕,浑身僵硬,但这是萧韶的灵力和气息,简直和平时的萧韶本人无异。这一番挣动下来,他居然被这藤蔓逼得微微气喘。

林疏不敢再动一下,一时间恍惚起来,看着天花板上垂下的大红软纱,心想萧韶莫非要把自己困死在这里。

然而想着萧韶情况堪忧，他又觉得不能这样下去，便又运起功法去对抗藤蔓。

藤蔓陡然变本加厉，在他身上各处游走，他被完全束缚住，眼前都模糊了，根本聚不起灵力来与藤蔓抗争。

他便有些莫名的委屈，一边想着萧韶神色冷漠的一张脸，一边又想自己明明修了无情道，为何不能断绝一切知觉，好过被区区几株藤蔓折磨成这个样子。

委屈着，他又想起生死不知的萧韶，觉得心下一片茫然。

他使不上力气，死死抓住了手下的床单，闭上眼，假装自己是一条死鱼。

但是再怎么假装也没有用，藤蔓变本加厉收紧，使他微微窒息，他喘不过气来，难受至极。到后来，时间渐久，那一点被人欺负了的委屈也渐浓，倒是伤心得真心实意了。

但他是不可能不加以反抗的。

通过一点一点移动手指，他终于摸到了自己存放东西的锦囊。

神念一动，他将青铜骰拿出。

他要回青冥洞天考虑应对之法，决不能再在这间房中多待。

握住青铜骰，即将进入的那一刻，一股冰寒的力道将东西击落。

青铜骰落到了地上，因着这间房地面上铺着的是极厚的绒毯，连声音都没能发出。

林疏循着这灵力的方向看去，看见窗下高座上，黑雾丝丝缕缕缠绕，一个人影显现出来。

萧韶。

他坐在镂雕凤凰的华丽木椅上，抱臂看着自己，眼睫微垂。

还是那样冷漠的神色、空无一物的眼神，额际滑落一缕乌黑长发，消失在同样墨黑的长袍领口中。

这样的姿态何其高高在上，窗外的天是漆黑阴沉的，他身处半明半暗间，仿佛不属于人世，乃是修罗地狱之中、无边苦海之上冷漠暴虐的君王，垂眼看众生。

随着他的出现，林疏身上藤蔓的动作也发生改变，力度稍稍放松了一些，与此同时又渐渐消解，化作无数黑气，渗入他的身体。一股浊气在林疏体内流转，他眼前迷离一片，出现种种浮动的幻觉，又有无数声响在耳畔，有靡靡之音，有痛哭声，一刹那仿佛许多年，人间喜怒哀乐怨憎痴，俱在眼前。

可萧韶只是那样面无表情高高在上地看着，明明是这些藤蔓的主人，却仿佛一切与他无关。

林疏忽然明白了。

他还小时，师父教他清净，教他远红尘。

说五色令人目盲，六音令人耳聋，七情使人神失。①

因此，色泽鲜艳之物，靡靡美丽之音，无干之凡人，乃至酒色财气，全都不要去碰。

一旦沾染凡俗浊气，便是永堕红尘，永失大道，绝不可取。

他那时听得懵懂。

然后老头说："这些话的意思是，徒儿啊，你这明明白白的神魂、清清净净的六根，千万不能让那些个东西给弄脏了。"

脏了。

这话他也听萧韶说过。

萧韶说众生都是肮脏怨鬼，只有仙君干净。

只是那时的萧韶尚存一线理智，是要用仙君的干净来渡他自己。

现在的萧韶却不一样了，恐怕是注意到了这么一点干净，要去彻彻底底地弄脏。

而他没有什么可以被弄脏的地方。

仅余一个清净的神魂。

或许先前萧韶也没想去弄脏。

只是换位思考，在这人的眼中，这肮脏世界，出现一点白色，实在碍眼。

所以最开始自己找他，他就走了。

找到的次数多了，干脆锁在房里，与其白着碍眼，不若一并弄脏了。

所以不允许走，不允许出房间，甚至不允许离开这张床。

而他好整以暇，居高临下，只需释放些许灵力，甚至不必动一根手指。

行吧。

都给。

窗外没有日月，因此不知过了多久。

上一次在青冥洞天也是这样，但此次比上次更加混乱。萧韶是世间所有人的怨气化身，自然可以调动所有人的贪痴嗔怨，灌进他神魂里。

血污的灵力侵蚀着他的四肢百骸，幻象重重，光怪陆离，无法逃出，他整个人已经沉浮在起伏的惊涛骇浪中，不知今夕何夕。

---

① 引自《道德经》，引用时有改动，原句为："五色令人目盲，五音令人耳聋，五味令人口爽。"

若换成是凡人，恐怕早已魂飞魄散了。

但渡劫的境界，一则神魂强大，不易昏；二则身体有一些自行恢复的能力，这两个因素让他一直维持着清明，并由是周而复始被长久折磨。

林疏想，自己怕是已经麻木了。

人间种种，这是过于激烈的经历，他不想碰，也怕去碰，此刻却只能生生承受。

明白萧韶的意图后，虽怕，但也由他去。

说不定等自己彻底沉沦在这红尘欲海，萧韶满意了，就能听他说上几句话了。

可已经被作弄到了现在的地步，在生死间也不知走了多少个来回，还是神思清明——他眼看着萧韶的神色亦越发地冷了。

恐怕还是行不通。

终于，萧韶起身，朝他这边走来。

"婚房"里的红烛由鲛人百炼之油制出，长年不熄，他便看见影绰的雾幔中、摇曳的红烛后，走来一人。

依稀是熟悉的身形，却怎么都不敢认了。

萧韶的手指放在他右边脸颊上。

凉的，倒让他又清醒不少。

萧韶的动作冰冷机械，一如这人眼中的无情。

林疏看着，仿佛又回到当年，在萧韶身边当仓鼠的日子。

那时他心中惶恐，总避着饲主，然后再被捉回来。如今终是你情我愿、和平共处，却还是被丢下了。

先前泛在眼眶里的那一汪水便化成两行泪，忽然就止不住了。

他心想自己纵然在世间走了一遭，有了渡劫的修为，做了剑阁的阁主，原来本性还是一只惶惶然的仓鼠。

出息这种东西，原是从没有过的。

真心实意地落了这么两滴眼泪，倒是招来了萧韶。

萧韶的指尖触他眼下，拭掉泪迹。

林疏挣扎了一下，发现有萧韶站在这里，那些灵力藤蔓倒没有再对他严加束缚了。

他勉强用手臂撑着床，坐起身来，身子虚浮得很，晃了一晃，不得不抓住萧韶的衣襟来稳住。

林疏也不知自己被折磨了多久，魂魄与肉身几乎分离。

但林疏没有离开，而是就那样靠着萧韶，喘了几口气，并一手抓着他的右臂，脸贴近他的脖颈。

仿佛脱力的一个姿态，萧韶象征性地回扶了他。

藤蔓缓缓动着，林疏微颤，抓着萧韶右臂的手也愈来愈紧。

只是，萧韶受怨气影响，无情无义，林疏也知道再这样下去毫无意义。

他右手幽芒一闪，一柄长一尺半、通体漆黑、气息诡异的锐器便出现在手中。

当年他习得青冥魔君《寂灭》秘籍，凌凤箫按照其中记载，搜罗天下奇珍，制成三枚寂灭针，北夏境内用掉一根，叩青冥洞天大门时又用掉一根，还剩一根，却是要用在萧韶的身上。

他身上这一片清净，竟是怎么也无法弄脏，神魂上的折磨毫无意义，林疏自忖不能再这样受制于萧韶。

萧韶以怨气为根源，故而不死不灭，但他操控这灵力藤蔓，仍是用灵力。

恰好，寂灭针，废的就是灵力与灵力的根源。

这一针下去，就再没有那些可厌的藤蔓缠扰。

针尖对准萧韶的心脏，逐渐靠近。

许是萧韶没有发现，进行得颇为顺利。

而他拿着寂灭针，却在将触而未触萧韶胸膛的那一刻，顿住了。

他心下有些恍惚。

会疼吗？

他原本已不算是人，如今再失去灵力，会难过吗？

刹那间数个念头闪现，连自己都未细思，可体现在动作上，确凿是在那一刻，顿了一顿。

这一顿，他就知道，瞒不住萧韶了。

他仿佛一只被天敌盯住的小动物，缓缓抬起头，去看萧韶，然后做好准备迎接死亡。

看到萧韶神情的时候，他却又愣了一愣。

萧韶还是那样，看不出神色喜怒。

只是略垂了眼，微微抿了薄唇，烛光映着他的眼睫，投下影子。

他好像伤了心，林疏忽然想。

而明明看到了林疏的动作，他却没有阻止，倒像沉默的纵容。

前尘往事刹那间浮上心头，林疏记起萧韶说过的一句话。

说如今世上，只有两人可使他伤损。

其中一人是皇后，另一人……不言自明。

可以使他伤损，不是因为实力有多么强大，而是牵绊太深，若对方执意要伤他，他也只能生受了，无处可躲，亦不想躲。

而自己此时所行的……不正是伤损他之举吗？

皇后已伤他那样深，自己又怎能……

他不躲也不避，究竟是不是心中还存了一点清明，记得些许前尘往事？

林疏握住寂灭针的手指微微发颤，闭上眼，心想，林疏这人，就是这样没有出息。

这一针，是无论如何都刺不下去了。

他陡然失了力，甚至差点握不住寂灭针。

他缓缓放下手。

原先静止的藤蔓，又缓缓游移起来，幻象再起。

而他望着手中的寂灭针，鬼使神差地，拿起来，放在眼前看。

想着功亏一篑，他因着心中疼惜，还是没有刺到小凤凰。

他终究没有办法去伤害萧韶。

眼前，一望无际的汪洋尘世扑朔迷离，乱花迷人眼，神思却是真的清清明明。

忽地，他痴痴地笑了。

动作缓，却不容置疑。

他抬头，看萧韶。

萧韶也看着他，似乎怔了那么一瞬。

只这一瞬，他猛地使力，将寂灭针刺进了自己的心脏！

他脑海中刹那间雷霆轰响，惊觉这一幕与那镜子里的情形何其相似。

原来冥冥之中，命格果然是注定的吗？

寂灭者，虚无也。

这一针下去，往日的修为、灵力、道法，便尽数烟消云散了。

从小鸡鸣即起，夜半方歇，晨悟天地，夜感阴阳，周而复始，日复一日。水滴而石穿，聚沙以成塔，修得超拔修为、无双境界，重要吗？

很重要。

可又似乎不是那么重要了。

远红尘、近红尘、出红尘、入红尘，祖宗教诲、师友劝诫，喋喋不休。

剑阁的心法、精绝的剑招、无情的道途，若想清楚了，其实也无用。

借了寂灭针之力，自毁经脉，自废修为，自弃道心。胸口血流如注，但其实也没有什么痛楚，只是有什么东西在体内寂灭消弭，继而烟消云散、无影无踪。

冰雪气息，寒梅香气，忽然扑面而来。

前尘往事，贪嗔痴怨，蓦然浮上心头。

月夜里踏雪寻梅，灯火阑珊处，疏影横斜里，终是寻到那一枝。

他伸手，抚上萧韶的脸侧。

他在学宫里，曾听佛修诵经，说："无挂碍故，无有恐怖。"①

今日之林疏，对着眼前萧韶，无边幻象，如何心无挂碍？想必早已意动而神失，沦于颠倒梦想，继而永堕红尘，与那纷扰肮脏的世间融为一体。

萧韶倒像是有些无措了，空洞冷漠的一双眼睛里，似乎流露迷茫。

林疏用指尖碰了碰他的眼睛，看他什么都记不起来的空茫神色，一时觉得可爱，想哄一哄，便笑。他笑罢，心中却又是疼痛酸涩，不可抑止，眼泪落了下来。

落着泪，他用余光看见床头红烛摇曳不定，伶仃飞蛾兀自扑火，竟又轻而淡地笑了。

体内空空落落，经脉碎得漂亮，再也拼不起来，灵力一丝也无，想自己辗转世间，叩问大道，修二十余载，几经起落，最后修成一具肉体凡胎。

乡人粗鄙之语，说常在河边走，哪有不湿鞋，也有道理。万丈的红尘，偌大的世间，他就这样栽了。

但他也认栽了。

"你不醒吗？"他拍怕萧韶的额头，低低地道，"我……回来陪你玩了，你还……不醒吗？"

他喉头涌出一股腥甜的血，又生生咽了下去，但终究还是没有止住那一声闷哼。

眼前猛地发黑。

但这只是一个开始，下一刻，四肢百骸，全身上下仿佛有数以万计的一尺长、无比锋利的细针扎进去，然后狠狠搅动。

他浑身都抖了起来。

被藤蔓缠住的时候，他也在抖，但这次不同——是出于极致的痛苦。

林疏反射性地紧紧抓住萧韶的衣襟，脑海里只有一个念头。

——寂灭针，不只是青冥魔君耗费毕生之力研究出来的独门武器，还是他准备用来折磨多年宿敌月华仙君的东西，怎么可能会手下留情？不仅不会在如何减

---

① 引自《般若波罗蜜多心经》。

免痛苦上下功夫，而且会专研如何让痛苦更加剧烈，让人生不如死。

寂灭针所需的材料，那么多带剧毒的圣物，恐怕有一半是为了让人疼的。

多余的，他已经想不出了，他的身体蜷了起来，似乎被切成无数碎块摊在烈火上炙烤，下一刻又被扔进万丈寒渊，再下一刻又变了新的疼法……浑身的痛苦似乎超过了世间一切疼痛的总和，也不知过了多久，他终于脑中一空，昏死过去。

他彻底失去意识前，感觉到萧韶抓住自己手臂的那只手似乎在微微颤动——究竟有没有抖，他不知道，太疼了。

而昏过去之后，也没有好到哪里去，噩梦纷至沓来，种种奇怪的梦境，一会儿身游十八层地狱，听恶鬼的诡谲怪笑，一时又陷入尸山血海，无法呼吸，绝不是正常的梦境，而是有幻象的影响，并不亚于萧韶在他神魂上施加的那些东西。

林疏想，他的便宜师父对月华仙君还真是恨之入骨——却被他这个徒弟体验了一番。

他将魔君腹诽一番，又撑过诸多诡奇可怖、光怪陆离的梦境，终于感到自己现实中头痛欲裂，抓住那一线天光，醒转过来。

睁开眼，身上倒是不疼了，只是头晕目眩，好一会儿才看清眼前的东西。

他躺在床上，身上盖了被子，唇齿间有丹药的芬芳。

这黑鸡崽看样子尚存一分良心。

想到黑鸡崽，林疏抬头。

然后对上黑鸡崽的目光。

萧韶就站在他床头，对上目光后，不闪也不避，伸手按了一丸丹药进他嘴里。

林疏吃了，觉得身上又松快了几分。

他坐起来，拥着锦被，打量萧韶的眉目。

——那熟悉的、华美又冷冽的五官，他明明习惯了，此时竟有恍如隔世之感。

这一眼，大小姐、表哥、萧韶、学宫里、北夏境内、皇城中……前尘旧事扑面而来。

他一向规律跳动的心脏，陡然快了几分。

而眼前房间，虽因为天空漆黑而昏暗，却比修无情道时，色彩鲜活了千百倍。红烛摇曳，灯光温暖，四周墙壁饰着薄纱红绸，闪着细细的金色光泽。

与长明之烛火一起终年不熄的，还有房中的地龙。

以前无甚知觉，现在才知道这房间的打造实在是精心至极。

那时萧韶说这是他花了好几年陆陆续续铺设好的。

林疏没什么可挑剔的。

只能挑剔房间里的这个人了。

他看萧韶。

萧韶看他。

还是不大像以前的萧韶,但像个人了。

林疏:"萧韶?"

萧韶歪了歪脑袋,似乎在说:"?"

林疏:"你是萧韶吗?"

萧韶淡淡地道:"不知。"

林疏:"你是萧韶。"

萧韶:"哦。"

林疏:"我是林疏。"

萧韶:"知道。"

林疏:"什么时候知道的?"

萧韶:"你未醒之时。"

林疏:"怎么知道的?"

萧韶:"知道便知道了。"

林疏:"那我与你是什么关系?"

萧韶:"你是我的人。"

林疏想了想,也对。

林疏:"如何得知?"

萧韶仍是那样立在床边,面无表情,冷冷淡淡地道:"你昏了。"

林疏:"然后?"

萧韶:"你很疼。"

林疏:"再然后?"

萧韶:"我心口剧痛,依稀想起一些。"

不知怎的,他说自己心口疼,林疏听了,心口也有点疼了。

林疏道:"你过来。"

萧韶就过来了。

林疏拉了拉他的手腕:"还记得什么?"

萧韶:"不知。"

这么一戳一蹦跶,一问一答,倒让林疏笑了一下。

萧韶面无表情："你笑什么？"

林疏："无事。"

虽说着无事，但他还是有点想笑，就继续道："以前你也是这样待我的。"

萧韶："哦。"

林疏用目光描摹他的脸，先是他形状漂亮的眉峰，再往后，尾端微微斜了一点儿，若飞若扬，在大小姐的脸上，就是盛气凌人的美艳，在萧韶的脸上，便是略微锋利的俊美。

接着是睫毛、高挺的鼻梁与凉而软的薄唇。

人是真的，好看也是真的。

他忽然扣住萧韶，把脸埋在他肩上。

然后一言不发、一动不动地，把萧韶的肩膀哭湿了。

林疏也不知道，自己哪里来这么多眼泪要流，也不是因为受了委屈，纯粹是因为萧韶。

萧韶："不哭了。"

林疏闷闷地"嗯"了一声，但还是控制不住。

萧韶："不疼了。"

林疏："没疼。"

"那你在哭什么？"萧韶似乎不解，"我先前欺负了你，然后你要用使我心脏疼痛来报复吗？"

林疏："……"

他用萧韶的衣服把眼泪擦干，然后抬起头来——幸好只是流眼泪，没有太失态。

"没有报复，"他声音还哑着，对萧韶低声道，"只是想……你这些年受了许多的苦，我却为自己的修为，一直走无情道。你已真心待我，我却没有真心待你，让你受了许多委屈，自觉……负你良多。"

萧韶看着他，似乎在想什么，过一会儿道："未觉你负我。"

林疏："是你忘了。"

"我即使忘记，难道心中没数吗？"萧韶语气不悦，"即使记起，你也未曾负我。"

林疏："好吧。"

他先前虽被那个毫无人性的萧韶折腾了许久，多有腹诽，但，总觉得萧韶既然没有彻底化身天地怨气，就还有一份神志存着。

而且……以萧韶的为人，大约也并不会就此彻底失智。

所以，或许不是萧韶醒不了，而是他喊不醒。

为什么喊不醒呢？

萧韶要弄脏林疏。

那林疏就让他弄脏。

神魂始终不被沾染，那就废了无情道，重回凡人身。

满足愿望之后，这人大概就会稍稍平静，他也有余地去思考下一步对策。

未曾想到，让萧韶清醒了一些的，却是他的疼。

他们两个相视无言。

林疏仔细思考应该挑起什么话题，用语言的交流来唤起萧韶的记忆。

又想起以前他面无表情、一言不发的时候，大小姐是怎么哄他的。

思考完毕，他觉得应该从这人感兴趣的领域下手。

他最后道："你记得那个……唇脂吗？"

萧韶："什么？"

话题结束。

林疏："那……无愧？"

萧韶："不知。"

话题结束。

林疏："那……萧灵阳？"

萧韶蹙眉："什么东西？"

行吧。

林疏继续思考。

无法思考。

萧韶又开始试图用自己的灵力去接触他的经脉了。

林疏："不可。"

萧韶："可。"

林疏："不妥。"

萧韶："妥。"

林疏被此鸦之黑震惊了。

萧韶开始面无表情地研究他的经脉。

林疏觉得他没有活路了。

废掉无情道之后，感官又敏锐了许多。

导致一碰到萧韶的灵力，他就疯狂想逃，然后被按住。

萧韶研究了一会儿："我有些熟悉。"

林疏："……"

下一刻，他陡然一惊。

细小的藤蔓，又缠上了他的四肢。

林疏："藤蔓不可以。"

萧韶："先前可以的。"

林疏："以后都不可以。"

萧韶："那我可以？"

林疏道："姑且可以。"

萧韶撤了藤蔓，灵力在他身体里游走了一番。

这尚可忍受，一想起那诡异的幻象藤蔓，林疏就头皮发麻。

这一出神，就导致了萧韶的不满："你在想什么？"

林疏脑中一片迷离白光，连气都喘不过来，自然没有理他。

萧韶于是变本加厉。

过分就过分吧。

谅你的灵力总比藤蔓善良些。

又折腾了一番，萧韶终于消停，林疏此时只想手刃鸡崽。

"我似乎想起一些，"萧韶道，"想与仙君归隐山林，再……"

林疏听他语气："？"

因为想起了一些，所以你想要表扬？

你先前做的是人事吗？居然试图得到表扬？

他有气无力："再怎样？"

萧韶慢慢地道："我还想要个女儿。"

话音落下，林疏忽然顿住了。

林疏："……"

他转身，与萧韶四目相对。

萧韶："……"

两相对望。

久久无言。

也不知这令人沉默的气氛持续了多久，终于听萧韶开口，语气颇为艰难："……盈盈呢？"

林疏一言不发，把枕头拍在了他脸上，又把自己紧紧裹进被窝，不再理睬萧韶。

萧韶隔着被子说些什么"仙君""疏儿""我知错了""我以后不欺负你"云云。

林疏直到差不多能控制住自己的情绪了，才从被子里出来，语气恶劣："我来寻你前已给盈盈与果子传了信，让他们留在皇宫，不许来山庄。"

萧韶眼眶有点红，道："仙君……"

林疏心中百感交集，本想拍拍他的背以示安抚，却未想忽然咯了一口鲜血出来。

血是红的，但缠绕着丝丝缕缕不祥的黑色。

他看见萧韶蹙了眉。

林疏也蹙了蹙眉。

他并没有受什么伤，寂灭针只是碎了他的经脉，并没有在他体内留下足以令人吐血的暗伤。

而萧韶至多是留下了一些皮肉伤——实际上连"伤"字都称不上。

但萧韶的表情说明，他知道是怎么回事。

林疏被他裹了外袍，试了试额头温度，又被探查经脉神魂。

萧韶道："你伤在神魂，是我的缘故。"

林疏："嗯？"

"我非凡人之躯，先前失控，已经回不到原来的状态，"萧韶道，"故而我周身全是天地煞气；而你是凡人之躯，只要待在我身边，魂魄便会有所损伤……即使有修为也无用，暂缓罢了。"

萧韶离他远了些，目光沉沉，不知在想什么。

林疏："无法解吗？"

萧韶："无法。"

林疏想了想，问："那……能撑多久？"

萧韶沉吟一会儿，道："大约三天。"

三天？

林疏觉得有些迷茫。

他又问："那……要离你多远，才不会死？"

萧韶给出了一个数字："五丈。"

五丈？

林疏更迷茫了。

那和永不见面有什么区别？

他缓缓蠕动到萧韶身边。

萧韶又要远离。

林疏："也不急在这一时。"

萧韶似乎被说动，过一会儿，蹙着的眉似乎松开了，道："或许有办法。"

林疏："嗯？"

萧韶把他扶起来："带你去个地方。"

林疏就被他带出去了。

他被折腾了那么久，浑身没有力气，站不稳，全程靠着萧韶，感觉倒也舒服。

——他从小不和任何人近距离接触，被碰一下就要反胃半天，因而他很不解，街头巷尾那些毛茸茸的小猫，为什么喜欢蜷在一起玩，现在倒是理解了几分。

萧韶带着他穿行于血雾之中，半路上，忍不住说了一句："你好乖。"

林疏原本很乖觉顺从地靠着他，听到这句话，就有点不大乐意。

他道："乖又没有用。"

萧韶低低地笑："怎么说？"

林疏也不知道自己哪来的一点儿委屈："我站你面前，说了许多，也不见你想起什么，一提盈盈，你便全想起来了。"

话一说出，他就有点后悔，怎么想都觉得方才的发言透着一股子恃宠而骄、骄横无礼的气息。

"你怎能凭空冤枉我？"萧韶竟还委屈上了。

林疏等着听他如何狡辩。

"林疏是谁，我早已想起来了，只是尘世之事还不记得。"萧韶语声很温柔，"你是我志同道合之人，与其余一切凡俗琐事都无甚干系，无须如何唤醒便渐渐想起来了，而你提到盈盈，我才想起世间其余的牵挂。"

这"鸦言鸦语"说得也当真动听。

只是林疏被藤蔓折腾过一遭，早已领教了此鸦的狡猾，断不会轻易被感动得痛哭流涕。

就听萧韶道："我要快些解决怨气对你情绪的影响，不然过一会儿还不知要被你挑剔什么。"

林疏就笑。

萧韶见他笑，怔了怔，说："我……"

"我"了一会儿，却没下文了。

这凤凰哪里有过这样欲言又止的时候，林疏颇好奇："嗯？"

萧韶珍而重之地看着他，是极心疼的光景："能见你展颜一笑，我也算此生无憾……只是你因我而废去无情道，受撕心裂肺之痛，我不知该如何……"

萧韶话未说完，却被林疏打断了："其实无妨。"

他嗓子是哑的，说话时也使不上力气，因此声音轻，又慢吞吞的，还带着软乎乎的鼻音，连自己都不好意思去听了。

但该说的话还是要说，因此他继续道："反正在世人眼中……林疏不过是大小姐饲养的小仓鼠，小仓鼠，也不需要有多么高的修为。"

萧韶轻轻笑，但眼中神情还是很复杂，林疏推了推他："是你无事生非，走路要紧。"

萧韶"啧"了一声，道："这怨气也有好处，你竟会顶嘴了。"

语气简直像个慈爱的老父亲。

林疏有些懊恼，心说自己居然也有这么凶的时候，不妥。

当下不再说话，萧韶带着他在凤凰山庄的亭台楼阁间飞跃，最后在一个气机浩瀚的大阵中以特定步伐穿梭，走进了一条幽深的地下走廊，迷宫一般七拐八绕后，在一堵墙的小凹洞前停下。

林疏打量了一下这凹洞的形状，自觉地把先前萧韶给他的凤凰令拿出。凤凰令严丝合缝地嵌入凹洞，墙壁轰然开裂，一个地下藏宝阁出现。

萧韶带他深入其中，道："这是山庄的秘库，有上古之法守护，号称世上最安全之处。"

正说着，萧韶停在一处多宝格前，拿起一瓶丹药。丹药瓶身书写几个字，却与寻常丹药的命名方式不同，乃是一对颇有感伤之意的短句，"恍如隔世梦，何处觅芳踪"。

"觅芳踪……"林疏念着这三个字，想起丹药课上真人讲过的一则逸事。

说是某某丹君与某某仙子相爱甚深，奈何仙子因意外魂飞魄散，丹君倾毕生之力研究聚魂之法，成一炉可夺天地造化的奇丹，命名为"觅芳踪"。他将大半炉丹药化为丹水，喂给爱妻的尸首，试图重聚道侣魂魄——可灰飞烟灭之人，魂魄哪里寻得？爱妻魂魄一丝动静也没有，丹君凄怆之下，竟气绝身亡。倒是这炉丹药还剩下成色不好的几颗，成了名垂仙史、天下独一无二的稳固魂魄的圣药，却没想到在凤凰山庄的手中。

萧韶倒了一枚药送进他口中，丹药化开，林疏果然感觉周身为之一清，吐血后的虚弱感也立即消失了。

"一丸丹药大约能奏效一月。"萧韶说着，将那些珍珠一样的丹药倒在手中，数了数，一共五枚。

加上林疏已吃的一丸，也就是说，能缓半年。

"我拜托丹道前辈再去制药。"萧韶对林疏道。

林疏点了点头。

但他也明白，魂魄散易聚难、伤易愈难，泱泱仙道数千年也只有这么一炉能稳固魂魄的丹药，再得岂会容易？

但朝露由来易散，人生一向苦短，过得一日是一日罢了。

正要回转，他却停住了目光，扯了扯萧韶的衣襟。

萧韶转头看。

但见高阁之上，气机强大深厚、变幻莫测，遥遥看去，竟然是几本书册的影子——其中一本是《凤凰刀》。

林疏微微蹙眉，想起了自己的那几本秘籍。

他将它们取出，又登上顶层，将凤凰山庄的几本拿出。

《春山剑》之类，是大巫给林疏的三本，而《凤凰刀》乃凤凰家的绝世秘籍。另外三本，却着实让林疏不解了。

《万物在我》《幻也真》《鲸饮吞海》……这分明是如梦堂、幻海楼和横练宗的三本绝世秘籍！

为何在此处？

而这样看来，八本秘籍，如今已经有了其中之七，只差一本《长相思》。

萧韶蹙眉沉思许久，道："母亲提到一句，如梦堂秘籍失窃后，仙道门派人人自危，与山庄交好之幻海楼托山庄暂为保管秘籍。"

算算日子，七月初天火最盛，可以将身负天地气运的秘籍烧毁，但近日又是战争，又是凤凰山庄惊变，竟生生将时机蹉跎过了。

但见萧韶将秘籍收起，道："还需从长计议。"

林疏点了点头："嗯。"

随后，他又想，八本秘籍，已经见过了七本。

他想起那天公子说过的话，与剑阁鹤长老所说的对照，拼凑出了当年的真相——剑阁遭遇大魔攻击时那位在雪山深渊中出现的无名前辈，实际是上界与剑阁有渊源之人，解决大魔之后，他便带走了《长相思》，意在使八本秘籍从此不能集齐。

可是，世上真有《长相思》。因为他学了，他对上面的一字一句清清楚楚。

这到底是怎么一回事？难道有两本一模一样的秘籍吗？桃源君又究竟是何人？这桩悬案，自始至终都无法得解。

萧韶听他说了疑惑，说桃源君那般人物，即使没有飞升，也不可能横死，若有缘，必定能相见。

林疏又问他桃源君的外貌特征。

萧韶说自己那时太小，五官记不得了，桃源君总着一身青衣，其人气质清隽温柔，不染纤尘，恍若天上谪仙，却又世情通透，仿佛见遍红尘，总之无法用言语来形容。而他那时候病重，无法出门，心思郁郁，桃源君便在床前陪他，温声给他讲世间的名山大川、四海的奇闻逸事……

这一连串的溢美之词听下来，林疏头昏脑涨。

萧韶笑道："有这么好的师父，我都要嫉妒了。你却全忘了，现在还昏昏欲睡，实在没有良心。"

林疏心说自己实在是无从忆起。

但他也是真的困了，真的。

他，一个凡人，实在招架不住萧韶的折腾。

萧韶显然也知道自己先前做下的事情多么不是人，将他扶回房后，便妥善安置在被子里，道："睡吧。"

林疏几乎是立刻就昏迷了过去，昏迷前最后一刻，看见萧韶的目光越过自己，看向窗外漆黑的天空。

是了，萧韶虽恢复了神志，可那些释放在外的怨气戾气，是再收不回来的，方圆千里一片漆黑晦暗，不知又当如何收场。

随后的日子十分悠闲。

没有王朝，没有山庄，没有任何凡尘琐事，萧韶本性毕露。

林疏给在打盹的萧韶垫一个枕头，心说：原先以为你是只勤奋刻苦的河豚，没想到，一旦没有约束，也是条不折不扣的咸鱼。

彻底化身咸鱼的萧韶这些日子除了找他渡灵，其余时间都在玩耍和睡觉。

哦，还有一件，督促他学习《寂灭》。

林疏在其督促下，俨然可以入门了。

但他勤奋学习的时候，萧韶在做什么？

在他身边睡觉，或是看一些毫无意义的话本、民间传闻和地方志异，什么千年狐狸与书生的爱恨痴缠，什么某某大匪屠杀数千无辜百姓，招致天谴，五雷轰顶云云。

如此这般过了半个月，林疏开始给一些古旧的剑法典籍写注解，他虽没了修为，但悟性还在，写起来倒也得心应手。萧韶总算有了事情做，那就是陪他写，一同探讨疑惑，或是查阅典籍。

这一天，萧韶突发奇想，道："仙君，你天资如此卓绝，按照记忆，加上你的领悟，默写一本《长相思》，说不定也能引动天地气机，再造出一本《长相思》。"

林疏心知自己的水平，尚没有把最后一招融会贯通，谈何重现绝世秘籍。

还没来得及说话，就见萧韶似乎又有点郁郁，说："你原该是云中的仙君，因我的拖累，却又变回一介凡人，我始终无法原谅自己。"

"当年我经脉闭塞，也是因你才能恢复，也算因果相偿。"林疏望着桌上的红烛，淡淡地道，"更何况，你又怎知……"

萧韶："嗯？"

"你又怎知……"林疏声音放轻了，仿佛在说给他听，又仿佛在说给自己听，"做一寻常凡人，非我所愿呢？"

说罢这话，他自己也惘然了。

修了一辈子仙，若说想求什么，也真的没有，无非从小便修，长大也就顺理成章修了。

做这红尘中一介凡人，似乎未尝不可。

林疏看萧韶的眼神。

那么深浓的在意，一眼就知道。

萧韶……是很好的人，无论是其外表，还是为人。

这么好的人，竟然会这么在意他，那他……是否也不算很糟糕？

如果现在的自己，回到小时候，是不是也能和别人好好相处，能……做一回他曾经在角落里暗暗羡慕的，那样的人？

他恍然知道，自己已经不怕人了，说话也不再僵硬了，昔日难以回首的那些事情、不堪的情绪，竟好似随风散去，再掀不起心中波澜了。

是因为遇到了萧韶吗？

他望着萧韶，竟渐渐有些痴了，并在那一刻觉得，就这样与这人待在一处，在此处消磨时光，也是好的。

萧韶问他在想什么。

林疏揉了揉眼睛，没说话，靠在一旁。

萧韶接过笔替他写注释。

林疏突然神念一动，听见师兄声嘶力竭的呼喊："师弟，师弟！"

他惊觉自己因着变了凡人，神魂强度下降，也不知师兄到底喊了多久，花了多大的力气，才终于让他听到了。

他的意念沉入青冥洞天。

师兄哭号："师弟，你终于来了！这镜子疯了！它要出去！整座大殿几乎要被它撞破！"

林疏："……"

他从师兄手中接过颤动不已的镜子，将它带出去。

一出去，镜子便乖了。

林疏左右端详，看见镜子背后的裂缝又多了数道，是快要彻底裂开的光景。

但他和萧韶谁都解不开这镜子的疑团，做不了什么，只能再照一下。

林疏被戳心口那段已经过了，萧韶的血也应验了。林疏拿过镜子，想看看这次又会照出什么幺蛾子。

看到正面的一刹那，他仿佛整个人被镜子吸进去。

是一片如海的桃花林，和风吹拂，桃花纷纷而落，落了他满身。

他看眼前有路，便沿着覆满花瓣，也长着青苔的石板小径一直走入桃林深处。

接着他看见一个青衣的背影。

这衣服是凡间的式样，雨过天晴，很温柔清淡的一种颜色。这人乌发随意地半束，插了一支式样简单的流云木簪，整个人仿佛很沉静和放松，总体着装像个凡间的闲散游客。

他想看正面，却转不过去，只能看到那个漫山落花中孑然独立的背影。

收回神念，萧韶问他，他说似乎见着了桃源君，萧韶道："那你们确实有缘。"

林疏问他看见了什么，萧韶但笑不言，只说，并非违愿之事。

那就还好。

两人仍旧过"咸鱼"的生活。

其实，有时候，过于"咸鱼"，也会让人有点乏。

这天的早上，萧韶对他道："仙君，已经在山庄待了一月，我们出去玩吗？"

林疏："去哪里？"

萧韶缓缓拭着手中无愧刀，勾唇道："为仙为儒为王，皆非我所愿。往日因此做下许多不愿做之事，如今了无牵挂，欲再入江湖，做一快意恩仇之浪荡游侠——杀往日不能杀之人，平往日不能平之事，仙君可允？"

他说这话时，微微扬了好看的眉，清风朗月，少年意气，刹那间重回眉梢眼角。

林疏看着他，便想起昔年与表哥游历江湖，那时萧韶，亦是这般张扬不驯，风流从容，意态何其磊落潇洒。

红尘如梦，几经波折变故，恍然竟已是数年前的事情了。

林疏当即便笑了笑,道:"自然。"

"江湖多风波,多色鬼,多贼人,"萧韶靠近他,在他耳边道,"仙君,你可要跪好在下。"

林疏歪了歪脑袋,思忖一会儿,最后拿出许久不用的冰弦琴。

"那我仍给你弹琴吧。"

第九章

浮生若梦

颍川，临郊县。

城外十里，有个百年老庙。

夜黑风高，萧韶踹开破旧木门。

林疏抱琴跟在后面，进去了，见三座神像，不知是什么。

他想起萧韶之前看过的那些话本子，道："说是江湖游侠，于山野破庙借宿，皆要拜过神佛，你也要拜吗？"

萧韶浑不在意地拔了刀："我何苦要信神佛？"

说罢，他勾了勾唇："若是给你刻一玉像，供奉庙中，我却要心甘情愿去早晚参拜了。"

林疏拨了一下琴弦，只是轻轻一笑，没说话。

打定主意出山游历后，这琴被他和萧韶改了，质地轻薄不少，他作为一个没有功力的凡人随身带着，也毫不费力，或站或坐，或平放或斜抱，皆可以弹出来。

琴音的余韵里，萧韶手中刀光陡然暴起，直劈向中央最大的神像！

中空的神像轰然倒塌，露出一个黑魆魆的洞口。

不多时，萧韶便带着林疏直入了横行颍川十数年的恶匪老巢。

那满脸横肉的老大两股颤颤："侠士、侠士饶命！"

萧韶坐在原本属于这匪首的高座上，漫不经心，吹了一口刀刃，仿佛嫌弃这不见光的地洞脏污了他的宝刀。

然后他微微挑眉："临郊霍家庄一百二十三口人命，颍川府三千两库银，江津渡靳家漕帮灭门……你认是不认？"

"这……"匪首不住磕头，"侠士，您明鉴，这天降永夜，民不聊生，我与兄弟们也都是上有老、下有小，迫于生计，这……"

萧韶看着他，低低一笑。

萧韶笑得很温和，但显然，在匪首老大眼里，就是催命鬼的笑容。

"哦？"萧韶道，"我却不知，这漫漫永夜，是十年前就降了。"

当即不再赘言,无愧刀出鞘,一式"天意如刀"横荡整个匪窝,数百人头,刹那落地。

夜黑风高,这人又把大当家、二当家、三当家三颗人头,挂在临郊县城门楼上,待天稍亮,即会全县皆知。

这窝恶匪十几年前做下那些伤天害理之事,确实死不足惜,城中百姓恐怕要拍手称快。

萧韶拿朱红的笔,在三颗人头悬挂处,写了数个大字。

　　凉州无归客,杀龙鲸帮上下共四百八十三人,庚戌年八月初七。

血红的颜色,触目惊心,一如他墨黑华服上妖冶的红纹,血红色,妖得触目,也煞得惊心。

古人有诗云"事了拂衣去,深藏功与名"①,萧韶却没有深藏功与名,反而把事迹广而告之,倒像是让天下人都知晓这个"凉州无归客"。

林疏权当是萧韶以前身不由己,有点意难平,现在触底反弹,又兼前段日子话本看多了,故而突发"中二",林疏甚至觉得他有点可爱,弹首清心的曲子,使他不要沉迷杀戮后,也就由他去了。

道侣已经二十三四岁,突发"中二",他能怎么办?

——除了惯着也没有别的办法。

写完字,当即便缓缓行去。

邻县更繁华一些,有凤凰山庄的客栈、酒楼、钱庄等。

当时惊变,皇后野心败露,凤凰山庄本庄的弟子无一存活,只这些没有修仙天赋,在山庄名下铺子里经营的女子没有出事,故而铺子都照常经营着。林疏持有凤凰令,便相当于山庄的半个主人。

二人在客栈雅间歇下。

雅间临窗,映着外面黑沉沉的天空。

不算是漆黑,但也相差无几。

当年林疏来到这个世界,是在闽州城外的鬼村中,鬼村为妖氛怨气所笼罩,不见天日,因而庄稼羸弱,牲畜骨瘦如柴,村民只能艰难度日。

而现在的整个天下,与那时的鬼村,何其相似!

---

① 引自唐代李白的《侠客行》。

幸而萧韶没有完全失去神志,天地间只是晦暗不明,并没有怨鬼滋生,不然,传说中"万鬼横行之世",恐怕已经到来了。

林疏看向望着窗外出神的萧韶。

眼下的境况,并非他的过错,是皇后筹谋凤凰复活,以山庄女子与萧韶为祭祀,最终未成,萧韶失控,才酿成了如今这弥天大祸。

但林疏知道,萧韶心中,是不会这样为自己开脱的。

他亦无法劝慰,只能弹奏舒缓清澈之曲,以抚萧韶心怀。

过一会儿,萧韶招来此间客栈的掌柜,询问这些时日来,天下的变故。

掌柜便事无巨细地讲了。

那日天降永夜,事情终究还是瞒不住,只是真相又过于晦涩曲折,传到天下人耳中,再被说书先生一番演义,已然变了模样。说是这皇后看起来母仪天下,实际欲壑难填,为获得万世权柄,她献祭了自己的亲女儿凤阳公主,复活上古凤凰,没想到过程中出了问题,神兽凤凰没有复活,最终复活的乃是一只从十八层修罗地狱中归来的邪凤。这邪凤乃天地间最可怕、最凶煞的魔物,身具无边法力,故而一现世,世间便迎来万古长夜,凤凰山庄亦沦为血海地狱。如今长夜难明,草木不生,平头百姓,只能活一日是一日。

萧韶:"倒也合情合理。"

又说南夏和北夏合一,西疆亦俯首投降,最后是南夏的太子登上皇位,先大赦了天下,又削减了赋税,百姓十分爱戴。

萧韶:"也算有些出息。"

便没了,这天下的事情,大都是琐事。

掌柜退下,林疏自发在萧韶旁边坐下。

萧韶道:"怨气蔽天,长夜难明,终究是我致使的祸事。"

林疏道:"当年我在鬼城中,也是这般,十余载间,虽然艰难,但仍可支撑……世间还有许多高深道法。十余年间,我们必定能够找到解决之法。"

"再不济……"他想了想,继续道,"仙界和凡间虽然有屏障,但仙人每十年能以幻身出现在凡间一次,到那时,我们问青冥魔君或那位幻荡山主人,定然可以解决的。"

交谈罢,林疏想起今天弹琴时有一处不妥的地方,便拿了琴又弹一遍给萧韶听。

萧韶听罢,道:"三月时清溪发于山间,清凉明澈,你性子安静出尘,自然合适,但曲子后半段,夹岸桃花蘸水,落花随水流去,不再复回,须有一味'伤春'之意,往日修无情道时,你自然不会,现在却可以悟到了。"

林疏依他所说，再奏一遍，果然比上次顺畅许多，萧韶也道："现下便对了。"
林疏趁着有所领悟，又弹几遍，萧韶则拿出一管竹箫与他相和。
当下心念便沉入曲中，仿佛当真在葱翠山间，沿清溪行走，流连而忘返。
一曲毕，林疏看着萧韶手中那管竹箫，想起似乎许久未见萧韶用它了。
自然便想起当年学宫之中，大小姐最爱月下吹箫，且最常奏古曲《西北有高楼》，曲子是：

　　西北有高楼，上与浮云齐。
　　上有弦歌声，音响一何悲。
　　一弹再三叹，慷慨有余哀。
　　不惜歌者苦，但伤知音稀。

见他提起那曲子，萧韶只是笑。
笑罢，他道："那时我心绪不畅，常自伤身世，而世上又无知我之人，自然喜欢那首曲子。"
然后道："而如今，了无牵挂，知音之人，又长伴我身侧，便久不奏那首曲子了。"
林疏就很好奇："我算你的知音吗？"
"不然？"萧韶道，"我难道只因为你乖，才和你一起吗？"
林疏："难道不是吗？"
萧韶："？"
林疏慢吞吞地道："因为我听话，又不惹麻烦，脑子不是很好使，但又比萧灵阳好使一些，你想做什么，亦不拦着你……"
萧韶挑眉："你还真把自己当小仓鼠了？"
林疏："并不，但……"
萧韶道："非也。"
林疏还想提出论据，但萧韶没给他这个机会，当即就制止了他。
此后的日子，他们游于天下四海，萧韶果真如他所说那样，杀以往不能杀之人，平以往不能平之事，而杀人之后，又会如先前一般，留下消息。

　　凉州无归客，杀江州府波月山庄二百七十六人，庚戌年八月初九。
　　凉州无归客，杀锦官城大司徒郭正卿并党羽、小厮、侍卫一百四十二人，庚戌年八月十二。

  凉州无归客，杀哈奢城魔巫四十七人，庚戌年八月十六。

  ……

  他所杀的人，类型很多。

  啸聚山林的匪盗、来无影去无踪的盗贼、鱼肉乡里的士绅、肆意弄权的朝臣，乃至走入邪道的门派中人、心术不正的巫师。

  林疏先前还数着人数，到后来，数目愈来愈大，干脆不数了。

  血淋淋的字迹，铁画银钩，背后是血流成河、白骨如山，使闻者战战、见者惊心。

  "凉州无归客"之名，很快传遍天下。

  因着他所杀之人皆有不小的罪行，铲除之后，一方百姓都感恩戴德，故而人人称颂，甚至编成童谣，在街头巷尾传颂。而那些先前犯下累累恶行之徒，更是成日心惊胆战，收敛了许多。

  ——有这位无归客拔除民间毒瘤蠹虫，加之新帝赦天下、减赋税，一时间，虽天地仍在晦暗昏沉中，民间却竟有河清海晏的气象了。

  只是三个月之后，坊间流传的言论，有了新的变化。

  说这"凉州无归客"，铲除恶人是真，杀人如麻、毫无人性也是真，杀数百人只在眨眼之间，如何让人不害怕？此人手下血债累累，若他杀完了罪大恶极之人，少不得便要找轻罪之人，继而发展到无罪清白之人……此人暴戾恣睢、杀戮成性，若放任下去，长此以往，恐怕是天下之祸。

  ——再加上如今这万古长夜，民生也不知还能支撑几年，天下危矣！

  也有说法是，有人认出了无归客使的那一招"天意如刀"有凤凰山庄的遗风，加上他那深不可测的修为，此人必然就是凤凰山庄从修罗地狱里复活的"邪凤"。铁证便是他身边那个看上去仙气缥缈，实则令人不齿的东西——这人本是凤阳殿下的跟班，凤阳殿下被皇后献祭，死于凤凰山庄祭天台，这人转眼便投了新主子，凤阳殿下九泉之下得知，又当作何感想？

  林疏只当没听见，倒是萧韶听见后，废了不少污蔑林疏的人。

  而对于那些说萧韶"暴戾恣睢""杀戮成性"的言语，即便传到了萧韶耳朵里，也没见他有什么特别的反应，仿佛默认。

  世间的肮脏，岂是一时半刻能够澄清的，这样杀人，确实太多了。但林疏同时又清楚地知道，萧韶一直神志清明，未有失控之时。

既然如此……或许萧韶自有他的道理。

如此这般，又过了一个月，十二月里，传说江州有一处梅花山谷，萧韶带林疏前去赏玩。

天还是黑压压的，梅花虽艰难地开出来了，但稀稀落落，并不如往年好看，只一片清寒芬芳，尚算怡人。

他们在一座小亭中说着话，面前摆了酒，正浅浅啜饮，却瞧见远处路上遥遥来了三人。

这身形，林疏一眼就认出，一个是果子，一个是盈盈，还有一个……却是个小和尚。

萧韶亦看见了，却没有上前。

"你去吧，"他道，"他们不可近我身。"

林疏便离开亭中，往那里迎去。

就见盈盈跑了过来，扑到他怀里，花瓣一样的小脸，一见他，眼睛里立刻汪了眼泪。

林疏把盈盈抱起来，盈盈把脸埋在他肩上哭，她还是不会说话，只眼泪啪嗒啪嗒落下来，不一会儿便湿了他的肩膀。

果子和那个小和尚随后过来了，果子这次倒没穿女装，穿了一身漂亮的红衣，俨然一个正当年华的漂亮少年郎，只听他道："你们久没有消息，江湖上……又全是那样的传闻，我们便来寻你们了。"

说罢，他又拉过那个小和尚："这是我朋友，在拒北城认识的，你以前知道。"

小和尚朝林疏行了一个出家人的礼："林施主。"

林疏看那小和尚，十三四岁的光景，和果子差不多大，眉清目秀，一双眼清澈沉静，通身的清静灵气，非同一般，也不知是哪位得道高僧的爱徒，怎么被这个果子拐带出来了。

他问果子为何不穿裙子了。

果子"喊"一声说："贼和尚不想近女色，一看见我穿裙子就要闭眼入定，我烦得很，这次就没穿。"

林疏有点想笑。

他们说话的空当，盈盈也哭完了，红通通的眼睛望向远处的萧韶，扯了扯林疏的衣襟。

果子也道："不往那边去吗？"

"他现在体质有异，你们近他身后，神魂会有损，"林疏道，"先回去吧，此间事了,我们会回去。"

"可流言说……"果子显然有些急了。

林疏摸了摸他的头:"千秋功过,且留待后人评说。"

"我……"果子眼眶有点红,似乎想说什么,但又忍住了,最后道,"我不知到底发生了什么,你们,一定……保重。"

林疏:"好。"

果子又看看盈盈,说:"我也要抱。"

盈盈扁了扁嘴,从他身上下来。

果子在林疏身上蹭了蹭。

林疏叮嘱他要好好习武,照顾妹妹,不要总是出去拈花惹草,也不要平白耽误人家小和尚的修炼。

果子抹了抹眼睛,说:"我知道了。"

果子抱回盈盈,对她道:"他们有正事,我们走吧。"

盈盈纵使百般不愿,还是眼里含着泪,点了点头。

就在林疏要转身走时,却听见一道清亮声音:"施主留步。"

是那小和尚。

林疏脚步顿了顿。

就听他道:"亭中那位施主杀孽太重,已无法洗清,还望施主劝解他放下屠刀,以免来日横遭天谴,永世不得超生。"

说罢,他便退至一旁,垂眸轻捻佛珠,似乎言尽于此。

林疏却呆立当场,脑中晴天霹雳。

杀孽太重,横遭天谴。

横遭天谴。

他眼中场景闪回,想起萧韶先前翻看的那些志异怪谈,上面写无恶不作之人,五雷轰顶,魂飞魄散……

这世上,已无人能伤萧韶。

还有谁能伤他?谁能消解这万古长夜中天地万物的怨怒?

他仿佛大梦惊醒,刹那间洞见关于萧韶的所有内容,眼前恍惚,几乎要站不住。

他稳住呼吸,对小和尚道:"谢过小师父。"

小和尚没有说话。

林疏转身走回萧韶身边,看着他自斟自饮的好看侧影,短短几百步间,光阴涨落,四季轮转,仿佛已走过一生。

只有萧韶的身影没变。

他想，是了。

萧韶向来都是这样的人。

从没有变过。

他向来……都是这样的。

见林疏回来，萧韶起身，抓过他的手腕，道："我们走吧。"

林疏面色如常，语气也如常，轻声道："好。"

他们便向着梅谷的出口缓缓行去。

走了几步，忽听身后传来脚步声，似有人跑过来，又有争执之声，是无缺把盈盈拉住了。

萧韶没有回头，继续往前走。

却听见身后不远，忽然传来一声带着哭腔的、娇软的声音："爹爹……"

林疏感到萧韶握住自己手腕的那只手，猛地收紧了。

那是很小很小的女孩子的声音。

听到这样的声音，你立刻会想起她小而软的身子、雪白纤细的胳膊、乌黑柔软的头发、漂亮而怯生生的眼睛、身上清清淡淡的香气。

是盈盈。

他们的小女儿。

她是不会说话的。

而她说的第一句话，是这样一句悲切近似哭喊的"爹爹"。

许是见他们谁都没有回头，盈盈的声音大了一些，哭腔更加明显，甚至已经喘不过气来。

"爹爹！

"爹爹！

"爹爹，别走……

"爹爹……"

声音在十二月呼啸的寒风里，渐渐远了，散了。

但凡是世上做过父亲的男人，听到这样娇滴滴又撕心裂肺的哭泣哀求，都会立刻回去把女儿搂在怀里，告诉她：爹爹不走，会永远留在你身边。

但萧韶一次都没有回头。

也不知走出多远，再回首，山谷隘口只一大片雪雾，小亭已在雾白色远山中悄然隐去，不见来时之路，也不见路上之人。

他抬起头来，看萧韶。

萧韶低头看他。

林疏声音有些颤，努力平静下来："你为何不愿看盈盈呢？"

你那么喜欢的盈盈。

萧韶沉默了许久。

"今世缘尽于此，"只听他轻声道，"再相见，徒使她平添伤怀。"

林疏闭上眼，终究还是忍不住落了两行泪。

此生、前生，他从没有这样——这样易伤，有限的记忆中仿佛从来没落过眼泪，这一年中，却是这般频繁，仿佛在偿还此前的亏欠。

是了。

萧韶就是这样想的，他也这样告诉自己了。

今生今世的缘分，无论如何，都要到此为止了。

"那我……"他低声道，"我便不会……平添伤怀吗？"

萧韶："是我自私。"

林疏低着头。

他怕自己下一刻就会失声痛哭。

萧韶沉默着。

林疏也没有再说话。

待终于平静了些，他们才回到落脚的客栈。

客栈里，路过镜子，萧韶停了脚步。

——他将林疏扣在镜前。

林疏看镜中自己。

往日萧韶也曾强制他对着镜子，他不明白萧韶为何总爱这样，但从来不大愿意看。

故而这是他第一次仔细端详自己的身体和五官。

白衣素淡，外着一件雪羽披风，银纹隐约，仙气缥缈。

他看镜中人清秀漂亮的五官，看他挺拔匀称的身形。

这便是他自己吗？

倒并不可厌。

萧韶右手抚上他肩头。

"好看吗？"他声音压低了，像来自黑夜最深处的蛊惑。

鬼使神差地，林疏伸出手，去碰镜子里自己的脸庞。

"好看吗？"萧韶又问。

镜中人，眼神很惘然，迟疑地点了点头。

萧韶扼住他的咽喉，力道不轻也不重，微微阻滞住呼吸。

"好看吗？"还是这一句。

林疏便知道他这是非要逼自己说出来那两个字。

他有些失神了，道："好看。"

萧韶问："喜欢自己吗？"

林疏更加迷茫，望着镜中同样迷茫的人，不知如何作答。

萧韶道："萧韶觉得林疏好看，林疏喜欢他自己吗？"

林疏不知道。

无论喜不喜欢，他都是林疏。

结局既然一样，又为何要做出选择？

萧韶却偏执地，一遍又一遍问他："喜欢他吗？"

原先是不喜欢的。

可是既然萧韶喜欢，镜子里这人又并不可厌，那他是否也可以喜欢一下？

林疏的手指停留在镜中人的侧脸上，怔怔道："喜欢……"

他看见镜中的萧韶微微弯了眉眼，极温柔地笑，像是偿了终年的夙愿一样。

萧韶道："再说一遍。"

林疏："……喜欢。"

萧韶："第三遍。"

林疏："喜欢。"

……

这般被强迫着，一声声说出来，他心中却忽然有什么东西，轰然落下。

或许是一道尘封数十年的大门轰然倒塌，露出门外的事物来。

他恍惚置身万道灼热光芒中，几乎被刺伤了眼睛，适应过后，想哭，又想笑。

陈年旧事，过往云烟，角落里腐败的苔藓与朽木、地底最潮湿冰冷的泥土，在这样灼热光亮的照耀下，忽然化作最轻的浮土，一阵风吹过来，便散了，散到天地间，无处寻觅了。

他想起某些从前难以回望的往事，形形色色不怀好意的目光与笑声、拥挤湿热无处可逃的人流，慢慢慢慢，面目竟不再可憎，气味也不再使人作呕了。

他从前常想，会有这样的场景，是他的过错，因他为人一无是处，他因此难过,是在为此受罚。

他仿佛看见时光飞逝,人群散去,剩他一个人,站在一团光芒中。

不是这样的。

他现在是喜欢这个人的。

这个人是值得被喜欢的。

谁都没有做错。

他朝着那团光伸出手,回神,发现自己抚触的仍是那面光滑的铜镜与镜中的自己。

身后的胸膛属于萧韶,温热又坚实。

林疏怔怔低头,张开五指,看自己浅淡杂乱的掌纹。

他师父修仙,故而有点迷信,少年时曾带他看手相。

不过师父也知道算命先生们多有花言巧语,威胁那先生,要求只说坏事,不说好事。

那街头神算道:"你的命格,犯孤星,多坎坷,多流离,有冤孽,无功德,命不久长,自戕而亡。"

师父这下慌了,问先生如何解。

先生神神道道,一手指天,一手指地:"时也,命也……老夫法力有限,有心救人,无力回天,是否有脱胎换骨之机,只能凭你自身造化。"

如今,他终于脱胎换骨,再世为人。

萧韶道:"仙君,你往后再无迷障了。"

他拉下林疏身上的斗篷。

那雪羽披风,流云坠地一样,落在朱红的地毯上,铺开。

他拔下林疏的发簪。

流水一样的青丝便滑落肩头。

不着外物。

林疏闭了眼,仿佛陷进一场永不会落幕的经年大梦。

然而日复一日,夜复一夜,光阴就这样淌过去,一日十二个时辰,不会多一刻,不会少一分。

转眼,又是月余。

他跟着萧韶,几乎走过大半的红尘江山,看他刀下之鬼一天多过一天,有数万之众,无愧刀身上的血气亦一日浓过一日。某天夜里他睁开眼,看见无愧在夜里兀自发着幽暗的红光,触目惊心。

有时，那因果镜子会自己飘浮出来，跟着他们，他也不管了，亦不去探究——无论这镜子是什么东西，是好是坏，事情已经不能比现在更糟了。

直到最后，萧韶身上的浓重杀孽，几乎能用直觉感受出来。

他所处的地方，天上都会响起隐隐约约的雷霆轰鸣声。

而民间的流言亦愈来愈凶，甚嚣尘上，言之凿凿，道"凉州无归客"乃是那"邪凤"的化身，是这漫漫永夜的元凶，只是他修为实在不可捉摸，不知何日天下能生出超世之雄，将此獠诛杀。

萧韶依旧只当什么都没有听见。

林疏也看得淡了，仍是那句给果子说过的话：千秋功过，时人无权置喙，留待后世评说。

最后一颗药也吃了二十余天，萧韶本来托了相熟的丹道大师按照上古丹方炮制"觅芳踪"丹药，但那位前辈听过流言之后，弃炉毁丹，不再炼制——其实即使他继续炼制，这上古的圣药，也不是现在的炼丹人能够重现的。

只是这些天，林疏发现，萧韶行进的方向，在向凤凰山庄回归。

二月的某一天，他们回到山庄，此后萧韶没再杀人了。他回到自己昔日的房间，取出姑娘们寄存此处的钗环首饰、鲜衣绢帕，为她们在一处幽静山谷立了一座衣冠冢。冢旁埋了花树的种子，浇了水，施上肥，十年以后，她们魂魄归来，便能看到绿木深深、鲜花繁茂。

这一天，林疏陪着他，从凤凰花树下挖出一坛女儿红，拍开封泥，洒于冢上。

天地间似乎起了微风，恍惚间有姑娘的轻纱衣袖拂过身前，郁郁芬芳似乎萦于鼻端，刹那后又消散。

天地间正寂静着，忽然听远处凤凰山庄正门传来喧哗声。

沿着山门大阶往下行，看见乌压压的群雄聚首，八大门派一个不少，其余大小门派亦不少，每个门派前都有一位代表，正气凛然，气派十足。

——连原北夏的巫师都来凑热闹了，仙道群雄与巫师们共同扯了一个白惨惨的巨大幌子，上书四字："替天行道。"

萧韶带着林疏，站在山门最高处。

见着了他们的身影，群雄激愤。

遥遥听见一位壮士动员道："今日群雄聚首，我等齐心协力，定能诛杀妖孽，涤荡乾坤！"

他们便齐喊："诛杀妖孽，涤荡乾坤！"

他还看见了苍旻与越若鹤，以及三两学宫同窗。

只是这些人在据理力争,力图阻止他们——但反对之声很快淹没在群雄的呼喊里。

众人便躁动起来,向前缓缓行进,杀将上来。

忽听萧韶一声淡笑。

"诸位英雄,"他声音里含着笑意,尾音微微挑起,张扬中带着几分恶劣,如意气风发之少年,"远道而来,想必辛苦,不若在下为你们接风洗尘?"

为首之人高喊:"贼子莫要张狂!来年今天,就是你的忌日!"

这话俗套极了,连林疏都忍不住要发笑。

萧韶更是轻叹一口气:"诸位英雄义薄云天,在下诚然钦佩。"

然后他话锋一转:"只是,何去何从,在下早有打算,左右不过今明两日。诸位又何苦来自取其辱?"

"妖孽胡言!"

又是一番慷慨陈词后,几位渡劫修为的义士,与友情相助的两位巫师,也不管什么以多欺少有违江湖道义,拔剑的拔剑,拔刀的拔刀,一齐飞掠而来,一出手便是最大杀招,气势极盛,如白虹之贯日。

群雄大叫:"好!"

只见萧韶墨黑袍袖凌空一拂。

几个大义凛然的义士被定格在半空,动弹不得。

群雄噤声了。

林疏默默地看着他们。

这些人只知萧韶杀凡人如割乱麻,轻而易举,并不知他真正的修为,有了极大的低估。

萧韶只需轻描淡写地动一动小指,就能使他们知道究竟何为"自取其辱"。

出头鸟被制裁,剩下的人便成了乌合之众。

萧韶袖手,转身,轻叹一口气:"得天下英雄相送,萧韶也算不枉此生。"

他拾级而上。

林疏抱琴跟上。

群雄亦步亦趋,跟上来了一部分。

萧韶最后走到了那座祭天台之上。

林疏与他对视一眼。

林疏听见他道:"珍重。"

林疏望着他,道:"你……放心。"

萧韶便笑了笑："保重身体，勤加修炼……早登仙界，我在下面候你佳音。"

林疏听见自己温声道："你且去吧。"

萧韶便去了。

林疏手拨琴弦。

想他路上，有琴声相送，亦可排解寂寞。

萧韶走至祭台中央，点起拜祭天地之烛。

群雄肃立，不知他要做什么。

但见他拔刀出鞘。

血气刹那浓郁如海。

萧韶将无愧竖插在祭天之坛中。

似乎有一缕血气缥缈而上，直抵昏暗云天。

天地间原本就有隐隐约约的雷霆声，此时陡然大了。

但见他微抬头，望天际。

"无归客萧韶，血债累累，不容于人间。

"昔年与道侣游于北夏，引出桃花源数百人兼拒北关众将士惨死之案，此为始。

"凤凰山庄诸女，因我而亡。七月十五血火灼烧，千余性命，亦因我而死。天下长夜，百姓流离，死者不胜数。

"此后，萧韶因心魔难捺，屠戮难止，杀世间三万余人，民间怨怒已极，亦自知罪孽深重，死不足惜。

"昔日所造诸恶业，虽有悔意，然，不可弥偿，唯独一死而已。"

说到这里，他的声音似乎和缓了些："只是诸般杀孽，皆我一人所造，与林疏无关。"

天上雷霆之声盛极，几乎要盖过他的声音。

但听雷霆声中，他缓缓地道："只求天降紫雷，焚我神魂，绝我罪孽。"

他一字一句："萧韶向天地，自请兵解。"

话音落地。

明亮紫雷，撕开阴沉天幕。

兵戈杀伐之气，比渡劫雷霆，何止强盛百倍。

狂风骤起。

而萧韶岿然不动。

此时他却不像那世人口中的妖孽了。

无人知他手中兵刃，是无愧刀。

他一生所行之事，是无愧事。

无愧刀，杀有愧人。

血溅三尺，结冤孽，但不沾身。

林疏手中琴先发铮铮杀伐之音，转而有疏阔潇洒之意，但见长天秋水，鸿雁北去，极目远眺，天地无穷。

十步杀一人，千里不留行。

事了拂衣去，深藏功与名。①

——此曲名为《侠客行》。

雷霆轰响，仿佛一团极烈的炽盛光芒，挟无边肃杀凛冽之意，自九天倾落。

林疏的整个视野被紫与白的强光充斥。

他什么都看不见，但还是不想闭上眼睛。

奇异地，他心中并没有什么波动，只是曲至尾声，拨错一弦。

他甚至想：萧韶，你终究求得圆满。

不知道过了多久，或许是一瞬间，或许是很多年。

光芒如潮水退去那一刻，天上笼罩已久的阴云，以山庄祭天台为中心，渐渐渐渐，向四周散去了。

天光乍现之中，林疏看向祭坛中央。

空空落落的祭坛，似乎没有人存在过。

他抱琴上前，抽出祭坛上的无愧刀，还刀归鞘。

无愧刀长鸣。

他手指有些颤抖，将它佩带在身上。

眼前忽然飘落一片红。

他伸手接住，看见乃是一片与小臂差不多长的金红色的凤凰羽毛。

是萧韶身上的物件吗？天雷没有毁掉。

他不知，只握了这片隐隐有灼热温度的羽毛，而后收好。

那面因果镜子，也飘飘悠悠浮过来，悬在他身侧。

做完这一切，他抱琴转身，欲归去。

却见方才呆立祭台一侧的诸门派侠士一同上前，而且各自拔出了刀剑，竟对

---

① 引自唐代李白《侠客行》，引用时有改动，原句为："十步杀一人，千里不留行。事了拂衣去，深藏身与名。"

他形成围攻之势。

为首一位仙风道骨的老者道："无归客已死！那邪门的法术，定在此人身上。"

众人附和："若是留此人，必定后患无穷！"

还有人道："你若识相，就交出法门，发誓与无归客再无关系！"

他们的动作便又坚定了些，各自使出神通。

林疏冷眼看这些形形色色的人。

有人斩妖除魔是真，有人浑水摸鱼也是真。

毕竟，无归客身边的小跟班，毫无修为，只会弹琴，是大家亲眼所见。

而他跟随无归客已久，定然知道无归客那诡异可怖的修为从何而来。

怀璧其罪，若那怀璧之人弱小可欺，名声又坏，也怨不得旁人觊觎。

他没有动作，任那些人上前。

却见一把重剑，横在了自己身前。

苍旻随即闪现至他身前，道："林兄并非心怀歹意之人，你们若想杀他，便先杀我吧。"

越若鹤身形如一缕轻烟浮现："我也来。"

与他们一同的还有位林疏眼熟但不认识的弟子，依稀记得当初在藏宝阁蹲守折竹姑娘，这人是带头的那个。

当即有人道："苍老前辈、越堂主，你们两家的后生怎的也为这妖人所惑？！"

苍老前辈道："林小友于老朽有恩，秦道友，恕老朽不能从命了。"

越堂主亦是这样说。

林疏知道他们并不想害自己，却碍于各个门派之间的交际，不能出手帮助。

那位"秦道友"便道："你们也有你们的苦衷，只是这三个后生，既然与妖邪为伍，也留之不得了！"

当下众人便要向他们攻去！

苍旻道："林兄，你放心。"

然后他便闭目结守御阵。

但他尚年少，修为怎可与那些已成名的仙道前辈相比？

正当此际，却听半空传来一声清喝："大胆！"

灵素与鹤长老落地，一同来的还有云岚与清卢。

鹤长老沉声道："谁敢伤我剑阁阁主？"

灵素半跪于林疏身前："阁主，我等来迟。"

"无妨。"林疏轻声道。

群雄并没有将这些放在眼中："此人追随无归客，众所周知！你们既然一力维护，我们亦无话可说，刀剑无眼，诸位，可要小心！"

但见刀光剑影齐齐袭来！

挡在林疏身前的这些人，亦纷纷要出手。

林疏道："且慢。"

灵素回头："阁主……"

林疏将琴放在地面上，缓缓拔出折竹剑："我去吧。"

"可……"

林疏道："你且放心。"

见他上前，"秦道友"眼中闪现贪婪之色，挥刀而至！

林疏握着折竹冰凉的剑柄。

没有花哨的招式，也没有灵力，没有气机。

一式只有空架子的"月出寒渊"，与秦道友的刀相撞。

秦道友忽然瞪大了眼睛。

他跌落在地，浑身仿佛失了力气："你……你……"

林疏望向其他人。

他原以为自己将就此隐于青山田园，未想到世上之人，并不欲他得到清净。

也是，若无绝顶的修为，便有人趋之若鹜，即使今日有人挡了，他日还会再来。

但萧韶……既然安心离去，又岂会放任他被这些人所欺？

在那人的督促下，他对"寂灭"已略有些理解了。

其余那些人，看到秦道友落败，原先有些畏惧，但看秦道友似乎并未受很重的伤，便高呼一声，一拥而上。

林疏只站在原地。

漫天的人影，在他眼里，全都模糊了，变成形形色色喧嚣吵闹的影子。

萧韶说世人肮脏。

他一生却为世人而活，又为世人而死。

他不知世人肮不肮脏，只知萧韶，永永远远地，不在了。

天地忽然寂静，他和世间一切人、一切物都失去了联系，茫茫天地，唯独他一人。

他也仿佛失去感官，眼、耳、鼻、舌、身、意，全都空茫一片，仿佛虚无。

寂静。

虚无。

寂灭。

当年青冥魔君将自己幽闭入无光无声无感之洞穴数百年悟得"寂灭",他那时的感觉,是否与自己现在之感类似?

秋风一起,万叶飘零。

千般繁华,终究梦境。

他恍惚间又闻到寒梅香气,要就此迷失其中。

——大抵浮生若梦,姑且……此处销魂。①

面对着一哄而上的众人,他抬剑,出剑,荡剑。

刹那间灵光一现的招式,佐以恍惚间体悟的寂灭虚无,竟电光石火般照亮他的脑海。

他使出这一招的同时,想起这一招的名字。

"黯然销魂"。

"长相思"最后一式,然而其中又不可缺少青冥魔君"寂灭"的遗风。

众人似为虚空中看不见摸不着之物所冲击,横倒了一地。

林疏收剑归鞘。

其余的人既惊且惧,望着他,不敢再上前,最后撂下几句狠话,灰溜溜地退了。

苍旻几人还留着。

林疏道:"多谢。"

他便捡起琴,抱着它,随意选了个方向,朝天涯尽头走去。

阴霾散去,草长莺飞的二月,远山透着淡淡的烟青,又因日光的不足,透着羸弱,像晕染得极淡的山水画卷。

他走在山间,被绊了一下,勉强稳住身形后,冰弦琴因琴身不稳,"咔嗒"一声,不知触动了哪里的机括,一个雪白的纸封飘落下来。

林疏接住了。

是个信封。

也不知何时被放进琴里的,上面写了四个字。

仙君亲启。

林疏是没有哭的,今日从头到尾,他甚至没有一丝一毫情绪的变化。

---

① 引自曾国藩所作的一副挽联。

可这四个字映入眼帘那一瞬间，春日的风沙就眯了他的眼。

一张桃花笺，熟悉的笔锋和字体。

疏儿，见字如晤：

　　近日，心绪纷繁。夜半未眠，见你睡颜如许，万般悲喜，俱上心头，遂成此书。

　　萧韶赴死之意已决，仙君展信之时，我已销人身，下黄泉，为阴司一孤魂野鬼，此生不复再见。君知我意，赴死之由，无须赘述。古语有云"天下有道，以道殉身，天下无道，以身殉道"，此身虽承累累罪孽，然终无愧天下之人，唯独负你甚深。

　　思及此，搁笔数次，久不成书。欲诉离愁别绪，又唯恐误你仙途。你本是天上游仙，偶然至此，赐我一晌之欢。你之无情道法，我曾多番揣摩，贸然断情，恐非"长相思"本意，还须参悟世间相思之意，方可超脱。想来今生一别后，君当彻悟七情，回归大道，成太上忘情之身，萧韶于泉下有感，亦欣悦之。

　　大道虽近，你却尚须在人间耽搁数年，我知你向来一心修炼，不须再加叮嘱，唯独恐你于衣食住行一道，随意应付，损伤自身。民间有戏说之语："金丹虽是长生药，若少青蚨难驻颜。"山庄之财物，你须多加支取，吃穿用度，若无特殊偏好，切记择价最高者。此外，你身体羸弱，秋日宜多进补，冬月须居南国，不可饮酒，不可饮浓茶，不可食寒物，不可近沼泽，不可晚眠，宜少早起，切记。

　　虽世间少有清净之地，然三年前，我下江南，访名山，得一灵秀之地，为你手植满山花木。东山种桃，西山植梅，南山栽枫，三山环抱处，开源引渠，成一映日荷塘。一年四季，皆有颜色，你修道倦时，可前往并州一观。算来我赴死之日，应在二、三月交接之际，为桃花开时。某日你穿行东山，东风吹落桃花，沾你衣襟，即是我来看你。

　　方才夜风入窗，你似梦中蹙眉，我欲搁笔回帐中，抚你眉头，又思及此后你孤身之夜，竟再难成句。纵有千言万语，不过"珍重"而已。

　　庚戌年七月廿七，夜四鼓，萧韶手书。

　　虽隔生死，欣如晤面。

林疏直到读完，才发觉自己握着信笺的手过于用力了，在纸面留下了指痕。

他拼命想去抚平，却终究不能。

不知读了多少遍，他怔怔笑了笑，有点想去九泉下找到萧韶，对其嘲笑一番了。

说"你这一封手书，前言不搭后语，一半是安排我如何饲养自己，可我若果真饲养不好，你又待怎样"。

他就这样胡思乱想，一时想哭，一时又想笑，也不知自己站了多久——最后怕浩荡的春风吹坏纸张，才收了起来。

他正欲继续往前走，忽听身后脚步声，苍旻追了上来。

"林兄留步！"

林疏留了步，苍旻说："林兄，方才忘了告诉你，这些人之所以能聚集成众，乃是沉瀣一气，设计将大国师与陛下软禁在皇宫中，我等无力施救，而你刚才显现的实力，我想……"

林疏便知道了他的意思，道："我即刻便去。"

当下他便往皇宫去了。

他也不知自己现在境界如何，只知道在萧韶死去那万念俱灰的一刻，忽然就悟透了"寂灭"，便得了青冥魔君真正的传承，脱出这天道了。

他终于冷眼旁观这世间万物运转的规律，并有实力在"道"的层面直接与之相抗。

天道的尽头，他能看到了，破界而飞升，前往仙界，似乎也只在一念之间。

但是无论凡间仙界，都是一样的活法，他倒并不想去了。

正在路上，忽然听见雷霆轰响，天上又黑压压地聚了乌云，是天雷将至的光景。

林疏感受气机，看到这回的天雷针对的是无愧刀。

他觉得天道实在欺人太甚，刚带走了萧韶，莫非又要带走无愧？

所幸，此时的雷霆并不如方才那样吓人。

无愧在他怀里颤了颤，身上隐隐约约流转妖邪的红光。

煞气逼人的一把刀，刀下亡魂，少说也有数万之众。

但杀孽是用刀之人造下的，与它何干？

更何况林疏不想再丢了与萧韶有关的唯一念想。

因此，天雷终于落下的时候，他出了手。

天雷是天道的意志，但林疏现在俨然已经脱离了天道的掌控。

他挡下了。

一道，两道，三道……足足落了九道，倒不像天谴，而像是渡劫。

苍旻在一旁看他轻描淡写地消弭了九道雷劫，目瞪口呆，话也说不利索了："林兄，你你你你你……"

林疏道："侥幸。"

苍旻："小弟佩服。"

林疏便笑了笑。

可纵有这样的修为境界，他也只想回到前日经脉尽损的时候。

正出神想着，无愧刀忽然又鸣了几声。

林疏问它："你怎么了？"

无愧颤了颤，周身弥漫上一股血雾。

血雾散去后——

林疏："……"

他和一个孩子大眼瞪小眼。

这孩子看外表，六七岁的光景，穿一身暗沉无光的黑衣，像无愧的刀鞘一样，眼瞳中是如同血流涌动的殷红色，和血雾一模一样。

又兼眉目寡淡，神情冷漠，一双眼透着冰冷的妖异邪气，不似活人。

林疏："……无愧？"

无愧没说话，只是沉默地转身，和他一起走。

苍旻抚掌而叹："林兄，我总算知道了，你和大小姐的孩子，竟都是这样生出来的！"

孩子？

也算是吧。

凭空多了个孩子出来，林疏心中有些复杂。

但先有果子，后有盈盈，他已经是个有经验的人了，知道要和孩子多接触。

无愧没理他，但他要去"理"无愧。

他去牵无愧的手。

无愧躲开了。

他和无愧说话。

无愧一言不发。

林疏看出，这孩子并不像果子和盈盈那样亲人，而是有些自闭。

无妨，孩子多了，就如同林子大了，自然什么性格都会有。

无愧就这样自闭了三天。

他权当没有林疏这个人，也没有苍旻这个人，但没有走，只是不远不近地跟着。

路途中遇到凡人与野兽，林疏觉得无愧眼中总是闪现恶意，似乎想去杀生，并且几次付诸行动——当然，都被他强行拦住了。

"无愧"本身就是兵器谱上鼎鼎大名的"妖刀"，秉性自然不会善良，林疏倒也可以接受。

他依旧每天尝试和问题儿童无愧说话，尝试去牵一牵那只看起来就很冰凉的小爪子，无一次成功。

而后，几人行至国都地界，破开了困住大国师一干人等的阵法——原来无缺和盈盈也被拘在了皇宫里。

果子气急，抄起剑就要去取那群人的狗头，可转眼看到无愧，忽地愣住了。

"这是……无愧？"他目光中有惊疑，问林疏。

林疏："是。"

而无愧依旧不说话，仿佛所有人都是空气。

随后的几天，果子坐立不安，终于，这一天，他拉林疏来到自己房间，摊开一本古籍给他看。

他边翻书边道："你可知，你为无愧挡下了化形劫？"

林疏："当时并不知是化形劫。"

果子叹一口气："也无怪你不知道……这事情说来话长。化形劫，乃是生了灵智的兵器化成人形时需要经历的天劫。我的果子，可以给兵器开灵智、塑人身，故而它们不必经历天劫，但若是自行生了灵智的，就需要经历九重雷劫才能化形——这就是化形劫了。"

说罢，没等林疏回应，他就道："你可知我为何不给无愧吃果子？"

林疏："你当初说无愧煞气太重。"

"正是！"果子咬牙切齿，"无愧若化了人形，那就是大麻烦！"

他在古籍上把无愧的来历指给林疏看。

这段来历林疏倒是知道，甚至特意查找过。

果子翻到的这本古籍与他之前查阅到的内容大同小异，都说是千年前，天下大乱，无数枭雄割地而称雄。

而这个时代，有一个举世闻名的锻造大家，名号欧冶子，乃是前无古人、后无来者的千古第一名匠。

割据称雄的帝王里，又有一位帝王尤其野心勃勃，闻说第一名匠欧冶子锻打的兵器，携带无穷的气运，于是命令欧冶子为他锻造一柄王道之剑，助他一统天下。

欧冶子说这位帝王并无一统天下的心胸气度，拒绝锻剑。帝王便大怒，以残忍手段杀死欧冶子家人，继续逼迫他锻造。欧冶子被强权威逼，只得答应了。但欧冶子声称，此剑需要采集九种异铁、三种天外陨石，用极南之地的狱炎烈火锻造，用天下十四州的人在战乱中所流鲜血淬炼，再在万人坑中埋藏十年，方能夺天地之造化，对世间万物有生杀予夺的大权。

帝大喜，允之，连年征战以采鲜血，连屠十城以造万人坑。五年后，集齐材料。三年，兵器成，埋入万人坑。再十年，欧冶子取出兵器，献予帝王，却是一把刀，帝大怒，赐死欧冶子，与家人同葬，欧冶子大笑而死。

虽不是剑，但帝王为着那传说中能一统天下的王道气运，还是将它佩在身侧。

第二日，他七窍流血，暴毙而死。

后来佩此刀者，无一幸免，这无愧刀也成了令人闻之色变的妖物，被束之高阁。

"以天下十四州的人，在战乱中血流成河之鲜血淬炼！又在万人坑中埋了十年！这分明就是欧冶子为报复这个皇帝所锻造的旷世邪物，你想，它身上会有多少煞气怨气？欧冶子是千古第一神匠，他能锻造出绝世神器，自然能锻造出旷世凶器，它难道会是个正常的兵器吗？它变成人后，难道会是一个好人吗？他一看就是恨世间、恨世人，立刻就能出去杀人如麻的样子。他眼睛都是血红色的。"果子似乎很难受，"可是事已至此，也塞不回去了，我建议你趁早处理掉他。"

林疏翻完古籍，又看了看果子难受的神情："你应当友爱弟弟。"

果子揪头发："我很不安，见他第一眼就很不安，我是先天的灵植，我的直觉一向很准。你知道他为什么会遇到化形天劫吗？因为爹爹用他杀了太多的人，他原本就是大煞之身，又在这半年吸饱了血气，他的灵智就是从几万人的血里生出来的。"

林疏思忖了一番。

最后他道："我会管教他。"

果子："万一你管教不住……"

林疏："他其实是个颇乖的孩子。"

果子："你竟然觉得他可爱？"

林疏："毕竟他还那么小。"

果子撇撇嘴："你已经不爱我了，你有了新的儿子。"

林疏也不知这是为何。

他记得那天自己身陷凤凰山庄血海之中，找不到萧韶，是无愧主动引路。

以往和萧韶行走江湖，无愧也像世间所有有灵性的兵器一样，遇到危险时会主动示警。
　　所以无愧虽然沉默自闭……但它本性或许并不是很坏。
　　和果子又说了些别的，林疏离开此处，推开门。
　　他直直对上了无愧的眼睛。
　　无愧抬眼望着他，还是很冷漠的神情，也不知在门外听了多久。
　　下一刻，他看见无愧微微垂了眼，似乎有点无措。
　　他没说什么，还像往常一样去牵无愧的手。
　　盈盈就很喜欢这样被牵着，所以他想，这个应该也喜欢的。
　　当年他在剑阁，不问世事，萧韶一个人养盈盈。
　　如今换成他一个人养无愧。
　　世事仿佛一个轮回。
　　只是天地之大，却再没有萧韶的身影了。
　　无愧躲了躲，但幅度不是很大，动作也不坚定，林疏这次竟牵住了。
　　果然是一只冰凉的小爪。

第十章

长相思

他牵着那只小爪。

小爪子的温度很奇异，仿佛永远也焐不热。

林疏便也没有着意去焐，松松牵着，带他回住处，问他："你要和我一起睡吗？"

他其实也是个很负责任的爹爹了。

陪果子睡过，陪盈盈睡过，简直就是驾轻就熟。

无愧抬头看着他，一双透着邪性的、冰凉的血红色眼睛里，不知在想什么。

林疏伸手想去摸摸他的脑袋。

正当此时，盈盈从柱子后面露出身影，娇滴滴地喊了一声"爹爹"。

无愧便缓缓摇了摇头，松开他的手，径自走了。

盈盈走到林疏身前，伸手要抱，然后被他抱起来。

"爹爹陪我睡。"盈盈靠着他的肩膀道。

林疏道："好。"

他便往寝宫走去，余光看见花园小径的尽头有个黑影，似乎是无愧在看着。

洗漱后，林疏给盈盈换好宽松的袍子，吹灭灯烛，便抱着她睡下了。

只是盈盈脑袋靠着他的胸膛，忽然问："爹爹，萧韶爹爹呢？"

她还不知道。

果子已经大了，并且世情通透，早已知道萧韶做了什么，但盈盈不一样，谁都没有告诉她。

林疏想了想，道："他去涅槃了。"

盈盈问："凤凰涅槃吗？"

"嗯，"林疏轻轻拍着她的肩背，"凤凰都会涅槃的。"

盈盈问："那他什么时候回来呀？"

过一会儿，林疏才轻声道："上古神兽，寿命悠久，凡人百年，如他一日，或许要很久很久后，才能归来。"

"这样啊,"盈盈许是真的信了,闷闷应了一声,又问,"他不回头看我,他是不是不喜欢我了?"

"没有,"林疏抱紧她,"他知道自己要离开很久,怕你伤心。他……向来很喜欢你。"

盈盈终于笑了笑,过一会儿,又问:"爹爹真的是大凤凰吗?"

林疏不知怎么答。

所谓涅槃,只是他编造出来让盈盈安心的说辞。萧韶最后已经连人都算不上,更是因为皇后那件事自弃了凤凰血脉,何来的凤凰涅槃?

但他又不得不去哄盈盈,于是想起那天在祭坛上捡到的那片羽毛。

他便拿了出来,金红色的凤凰羽毛,有金色微光隐隐流动,同时还散发着刚好不会使人灼伤的热度。

或许是凤凰山庄的某件宝物吧,他想。

"他是凤凰,"林疏把羽毛给盈盈,"这是我从他身上拔下来的。"

盈盈显然非常开心,研究了很久,最后把羽毛珍而重之地压在了他们两个的枕头下,才睡了。

借着窗外月光,林疏看了她很久。

他心中一片空无,想着长夜如许,或许以后都睡不着了。

思及此,脑中却又浮现萧韶留下的那封信,信中要他不可晚眠。

他向来是听话的。

便闭了眼,什么都不去想,慢慢慢慢,竟也睡了。

他做了一个古怪的梦,置身一片白茫茫的世界,不辨上下左右、东西南北。

远处传来没有节奏的清脆"笃笃"声,似乎有什么东西在敲打。

他无处可去,便循着声音往前走。

最后,他眼前出现了一个圆润的鸡蛋。

虽然它比寻常的鸡蛋大了很多,有小儿合抱那么大,但从形状上看,是个鸡蛋无疑——林疏当年在桃花源里也是喂过鸡的。

清脆的"笃笃"声就是从鸡蛋里传出来的。

林疏想,或许里面有只正在破壳的鸡崽。

但这只鸡崽可能没有力气,体质不好,有一下没一下地啄着壳,半天过去,不见丝毫成效。

林疏废去无情道,又被萧韶逼着说了那么多句"喜欢自己"后,性格变得平和了许多,又兼现在养着三个孩子,不由自主对这种幼小之物——比如蛋里的鸡崽，生出了怜爱之心。

他走到蛋前。

里面的鸡崽又"笃笃"了几下，然后，似乎没力气了。

林疏伸手，曲起指节，以相同的频率在蛋壳上敲了几下。

蛋壳里面果然又有了动静——鸡崽又敲了几下。

林疏也敲。

这样，应该可以鼓励里面的鸡崽。

果然，鸡崽啄壳的频率快得多了。

林疏继续鼓励。

笃笃笃笃。

笃笃笃笃笃笃。

笃笃笃。

就这样孜孜不倦地敲着。

终于——

咔嚓。

蛋壳上出现一道裂痕。

林疏继续敲。

出现第一道裂痕，后面的事情就简单多了。随着里面鸡崽的敲击，那条裂痕逐渐扩大，然后在某一刻，咔嚓一下裂成两半。

林疏和鸡崽对上了目光。

一只大号的鸡崽，货真价实，和他以前见过的差不多。

茸茸的软毛，淡黄色，身子圆滚滚，一双小翅膀还没有长正经的羽毛，亦是毛茸茸的样子。

鸡崽歪头打量他："啾。"

林疏把它从壳里抱出来，放在地上。

鸡崽抬爪试图走路，不料爪子还嫩，不会走路，焦急地拍打翅膀，可惜无济于事，最后还是"啾"一声跌在地上。

林疏笑了笑，怜爱地摸了摸它的头，抱起来，捏了捏淡粉色的爪子，接着放下，要它走路。

它似乎摔怕了，并不走，只是歪了歪脑袋，看林疏。

林疏把它抱在怀里。

鸡崽窝进他怀里，闭上眼睛："啾。"

毛茸茸、圆滚滚的一团，散发着暖意，林疏也不知该拿它怎么办，就默默摸着它的毛，环视四周，心想自己这个梦也着实古怪。

周围白茫茫一片，林疏觉得不妥，这不是鸡崽生长所需的环境，应该有草地。

随着这个念头，周围景色忽然一变，变成一望无际的绿色草原。

行吧。

他就抱着鸡崽在草原上四处游荡。

刚出生的小东西都很嗜睡，这只鸡崽也一样，仿佛要在他怀里睡到天荒地老。

直到林疏意识有点模糊，意识到自己该醒来了，才把鸡崽放回壳里。

鸡崽似乎醒了，看了看他，光滑细嫩的喙蹭了蹭他的手指。

林疏睁眼，天已大亮，神魂上有种说不出的疲惫。

他便起身，披上衣服，随意束了头发，从书架上翻出来一本《周公解梦》，查阅与鸡相关的内容，满眼"升官""得财""大喜"云云，无稽之谈，没什么意思，也就不再深想。

合上书，盈盈没在房里，他问了宫人，宫人道小殿下去花园玩了。

他无事可做，便往花园去。

宫苑里，梨花似雪，东风一吹，纷纷扬扬落了一地。

他忽听一声短促惊呼。

是盈盈的声音。

林疏蹙了眉，心中猛地一沉，往声音处飞掠去。

一个起落后，却见盈盈在池塘边被无愧死死掐着脖子，不住挣扎。

看那力度，无愧是下了死手。

林疏当即出手打退了无愧。

盈盈扑进他怀里，不住地咳嗽，满眼的泪光："我……只是给、给无愧，打个招呼……"

林疏安抚了她几下，把她放进青冥洞天，托师兄看着，然后看向了无愧。

无愧就那么直勾勾地望着他，没什么被撞破的躲闪。

林疏："你在做什么？"

无愧不说话。

林疏蹙了蹙眉："你想杀死她？"

无愧对他笑了一下，伸出殷红的舌头，抵在虎牙的尖尖上，恶意十足地舔了一下。

邪异的气氛几乎凝成实体。

无愧确实是要杀死她，林疏毫不怀疑。

盈盈是同悲刀化形，一化形就是元婴的实力；无愧身为上古的妖刀，甫一化形便是渡劫的修为——若是盈盈仍然不会说话，或是他往花园来得迟一点，盈盈果真就会死在他手上了。

林疏深呼吸几口气，问无愧："为何？"

无愧的眼神还是那样邪性，眼里似乎有血要滴下来，他缓缓开口，或许因着刚化成人形，说话还不熟练，语调很僵硬怪异："因为我坏。"

"宫中之人何其多，你为何偏要杀她？"

无愧歪了歪头："我不喜欢她。"

林疏："为何？"

无愧似乎是想了想，开口道："一个人，不能有两把刀。"

然后他道："也只能，有一个孩子。"

说到这里，他又舔了舔嘴唇，毫不掩饰恶意的目光："我还是刀的时候，就想杀她了。"

从他还是刀的时候……也就是说，无愧和同悲都是萧韶的刀，那时候，无愧就有些怀恨在心了。

林疏知道按照常人的逻辑，这时候该生气，或者发火。

可他并没有经验，他不会说那种话，也不知道怎么去凶人。

最终他道："你须改了。"

无愧："我生来就是这样坏。"

他拽住了林疏的衣角，抬头看林疏，威胁的意味十足："你好自为之呀。"

林疏刚想制住他，他便化身一阵轻烟散了。

这东西是萧韶的刀，把萧韶的那些法门也学了十成。

林疏只得先回了青冥洞天，安抚好盈盈，让她在里面待着，而后提了剑，到处寻无愧，一方面是要抓回来，另一方面是觉得放他自由活动，实在危险。

最终林疏在梧桐苑的一座阁楼里看到了蜷在角落里的无愧。

他抱着一件墨黑的羽氅，把脸埋在里面，林疏认出那是萧韶的旧物。

听见脚步声，无愧缓缓从羽氅里抬起脸来，眼下挂了两道血痕。

他似乎是在哭，像受了委屈。

只是他体质特殊——不同的刀剑，各自有不同寻常的特质，没有眼泪，眼里流出的是血。

林疏是来兴师问罪的，可看到这一幕——无愧抱着萧韶旧物蜷在角落里的一幕，他别无他法，就那样心软了。

他把无愧从角落里拉起来，给无愧擦掉脸上的血。

无愧任他动作，只诡异地笑了笑。

做完这一切，林疏没再理他。

他也没再理林疏。

这样下去，是不可以的。

他最后做了个决定，一个人带无愧去江南住些日子，不为别的，只为让无愧不再有机会惹事，然后和自己多熟悉一下，至少要能够沟通。

烟花三月里，下江南。

并州那条萧韶留下来的山谷里，桃花开得风流。

漫山云霞一样的桃花，随风纷纷而落，落了林疏一身。

他牵着无愧上山，桃花最盛处，竹舍宛然。

他不知自己以什么样的心情看完了竹舍内外的摆设，最后在竹舍后，桃花零落处，发现一处半开的无名空冢。

他知道这是什么。

是萧韶为自己留的墓。

这条桃花山谷是萧韶三年前为他留下的。

那时候，他在剑阁，萧韶在红尘，又恰逢乱世，萧韶心知自己随时有可能战死沙场。

他不想埋在山庄，不想睡在皇家陵园，也不能在剑阁剑冢有一席之地——便为自己在这里留下一座空冢，某日马革裹尸，就长眠在这个打算送给林疏的地方，等某日林疏偶然来此，见到桃花漫山，也算人间重逢。

可……他已灰飞烟灭，无身可葬了。

桃花漫卷，吹入冢中。若无愧没有化人，林疏会把无愧埋进去。

——但无愧已经是个活人了，不能埋。

他想了想，拿出那枚片凰羽毛，打算放进去。

即将放进去的那一刻，神魂中忽然传来一个声音。

"叽——"

鸡叫？

林疏："？"

他的神魂里传出了鸡叫？

林疏认为是错觉，继续把羽毛往冢中放。

"叽——！"

林疏："？"

这次他听清了，真的是鸡叫，还是鸡崽叫。

他把那根羽毛拿出来，重复将它放进冢中这个举动。

放进去，拿出来，放进去，拿出来。

鸡崽的叫声从惊恐的"叽——"，逐渐变得有气无力，最后变成带有祈求意味的"啾"。

这一声"啾"，倒是让林疏想起昨晚梦中那只毛茸茸、圆滚滚的鸡崽了。

他看着这片羽毛，心中浮现一个离谱的猜想。

这羽毛的背后，实际上是一只鸡崽。

也就是说，萧韶在无愧之外，还留给了自己一只幼崽？

他不能接受，也不想接受。

他才二十一岁，不应当成为四个孩子的父亲。

正想着，神魂里，那只鸡崽又虚弱地"啾"了一声。

行吧。

林疏把羽毛放在一旁，另拿出萧韶的那管竹箫埋进去，封好土。

一转眼，他就看见无愧一脸恶毒地释放出一团血雾包裹着羽毛，俨然是要将其吞噬。

他刚想阻止，就见羽毛上泛起一层金红色的光泽，把无愧烫了一下。

无愧悻悻地收回手。

也行吧。

你俩可以互相伤害了。

林疏把羽毛从无愧手中抽回来。

神魂中传来一声谄媚的"啾"。

林疏研究此毛。

是凤凰羽毛没错。

可他梦里见到的那个东西，确凿是一只货真价实的鸡崽，没有一点凤凰的标志。

他收好羽毛，决定静观其变。

处理完羽毛，林疏关注的重心便转移到无愧身上。

先掐了盈盈，继而试图扼杀羽毛，足见其秉性恶劣。

无愧只拿一双邪性的眼睛看他，油盐不进。

林疏身心疲惫，按了按眉心，打算在坊间寻访泼辣的大娘，学习训斥人的技巧。

好不容易挨到天黑，无愧坐在床上，揉了揉眼睛。

孩子还小，林疏也不因白天的事与他计较了，在心中告诉自己，江山易改，本性难移，这糟糕的性格也并不是无愧的过错，要往上追溯到千古第一名匠欧冶子。

林疏便道："睡吧。"

无愧又揉了揉眼睛："我睡不着。"

林疏："为何？"

无愧直勾勾地看着他，语气里带着一点儿挑衅："往常，都是和凤凰一起睡。"

也行。

林疏取出萧韶那件乌黑羽氅把他裹住。

无愧埋在羽氅的毛毛里，似乎眯了眯眼睛，但接下来又诡异地笑了笑："我是凤凰的刀，没有主人，尚且睡不着。你死了萧韶，却还有心情催我睡觉，果然薄情寡义。"

林疏吹熄了蜡烛，面无表情地道："因为我是你爹。"

他这话语气生硬得厉害，尾音却哑了，心中钝刀割过一样痛，就着坐在床边的姿势，久久没有动。

人的崩溃，其实就在顷刻间。

萧韶走后，他似乎变成了两个人。

一个仿佛一切都没有发生，空茫寂静，万事如常地活着。

只是当脑海中有关萧韶的记忆闪回，刹那间整个世界撕开矫饰，血淋淋一片，风是冷的，直接吹进五脏六腑里，另一个他无处可以逃。

也不知过了多久，无愧扯了扯他的袖子。

林疏转头。

无愧又把那件羽氅给他盖在身上，然后自己闷声不响地缩进被子里，背对他躺下。

半响，只听无愧道："我不是故意的。"

林疏就着月色，把羽氅折好，放在无愧床头："没事。"

无愧没说话。

林疏躺下，看着床沿上蜷着的那很小一团，轻轻叹了口气，最后还是往那边靠了靠，伸手轻轻把这小东西揽住了。

无愧的身体僵硬了很久才放松下来。

林疏没有睡着，又或许是潜意识里不想睡。

清醒的半夜里，远方却突然响起一种遥远又奇异的声响，像有波涛拍打耳膜。

他睁开眼睛，看向窗外，感觉身下的土地微微颤抖，转瞬即逝。

无愧也睁开了眼睛。

他看着林疏，说了两个字："春汛。"

林疏："然后？"

无愧咧嘴笑了笑，血红的眼睛里似乎流转过一丝暗光："你来的路上，经过长江，不是在下暴雨吗？"

春汛，暴雨。

春洪。

水患。

无愧揉了揉眼睛，似乎又想睡过去，但还是跟他说了一句："堤坝已塌，晚了。"

林疏蹙眉："你为何知道？"

无愧浑不在意地道："一千年前，我就埋在江南。"

林疏："如何解？"

无愧似乎笑了笑，道："干我何事？"

林疏看着无愧的侧脸。

他的体型很小，六七岁的样子。

但林疏时至今日终于发现，无愧并不像盈盈一样，是个懵懂无知的孩童。

上古的妖刀，由天下十四州战乱中所流的鲜血淬炼，万人坑里埋藏多年，不知见过多少血，杀过多少生，世界观确实和常人有所不同。

一夜无话。

他说得没错。

长江水患，情况乃是千年未有的凶险，波及六州，数十万百姓被困，并州亦不安稳。

国都里，萧灵阳和萧瑄慌了手脚。

萧灵阳本就是只被赶上架的鸭子，做大赦天下、减免税收这种常规操作还不至于露怯，但要妥善救灾，就强他所难了。

而谢子涉纵然有过人的谋略才华，也架不住国库的亏空。

对峙了这么多年，南夏不富裕，北夏也捉襟见肘，现在两者合并，更是穷上加穷。

连绵的阴雨淅淅沥沥地下了起来。

江南的梅雨季节在每年的四五月份，可眼下刚刚踏入三月，春雨一泼，竟好似没有停下来的时候。

没有做好防护，仓里的粮食在潮气侵染下，全都要发霉变质。而大江沿岸直接被淹死的数万百姓、数十万牲畜，尸体无法处理，瘟疫便即刻到来。

雪上加霜，不外如是。

江南危矣。

山上的桃花，一夜之间，尽数被雨打风吹去，凋零残红，铺满山路。

波涛尚汹涌，船只无法横渡，负责赈济灾民的右丞相一行人渡不到对岸，要再往上游走，经峭壁铁索栈桥过去，耗时甚久。

国都里那两个弟弟想起来他在江南，便用灵鸽传书，托他与国都派遣的图龙卫会合，代为统领，查看一下南岸灾情。

他便带着无愧又出并州，往沿岸四州而去。

图龙卫中有人还认得他，行礼道："林公子。"

林疏与他们见过礼，便往长江沿岸去了。

登上此地最高的山后，他俯视下面。

暴雨未歇，昔日肥沃的水乡，变成一片片沼泽。不论是亭台楼阁，还是村舍瓦房，全部被大水冲垮。

尸体或横陈泥泞中，或漂在水面上，目之所及，生灵涂炭，哀鸿遍野。

这一夜之间，死伤的人口，至少有十万。江南亦元气大伤，不知何日能够恢复。南夏和北夏合并后，方才显现出的清平气象，这一下子，又荡然无存。

身后图龙卫交流情况，将各府各郡的受灾情况整理成书。

林疏撑一把伞立于风中，忽听正说着话的图龙卫中有人道了一句："人杀人可挡，天杀人却挡不住。"

他们沉默了。

风忽地大了起来。

江面上浮着一块破木板，被水往下冲，破木板上扒着一个赤着上身的人，艰难地抓着东西，试图往岸边靠。

这片土地上还有成千上万和他一样的人，蝼蚁一般挣扎求生，有的求到了，有的没有。

人祸可平，天灾难防，而天意如刀，正如此刻。

沉默中，林疏忽然想——

萧韶死了。

他所做的那些，已经让整个天下，慢慢好起来了。

但一夕之间，如梦幻泡影，情况重又变得糟糕。

百姓求生，朝廷求治，修仙人求长生，没有人不在挣扎。

然而天地终究无情。

人活一世，草木一秋，天地无常，这世上之人的挣扎，诚然竭尽全力，却收效甚微。

生是偶然，死却必然，新生终究短暂，万物终归寂灭。

他忽然想起一句话。

天行有常，不为尧存，不为桀亡。①

他的记忆便忽然清楚了，想起早已在经年的记忆中模糊的《长相思》的扉页，上面正是写着这样一段话。

"天行有常，不为尧存，不为桀亡，非悟此道，不能解太上之忘情也。"

他便又想起那日万念俱灰之下悟到的"黯然销魂"。

"长相思"的招式，到此为止了，"黯然销魂"之后，又会是什么？

了悟世事无常，万物终归泯灭，七情黯然销去，而后彻底寂静空茫吗？

——所谓"太上忘情"，是否如此？

刹那的恍惚间，林疏似乎有所明悟。

图龙卫那边，大致的情形已经了解，剩下的，便是与各府郡的官兵一起尽力救人了。

然而，这似乎是个死局，救得了人，活不了命。

无房的百姓，要吃住，要穿衣，要治病。

所需的钱粮，哪里拿得出来？

林疏穿行在难民间。

饥饿中，无数人朝他伸出枯瘦的手。

大街小巷里，先传来孩子的哭声，而后是女人的，最后，男人们也呜咽起来。

丝丝缕缕的黑红之气从他们身上逸散出来。

这是怨气，林疏很熟悉。

千百年来，百姓的怨气就这样积聚，愈来愈浓，愈来愈深重。

他看着这些怨气逸散，却发现，绝大部分，朝着一个方向涌去了。

无愧身上。

---

① 引自《荀子·天论》。

他的声音又有些冷："你在做什么？"

无愧："不能吃吗？"

林疏："你吃它？"

无愧殷红的舌尖舔了舔嘴唇，眼中血色又浓了几分："我以它为食，你要怪就去怪欧冶子。"

欧冶子早已作古，林疏自然无法追究。

他道："以后不可。"

无愧兴致缺缺："哦。"

"诸般事务，我们自会回报朝廷，林公子，时候不早，您回去吧。"图龙卫的首领对林疏道。

林疏看他们这一整天，因着朝廷的命令语焉不详而无头苍蝇一样奔忙——若是萧韶还在，情形或许会不同。

若萧韶还在……

他忽地有些出神了。

图龙卫道："公子？"

"无事。"林疏回道。

过一会儿，他又道："你……跟我来。"

图龙卫不明所以，但还是跟着他。

林疏记得此城中凤凰山庄的管事在一家布庄。

山庄的人自诩凤凰的后人，喜欢择高处而居，因此庄子并未受太大损害。

管事道："林公子。"

而后他一眼看见林疏因走在雨中街头，衣摆上沾染的污渍："公子要换衣吗？庄子里依您的尺寸，备着许多衣物。"

——虽不是为此而来，但似乎确实该换。

萧韶喜欢他穿白衣服，料子越轻越好，形制越缥缈越好，最好是清风一吹，便天边流云一样仙气缥缈地拂动起来。

但这样的衣服并不适宜现在的情形，而且他穿得再白，再有仙气，也没有人爱看了。

林疏便没再选那样的，随意拿了一身烟青的袍子，很简单的式样。

"言念君子，温其如玉。"[①]管事笑捧上一支式样简单的桃木簪，"林公子换上

[①] 引自《诗经·秦风·小戎》。

青衣，竟温柔多了，沾了些人间烟火气。"

林疏便把簪子也换上。

之后，两人便谈正事。

林疏的来意很简单。

官库没有钱粮，没有布匹，没有药材。

凤凰山庄有。

凤凰山庄富可敌国并不是浪得虚名。

他要山庄开仓，与官府一同救济灾民。

管事起先面有犹豫，看到凤凰令之后才彻底应承。

传讯烟花点起，山庄在各处的铺子，全部开启库房，赈济灾民。

图龙卫道："多谢公子高义！"

林疏没说话。

他看山下挣扎之百姓。

他或许动了恻隐之心，或许没有。

只知道若萧韶在此，会这样做。

自萧韶灰飞烟灭那一日起，此身已非他所有，有时候，他得替萧韶活着。

他终究不能忘情。

他做不到寂然无所思。

他只想一个月圆的夜，帐暖灯红。

亭台楼阁、丝竹管弦之间，转头看见凌凤箫，一身大红华服，上面落满牡丹，从太平盛世的锦绣丛里转出来，轻轻勾唇一笑。

他毕生远人群，爱清静，穿白衣，用古剑，寡淡，也无聊，一生所见所念之繁华美艳，他似乎就在于此了。

而斯人已逝，影踪难觅，若来日黄泉相见，能把地面上的承平盛世说与萧韶听，定是不错，想着那一幕，似乎足以慰藉平生寂寥。

他正想着，那边图龙卫又接了国都的命令，因着对地方情况了解不足，与上一条命令自相矛盾，让首领很是头大。

林疏看他头大如斗、进退两难的挠头之状，不由得笑了笑。

诸项事宜的安排，其实也不算太难。

一方面，萧韶临危时的应对，他见得不少了；另一方面，他自觉条理也算清晰。

手中的凤凰令流转着朱红光泽。

见此令者，于凤凰山庄，如庄主之亲至；于王朝诸人，如皇帝之亲临。

啪嗒。

他将令牌放在桌上，指尖轻按，将它转向图龙卫的首领。

首领微垂眼，看令牌上的凤凰纹路，轻声道："图龙听令。"

图龙卫是听话的。

林疏自忖所下的几道命令也没有什么问题。

古往今来，救水灾的思路都差不多，止水、救人、防疫——然后根据具体情况，分出轻重缓急。

当然，一个重要原因是，有凤凰山庄的物资在，不怕缺钱。

等江南的救灾事宜逐渐踏上正轨，变得井井有条——朝廷的钦差队伍也到了。

领头的是一脸晦气的萧瑄。

——此人在与萧灵阳的夺嫡之争中成功取得失败，正在欢欣鼓舞，不料被怀恨在心的萧灵阳反将一军，巧立名目，为他凭空创造了一个和摄政王差不多的爵位——要每天上朝下朝，还要在宫中长居，协同皇帝处理政务，把萧瑄气了个倒仰。

萧瑄原本不情愿来江南收拾烂摊子，如丧考妣，但看到救灾已经有了起色，大喜过望，去拜访林疏，高呼："林兄救我于水火，弟弟感激不尽。"

林疏："？"

萧瑄转眼看见无愧，扑了过去，把无愧抱起来做慈爱状："林兄，你和他又有了一个孩子？他去涅槃，你一个人带，岂不是很累？"

林疏："……唔。"

——弟弟和女儿一样好骗，现在萧瑄和萧灵阳都以为萧韶是去涅槃了，不知何日回来。

萧瑄大表孝心："不若我来和你一起带孩子，这样，也不用在国都受苦受累……"

林疏："？"

不过，还没等他做出反应，瞬息之间，萧瑄脸上就被无愧挠了一道。

萧瑄："……"

他悻悻地放下无愧，但眼睛还是盯着。

"林兄，这孩子长得真像你。"

林疏："嗯？"

无愧长得像他？

——从没有人说过这种话。

"乍一看是看不出，"萧瑄仔细打量，"但我阅美人无数，这孩子长大后保准与你是一个模子里刻出来的。"

林疏："我不觉得。"

连无愧也歪了歪脑袋，看了看林疏，然后摇摇头。

"是因为你们的衣着神态都大不一样，"萧瑄坚持，"你让我小侄换一身白衣试试。"

林疏还留着果子早些年穿的衣服，随意拿出一套白色长衣。

无愧脱了厚重华丽的黑袍，换上白衣。

……还是不像。

萧瑄道："眼睛太红。"

无愧翻了一个巨大的白眼，再翻回来，血红的眼瞳变成了黑色。

依然不像。

林疏继续看文书，打算不再搭理这"只"满口胡言的萧瑄。

"眼神太邪，"只听萧瑄道，"林兄，你再看。"

林疏抬头，见萧瑄用发带遮住了无愧的眼睛。

——只余下眉毛、鼻子和嘴巴的时候，林疏发现，这个无愧，竟然和盈盈像是一个模子里刻出来的。

——而盈盈，是照着他的样子长的。

根据传递性，无愧真的和他有些像？

林疏蹙了蹙眉，问无愧："你的外貌是怎样生出的？"

"天生地成，"无愧摸了摸自己的脸，"我又不是那些照着别人长的果子。"

——那这就过于巧合了。

不过无愧皱了皱眉头，又没好气地道："可能是你帮我渡劫，我背因果，呸。"

他睨着林疏，冷漠地道："我早觉得这脸不顺眼了，我不想长成这样。"

林疏面无表情："哦。"

萧瑄："那你想长成什么样？"

无愧拿重新变得血红的眼睛瞅他，诡异地笑了笑："与你何干？"

萧瑄忽然就打了个冷战，像遇到什么恐怖的事情一般，后退了几步，接下来的时间都变得很不自在。

林疏："你怎么了？"

"没事……"萧瑄的语气一点都不活泼了，艰难地咽了咽口水，"我只是……想起来一个人。虽然长得不像……也不可能……"

他说话声都有些哆嗦了。

林疏："是谁？"

"晦气。"萧瑄也不说，飞快地溜了。

林疏也没管他到底想起了什么不好的记忆，依旧统筹江南事务。

光阴似箭，几个月下来，他走过了江南的很多地方，做了很多事情，从泥泞里救过满身脏污的孩子，也亲手在粥棚里布过粥。

坊间似乎流传着许多对他的溢美之词，不过他并没有细听。

江南事务踏上正轨后，林疏又花了近两年的时间，带无愧走了很多地方，见了很多东西，也顺手做下了不少事情。

两年。

江南水患之后，天下风调雨顺，欣欣向荣。

因林疏一边带着无愧游历名山大川，一边经常接到两个弟弟的求助，所以他的事务还是很繁忙，或自发进行，或受人所托。有时去整治某处仙门，有时去解决雄踞一方的妖兽，有时去破贪污腐败的巨案，还有时下山扶贫——再加上大国师在凤凰山庄里受的伤渐渐养好，有余力整治仙道，这两年间，他在凡间和仙道的名声竟渐渐如芝兰之芬芳了。

只是……

"抱歉，这位仙子，在下心有所属，恕不能接。"他温声拒绝一位仙子所送的璎珞。

然后，他听见仙子在自己背后嘤嘤咬着手帕，和女伴说："我父亲乃是南海剑派的掌门，也算是富甲天下，这还不够打动林仙君吗？"

仙子的同伴道："唉，也是。虽说凤凰山庄的大小姐才是这世间最富有的女人，我们和她相比都有些不够看，但林仙君已经不是冰清玉洁的少年郎了，还带了孩子，也应当降低些标准才是。"

仙子继续嘤嘤哭泣："但林仙君那么好看，还温柔，我不能放过，我要去找我爹，绝不能被那些虎视眈眈的女人捷足先登。"

林疏听得满头问号。

仙道的风气不正，这是他很多年前就知道的事情。

但是，再不正，也不能这样。

他现在很有钱，可以说是世上最有钱的人，凤凰山庄的财产，青冥洞天的财产，猫飞升后还把浮天仙宫留在了他手里，哦，他也可以支配国库。

他也很有势，可以说是世上最有势的人，大夏的皇帝和瑄亲王，都是他的弟弟，无事不听从他——他还是剑阁的阁主。

他的修为也很高，当今世上没有人可以与其相比——领悟"长相思"和"寂灭"之后，他的实际境界远超渡劫，只需心念一动，就可引来飞升劫雷。

他长得还不错，也不矮，清卢经常在顶着酒盏罚站、锻炼仪态的时候号哭："师尊，我何时能有你这样的仙仪？"

但为什么，凌凤箫拥有这些条件的时候，是人人艳羡的大小姐——他就成了人人觊觎的香饽饽？

林疏百思不得其解，这件事实在令他苦恼。

令他苦恼的还有另外两件事。

一件是无愧。

无愧真的改不了。

他是天生的邪煞，下意识地想去杀人，下意识地吸取怨气，尽管走了这么多地方，看着林疏救了许多许多的人，他还是那样冷眼阅世。

——他甚至根本不想跟着林疏，但是，林疏帮他渡了化形劫，这就好比萧韶帮猫渡了飞升雷劫，是要报恩的，有因果纠缠在里面。

林疏时时看着他，他也不能伤害林疏，倒还好，相安无事。另一件事，他却是真的不知该怎么做。

这一天晚上，他睡觉时，将那片凤凰羽毛又压在了枕下。

——这两年间，他已经发现，每当睡觉时羽毛在近处，他就会以神魂的形式看到那只鸡崽。

果然，一入梦，他就听到一声虚弱的"啾"。

林疏抱起鸡崽。

鸡崽艰难地抬起眼皮，靠着他的胸膛："啾。"

他轻轻揉着鸡崽："你究竟怎么了？"

鸡崽似乎很难过，低了低头："啾。"

怀里的温度，已经是微凉了。

自林疏两年前第一次梦见鸡崽，它就一日复一日渐渐虚弱下去，从健康到病弱，到今天，已经是奄奄一息的状态了。

林疏一开始怀疑是无愧从中作梗，但又发现无愧并不是很讨厌羽毛，有时还拎着羽毛与它说话，喊它"小凤凰"——他对羽毛的态度甚至比对林疏还要好一分。

他这两年间寻了无数稳固神魂的宝物，也看了无数典籍，连青冥洞天藏书阁中最生僻的神魂法印都学了十成，仍然无法延缓小鸡崽的虚弱。

稳固神魂不成，就找有关凤凰的记载。

然而，仿佛造化弄人，世上所有有关上古凤凰的记载，都被二十多年前的皇后收集起来了。

收集之后呢？

林疏遍寻不得，只能推测皇后一直将它们带在身上，然后，萧韶杀皇后时，用的是灰飞烟灭的杀法，皇后随身的东西，也都化作飞灰了。

所以林疏永远没法知道这鸡崽到底是从哪里来的，又该怎么治疗鸡瘟，他只能腹诽萧韶自作孽，害了自己的小鸡崽子。

就这样抱着虚弱的小鸡崽过了一夜，临走前，鸡崽虚弱地叼着他的衣袖，仿佛不让他走。

林疏心中一酸，觉得这鸡崽是真的命不长久了。

早上醒来，无愧正不善地看着他："你又去抱萧无病？"

林疏收起羽毛："嗯。"

——自从发现鸡崽逐渐变得虚弱，林疏就给它取名萧无病，但无济于事。

无愧就不善地笑。

他的态度很奇怪，林疏真的分不清他是在吃自己的醋还是吃鸡崽的醋。

林疏道："无病快死了。"

无愧道："还治吗？"

"我不知还能怎样去治，"林疏看无愧，"你向来自诩上古妖刀，也不知上古凤凰的事情吗？"

无愧："我作甚要去管鸡窝里的事情？"

他这话一出，林疏却忽然心头一跳。

无愧不管"鸡窝里的事情"，但千年前的仙人，或许知道。

比如青冥魔君，比如幻荡山的那位陈公子。

但仙人下凡有屏障，十年只有一次机会，而且只能是一个飞升前刻下印记的固定地点，一般是自己的洞府，比如陈公子的幻身只出现在幻荡山，魔君只出现在青冥洞天。

十年只有一次……那公子和魔君短时间内都不能下来了。

但是，还有一个人！

而且，也有一个人，可能知道这人的洞府在何处。

林疏来到了青冥洞天。

师兄飘过来道："师弟！好久不见！"

林疏："师兄，你知道月华仙君的洞府在何处吗？"

师兄大为嫌弃："那贼子道貌岸然，为了仙道上的美名，洞府一贫如洗，莫说是法宝，连个铜钱都没有，像月光一样干净，师弟问他作甚？"

林疏："我欲请仙君下凡，有事相询。"

"下凡，下凡……"师兄转了转眼珠，"倒也……"

林疏："怎么说？"

"不瞒你说，师弟，月华贼子的洞府，千年前就被师父拍得粉碎了。"

林疏："……"

他的小鸡崽注定要死亡了吗？

但师兄话锋一转："不过，这狗贼下凡的地点，也不在他的洞府里。"

林疏："在何处？"

师兄眼珠乱动，很不自在："师尊打碎了他的洞府，他攀咬上来，欠债还钱，欠府还府……这个下凡的魂印……他……他……就刻在咱们青冥洞天。"

师兄在洞天的一个偏殿里，找到了一面墙壁。

墙壁上刻着一个淡金色的法印。

因着林疏在试图解决鸡瘟的过程中，学了神魂法印的刻法，所以能看出这是一种特殊的印记——以固定的纹路留下一个神魂的记号，再以某种东西触发，不论在多么遥远的地方，神魂都能归来。

师兄开始作法，在印记前点了一枚香，边点，边说："师弟，等会儿那狗贼就出来了。那狗贼的眉毛能看，眼睛能看，鼻子和嘴巴也看得过去，但拼在一起，就让人想打了。"

大约过了一刻钟，柔和的光芒笼罩了整个房间，使人如春风拂面。

不多时，光芒中步出一人。

来者穿一身勾勒淡金纹的白衣，玉冠束了墨发，眉目俊逸，身姿挺拔，朗朗如日月之入怀。

只不过，脸上有一道仿佛利器划出的血痕，还是新鲜的。

他轻轻一抹，痕迹愈合，仿佛没有存在过。

这人嘴角噙了一点笑意，原本是很温和的样子，但是看到师兄，瞬间笑意扩大了一分，带了点浪荡逗弄的意思："徒弟，想我了？"

师兄："滚。"

然后师兄看林疏："师弟，这就是那月华狗贼。"

月华仙君看向林疏，正正经经地与他见了礼："久闻你名字。"

林疏："晚辈亦久仰前辈大名。"

久闻名字是真的，只是这名字后面总跟着"狗贼"二字就是了。

月华仙君轻笑："想必不大好听。"

林疏自然不能说出实情，只道："前辈风姿超然，晚辈钦佩。"

师兄："呸。"

虽然师兄和青冥魔君口口声声叫月华仙君"狗贼"，但现在一看，这位仙君并不"狗"，相反，这通身的仙家气派，果真如皓月之华、明月之辉。

月华仙君与他在玉桌上对坐。

"前些时日陈公子下凡，说人间恐迎来怨鬼横行之世。如今你唤我前来，可是为此事？"仙君道。

"怨气已被解决。"林疏斟酌措辞，"今日请仙君下凡，是有事相求。"

月华仙君一笑："你尽管说吧，既是青冥之徒，我自会全力帮你。"

林疏便据实以告，从头说起："我的神魂里住着一只鸡。"

他看见了月华仙君眼中的问号。

为补救，他把那片羽毛拿了出来。

"此乃凤凰羽，"仙君查看羽毛，"有凤凰神魂的气息。"

林疏便把整件事情，包括鸡崽的出现和鸡崽的虚弱完完整整说了。

仙君沉吟许久："不瞒你说……"

以林疏的经验，"不瞒你说"四字一旦出来，事情就要糟。

果然。

"我与凤凰族结仇甚深，并无机会接触凤凰族的消息，"仙君道，"但我观它气息，似与涅槃有关。"

说罢，他看向林疏："这羽毛的来历……果真只是凭空出现的吗？"

林疏心头一跳。

他道："您也不知如何救吗？"

"我确实不知，凤凰的习性，向来是他们族内的隐秘，而依你所说，现存典籍已然不能寻得，此事棘手。"仙君道。

林疏心中很是失落。

正当此时，那面因果镜子从他的芥子锦囊中跳出，幽幽浮在半空。

月华仙君看着那面镜子，道："它在你手中吗？"

林疏："嗯。"

月华仙君一招手，那镜子居然顺从地飞到他手中。

仙君一眼就看见了镜子背后遍布的裂纹，"分离聚合，莫非前定"八个字已经几乎看不出了。

林疏听得仙君道："封印摇摇欲坠，八本秘籍……你已集齐七本了。"

林疏："是。"

他欲解释为何还没有把它们焚毁，却见月华仙君眼里噙了一点笑意，看着镜子的反面："此镜是青冥所炼……这道封印，是我千年前借杀神兽、斫龙脉之力，取无限气运所成，若非如此，他必酿成大祸。"

林疏："？"

神兽是您杀的？

龙脉是您砍的？

不，先不提这个。

他继续听。

但听仙君继续道："你说凤凰古籍是近年被毁……既如此，此镜可助你一观数年前之典籍。"

林疏："要怎样做？"

月华仙君却没有正面作答，而是缓缓地道："因果镜下藏了一个关乎天地造化的秘密，你若能以八本秘籍聚集之气运开启封印，待正反两面同时现世时，你便会明白该如何做。"

林疏："您……不是要毁掉八本秘籍吗？"

"你已彻悟'寂灭'。悟'寂灭'者，近于无欲无求，我不怕你心怀歹意。"仙君淡淡地道，"只需记住，成事后，即刻烧毁秘籍，不可使其落入有心人手中。"

林疏："好。"

说到这里，月华仙君笑了一笑："恰逢近日你师父心情不好，我助你一次，也可去他那里邀功。"

林疏歪了歪脑袋。

师兄插嘴："你这疯狗！是否又咬上了我师父？！"

仙君冷漠地道："重获人身之法，你不想要了吗？"

师兄闭嘴了。

"时候已到，"仙君重新看向林疏，身影逐渐变淡，声音也逐渐变得缥缈，"光阴无限，人力有穷。我已看过你神魂的强度。记住，你有三次机会，且不可久留，否则神魂崩毁，万劫不复。"

光芒渐渐消失。

林疏与月华仙君告别，想着他的话。

仙君的意思就是，要自己集齐八本秘籍，到那时候，自然知道该怎么做。

八本秘籍，还差一本《长相思》。

而鸡崽奄奄一息，他的时间已经不多了。

这世上，却没有一个人知道《长相思》的踪迹，除了桃源君，而桃源君也已经杳然无踪了。

离开青冥洞天，他便开始寻访。凤凰山庄、剑阁，乃至图龙卫的全部力量都用上，依然毫无进展。

桃源君，似乎只活在萧韶的记忆里，是一个虚无缥缈的、想象中的人物，从来没有在世上行走过。

询问剑阁长老，他们也只说无桃源君这人，而《长相思》更是杳无音讯。

最后，林疏回到了剑阁。

剑阁终年不歇的雪，依然像他离开时那样飘飞着。

雪山之巅的大殿，点着长明的灯火，他铺开一张纸。

记忆中的那些词句，因为太久远，已经无法追寻。他在冥冥之中回想当年学剑之时，一笔一画在纸面写下——

"天行有常，不为尧存，不为桀亡，非悟此道，不能解太上之忘情也。"

不行。

他换一张纸。

"天行有常，不为尧存，不为桀亡……"

还是不行。

绝世秘籍牵扯气机，而他现在并无感觉，纸上所写，仿佛只是最庸常的词句。

到月至中天时，他仍然毫无进展。

北风开始呼啸，他望着窗外飞雪，一时间竟惘然了。

夜深之时，前尘往事，总会浮上心头。

他一时间又想起月华仙君那一句——"这羽毛……果真只是凭空出现的吗？"

还有那句"似与涅槃有关"。

那一天，萧韶殒身雷劫中，空中飘落一羽，被他接住。

但那天，除了无愧，萧韶身上并没有带什么东西——他的东西全都给了林疏。

林疏拿出那根羽毛，握在手中。

空旷的大殿，无边无际的孤冷之中，羽毛兀自散发着融融的暖意红光，仿佛要从手掌流入，暖遍他的全身。

他听见自己低声道："是你吗？"

声音触到冰冷的石壁，有层层回声，最后消散在窗外的北风中。

没有人回答。

林疏不敢期许，只怕自己失望，他宁愿只当这是一根寻常的羽毛，住着一只寻常的幼崽。

他将羽毛放在案前，再度提笔，只觉得很灰心。他想自己困囿于相思，已经脱离了"长相思"中无情道的本意，恐怕即使将全本一字不差地默写下来，也无法重现那本能引动天地气机的绝世秘籍。

但……记载无情道的功法，为何要叫"长相思"呢？

长相思，又是对谁的相思呢？

他无从得知。

他弃掉又一页写着"天行有常"的纸，想来自己对道法的感悟尚有不足，决定不书写此页。

他写第一式"空谷忘返"。

他望窗外雪色。

一点孤灯如豆，映遥遥远山，茫茫雪谷。

前生，他的记忆就起自这大雪纷飞的山谷，日复一日，年复一年。夜里、白天，他的命仿佛与它融为一体。

雪中，他总是忘记回房，闭上眼，默念心法，浑然而忘返。

他便写了。

《长相思》原本中的形容，他已经记不起，只凭着自己的感悟，将这一招式，与招式中内蕴的境界一点点写出，起初艰涩，继而行云流水，仿佛自然由笔尖淌出。

最后顿笔，天际传来隐隐雷声。

林疏想，看来自己对这一招式的领悟还算深刻。

第二式"不见天河"。

那时他远离剑阁，亦远离剑阁山下滔滔天河，置身纷乱人群之中，天地之大，无处可归。

第三式"壁立千仞"……

冥冥之中仿佛有什么东西指引，一式复一式，他仿佛置身当初的情景之中，将自己二十余年的生命，重新走过一遍。而在这重历此生的过程中，诸般心境与感悟自笔端流泻而出，一发而不可收。写到最后，他竟有心力为纸上词句所牵引之感，心跳是快的，又仿佛很空。

——是平生历历往事控着他的笔，他无法停下来，甚至不能稍作停顿。

而光阴似箭，转眼许多年。

那一日，凌凤箫一袭红衣在江岸雾雨中模糊，他立在船头，看碧天无际，江水长流。

离开凌凤箫，他仿佛斩断了此生与尘世仅有的一个牵绊，来到无尘之境——可他站在船上，江风吹动衣襟的时候，又觉得自己很孤单，孤单如这无边水面上的一叶小舟，飘摇如小舟在水波上晃动。

便是那一式"一叶孤舟"。

若果真无情，是否还会觉得孤单？

林疏不知自己的理解和"长相思"的本意是否有所偏差，但他已控制不住走笔。

记忆沿往事回溯，到那天，大巫的刀指向萧韶的后心，他直觉之下做出的唯一的反应，是挡在那刀刃的前面。

因为平生心事都系在身后这一人的身上，那一刻他做不了别的。

而正因有这一点情衷落地生根，当斯人已逝，阴阳相隔——

黯然销魂者，唯别而已。

往事，愿意回忆的、不愿回忆的，全部揭开，呈现在他面前。他眼前恍惚，仿佛自己不是用墨在写，而是用命。

"黯然销魂"四字落下，他猛地咯出一口血来。

耳边轰隆一声炸雷响，光照彻整个房间，狂风吹破窗户，案上纸页纷纷扬扬落了一地。

他擦了血，将它们一张一张收拢起来，不管外面如何飞沙走石、狂风呼啸，只将它们放在桌上装订。

无论"长相思"的本意是什么，他想，他都不管了。

无情，有情，一叶孤舟，黯然销魂。

他生在一片空寂中，无所觉，无所知，故而不知情，也无情。他眼中大雪茫茫，覆没世间万物。

皮囊、颜色、音律、味道，似乎都是寻常。

可就在这满世界的寻常中，当所有的外貌都是皮囊，他还是觉得凌凤箫美丽。当他忘记世间一切美妙的声音与味道，寒梅香气，还是会缥缈入梦而来。

于是这个人就成了他无情中的有情，而这一点情意如一药引，他由此又看见世间其他之情。

对林疏来说，这就是"长相思"。

他在封皮上轻轻落笔，珍而重之写下"长相思"三字，意外地，看着封皮，他竟有一丝遥远的熟悉感。

窗外寒风呼号，又戛然而止。

整个世界都静了，一股不可言说的气机，从这本薄薄的书册上升起，充斥整个房间，乃至整个山巅，天地间似乎有异象出现，但他无暇去看了。

他将八本秘籍排开，气机愈来愈盛，肃杀浩然，如天地之威。

那面因果镜子自发浮在殿中，最后一本秘籍也摆上书案时，只听"咔嚓"一声，它背后花纹彻底破裂，铜屑纷纷落下。

铜锈之下，是另一个光滑的镜面。

林疏走到殿中，仰视这面镜子。

新的镜面中仿佛有无限的空间和情景，他转瞬之间，似乎又看见自己过往的一生。

再想起先前师兄对这面镜子的描述——一面是过去，一面是将来，从前他在镜中看见的是将来，现在这一面则映照着过去。

按照师兄的说法，这因果镜子另有一个正经的名字，叫"孽镜台"。

孽镜台是一个双面镜。

双面。

他蓦然睁大了眼睛，镜中景物流转，停在三年前的一幕。

在大巫的极乐之国里，有一座佛寺，佛寺中央供奉一座双面佛，一面是过去佛，一面是未来佛，而这佛像确确实实连接了过去与未来，是整座极乐之国的核心。过去佛可以追溯往事，未来佛可以窥知来日。

当一个人掌握了双面佛，整座极乐之国所有因果随时光的流变，便都被他掌控了——当年萧韶正是加速了整座极乐之国的时间流逝，使它崩溃，这才破开大巫布下的迷局。

那么，这个双面镜……

他怔怔伸出手，去触摸镜面。

月华仙君说，光阴无尽，人力有穷，他有三次机会。

若时间溯回二十年，他能否得见凤凰山庄的秘籍？

一直默默待在殿里的无愧抓住了他的衣角。

林疏默许了他的举动。

手指触到镜面那一刹那，天旋地转，他置身一个无垠的空间。

亿万计的因果之线相互交缠，缓缓前行，比大巫的极乐之国又扩大万倍，过于宏大和复杂的场景足以震慑所有来者的心魄。

而这也是整个世界的时光河流——他得以从更高的维度俯瞰众生。

林疏闭目推演。

二十四年前，在这条时光河流中，是哪一个节点……

——他要回到凌凤箫出生之前。

第十一章

桃源君

这个时间节点并不确定，林疏凭借推演结果大致选定了一个区间，便带无愧进去了。

　　场景再度变化，天旋地转的眩晕中，林疏想——也无怪月华仙君要封印这面镜子，无论是改变过去，还是窥知未来，一旦落到有心人的手中，确实可以酿成日月倒转那个等级的灾祸。

　　而这面镜子的来龙去脉，现在也彻底清晰了。

　　上古之时，幻荡山是连接天道的山川、仙道帝君的居所，更有神器"生生造化台"，掌控着天下命脉——这种等级的神器，一旦拥有，就可翻云覆雨、掌控天下，危险至极。或许当年的仙帝就是出于这种考虑，毁掉了它。

　　又过很多年，青冥魔君出世——这是一个不折不扣的狠人，又是个天赋卓绝的惊艳之人，或许是找乐子，或许是有所求，竟用生生造化台的残骸炼制出这面贯通过去和未来的"孽镜台"。

　　而后，正道的月华仙君为防止祸事发生，拔剑而起，要替天行道，诛灭青冥魔君，毁掉孽镜台——这二人的种种纠缠或许就是由此而始。后来，或许是因缘际会，又或许是惺惺相惜，总之他们没有打得你死我活，而是各自妥协一步，月华仙君封印了这镜子的一面，使它无法发挥作用。

　　掌控了孽镜台，林疏果然领悟到了时间与因果的脉络，知道了这个世界在更高维度上的构成。

　　只是，他倒是通过这种方式得知了，多年前的大巫创造极乐之国，原理也是如此——大巫又如何得知呢？

　　他心中有隐隐约约的不安，但又说不出是什么，稳了稳心神，带无愧落地。

　　六月的太阳，很盛。

　　镜子幽幽浮在他身侧。

　　时间点是他选定的，地点却不知如何选，想来是镜子自己决定的。

　　这镜子贯通因果，背负气运，既然带自己来到一个特定的地点，那必然是因为这个地方正发生着会影响未来因果的事情。

林疏环视四周高大的宫殿、流光溢彩的琉璃瓦，还有有序走动的宫人，发现这地方赫然是南夏的皇城。

他牵着无愧，不好走动，好在无愧这时倒也算懂事，自己进了青冥洞天。

林疏掐了一个隐身的术法，逐渐接近皇后居所，并中途从宫女的口中听到了两个消息。

第一，小殿下降生，是陛下的第一个孩子，是个小公主。

第二，小殿下重病，危在旦夕，微服下江南的陛下听闻消息，心急如焚，正在赶来。

小公主……那想必就是凌凤箫了。

这是凌凤箫刚刚来到人世的时候。

一种难以言说的感觉漫上林疏心头，他感觉自己心里很柔软，不由自主地，想笑出来，但与此同时，又很悲伤。

他深呼吸了几口气，来到皇后寝殿的外围——以他的修为，出入世间的任何地方，都不会被发现端倪。

皇后与凤凰庄主屏退了众人，正在秘密商议。

庄主的语气很焦急："虽已瞒住他的真身，滴水不漏，可这凤凰血作乱……孩子眼看就要气绝了。"

皇后的声音犹带产后的虚弱："天下的名医都没有办法，传闻我山庄的先祖亦身怀凤凰血……又是怎样存活？"

"凤凰血是极阳之气，这孩子是男孩，情形比先祖又要严重许多。前几日你时常腹中剧痛，我已查了典籍，阴阳调和，冰炭相息，若得极寒真气相助，便可以解决凤凰血。先祖与一剑阁仙君结为道侣，故而长命百岁……可剑阁避世，根本不收外界消息，我派出的使者，没有一个能进剑阁的山门。"

皇后似乎叹了一口气，声音里带着些哭腔："我的凤儿……"

"锦妹，你又糊涂了，这是你新生的儿子，不是凤儿。"

皇后没有接她的话，只是一味地道："须在陛下回来之前，找到方法。姐姐，此事还须从剑阁入手……"

林疏站在门外，风很大，吹落一地艳红的海棠花瓣。

他看着凋零的残红，回想因果镜子里那个人。

满山的桃花里，一个人，穿青衣，插木簪。

他看了看自己身上的衣服——睹物可以思人，白衣总让他想起爱看白衣的萧韶，两年前，他就改穿淡青的袍子了。

而白衣宜用玉冠，青衣则配木簪。

冥冥之中，他似有所觉。

他轻叩殿门。

庄主的声音里满是杀气与警惕："谁？"

林疏道："剑阁人。"

"剑阁人？"他听见皇后轻唤，"姐姐，快请。"

林疏就被请进去了。

年轻时的皇后，容颜盛极，但林疏是没有心思去看的。

他一眼就看见了重重床幔之中，锦被里一团很小很小的东西。

眼眶似乎有些湿润，那种不可言说的柔软又撞击了他的灵魂，他下意识地放轻了呼吸。

象征阁主身份的印鉴、剑阁的信物，他都随身带着，足可向皇后证明他的身份。

"阁主，"凤凰庄主眼中是真心实意的激动欣悦，"我们孩儿的凤凰血……"

"阁主，"皇后的声音却打断了凤凰庄主，轻言细语，"您不辞万里远道而来，是有什么要事吗？"

她既给了这个机会，林疏就算再不会说话，也知道此时该怎么说、怎么做了："在下有求于贵山庄。"

"仙君但讲无妨，我与姐姐必倾尽所能。"皇后轻声道。

"小殿下之血脉，在下以剑阁真气，可以襄助，"林疏开始面无表情地睁眼说瞎话，"寻您与凤凰庄主，是因在下感悟剑法，其中有一味'涅槃'之意，百思不得其解，欲借山庄与上古凤凰有关之典籍一观。"

反正，剑阁人嗜剑如命，众所周知。

他又不能把羽毛拿出来请这两位看，怕她们认出这是自家山庄的东西。

皇后似乎沉吟了一下："这……自然是可以的，只是我孩儿的血脉，仙君果真有办法吗？"

林疏："不妨让在下一试。"

皇后允了。

但公主殿下金尊玉贵，哪怕还是个刚出生没多少天的婴儿，又岂能让外人看见全貌？林疏满心的怜爱，最后只看到皇后拨开幔帐，放出来一截雪白的、有一点胖的小手——也只能听到帐子里面这小东西微微急促的呼吸声。

手腕上缠了一枚金质的长命锁，衬得皮肤更加莹白。

林疏轻轻握住这只一看就很软的小爪。

他心中酸楚，手指微颤，想亲一亲这只小爪子，可庄主与皇后就在身边，他只能规规矩矩地松松握着。

他的经脉被自己废了，所幸当年那瓶可以激发灵力的丹药还剩了几颗。

他便嗑了药，将灵力抽成细丝，缓慢地送进这小东西的经脉中。

灵力游走，平复翻涌的凤凰血脉，凌凤箫急促的呼吸声平稳许多，玉雪般的小爪轻轻回握住林疏的手指，让林疏心尖上有点发痒。

只是，孩子的身体弱，经脉也细，能承受的灵力有限，炽阳之气又会不断增长，他粗略估计，这次输的灵力，能维持四五年时间。

将情况告知两人后，她们都很忧心，问四五年后，又该如何。

林疏说四五年后他会再来。

——总之，他有三次机会，不怕多跑一趟，却不能让这只还是幼崽的小凤凰受了委屈。

皇后似乎安心许多，但又提出了新的问题——根据典籍，孩子越大，凤凰血脉就会越猖狂，单纯输送灵力已经解决不了问题，需要别的手段——她举了凤凰先祖的例子，然后声音里带上了一丝期冀："劳动仙君大驾，我与姐姐感激不尽……可二十年后，又当如何是好？小女子恳求仙君，若剑阁有适龄的孩子，可否、可否……"

她的声音变得羞赧："我亦知这是妄想，但为人母者，着实牵挂孩儿。若能和贵阁结下姻缘之好，我儿便可免去血脉之痛，我……亦安心了。若仙君能允我，山庄所有典籍，即便全部送给仙君也无妨，山庄的财产与地盘，若仙君需要，也一并给了仙君，山庄上下感恩戴德，永志不忘。"

林疏："……"

皇后的意思，他总算明白了。

中心思想是：我要给我儿预定一个能解决血脉问题的道侣，如果你答应，典籍就给你看。

按照寻常的逻辑，剑阁仙君为了剑，要上古凤凰的记载；剑，是剑阁人的命脉，而她掐准了这位仙君的命脉，要挟剑阁给她儿子分配一个双修渡灵用的道侣。

林疏的命脉现在不是剑了，是这个病恹恹的小凤凰，还有小凤凰留下来的病弱鸡崽。

所以，纵然有差错，她还是掐准了林疏的命脉。

林疏有什么办法？

没有。

为了看到涅槃典籍，他只能同意。

他只是感觉很荒唐。

小傻子根本没有什么师父，是他林疏为了几本典籍，自己把自己给卖了。

同意之后，凤凰庄主十分欣喜，并且当机立断，不给林疏任何反悔的机会："仙君，若您同意，我们即刻便立下婚书吧。"

林疏："……"

凤凰庄主权当他默许了。

当即林疏便眼睁睁地看着凤凰庄主把他未来的卖身契准备了个全套。

庄主挥笔就写。

左右是那些套话，什么"鸡豚同社，桑梓交阴。早缔嘉姻，更申旧好"。

"伏承……凉州凤凰庄主第一令女，以……"

写到这里，庄主卡壳了，道："尚未问仙君籍贯与名号。"

林疏已经魂飞天外："籍贯为闽州。"

"闽州……"庄主抿唇写下，又问，"仙君名号为何？"

林疏："无有名号。"

"仙道中人，向来以号为名……"皇后的轻声细语传来，"仙君莫不是嫌弃我们，不愿透露……"

林疏赶紧打住她的"嘤言嘤语"："并非如此。"

"只是若无名号，婚书总不正规，会招致他人非议。仙君故乡何处？或是有心爱之地、常年居所，只需摘出一地名，便可冠以名号。"

林疏就有点惘然了。

他没什么固定的居所，也没有什么归处。

心中喜爱的，倒有几个地方。

昔年在上陵学宫，与大小姐同住的竹苑。北夏境内，深山中误入的桃花源。还有最后被血雾弥漫的凤凰山庄，乃至并州那条萧韶为他留下的桃花山谷。

之所以喜欢，也不过是因为有萧韶在，与萧韶在此处安稳度过许多时日，又没有世间风雨的侵扰——论其性质，全都是世外桃源，且与一人有关。

——这也是他对此生归处的所有要求与遥不可及的盼望。

萧韶说，"东风吹落桃花，沾你衣襟，即是我来看你"。

他闭上眼睛，知道自己终将为无法更改的因果宿命所支配。

他极力想要避开那两个字，可此时此刻，他心中只有那二字。

他便开口轻声道:"桃源。"

庄主缓缓落笔。

闽州,桃源君。

总之,事情就是这样无可挽回地发生了。

林疏感到非常飘忽。

立下婚书,分作两份,封入圆筒中——一家一份,再分开一枚烟青的玉璜作为信物,这桩婚事就算是成了。

林疏自然知道一诺千金,有了这一纸婚书,从今往后,无论隔着千山还是万水,凤凰山庄都会把自家的大小姐嫁给剑阁某个不具名的后人。

于凤凰山庄来说,这桩婚约既一劳永逸地解决了凤凰血的后遗症,又免去了皇帝胡乱指婚可能造成的凌凤箫性别暴露,简直是求之不得。

而对林疏来说,他虽然为鸡崽得到了相应的典籍,但也把自己一辈子都卖给了凤凰山庄——简直是感天动地的父爱,虽然他和鸡崽是什么关系尚未可知。

此时,夜已深沉,皇后手执一盏琉璃宫灯,华服曳地,带他走进宫殿深处的藏书阁:"桃源君请看。"

在这一刹那,他忽然听见角落一声轻轻的衣料摩擦声。

那声音绝不是来自皇后,也不是他自己。

林疏出剑。

但也不需要他出剑。

皇后款步上前,宫灯照亮了一个窃书的贼。

那贼抱着书,愣愣地看着皇后,已然是痴了。

下一刻,这人才醒过神来,怀中书散落,他与林疏打斗。

武功上的造诣,他自然不如林疏,可身法诡奇,竟让林疏也不能抓住。

于是两人缠斗半晌。

"窃书小贼,"皇后轻声道,"不足挂怀,桃源君,放了他吧。"

林疏的剑顿了顿,仿佛一缕青烟,那贼钩着窗子,一只蝙蝠一样飞了出去,无影无踪——或许不是幻觉,最后一刻,林疏见他又望了皇后一眼。

他知道这人是谁。

这是影无踪,当年在北夏,林疏与他有一面之缘,还吃过他用葱花炒的鸡蛋。

这人乃天下第一的盗贼,唯一一次失败,是因为看见了一个世间最美的女人,迷了心窍。

所以他在自己的居处悬挂九个大字："盗不可采花，采花必败。"

林疏对皇后道："他偷走了吗？"

皇后俯身捡起散落的书籍，流苏碰撞，轻轻响。

她道："即便他偷走了，也会还回来。"

林疏知道她的意思。

因"多情"二字，最是损伤自身，而世上的人，又常因皮相痴迷。或许她只需轻轻一笑，就会有许多人愿意去赴汤蹈火。

她因为过人的美丽与温柔，一生都被别人爱着。

皇帝的爱，凤凰庄主的爱，影无踪的爱……乃至萧韶的爱。

或许，正因为她早已习惯别人的爱慕和真心，当她知道皇帝可以为了皇室万世不绝的荣华与威权亲手杀死他们的孩子那一刻——她才知道，这世上，还有一种东西能够使人痴狂。

便听她轻声道："我知阁下并非歹人，不是因为见了你的信物。"

林疏："那是为何？"

她上前，与林疏离得很近，轻声道："阁下的眼睛很干净。我从未见有人见我之后，没有见色起意。因此阁下若非一心向道，便是心有所属。若心有所属到了这样的程度，可见也是心思纯一之人。"

林疏微微垂了眼，心说：倒不是因为此。一则你是我道侣的生母，二则我与你有血海深仇。

他开口道："我少年时也曾遇一人，美艳不可方物。"

皇后似乎颇有兴趣："哦？"

"只是浮尘若梦，万物皆虚，皮囊易毁，琉璃易碎，"他看着皇后的眼睛，淡淡地道，"容颜如此，世间权势富贵亦如此，终归是过眼云烟。"

皇后便轻笑："阁下是想要告诫我吗？"

"只是……这些东西，于仙君，乃是过眼云烟，于我……"她笑容中有隐约的、凄切的苦涩，"于我……却并非如此。"

她提灯转身，灯辉摇曳，衣摆流光溢彩："典籍尽在此处，阁下请便吧。"

林疏望着她的背影，气机在半空凝聚，寂灭肃杀之气，直冲皇后而去！

若使皇后的生命提前结束，后来的事情，是否会因此改变？

然而下一刻，他倏然停手。

——因为皇后身后有隐约的金红色泽亮起，那只上古凤凰的魂魄，就这样每时每刻都保护着她。

林疏转身，右手搭在陈旧的书脊上。

　　即使回到过去，也依然不能改变未来吗？

　　或者说，决定未来的那个过去，本来就有现在的自己的参与。

　　皇后离开，无愧出来，在黑暗里幽幽地看着他："我没有摸到小凤凰。"

　　林疏："我也只摸到了手。"

　　无愧："真没用。"

　　林疏："下次再摸。"

　　无愧："行吧。"

　　方才凝聚了那一击，林疏隐隐感觉到了自己神魂的异常——这个世界正疯狂地消耗着它，若不能及时抽身，恐怕轻则永远被留在这里，重则魂飞魄散。

　　他飞快地查找着书籍，所幸果真有关于凤凰涅槃的记载。

　　无愧也在翻，但同时冷冷地道："你劝那个女人，无异于对牛弹琴。"

　　林疏："若她能明白……"

　　"她怎么会明白？"无愧舔了舔唇角，"世人都是如此，我吃了很多了。"

　　"萧无愧，你再食怨气，迟早走火入魔。"林疏没什么好说的，若萧韶的事情在无愧身上重演，他就真的不知道该怎样面对了。

　　解决鸡崽的事情后，他必须给无愧关禁闭。

　　无愧没说话。

　　林疏的目光忽然停在一页上。

　　无愧默默地凑了上来。

　　书上说，凤凰的涅槃，很简单。

　　死去的凤凰，肉身已是累赘，毁弃之后，将精血、魂魄寄托于一骨、一趾，或一羽。

　　而后，于沃野凤巢的天火中涅槃重生。

　　并且，必须是沃野凤巢那一处特殊的先天之火，若无此火，凤凰魂魄只能白白消磨。

　　林疏："……"

　　无愧看了看书，又看了看他："就这样？"

　　林疏没什么话可说，记忆中，萧韶好像说过这个东西，可那时他们以为凤凰只是虚无缥缈的传说，谁都没有真的把它当回事。

　　原来小鸡崽的生机，就在此处，简单无比。

　　沃野凤巢？上古时期的这个地址，就是如今的凤凰山庄后山，先天之火也从未熄灭，一直被山庄作锻刀之用。

林疏合上书："……走吧。"

月华仙君说了，不可久留，林疏即刻引动镜子，天旋地转后，回到原来的时间点。

他们落地。

林疏咯了一口血出来，无愧的情况也不大好。

只在过去待了半天的工夫，他的神魂力量就被消耗了一半，修为直接与神魂挂钩，他现在恐怕只能发挥出渡劫初期的实力。

下一刻，林疏忽然感觉房中气氛有些不对。

有杀机！

他拔剑出鞘，环视房间。

脚步声传来。

面前出现几人。

正是当时在凤凰山庄挑事，欲攻击萧韶，并继而对林疏发难的"秦道友"的几个同党与五六个巫师，有三四个是渡劫以上的实力。

只见为首之人道："大巫手稿所记果然不错，此人正是神魂虚弱之时，无须费力便可诛杀！孽镜台乃上古神器，解决此人后，我们即可将神器供奉！"

林疏握紧了剑柄。

凤凰山庄的变故结束后，这几人已经在江湖上销声匿迹，没想到，还是阴魂不散……并且似乎得知了孽镜台的秘密。

神魂是一个人的根基，神魂受损，莫说剑招，他连"寂灭"，都只能使出几成。

但他必须活下来。

一个渡劫期的巫师身形鬼魅般上前，林疏聚力出剑横挡。

刀兵相撞，林疏消耗甚多，这巫师也因此折损了四成功力。

但他竟然丝毫不退，继续与林疏缠斗！

与此同时，其余所有人合力，汹涌杀机如同天罗地网，朝林疏当头落下。

林疏挡在无愧身前，准备生受这一下。

正当此时，他身上忽然红光一闪！

一股炽热沛然的金红色灵力护住林疏全身，竟是生生挡下这必死的一击！

林疏喘了一口气。

皇后有凤凰魂魄护体，而他恰好也有一只鸡崽。

但这只鸡崽原本就奄奄一息，现在又被消耗许多……

林疏尚未想清，就见那些人再次出手！

他咬紧下唇，神魂的力量疯狂消耗，一式"黯然销魂"即将落下！

忽然，为首的那个巫师顿住了。

他的身体开始不自然地抽搐，眼白里暴出血丝！

下一刻，他的指尖，淅淅沥沥地淌出血来！

这一刹那，北风吹破门窗，大雪漫卷而来，而此人发出凄厉的嘶吼。

血。

他整个人，生生变成了一团模糊的血肉，继而完全变成一摊污血，渗入大殿的地面。

凄厉的号叫没有停止，其余的那些人，身上或轻或重，也开始流血。

林疏瞳孔骤缩。

眼前这触目惊心的情形与撕心裂肺的哀号，刹那间和多年前的桃花源重合。

他猛地看向身后的无愧！

无愧死死看着面前几人，脸色苍白，身形摇摇欲坠——然后，他点起传讯烟火。

烟火激射向窗外，在夜空炸开。

无愧扯住了林疏的袖子，另一只手握住孽镜台！

下一刻，两人再次置身高维世界。

林疏脑中一片空白，竭力稳住心神，找到正确的时间节点。

两人再次落地。

这地方是凤凰山庄。

山庄里的气氛一片死寂，从路过的弟子口中可以得知，大小姐昏迷了一个月，他们已经在准备丧事。

无愧面无表情："他们既然敢来，一定不止这些人，我们先在这里过一段时间，等你们剑阁的长老过来。"

他身上缠绕着黑气与血气，眸子鲜红欲滴。

林疏恍惚了一刻，听不见无愧在说什么。

他耳中只能听到自己血液流淌的嗡嗡声。

隐隐约约地，某种呼之欲出之物，狰狞丑恶，盘旋在他的头顶。

许是察觉他脸色不对，无愧血红的眼睛直勾勾地看向他："你怎么了？"

无愧的语调一直和常人不同，是千年前的人们说话的习惯，有时过于平直，有时又有奇异的顿挫和转折，两年来，他一直改不了。

像一个人。

五年前，有一个人，说话时也有特殊的腔调。

那个人，他还有一双血红的眼睛。

林疏："你方才杀人……"

"是杀了，"还没等他说完，无愧就打断了他，态度十分消极，"我早和你说了，我就是这样坏。"

"不，"林疏蹙了蹙眉，"你杀人的方法……"

"哦，"无愧冷漠地后退了几步，"你嫌脏了？"

"并非。"林疏按了按眉头，发觉自己根本没办法和无愧交流，这孩子的脾气生来就是这样邪僻。

无愧勾了勾唇角，缓慢地道："你觉得脏……我也没有办法。"

说罢，他转身就走。

林疏按住了他的肩膀："站住。"

无愧挣开他的手，远离他身边。

林疏道："你……记住跟好我，不可单独在外，神魂不够的时候，我们立刻走。"

无愧还是那副厌世的表情，微微挑了挑眉："你怕我落在这里？"

林疏拿他没有办法，也逐渐失去交流能力："走吧。"

无愧垂了垂眼，却始终不靠近他，默默跟在后面。

林疏被他搞得心绪杂乱，停了脚步，抓住他的手："你生气了？"

无愧血红色的眼珠冷冰冰地看了他一眼，打开他的手，一言不发地进了青冥洞天。

凤凰庄主还认得林疏。

她道："数年不见，仙君容颜未改。"

这么多年，林疏也终于学会了怎样与人正常交流，他道："庄主亦然。"

——便不再客套，大小姐命在旦夕，要立刻去救。

凤凰山庄是江湖门派，没有皇宫里那么多的规矩，林疏一眼就看见帐子里，床上躺着的那只小凤凰。

房里置着冰块，床头由寒玉砌成，可怎么都压不下他体内的灼热灵力。

凌凤箫就这样躺在床上，穿一身大红的纱衣，玉琢一般的小脸，鸦羽一样的睫毛微微动着，透露出主人正在承受的痛苦。

林疏道："烦请屏退众人。"

房中便四下无人了。

林疏坐在床前，握住凌凤箫的手腕。

这动作他做过许多次，凌凤箫体内经络的走向，他甚至比凌凤箫本人都要清楚。

冰寒的真气轻轻缓缓地注入他的经络，冰炭相息，狂乱的炽阳灵力就像遇水熄灭的火焰一样，渐渐平息了。

凌凤箫的呼吸平稳许多，因疼痛而绷紧的身体也放松下来，唯独被林疏牵着的那只手，仿佛本能，又仿佛溺水者抓住稻草，紧紧回握住他的手指。

林疏便想起很多年前那天，表哥第一次在他面前昏迷，他输完灵力，就被这人紧紧抓住了手腕，分之不开，只得被牵了一夜。

不由自主地，握着凌凤箫的手腕，他轻轻笑了起来。

原来那牵着人不放的习性，是从这时候就养成的。

他用另一只手去触凌凤箫的额头。

眼前的孩子睡得那么沉，只有最无忧无虑的人才会这样。他还没有见过世间的风雨，人心中的风刀霜剑也与他无关。

林疏在这一刻想把他抱起来，破开那扇雕饰凤凰的厚重木门，逃出这座巨大的山庄，如同逃离多年后沉重的命运。

可他不能。

这是他第二次来到过去，神魂的损耗，使他只有元婴的实力，并且还在飞速衰减。

无愧忽然出现在床头。

他爬上凌凤箫的床，钻进被子里，并让凌凤箫面对着自己。

林疏心想，对无愧来说，凌凤箫可能是特殊的。

上古的神器煊赫有名，无数人为这把妖刀走火入魔，但它等了千年之久，也只承认这一个主人。

过了一会儿，许是因为疼痛被祛除，凌凤箫在昏迷中睁开了眼睛。

他第一眼对上的是无愧。

林疏就看着这很小又很漂亮的凌凤箫对着黑衣服、红眼睛、浑身缠着煞气和怨气的无愧皱起了眉，继而揉了揉眼睛，最后嫌弃地转向自己的方向。

这小东西还不清醒，在神游的状态——好比小孩子发烧后常会出现癔症，是正常的状况。

但是见了林疏，他的眼睛似乎亮了亮，歪了歪脑袋。

无愧眼看就要被他气死，嗖一下飘回青冥洞天。

林疏对凌凤箫笑了笑。

凌凤箫低头看了看自己被林疏握着的手腕，抽出来，然后仰头看林疏。

——这神态简直和盈盈想要被抱的时候如出一辙。

林疏就把这小东西抱了起来。

凌凤箫就笑，要去玩林疏的头发，林疏任他玩。

可惜不多时，因大小姐苏醒而欣喜无比的凤凰庄主就走了进来，对林疏千恩万谢，并在发觉凌凤箫好像很喜欢林疏之后，提出让林疏在凤凰山庄小住，并要凌凤箫多和前辈仙君相处。

林疏原该走，但他选择了稍作停留。

虽是温和地以一个长辈的姿态面对着尚是个懵懂孩童的凌凤箫，但他心中清楚，今生今世，或许是最后一次与这个人相见了。

而恢复清醒后的凌凤箫并不懵懂。

他穿一身大红的衣服，披着及肩的黑发，没有多余的装饰，并未特意作女孩子打扮——毕竟以他那样精致的五官，在这个年纪根本辨认不出性别。

大约是凤凰庄主提过，他知道林疏是谁。

"桃源君。"夕日温柔的余晖下，凌凤箫在荡秋千，林疏时不时帮他推一下。

"桃源君，您就叫桃源君吗？"

林疏道："并非本名。"

凌凤箫荡得很高，但维持着非常好的平衡，整个人像一只轻盈的小红鸟，回落的时候，问他："那您叫什么？"

林疏道："将来你自然会知道。"

凌凤箫停了下来，站在秋千上，转身，歪了歪脑袋："那我该喊您什么？"

林疏一时也想不出，但想着自己已经把那个并不存在的徒弟许配给了这小东西，便道："可以喊我师父。"

小时候的凌凤箫显然比盈盈活泼好动，抱了林疏的脖子要挂在他身上，甜腻腻地喊了好几声"师父"。

但是过一会儿，他又有点失落："但我用刀，你用剑，你不是我的师父。"

继而他似乎灵机一动："那我喊你仙君吧。"

林疏："……"

凌凤箫从他身上跳下来，带他去看凤凰山庄的奇花异草。

"仙君，你看这个。"

"仙君，你看那个。"

"仙君，你怎么不穿白衣服呀？"

林疏被这一声声的"仙君"喊得浑身难受，但一看到那双漂亮的、仿佛有星月的清辉的眼睛，又生不起气来，最后任这只小凤凰折腾，根据他的喜好换上了轻飘飘的白衣，给他讲了许多故事，当然也被这只既香又软的小凤凰主动抱了好几次，他隐隐约约觉得待在洞天里的无愧要嫉妒得双眼滴血。

但是，该难受的还是要难受，"仙君"这个称呼给林疏留下了过于深刻的阴影，这直接导致凤凰庄主找到他们，请阁主给孩子起个小名压命格的时候，林疏给这小东西起名"宝宝"，他由此被凌凤箫挠了一下，但也彻底舒服了。

庄主走后，凌凤箫要看他舞剑，并特意强调，要最厉害的那一套。

林疏折了一枝桃花作剑，想着有什么好看又境界高超的剑法，想来想去，竟还是只有"长相思"。

但见此处云霞漫天，层林染着温和的金色，倦鸟归林，一片安宁祥和。红衣的凌凤箫坐在一块大石头上，认真地看着他，身后是郁秀缤纷的花树，落花簌簌，如同大雨。

挽一个剑花，一式"黯然销魂"递出，繁花谢尽，无边好景尽皆寂灭之后，他看见凌凤箫的眼睛。

落花眯了他的眼，他忽然发觉，这样黯然孤冷的一个招式背后，竟藏着无边无际的温柔。

那本《长相思》的书写，终究还是不够完善，但这样的幽微之处，恐怕也写不出。

他收剑。

凌凤箫说仙君真好看。

林疏牵着他的手，和他漫无边际地说着话。

林疏忽然想，凤凰山庄就在此处。

他便问凌凤箫："可否带我去锻刀台？"

自然可以。

他被这小东西牵着，一路来到了锻刀台。

这不是一簇天火。

这是一处滔天火海，哪怕是最坚硬的天外陨铁都会熔化，让林疏想起横流的熔岩。

灼热炽盛，仿佛连神魂都会被其炙烤消散。凌凤箫说只有身有凤凰灵力的人才能进去。

林疏拿出那根羽毛，交给凌凤箫，对他说："箫儿，找一个你最喜欢的地方，放进去。"

　　凌凤箫应了，抱着那根羽毛，蹦蹦跳跳地走到火海的深处，他身上的凤凰灵力最精纯，因此能走到火海核心的深处，并将羽毛放下。

　　林疏遥遥望着，神魂里似乎传来一声轻轻的"啾"。他想着那只鸡崽，以及一些渺茫的希冀，终于安心。

　　孽镜台外的时空，他被围攻，凶险无比，不知能否脱身，鸡崽最好的归处，就是这里。

　　而根据典籍的记载，凤凰涅槃的完成，最短也要二十年的光阴。

　　他心神摇动，心想：无论你是谁……

　　萧无病，无论你是谁，无论凤凰涅槃到底要多少年，你要平平安安度过，要活下去。

　　凌凤箫从火海里出来，要林疏牵着他。

　　林疏俯身摸了摸他的头，说："我要走了。"

　　小东西就哼哼唧唧了一路，说喜欢仙君，不要仙君走。

　　林疏告诉他，来日会再相见。

　　凌凤箫说："仙君不许骗我。"

　　林疏说不骗。

　　小东西这才高兴了些，送林疏到山门，忽然扯了扯他的衣袖，闷闷地道："仙君，我的那个……"

　　林疏："嗯？"

　　他好像不太好意思，最后吞吞吐吐地道："仙君，你知道我是……吗？"

　　中间的词语消音了，林疏想这恐怕是真言咒的作用。

　　他笑了笑，道："我知道你是男孩子。"

　　凌凤箫弯了眉眼，笑盈盈地道："那就好。"

　　林疏："？"

　　他觉得有点不对劲。

　　离开之时，他终于醒悟到底是哪里不对劲，转身打算和凌凤箫说清楚他的"未婚妻"并不是女孩子的时候，忽然见凌凤箫背后出现了一个白影！

　　是无愧。

　　这东西肯定是猜出了之前不受凌凤箫待见的原因，不知从哪里扒拉出来一套白衣服，收敛了浑身的怨恨戾气，眼睛也变回黑色，浑身上下干干净净。

——甚至乖巧地披散了头发,他本来五官就诡异地和林疏几乎一模一样,又是这个幼小的年纪,清秀漂亮,乍一看像个小姑娘。

他从背后蒙住了凌凤箫的眼,等凌凤箫回头,他又放下手,喊凌凤箫:"小凤凰。"

凌凤箫看了看远处的林疏,又看看他,眼中有很欣喜的神色:"是你吗?"

无愧道:"你怎么知道是我?"

凌凤箫:"我知道的。"

他似乎很想和无愧玩一会儿,但看看林疏,又有点失落地道:"可你要跟仙君走了。"

无愧道:"十一年后,我等你接我。"

凌凤箫说:"我会的。"

无愧摸摸他的头发:"我走啦。"

凌凤箫道:"你等我哦。"

无愧:"好。"

直到无愧来到他面前,林疏才终于反应过来发生了什么。

他想拎起无愧的脖子问无愧为什么要假扮未婚妻说这些鬼话。

片刻后他又想明白,无愧并没有假扮。

他穿白衣服是因为敏锐地察觉到凌凤箫不喜欢黑色。

他说十一年后,等凌凤箫接他——

完全是因为,就是在那一年,凌凤箫不仅从鬼村带回了林疏,还……从浮天仙宫带走了无愧刀。

当年那桩认错性别的惊天惨案的真相终于浮出水面。

无愧的行为,本身是没有问题的,一把刀和他的主人,本身就有很深的情谊。

但凌凤箫以为这是他的漂亮未婚妻,未婚妻和他立下了来日相见的约定,他因此对林疏的虚假性别深信不疑。

林疏感到了真正的窒息。

林疏说,与凌凤箫告别的理由是,要去云游四海。

但实际上并不是——也不是回现实世界。

林疏打算去闽州。

一方面,他确实答应给凌凤箫一个未婚妻没错——可他到哪里去整一个徒弟出来?

另一方面，趁着神魂还没有被消耗完，他也想弄清楚一件事：小傻子到底从何而来，而当初的自己又为什么会到这个世界。

他对无愧说了。

无愧并没有说话，似乎还生着他的气。

一离开凌凤箫的视野范围，这东西又换上了一身黑衣，血红的眼珠，面无表情。

林疏去牵他的手。

他便躲。

林疏："你还在生气？"

无愧没说话，仰头看着林疏。

他身上缠绕着的黑气，比先前浓了许多。

——这变化是从他用残忍手法杀掉大殿里的那几人后产生的。

林疏联想起来，萧韶每次杀了人，无愧就仿佛吸饱了血气，身上的煞气又浓重几分。

林疏抑制不住将他与当年的大巫对比。

这样偏执的眼神，浑身的戾气，几乎一致的杀人手法……

却见无愧猛地变了神色，对他冷冷地勾唇："你就是在嫌我脏。"

林疏："我没有。"

"你有，"无愧舔了舔嘴唇，"你干净呀——你没杀过人吧？"

他眼中有隐隐约约的疯狂："但欧冶子造我出来，就是为了杀人。"

林疏听无愧说下去，他没告诉无愧，他其实杀过人。

那个人杀死了梦先生，血洗了桃花源，弹指间可以杀死拒北关数千将士，也可以瞬息将滇国二十万百姓变为活尸。

无愧说："你来。"

他上前，无愧还小，他半跪下来，和无愧平视。

无愧搂住他的脖子，他以为无愧是要抱。

却听无愧的声音森冷，在他耳畔响起："你最薄情，你养我……不过因为我是小凤凰的刀，不然你早就把我杀了。"

他的手抓住林疏肩头，凉气透过衣料传到林疏的皮肤上，甚至深入骨髓。

平直的语调里，有令林疏遍体生寒的熟悉："你不想要我，连你一起杀。"

林疏沉默地抱紧了他。

手中这一具很小、很凉的身体，在被他抱着的那一瞬间，似乎有轻微的颤抖。

"你今后……不食怨气，不杀无辜之人，我会一直要你。"林疏道。

"方才他们围攻你，以前他们围攻小凤凰，也算无辜吗？"

"不算，"林疏轻轻顺着他的脊背，"但不能那样杀死，不能以杀戮为乐。"

"你这两年做了不少好事，便要自诩正道之人了吗？"

林疏的声音有些哑了："你不记得萧韶为何而死了吗？"

无愧直到很久以后才说了话。

"为众人抱薪者，终将冻毙于风雪，"他道，"我如果像小凤凰那样，一定不会自己死。"

林疏："你要怎么死？"

无愧却没有回答，而是道："他把怨气带走了，可世人还是那样坏，他们不去死，就永远不会好。"

他挣开林疏，嘴角勾了勾，眼里有隐隐约约的疯狂："我为很多人陪过葬，我要死，至少要让世人陪葬。"

"你不是想归隐桃花源吗？"他道，"全杀了，就会清净了。"

说罢，他也不管林疏，自己往前走。

林疏看着他的背影，回想他方才话中流露出的东西，心脏狂跳。

但是……

他想，但是，时间不对。

这一年，大巫已经在北方边境率军攻打长阳城了。

——长阳城。

他心中算着日子。

却不料，就在今天！

这一年的二月，月满之时。

来不及的。

林疏深吸一口气，道："无愧。"

无愧停住脚步。

林疏："你走错了。"

无愧："……"

他道："你要往东南？"

林疏："嗯。"

就在此时，无愧在一片春光里，望着他，说了一句林疏不解其意的话。

"林疏，"他看着东南方，又看向林疏，"你总有一天会不要我。"

林疏不知如何答，也不知他在说什么，只知现在夕日欲颓，天色将晚，无论是往长阳城，还是往闽州城，都来不及。

但他还有一件事情可以做。

当即他便拎起无愧，御风向东南方闽州城疾去——也不管神魂在疯狂被消耗。

凭着记忆与"南夏风物考"那门课里学到的地理知识，他终于赶到闽州境内，闽州城的方向却不知道。

林疏在空中往下四顾，看见江边有一个人影。

那人在一处石亭里，也不知在做什么。

他立刻落下去，到亭子里，问："这位兄台，请问闽州城——"

那人摇头晃脑，却不理他，而是道："兄台！有缘相聚，我正品鉴前人遗墨，不如君与我共赏！"

林疏："闽州城——"

"兄台，你看这天上明月，眼前春江——且看第一句，"那人拉着他看亭壁上的笔墨，声音拖长了，抑扬顿挫，"春江——潮水……连海平。"

"海上……明月——共潮生！"他很是兴奋，"兄台，你可知这诗叫什么名字？"

林疏懒得看小时候学过的诗文，掉头要走，又被纠缠，没好气地道："《春江花月夜》。"

"正是！"那人拊掌大笑，"兄台必是饱学之人！兄台看这个！江畔何人初见月，江月何年初照人……

"还有这个，此时相望不相闻，愿逐月华流照君——"

林疏被他拉住袖子，无法走脱，正要运起法术脱身，却听无愧道："是什么意思？"

那人便有了新目标："小友学心可嘉！"

无愧不睬他。

那人开始解释："这千秋诗文，不过'思念'二字。分隔两地，生死不知，只此月圆之夜，世人尽望空中月轮，那人想必亦是——便化身物外，借此月色，与那望月之人重逢……小友啊，你还要过上十几年，才能明白其中的道理。"

无愧面无表情："闽州城在哪里？"

那人被他这血红的眼珠一看，立时愣了，魂魄被摄住一般，往南方一指。

林疏便不再管这个诗痴，往南方而去，起初方向还不甚明朗，直到他看见南方的天漫上来半壁血色。

烽火遍地。

一片狼藉。

林疏循着血气来到城门前。

看见大军驻扎城外，一片肃穆。

城中，禁术已降，号哭声摇山动岳。

这半年，孟简率军平定闽州叛乱，曙光已初现，不出三月，便可徐徐降之。

然而就在这一天，北方边境，长阳城被袭，守军死战不敌，南夏兵弱，唯他麾下军队与北夏精兵有一战之力。

若此时撤兵，闽州必乱，闽州一乱，都城便告急。

若继续平乱，长阳城一破，北夏军队长驱直入，南夏江山不保。

无论怎样选择，都是必死之局，而人生在世，总要面临此种两难抉择。

此时的孟简，来日的大国师上陵简，在此时做出了一个令自己抱憾终生，但也不得不做的决定。

他引动上古禁术，无差别地杀灭了整个闽州城所有的活人——闽州叛军便彻底没了作乱的可能。

而后，大军即刻开拔，赶赴北夏战场。

林疏取了一顶白纱斗笠戴在头上，走到了中央的帅帐前。

年轻的孟简立在空地上，他望着城中的血光，血光照亮了他的脸。

林疏道："将军。"

他的眼珠有些迟缓地转向林疏。

林疏没有与他多说话。

他只是拿出了一张泛着紫光的绢纸。

绢上有一个形状复杂的符印。

"魂印，"他道，"可……引聚神魂。"

孟简接住那张绢纸，握紧，深深地看了他一眼，声音略有颤抖："多谢。"

下一刻，孟简猛地看向身边卫兵："即刻北上。"

号角吹响。

孟简翻身上马，一骑绝尘，马蹄声轰隆，带着大军如潮水般消失在远方天际。

无愧问他："你在做什么？"

林疏："救一个人。"

他现在的神魂已经如一张纸那样薄，勉强是金丹的境界，无论如何都不能支撑他赶到边境。

但他可以去闽州。

孟简此时是渡劫的修为，他可以。

而那张魂印……

两年前为了鸡崽的瘟病，他查遍青冥洞天的典籍，没有找到关于凤凰的记载，却学会了这门神魂法术。

那时他想，若他学会操控神魂，是否能带回魂飞魄散的萧韶？

可学成之后，天地之大，那魂魄不知已散到何处，再无踪影了。

但是，至少在今日，它可以救一个人。

根据记载，孟简赶到长阳城的时候，正是他的兄长孟繁被万箭穿心死去之时。

孟繁，也就是后来的梦先生。

上陵梦境里总是笑意温和的系统。

萧韶魂飞魄散已久，魂魄无法再聚，而梦先生并不是，这枚魂印可以保他的魂魄不散。

而只要魂魄不散就好。

林疏轻轻吐了一口气。

无愧狐疑地看着他："是谁？"

林疏寻思这个小东西也太没有安全感了，心眼也小得可以。当初萧韶有两把刀，另一把是同悲，他就嫉妒得眼睛出血，要掐死盈盈——现在萧韶没了，换成怕林疏不要他，还怕林疏有别人。

他解释："学宫里的先生。"

无愧没再说话。

只是林疏看着他的脸，微蹙了眉，道："你的脸……"

无愧摸上了自己的脸颊。

林疏看到他脸上，苍白的皮肤下，有一些暗色的纹路在流窜，很狰狞的样子。

但无愧自己摸不到，林疏拿了一面铜镜给他。

无愧看着镜子里自己的脸，道："是我身上的花纹。"

林疏想了想无愧刀身上的纹路，勉强对得上。

他问："为何会出现？"

无愧眼中有微微的茫然，看向了血与火燃烧的闽州城，背后是禁术下城中数万人凄厉的叫喊声："我说过，一千年前，我就埋在……这里。"

他整个人忽然透出微微的红光来！

林疏愣了一下。

无愧整个人在疯狂地虚化，而左边胸膛的红光越来越盛，浓得像血一样。

黑气，四面八方的黑气，闽州枉死的数万人心中的怨怒，如同连通心脏的数千条血管，从各个方向注入无愧的胸膛！

光芒愈来愈盛，林疏终于看清了他胸膛中那枚东西的外表。

一个跳动着的、血红色的心脏，吞吐着漆黑的怨气，凄厉可怖，林疏早在多年前，大巫所居的高塔上，就见过一次了。

太多了，闽州城内的怨气太多了，江河倒流一般，注入无愧的胸膛——恐怕也是因为此，无愧灵力失控，呈现出异象来。

林疏听见自己的声音有些抖："你的心脏是什么？"

"是我的本体，"无愧的声音很飘忽，"有人为了当人皇，杀了欧冶子家人，欧冶子为了报仇造出我，献给他，然后自杀。那人一碰到我就死了，七窍流血，因为我不是刀。"

他的声音响在林疏耳畔："我本来就是怨气。"

他忽然抱住头，整个人剧烈地颤抖起来！

然后，他不受控制地往前踉跄了几步。

"闽州城在喊我……"他急促地喘息着，回头看林疏，眼睛却被血充满，似乎什么都看不见，只口中喃喃道，"林疏……林疏救我。"

林疏："无愧！"

无愧毫无听到的迹象，整个人不受控制地被卷向闽州城。

狂暴的怨气如同巨兽，他们两个人就像龙卷风下的两粒尘埃。

林疏跌跌撞撞地拉住无愧的袖子，却被他带着向闽州城而去。

没有修为，没有办法，无论做什么，无愧都看不到，也听不见……

林疏抿紧了唇，握紧手中折竹剑。

仅剩的修为全部灌注剑中，寂灭之气缠绕，他避开心脏的位置，在经络密集之处，将长剑捅入了无愧的胸膛！

只要能废掉无愧的全身灵力……

他心中只剩这一个念头，将长剑继续往前送。

无愧的动作停住了。

他低头，看着从自己左胸穿出的剑尖，缓缓回头。

第十二章

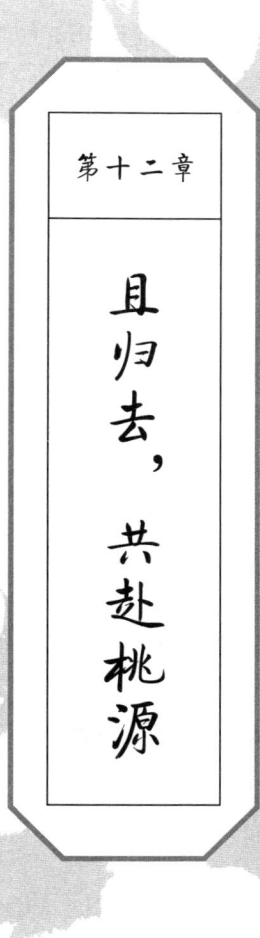

且归去，共赴桃源

无愧一手抓住剑刃，鲜血滴下来，淋漓洒下，他的眼睛褪去血色，死死望着林疏，怨恨戾气，翻腾而起。

　　他方才为闽州城的怨气所控制，失去了神志，林疏以为他还没有恢复，想出言安抚，却被凶煞无比的气机锁在原地，动弹不得，也发不出声音。

　　无愧胸膛中那颗心脏红光大盛，虽被林疏废了全身的经脉，他的实力却仿佛没有丝毫耗损，怨气凝成实体，惊涛一般拍向林疏。

　　林疏被他从空中击落，后背重重撞在山石上，心肺剧痛，不断咯出血来。

　　沾着血的折竹剑当啷落地。

　　林疏艰难地支起身体，看无愧向自己走来。

　　无愧身后是滔天的血海，此时此景，和当初为怨气所控、失去神志的萧韶何其相似。

　　他像一个苍白的木偶，右手摸了摸自己的胸膛，沾了一手血。殷红的舌尖舔了一下手背，他歪了歪脑袋，面无表情地道："我早说过，你干净，你总会不要我的。"

　　"无愧，我是要——"

　　他受伤太重，刚刚开口，心肺剧烈的疼痛就让他整个人痉挛颤抖起来，他艰难而断断续续地道："我……只是要你……"

　　话未说完，心脏好似被人攥住，他眼前发黑，心跳加速，浑身的血液都在鼓动，脑中只有剧烈的耳鸣声。

　　——他立刻反应过来，无愧是要用惯有的那个方式，像杀死外面那些人一样杀死自己。

　　一句"你不想要我，连你一起杀"犹在耳边，却没想到，今日就要实现。

　　可他只是想让无愧摆脱怨气的纠缠——这是他那时唯一能采取的方法。

　　他什么话都说不出来，耳中嗡嗡作响，浑身灼痛，动弹不得，只能眼睁睁地看着这个孩子踏着血海，一步步向自己走来。

　　他亲手养的孩子，整整两年朝夕相处，比和其他任何一个孩子在一起的时间都长。

想起那些人死亡时化为血水的惨状，林疏心中没什么波澜，只是拼命想要说话，解释那一剑的缘由——解释他并没有不要无愧。

无愧却又歪了歪脑袋，笑了："我杀不死你。"

他也咯了几口血，却还是笑："你不过是……为了小凤凰，给我渡了化形劫，请天道降了一个壳子，凭什么有这么大的因果？"

那枚怨气心脏剧烈跳动了几下，居然渐渐从他的胸膛穿出来，飘浮在空中！

黑气缭绕在心脏周围，成了一个模糊的人形。

而那具躯壳仿佛失去了生机，闭上眼，倒在一旁。

无愧森冷的声音自那个模糊的人形传来："你挡了天雷，壳子就是你的，还给你，脸也还给你。"

林疏艰难地喘着气。

无愧还是没有杀死他。

但怨气的挤压已使他几乎失去意识，他想说话，又被口中鲜血呛到，刹那间疼得撕心裂肺，不断咯出血沫来。

那道黑色的人影飘浮起来，他感到半空中有复杂的目光注视着自己。

片刻后，那黑影腾空而起，朝着闽州城直直去了。

闽州城内血光大盛，刹那间，嘶吼哀号声强了百倍，妖氛漫天，笼罩四野。

林疏猜想闽州全城人成为怨鬼，应当就有无愧的原因。

他的手是抖的，取出几枚疗伤的丹药，吞了下去，终于清明了一些，但还是站不起来，勉强挪动到那具身体旁边，将丹药按在对方胸口的伤口上。

他忽然想起很久以前萧韶看到他左边胸口，说这里好像有一道伤疤。

他便笑，笑着笑着，又咳起来，含着血。

光阴易迁，人身难得。甘露降时天地合，黄芽生处坎离交。

世间有形之物，都是阴阳和合，诞生而出，而刀剑之属，本是无命的器物，机缘巧合才能生出神魂，而只有渡过化形劫后，天道规则才会为它开一线，以天地灵气为这道神魂塑造一具躯壳。

林疏挡了雷劫，那躯壳便是他的——可他已有人身，神魂不能离体，无愧便可以借机化形，以人身行走世间。

原来，到头来……

丹药的作用发挥得很快，林疏充血的视野也渐渐清晰起来，他看见伤口愈合，手下那具小小的身体，懵懂地睁开了眼睛。

混沌痴滞的一双眼，没有神采，林疏喊他，他也不应。

只是一具无主躯壳而已。

林疏以剑拄地，艰难站起，抱起那孩子。

他修为尽失，蹒跚了几步。

黑雾弥漫，妖气四起，闽州城的异变，已经开始了。

他在山野中跋涉，不知过了多久，眼前终于出现阑珊的灯火。

林疏放下孩子，擦干了唇边的血，理好乱掉的衣襟与头发，牵着他，走入了村庄。

大娘住在村头，这时，李鸡毛和李鸭毛还都是孩子，鹅毛还没有出生。

他叩了门。

因着这不同寻常的诡变，整个村子都在恐慌当中，大娘打开门，一脸警惕，将他从头到脚打量一遍，才略略放松："这位……"

林疏轻轻喘了一口气，将那孩子推到大娘面前："在下桃源君，仙道中人，今日来此，托大娘……帮我照看这孩子十年。"

他环视四周："闽州已成妖魔聚集之地，我为你们设下结界，保乡亲不为魔气所侵……作为报答。"

大娘狐疑地看着他。

他笑了笑，拿出防御的法器，为这村子结下一道坚实无比的清气结界。

刹那间，村子里黑雾尽散，弥漫四野的怨鬼哀号也奇迹般消失。

大娘信了，但还是问了他许多，比如这孩子是谁，为何像失了智，要怎样养。

为使大娘能照顾这孩子，林疏只能说，这是他的徒弟。

他时至今日也终于知道这一切的来龙去脉。

他留下和凌凤箫的"婚书"、信物，甚至面对大娘"我以后该怎么和这孩子说"的疑问，给这个并不存在的徒弟留了书。

大娘搂住那孩子，终于打消一切疑虑，道："仙君这就要走吗？进来喝杯水吧。"

"不必了，"林疏已经没了力气，低声道，"待有缘时，自会相见。"

待到千年以后，林疏会因为渡劫失败，身体被天道抹去，神魂也即将消散。

不知为何，他去了千年前，而这个世界，正好有一具被天道划分给了林疏的、无主的躯壳。

十年后，林疏会在小傻子的身体里重生。

而就在同年，凤凰山庄的大小姐行经江南，一袭红衣夜带刀，杀入闽州城。

分离聚合，莫非前定。

他终于明白那面镜子背后这八个字。

他笑了笑，看向闽州城的方向，心中难以自抑地泛起某种无能为力的悲凉。

他彻底没有修为了，神魂薄得就像一张纸。

他想唤回无愧，可该怎么去唤？

刹那间心念电转，他突然想起那八本秘籍还在剑阁大殿的书案上，贼人虎视眈眈——

眼下之事已无可挽回，但八本秘籍必不能落入他人之手，他闭了闭眼，神念从此地抽身而出，回到那面因果镜子里的高维世界。

正当他要回归现在时，面前忽然出现一个发光的人形。

光芒代表神魂的强度，而这光芒正在疯狂地逸散，象征这人的神魂在被飞快耗损。

林疏握住那人影的手，将自己所剩无几的神魂力量输了几缕过去，终于看清了这人的面目："清卢？"

"师……师尊。"那人影小声道。

林疏看见他怀里还抱着什么东西。

"你怎么来了？"他问，"外面怎么样了？"

"外面……不能去外面，"清卢道，"几位长老看到传讯烟火，立刻前来，和那些人打了起来，我没什么法力，只知道……只知道……"

他说着，捧出了怀里的东西，俨然是那八本秘籍："我只知道这是很重要的东西，要保住，就趁乱从师父书桌上抱了下来，抱着它们藏在屏风后面。"

林疏："后来呢？"

"后来……"清卢的声音颤抖了起来，"有个发狂的黑色的东西从镜子里出来，大开杀戒，毁了剑阁大殿，杀了很多人，几个长老也受重伤了，灵素姐姐也……不知道还有没有命。"

林疏闭了闭眼，想那东西应当是无愧。

而千年后那座剑阁大殿，确实有毁后重建的痕迹。

清卢继续道："那东西闹出了很大的动静，半边天都是血红的，它杀够了，在半空盘旋，又回了镜子里面。我以为……就安全了。"

林疏："后来怎样？"

清卢抱紧了那八本秘籍，身形明灭不定："那个发狂的黑东西走了，我从废墟里出来，却没想到，那个秦……姓秦的，纠集了一大批人在山下埋伏，看到山上平静下来，又杀上来——威胁我交出秘籍，长老们都重伤了，我被他们逼到死地，没有地方去，那面镜子……就把我吸了进来。"

林疏："外面还有多少咱们的人？"

"没了，"清卢摇了摇头，焦急地道，"小弟子都躲在了结界里，长老、执事有的死，有的伤。师尊，你不能出去！他们有一百人之众，还有两个渡劫期的带头，姓秦的修炼了邪门的法术，也到了渡劫期，你出去就是死。"

林疏："留在这里，也是死。"

这地方不是普通人可以待的，何况清卢去年才刚结了金丹，神魂和普通人也没有什么差异。

"师尊，你在这里已经待了那么久，必定没事，我……我死了不要紧的！"清卢再三强调，"你不能出去！"

"那你呢？"林疏淡淡地道。

"我……"清卢恐怕也感受到了神魂的耗损，"我出去也是死，我留在这里陪师尊。长老不是教过吗？生死，都是一瞬的事情，师尊，我不怕的。"

林疏眼睛有些发酸："我并未为你做过什么。"

"师尊对我有再造之恩，当初九千长阶上，师尊……看了我一眼，弟子……弟子永志不忘。"清卢直视着他，神魂疯狂明灭，是马上就要消逝的征象。

林疏道："你进去吧。"

清卢："啊？"

林疏拎起他的后颈，将他带到时光河流前。

出去，便会被众人围攻而死，在这里，便会神魂消散而亡，但有一条路，可以让清卢活——将他留在某一个时间点——永远地。

他却发现了一件令人绝望的事。

回到过去，也需要耗损神魂——所耗神魂的量，足以让这个不学无术、修为平平的清卢一命呜呼。

他茫然地望着这条光河，不断更换着时间点，却发现，越是靠近现在，需要的神魂越少——或许，这也是天道为防止有人在过去作乱，立下的一道规则。

而越过现在这个时间点，往未来而去，所需的就更少。

他拎着不明就里的清卢，以最快的速度一路溯流而上，终于找到了一个时间点，清卢的神魂可以支撑住这样的损耗，让他在落地之后，还是一个神志清楚的活人，而不是一个魂魄不全的傻子。

根据他的推演，这已经是未来的千年后，甚至可能是两千年后。

"你怕死吗？不能骗我。"林疏对清卢道。

面对着神魂疯狂的消散，清卢的声音仿佛快要哭出来："我怕……师父救我。"

林疏又给他输了一缕神魂："你会去一个很不一样的地方，但能活着，也活得不错。那里或许也有剑阁前辈，你能找到。"

他回想前世的生活，清卢虽然天资平平，却不是愚笨之人——还勉强有一点能腾云驾雾的修为，足以适应时代的变迁。更何况，剑阁的传承直到他那一代都没有断，清卢能得到长辈的庇护。

清卢道："那师尊，我还能回来吗？我想回来。"

林疏想了想，咬破自己的食指，在他背上画了一道魂印。

清卢道："好热！"

"这是引魂印，待你神魂足够，可引渡你归来。"

"何时足够？"

"渡劫巅峰。"

"啊？那我岂不是永远回不来？"

林疏："……"

他把《长相思》塞进清卢怀里："这个可以修到渡劫。"

"啊？这是什么？"清卢大叫，"师尊，你哪怕给我《长相思》，我也修不到渡劫的！"

林疏把他扔进时间河流中："你尽力。"

清卢在空中继续大叫："师尊，我没剑！我剑落外边了！那边有剑吗？啊？"

时间紧急，林疏没有别的办法，把手中折竹往那个方向丢去。

清卢接住："师尊！我会来见你的！"

声音逐渐变小，清卢化作一个光点，消失在时间河流中。

林疏回到原来的位置，推演着时间，但他的神魂已经奄奄一息，推不出确切的时间点了，只能把魂印的接引印记刻在了一个大致属于现在的时间点上，误差控制在三十年内。

假如清卢能在一生之中修到渡劫巅峰，这印记就能把他的神魂从未来带回。

在这一刹那，他忽然愣住了。

久远的、尘封的记忆里，有一个片段在他脑海中闪回。

那是在他很小、很小的时候。

他师父在他后背刺了一个复杂的印记。

他不明就里，问："这是什么？"

他师父吹了吹那记号，道："这是我们剑阁的阁主印，你师祖传给了为师，今天为师也把它传给你。"

他便没有再问。

过一会儿，他师父说："徒儿，你知道你为什么叫'林疏'吗？"

他道："疏者，远也，你说过，要我远红尘、离人世。"

师父笑呵呵地道："不是。"

林疏又道："你经常念古文，有一句'林下漏月光，疏疏如残雪'①。"

师父道："也不是。"

他便不猜了。

师父却叹了一口气，给他梳着发："宝贝徒儿……你真像一个人哪。"

想到这里，林疏捂住了嘴，眼泪猝然滑落。在这寂静的空间里，无垠的时光前，他回想自己两世为人，离合悲欢，因缘聚散，又哭又笑，不可自抑。

那枚印记，经师父之手，刻在了他的背上，所以他在天雷下殒身之时，魂魄归来，回到过去。

师父是谁？他又是谁？《长相思》还在师父手中，折竹又在哪里？折竹是谁？

他觉得自己已经疯了，世间万物压向他，扑面而来，他挣扎不出。

有些东西不能重复想起，这是太深的一种牵绊，撕扯着他的肺腑。

他看着这条河。

逝者如斯，不舍昼夜。

他在那一刻想跳下去，如同寻死者跳入奔流不息的江河，冰凉的河水会淹没一切悲欢，而他将获得长久的宁静。

萧韶，无愧，清卢，折竹。

他没有什么不能失去的了，除了自己的生命。

一个光点不知什么时候亮了起来，在他身边徘徊，林疏努力看清，发现正是那面镜子。

这面镜子，一切故事的发端。

"分离聚合，莫非前定"八个字，隐隐约约亮着，悬在镜中。

他抓住那面镜子："我还有一次机会？"

镜子闪烁了一下，镜面上出现一个字："是。"

林疏看着那条河，似乎是在说给镜子听，又似乎是在自言自语："我想见萧韶。"

他低下头，眼前一片模糊，河流的光芒折射成铺天盖地的金色："但我推演不

---

① 引自《陶庵梦忆·卷一·金山夜戏》。

出时间了。"

他没有别的念头了。这一辈子的所有事情都被如刀的天意洗去，说万念俱灰也好，万籁俱寂也好，到最后，他心中只剩一个被疯狂压抑了无数个日日夜夜的念头。

他想萧韶，每一天，每一刻，从没有停过，骗得过所有人，也骗过了自己，他再也骗不下去了。

他看到镜子里的字迹变了："为何不学清卢？"

在未来找一个时间，活下去？

"不想去，"林疏脑海里一片空白，没有办法思考，万籁俱寂里，他的情绪终于崩溃，眼泪不断落下来，哭得喘不过气，几乎说不出完整的句子，"我想萧韶……不去没有萧韶的地方。"

他低下头，声音微弱，近于无："我想……再看看他。"

镜面浮现四个字："去即是死。"

"我知道，"林疏伸手抚上镜面，哑声道，"我想死在……有萧韶的地方。"

镜子里面空白了许久，最后浮现一个字。

"好。"

"好"字落下之后，镜子沉默许久，之后又浮现一行字："我可带你回萧韶尚在之时，但你尚有一桩因果未清，是否一并前往？"

林疏："嗯。"

前因后果，如同一个无尽的循环，他仿佛被宿命锁在一片虚无里，心想，来时无牵无挂，便让走时也清净。

镜子闪烁起微光，将林疏笼罩在内。

林疏落地。

他发现自己的身体变得透明，散发着微光，而且有无数光点向外逸散而去，随着它们的消散，身体上的光芒也在变暗。

他伸手去触碰自己，直接穿过了，没有实体。

神魂已经虚弱到不能维持实体了，并且还在消散。

镜子说"去即是死"，果然如此，第三次回到过去的机会，会彻底消耗掉他的神魂。

他环视四周。

血海。

夜空。

红光闪烁的群星。

——这是那一年，在北夏，萧瑄说大巫每月的十五左右都会极度虚弱，于是在这次的十五，他和萧韶机缘巧合之下杀死了大巫。

看现在的情形，是大巫已死，萧韶主动去承受怨气的那个时刻。

他步入血海。

血海中，着一袭华美黑袍的萧韶闭着眼，在与怨气融合。

林疏看着他的脸颊，描过他的眉与眼、鼻梁与嘴唇。

他的脸像记忆中一样好看。

林疏已经两年没有见过他了。

像一辈子那么长。

他的魂魄愈来愈轻盈，光芒愈来愈暗淡，往上飘，他在萧韶额头轻轻抚了一下。

仿佛一切都没有发生。

林疏闭上眼。

就这样离开人世，也似乎有始有终。

不知黄泉地下，是否再逢？

他以为自己会百感交集，失声痛哭，但此时此刻，面对着萧韶，与正在来临的死亡，他忽然得到了平静。

宿命轮回往复，但无论如何，始于生，也将终于死。

过去的，现在的，未来的，相互纠缠的，光阴流转，世事变迁，刹那之间，烟消云散。

或许有前世，或许有来生，但他也不想了。

萧韶在所有需要抉择的时刻，都做了必然会做的那一个，离开人世时，他心中是否也这样平静？

他平静地等待自己魂魄的消散，却迟迟没有。

似有所感，林疏睁开眼睛，转头望向一个方向。

有一个人朝他走过来。

——不应该说是人，是一道虚无的神魂，从不远处大巫的尸身上飘浮而起，向他走过来。

林疏望着他。

他也望着林疏，一身素淡的青衣，一张年轻的脸，接触到林疏的眼神的时候，微微垂下了眼。

林疏朝他走过去。

这是大巫。

也是无愧。

无愧在闽州城失控发狂，最终留在了过去，不知以怎样的手段，最终成了权倾北夏、以暴戾嗜杀闻名的大巫。

他们共同看着一道白影穿过血海走到萧韶面前，轻轻唤他的名字。

——那是这个时空里真正的林疏，他什么都不知道，一切险恶的事情都还没有发生，他在试图喊醒萧韶。

他是活人，看不见空中的神魂，也听不见神魂与神魂间的对话。

大巫咳了几声。

林疏看着他，轻声道："为什么会咳嗽？"

在他的记忆里，大巫似乎是一直带病的。

大巫道："当年你那一剑，伤了我的肺管。"

林疏："你已经脱离那具身体。"

大巫笑了笑："伤在我心里，神魂就记住了。你十五那天刺了我，我每月十五，看见圆月，病会凶险一些。"

林疏："我并非要杀你。你灵力失控，我只想废你经脉。"

"我知道，"血色里，大巫似乎笑了一下，可片刻过后，他又死死咬住了嘴唇，似哭似笑的样子，再开口时，声音就哑了，"我方才……才知道。"

他看向那个小一些的、佩着折竹剑、正在喊萧韶的林疏，道："他杀了我，我才知道，你当年不想杀我。"

他似乎难以承受，闭了闭眼，喘了一口气，才缓缓地道："你给我人身，我欠你因果，你若想杀我，我在闽州城外，就已经神魂俱散了。"

林疏不知该说什么，望着已经长大的无愧。

他三次穿梭时间，不过是短短一天的光阴。

对于留在了过去的无愧来说，却已是十几年的光阴了。

大巫眼底隐现血色："我那时……还太小，平白无故……恨了你二十年。"

一滴透明的眼泪，从他眼角滑下来，他望着林疏，眼眶泛红，像个做错了事情的孩子。

林疏道："不怪你。"

他转了身，背影孤绝寥落，依稀又有北夏大巫的影子了："怪我。"

他往塔中央走去："我本体为怨气，有生以来，汲取万物怨戾，即使无闽州之事，迟早有失控的一天。或是你，或是小凤凰，或其他人，终有一人杀我。"

"我小时候，你要我不杀人，不食怨气，我后来却杀人如麻，并非你没有教好。"大巫淡淡地道，"杀人是我的本性，从欧冶子锻造我那日起……我终生都改不掉。"

大巫走到了萧韶面前。

萧韶的神志似乎被那个林疏唤回来一些，迷茫地睁开了眼睛。

大巫笑了笑，虚虚地揉了一下他的头发。

林疏听见大巫道："你想要死在这里吗？"

林疏："嗯。"

"也好，"大巫继续一边借着活人看不到他的机会又碰了碰萧韶，一边道，"反正从他死了那一天，你就想死了。"

林疏没有说话。

大巫却道："但你还是回去吧。"

林疏："为何？"

大巫道："我还欠你因果，没有机会还了。"

他回过头来，直视林疏："若我也有魂魄转生，下辈子不做刀了，做一把剑，刀太凶。"

自嘲一般，他接着道："没有欧冶子，是一把寻常的剑，被一个寻常的小剑修捡走，我常梦见。不过通身还像无愧一样，是黑色的，没有折竹好看。"

林疏笑了笑："你也像他。"

萧韶那样的身份与天赋，心中却一直想着归隐桃源，而无愧一把上古的妖刀，心愿却是做一把平平常常的剑。

大巫自然知道林疏在说什么。

他勾唇哂然一笑。

是很轻松适意的一种笑，仿佛卸下一切心事——无论是在无愧，还是后来的大巫身上，林疏从来没有见过这样的笑意。

大巫走向他，身上白光点点逸散，却又融入林疏身体中，精纯的神魂力量稳固了林疏的身形。

大巫的身形下一刻就要消散，却眼中带笑，道："我自知本性难改，杀戮难止，十恶不赦，唯死可以解脱，只是想还清因果，下辈子不再与你们这样纠缠。桃源君……昔日所造恶业，无愧自去悔悟，恩怨就此勾销，今日我再送君一程。"

他并指为掌，青衣飘逸，朝林疏的方向，横臂一拍。

林疏猛地在空中浮起，看见他的身形彻底消散于天地间，而自己眼前的场景愈来愈远，最后消失不见。

林疏再睁眼，已经有了实体，脚下踩着实地。

他站在剑阁废墟上，神魂尚不稳固，身体极端虚弱，修为荡然无存。

而身前就是秦姓道士和这人所集结的一百余人，见他出现，秦道士眼放精光："他来了！"

此道率先持剑制住林疏，群雄欢动，刹那后又变成凶恶嘴脸，有人斥责他私自开启神器，试图逆天改命，有人逼问他开启神器之法。

林疏只是笑了一下。

世人有善，也有恶，换到仙道，仍然如此。

有人怀璧其罪，有人欲壑难填，千古以来，都是如此。

只是天行有常，拥有一种力量，就要付出一种代价。

无情道如此，孽镜台也是如此。

一个人拥有神器，可以穿梭光阴，以为能够任意更改一切，到最后却发现世事早已注定，只是缓缓前行——其中失落绝望，不啻一种酷刑。

若是换了无愧在此，恐怕要将这些人全部丢入神器孽镜台，让他们自生自灭，若是萧韶，也有可能。

但林疏不想这样。

这一百余人的贪欲，不过世人百态中的一种，江山易改，本性难移，如同无愧生来就要杀人一样。孽镜台中的滋味，他自己知道就好，其余人，罪不至此。

他便没有说话。

秦道友狞笑，把他拖到剑阁悬崖边："速速交代！"

他看着身下无底深渊，又看身前面目狰狞之众人，心里很坦然，也很平静。

浮生皆是梦境，生死不过一瞬，孽镜台里，他已了悟。

二十一岁的萧韶，在那个时空里，有十九岁的林疏陪着。

已经离世两年的萧韶，却还在等他去陪。

而今日又是秦道友牵头，也算殊途同归。

秦道友的剑尖抵在胸膛，恍惚间，他嗅见寒梅香气。

怔怔地，他笑了，觉得将死之人果然会出现幻觉。

有什么东西缓缓落在他衣襟上，轻飘飘的、软红的一小片，像桃花瓣。

萧韶说，"东风吹落桃花，沾你衣襟，即是我来看你"。

萧韶，萧韶，你来看我了吗？

不是幻觉。

他指尖微颤，将那片东西从衣襟上取下，拿在眼前。

轻红色，像夕晖，拿在手中，指尖有融融的暖意。

他失血过多，眼前一片模糊，勉强看出这是一片很小的羽毛。

可剑阁没有桃花，也不养鸟。

他拿着羽毛茫然四顾，却见面前的众人变了神色，看着自己。

他没有什么东西可以使这些人害怕——便回头，看见自己身后燃起金红火焰，映亮了半边天空。

一阵风将他卷起，红影一现，一条胳膊横过了他的腰间。

只听耳畔一道带笑的声音响起，极好听的音色，像加了冰块的桃花酒，在山峦间荡起层层回音。

"诸位英雄，别来无恙。"

众人大惊，秦道友更是噔噔噔后退数步，胸脯剧烈起伏："你，你……"

"我？"那人轻轻一笑，烈日如海，火焰顷刻间在人群中央燃起！

这火海炽热明亮，如煌煌烈日，其中肃杀之气，又似乎暗含浩荡天意，就算是渡劫修为，也犹如面对劫雷一般，毫无反抗之力。

林疏经过前面的一番折腾，虚弱已极，扯了扯他的衣袖，道："你不许……再染杀孽。"

那人轻轻允诺："好。"

"诸位英雄为神器尽心竭力，萧某钦佩已极，每每想起，感激涕零，不知如何报答。"他说，"不过神器乃大凶之物，于世道有碍，如今就遂了诸位的意……"

他特意顿了顿："诸君便留在此处，投身剑阁深渊，以毕生灵力镇压神器吧——秦兄功劳最大，当为阵眼，百年太短，不若千年。"

秦道友面如死灰，当即双腿发软，扑通跪倒在地。

——这样的刑罚，恐怕比直接赴死难受百倍。

那人轻笑，笑罢，声音极冷，冰封千里。

"滚。"

烈火大盛，狂风四起，浩荡气机涌起，这一百多个人，下饺子一样，被风与火裹挟，号叫着落入剑阁崖下深渊。

林疏笑。

他笑完，脑子里还是一片空白，失去一切思考能力。

他缓缓转向那人。

不甚清晰的视野里，这人穿着一身红衣。

他还未说话，眼泪便先下来了，声音颤抖："你……怎么……"

那人微颤的指尖抹掉他的眼泪，低下头来，道："种瓜得瓜，种豆得豆，你种了什么？"

林疏正掉着眼泪，又笑："在十五年前，种了……一只鸡崽。"

他死死咬住下唇："萧韶，萧韶……"

"是我，"萧韶哑声道，"……不哭了，是我。"

他道："仙君种了一只鸡崽，现在就有一只凤凰。"

林疏颤声道："你不是……自废了凤凰血吗？"

萧韶一边拍着他的背安抚他，一边道："但我也吃掉了那只凤凰的魂魄。"

"不哭了……我再也不走了，"萧韶道，"你受苦了。"

他不说还好，这一声落下，林疏是无论如何都忍不住了。

两年，万里山河踏遍，自始至终，他从来不是独当一面的人，也不想做独当一面的人。

他只是只没了饲主的仓鼠，拼命在永远不会停止的滚轮上徒劳奔跑。

当时他也没觉得委屈。

可在萧韶面前，所有的……所有的委屈，无数个夜里被刻意遗忘的难过，全部涌上心头。

"秦……"他喘不过气来。

萧韶轻轻拍他的后背："被我打下深渊了。"

林疏右手死死抓住他的衣服："镜子……"

萧韶："我去砸掉。"

他似乎割破了自己的手腕，喂到林疏唇边："乖，喝了。"

林疏看不清这是什么东西，只嗅见血腥气，但萧韶要他喝，他就咬住萧韶的手腕，一口一口将涌出来的血喝下去。

血入喉中，在体内灼起来，片刻过后，变成一种熨帖的温暖。他先前所受的伤似乎全在片刻间愈合，不复方才的虚弱，眼前之物也渐渐清晰。

他与萧韶怔怔对望。

"林疏……"萧韶的眼底有些红，"我好想你。"

林疏"嗯"了一声，和他在废墟的冷风里再度并肩站立，仿佛相依为命。

他道："我也……想你。"

萧韶擦掉他的眼泪，认真看着，眉梢眼角里，有像三月桃花那样的温柔。

待林疏情绪终于平静，萧韶牵了他的手腕，带他走入废墟。

首先被找到的是重伤濒死、昏迷不醒的灵素。

萧韶又在腕上割了一道口子，盛了满玉瓶的血，沾在她唇上。

林疏看着灵素苍白的脸颊渐渐恢复血色，看了看萧韶腕上的伤口。

"现在是真的凤凰血了，"萧韶笑了笑，道，"活死人，肉白骨。"

林疏和他一起捧了玉瓶在废墟中穿梭，救起了尚未死透的剑阁众人。

鹤长老带头，欲向萧韶行大礼，谢恩人。

萧韶扶起他："长老不必客气，我并非外人。"

鹤长老："恩人这是哪里的话……"

然后，他面前展开一张"婚书"。

萧韶眼角带笑："长老，我是阁主三媒六聘定下的'未婚妻'。"

长老们眼中的神色先是"我信你个鬼"，但传看完"婚书"后，立时看萧韶的眼神就从看恩人变成了审视。

林疏不知萧韶打了什么算盘，他问鹤长老："长老，我有一惑。"

鹤长老和蔼地道："是何疑惑？"

林疏道："剑阁没有《长相思》，是否仍能立身？"

鹤长老抚着雪白的胡须，再也不见当初讲述大魔故事时的严谨神情，而是做神棍状："'长相思'之类无情道的修行，本就不必强求，至于能否超脱，也要视机缘而定，正如古话，信则有，不信则无……"

林疏："原来如此。"

话音刚落，他被萧韶牵了手腕。

萧韶对长老们行一礼："诸位长老，我且去与阁主商议此事，顺便周游四海，就此别过。剑阁修缮，全由凤凰山庄代劳……"

他一边说着，一边带着林疏飞起，远离了长老的攻击范围。

只听鹤长老声如洪钟："岂有此理！"

但萧韶已然挟林疏逃之夭夭，下了山，立刻扶林疏上马，一路南下。

林疏回望剑阁雪山，默念长老再见。

天河里，一舟而下。

舱里，萧韶给林疏盖好被子，碰了一下他的额头："睡吧，先睡一觉。"

林疏的精神也确实疲累已极，抓着萧韶的衣袖，几乎是立时便睡了。

起初是噩梦缠身，天意、宿命，压得他喘不过气来，可是耳边似乎有熟悉的声音安抚，他嗅着记忆中的缥缈寒梅香气，渐渐平静，浑身像是浸在温水里，不再如惊弓之鸟那般惴惴不安，睡得安稳。

醒来时，萧韶道："仙君，都告诉我吧。"

林疏点了点头。

烟花三月，画舫上，他望着窗外山水，从头讲起。

"我原本生在剑阁……"他闭上了眼睛，记忆中有一点幽微的光芒，如萤火般带他溯流而上。

说年少时。

说无愧。

说桃源君。

说最终死在塔顶的大巫。

这一说，就是一天一夜的光阴。

萧韶："为使清卢活着，你把他送到了千年之后，并把折竹和《长相思》给了他。葫芦师父……就是清卢，你小时候学的《长相思》，其实便是你现在亲手写下的《长相思》……"

他笑着摸了摸林疏的头："所以，你怀疑……你就是折竹？"

林疏点了点头："无缺说，他已经点化了折竹，又喂了它许多果子……只差几十年光阴，折竹就可以变人了。"

而清卢去了千年后的世界，后来折竹化人，他便将其收作徒弟，为缅怀故人，又取名"林疏"。

清卢资质不好，一直没有修到渡劫期，那枚他刻下的接引魂印，最终在他自己身上发挥了作用。

他便回到这里，回到一切发生之前。

萧韶捏他的胳膊："但是你又软又漂亮。"

林疏面无表情地看他一眼。

萧韶改口："折竹也很漂亮。"

林疏道："但我不知道……到底是从哪里开始的。我将折竹留给清卢，才有了今日之我，可若无今日之我，又不会有人将折竹留给清卢。"

"像一个圈，"萧韶道，"桃源君收了小林疏做徒弟，小林疏又长成了桃源君。"

林疏望着窗外星星："所以……从哪里开始呢？"

萧韶道："从上古，折竹被锻出而始，绕一个圈，又出去，到萧韶与林疏飞升仙界，脱离天道而止。"

林疏看他在空中画了一个时间轨迹的示意图，笑，又看向他："我在镜子里的时候，觉得像一个死循环。"

"或许时间并不分先后。"萧韶在他们面前的半空中幻化出画面，时光河流缓缓向前，因果之线相互纠缠。

"我们在光阴中，如船顺流而下，只可随光阴向前，故而觉得先有前事，再有后事，"萧韶轻声道，"但站在河外，它们其实是同时存在的。"

他手拨因果之线，如弹琴弦。

"因果之间，相互纠缠，牵一发而动全身。"他扯了一根线，让林疏看整条光河的变化，道，"若改前事，后事随之改换；若改后事，前事亦更改。"

"故而……你以为万事注定，自己徒劳无功，其实是因为你看到的事情，已经改变过，与之前不同了……你已经改变许多了。"萧韶闷闷地道，"世上若没有你在，我又怎会还活着？"

林疏拍拍他，轻轻顺毛，像安抚一个撒娇的大孩子。

他怔怔地看着幻象中时光的河流，看到时间与空间最深处的秘密。

时间只是维度，不分先后。世上本无过去，也无未来。

"天行有常，不为尧存，不为桀亡，"他听见自己喃喃念道，"这是《长相思》扉页的句子，我刚刚明白，可那句话……是谁写上去的呢？"

萧韶道："或许是清卢后来所添。"

林疏道："若他也在光阴中悟到这样的道理……"

萧韶道："那他的境界已可以白日飞升，有朝一日，你还能与他在仙界相见。"

林疏道："……我悟了。"

萧韶轻声笑。

林疏道："你该去学物理。"

萧韶："万物之理？"

林疏："嗯。"

"不学，"萧韶道，"万物哪里有仙君好玩？"

林疏半是无奈半是纵容地看着他，手被这人拉过去，又被吃了不少灵力。

红烛明灭，萧韶的动作却顿住了。

林疏："？"

就听萧韶道："我忽然想起，你是桃源君……"

林疏歪了歪脑袋。

萧韶渡灵的动作一顿："我还喊过你师父，也喊过前辈……"

林疏想笑，笑此鸦终于醒悟自己在做什么。

他于是真的笑了笑，轻声道："师父疼你。"

萧韶思考他话中的意味，思考毕，从善如流地回渡了他一些灵力："我也疼师父。"

林疏被徒弟吸完灵力，又想睡。

却见又一片小小的绒羽飘到了他身上。

他拿起那片羽毛，问萧韶："这是什么？"

萧韶："凤凰羽。"

林疏："为什么会飘出来？"

萧韶的声音破天荒带了点委屈的鼻音："我涅槃了十五年就跑出来找你了……我还在……掉毛呢。"

林疏笑，萧韶不许他笑，但他没忍住。

"小凤凰。"林疏喊萧韶。

"小鸡崽？凌宝宝？"林疏继续喊。

这只还在掉毛的小凤凰彻底把自己埋进被子不理他了。

林疏当即改了行程，不再周游四海，继续回凤凰山庄涅槃。

这凤凰涅槃也涅得不专心，不想再长时间离开他，林疏于是成为一个接送孩子的家长，早上要把小鸡崽送到火海，傍晚还得接回来。

如此这般又三年，萧韶才终于换好毛，肯让林疏看自己漂亮的本体了。

而他现在是彻彻底底的凤凰血——本来凤凰山庄血脉稀薄，那个炉鼎的作用，只有第一次渡灵才有用，现在则无论何时都是绝世炉鼎。林疏明明什么仙都没有修，还是被喂出了渡劫的修为。

恰好在萧韶彻底涅槃的那一月，他们收到了一份请帖，是如梦堂送来的，说是苍旻和越若鹤请他们小聚。

——便去了，另一位客人是谢子涉，小聚的地点在如梦堂内，越老堂主曾舌"杠"群儒的"刀剑如梦"小亭。

旧友重聚，先是叙旧，其后便是交流各自武功的进境。

谢子涉笑着对苍旻与越若鹤道："两位师弟，你们最初的武功满是侠情，过一些年，为家国而挺身拔剑时，又内含壮志，到现在，却飘然出尘了。"

苍旻道："年岁渐长，看过世间百态，也算有所明悟，我听说谢师姐你也渐渐不再把持朝政大权了。"

谢子涉满上酒，敬萧韶与林疏一盏后，继续对苍旻道："时人苦把功名恋，只怕功名不到头。天下太平，盛世指日可待，陛下已可掌事，我便要偷闲啦。"

说到这里，她挑挑眉："昔年雪夜烤鼠，有人问我三词——'儒道''侠道''王道'，如今我也与你们说三词，可愿意听？"

越若鹤道："自然愿意。"

谢子涉道："这三词乃是，'游侠''游宦''游仙'①。"

萧韶问："何解？"

只听她慢慢地道："少年出江湖，结任侠之客，为游乐之场，路见不平，拔刀相助，何等快意——是为'游侠'。"

林疏回想这些人少年时的光景，确实如此。

谢子涉又饮一杯，道："有言道'侠之大者，为国为民'，少年游侠再大一些时，却发现，私剑可救一人、十人、百人，救不得世人——唯有投身王朝、兵营，方能有助江山社稷，得太平盛世，成全一腔侠情。便出江湖，入俗尘，虽心怀天下，却不得已投入碌碌尘劳中，此为'游宦'。"

苍旻似有所悟，点头道："那年我与'如杠'襄助王朝军，在朝中领了将职，萧兄左右政事，都是'游宦'之属。"

谢子涉抿唇而笑，饮下第三杯："此后天下平定，渐觉世间名利富贵如同过眼云烟，倏忽散去，于是返璞归真，以绝顶手段超脱尘世，翩然归去——自此逍遥天地间，便是'游仙'。"

说到这里，她看向林疏："多年过去，你们终于也如林小疏一般，入此逍遥仙道了。"

苍旻与越若鹤静悟许久，笑道："经师姐点拨，道途又有明悟。"

萧韶遥遥对她举一杯："为侠者，终将隐。你何时归隐？"

谢子涉笑道："你们隐于天地，在下隐于市井，都是一样。"

她又饮一杯，兴起后，于这"刀剑如梦"小亭亭柱挥毫泼墨写下仙道中人自古梦寐以求的十八字。

"便当遁迹尘中，栖心物外，澄清一气，生死长存。"②

论道毕，便要进食。

苍旻说，这些都是他这几年中，四海云游，检验出的顶尖美味。

---

① "游侠""游宦""游仙"的说法参考了陈平原先生在《千古文人侠客梦》一书中的观点："少年游侠，中年游宦，晚年游仙。"

② 引自唐代袁郊《红线传》。

其中有一道河朔的烧鸭，他对这鸭的来历、做工、滋味发表宏论，滔滔不绝，仿佛一只焦香流油的烧鸭与一颗能让人立地飞升的仙丹同时摆在他面前，他会毫不犹豫地抓住那只烧鸭。

然而在说话间，他终于注意到林疏带笑看着自己，再一转眼，惊觉萧韶已然运起银刀，那只烤鸭电光石火间被片好装盘，两条肥美的鸭腿，一只在林疏盘里，另一只在这人自己盘里。

苍旻："……"

谢子涉与越若鹤大笑。

直到瞥见桌上竟还有一盘烤鸭，苍旻才重新快乐起来。

宴毕，各自归去。

春光正好，萧韶一袭红衣驾白马，在浅草野花之上走向林疏。

苍旻在高坡上大声问："萧兄，此番何去？"

萧韶扬声道："天涯海角。"

他行至林疏身前，在马上朝林疏伸出手，眉梢眼角，笑意温柔："仙君可愿与我共赴桃源？"

林疏道："好。"

——且归去，共赴桃源。

柳絮飘飞，春光扑面，林疏伸手轻轻覆住了萧韶的手腕。

他回头，见萧韶眉梢清风朗月少年意气。

前尘往事，刹那间如云烟散去。

他心想：游侠也好，游仙也罢，烧鸭固然美味，仙丹也值得一尝，可这世上，还是我家小凤凰的饭最好吃。

番外篇

醉倒上陵

九月，上陵山。

山下小亭，亭中白鹤，依然如故。

山下负责接人的小道童听到人声，头也没抬："哪个院的道友？家在哪里？"

便听一道软软的少女声音答："仙道院，凉州，萧有盈。"

那小道童闻声抬头看，眼睛立即亮起来："仙道院的师妹！我也是仙道院的。"

——下一刻，他感到有不善的目光扫在自己身上，一个激灵，转眼看到那红衣小姑娘身后还站着两个人。

"这……两位师兄也是要上山？"道童说道，"师兄若不认路，便也与白鹤一同上去……"

林疏抬眼看了看萧韶。

典籍中说渡劫境界的修仙人有数百年寿命，许是不假。将近八年过去，他们容颜未改，还像是刚刚二十的样子，仍被认作"师兄"。

——而实际上，他们是来送盈盈上学的。

如今，盈盈终于也到了上学宫的年纪。

至于那个果子，他已在学宫上了两年学，这东西起初沉溺于都城繁华温香软玉中，并不想上学，一味醉生梦死。结果那远方云游的小和尚被自家寺庙安排，要去上陵后山的指尘禅院学习，消息传来，萧无缺"垂死病中惊坐起"，莺莺不要了，燕燕也不要了，偷了林疏的玉符去梦境抱着梦先生嗷嗷哭泣，终于拿到了学宫的录取通知。

——但最近好像又跟那小和尚闹了很大的脾气，家都没有回，窝在学宫里，不知在干什么。

说话间，那道童已经唤来白鹤："师兄、师妹，请上去吧。"

他口中说着"师兄、师妹"，却只殷勤地去请盈盈上白鹤。

盈盈歪了歪脑袋，对那道童道："这是我爹爹。"

小道童缓缓转头，神情一片空白。

萧韶看着他，意味不明地勾唇一笑。

小道童仿佛受到了立刻要被灭口的那种威胁，迅速规规矩矩地在旁边垂手站好，不再试图搀扶盈盈。

盈盈只是笑。

她十四岁的年纪，纤纤弱质，仿佛一片一碰就会坠落水面的水莲花瓣。

她出生时，只有萧韶一人在侧，没有林疏的气息滋养，不仅不能说话，身子骨也弱。这些年来，林疏和萧韶游历之余，时常带她四处游玩，习武之事亦未曾落下，已比同龄人高出一个大境界，但还是那样轻盈纤细，像只翩跹飞舞的红蝴蝶。

林疏使轻功踏上了白鹤，伸手拉她上来。

盈盈靠着他，另一只手拉着萧韶的衣角，好奇地往上陵山中望。

但见青山隐隐，仙雾缥缈中，琼楼玉阙错落，花林飞瀑相映。

三个学院迎接新弟子的人马虽然换了一拨又一拨，但仍像原来那样，各自持一个幌子，来了师妹就嘘寒问暖，来了师弟就嘘声一片。

眼看着飞到了山门的上空，盈盈回头看他们。

漂亮的眼睛里似乎含着水光，很不愿意离去的模样。

萧韶揉了揉她的头发："你先跟着师兄师姐安顿，我们会时常来看你。你和无缺一起住，无须担忧。"

盈盈点了点头，又过去抱了抱林疏，这才提起裙摆，自白鹤上翩然跃下。

林疏遥遥地看着她由一位师姐领着走上了山路，最后消失在层层白雾间，觉得送女儿上学，果真和送儿子上学的心情不一样。

无缺上山时，毫无惜别之意，林疏甚至还要担心他在学宫拈花惹草，乃至拈到人家指尘禅院去。而把盈盈放在学宫，那他们就要担心一段时日了。

林疏望向山门，山门两边仍然是那疏阔潇洒的对联："神仙事业百年内，襟带江湖一望中。"

横批"醉倒上陵"。

战乱平息，仙道重新兴起，学宫的课业也不再繁重，弟子们在学宫中弹剑而歌，兴起而舞，感悟天地，逍遥无为，果真是"神仙事业"。

一年又一年，仙道的年轻弟子就这样醉在上陵竹海中。

他听得身后萧韶道："在学宫中，与你共度那两年，至今历历在目。那时无忧无虑，只和你玩，便觉得很好。"

　　林疏道："现在亦是无忧无虑。"

　　萧韶："你考虑一下自己的措辞。"

　　林疏："……"

　　他就假装自己并未说方才那句话，放轻声音道："我亦是。"

　　萧韶似乎满意了。

　　"不过虽少年相识，那时却远不如现在灵犀相通，"萧韶又翻了旧账，"你竟将我当作饲主，我这辈子决计不会轻饶你。"

　　林疏就笑。

　　萧韶伸手去揪仙鹤的羽毛。

　　这人现在是越活越幼稚——林疏心想：昔日我做仓鼠，你是大小姐；如今你是小鸡崽，我做饲养员，也不失为风水轮流转的一种。

　　仙鹤载着他们在山门上空盘旋，林疏由此得以看见山门背后那楹联。

　　弟子们上山时，看到的是"神仙事业百年内，襟带江湖一望中"，下山时看到的却是另一对。

　　乃是"花开花又落，花落花又开"，横批"又入仙境"。

　　上陵山本是人间仙境，山下是红尘世间，缘何弟子下山，却告诉他们是"又入仙境"？林疏当年为此困惑许久。

　　如今，光阴流去，他终于明白此间真意。

　　少年无忧无虑之萧韶与林疏留在过去，如花之已落；阅尽山川人世，灵犀相通之林疏与萧韶出现在今日，如花之又开。

　　而出世须入世，出尘须入尘，十载红尘辗转，悲欢离合走过一遭，千帆过尽后超脱尘世，于他们而言，无论身在何方，皆是桃源仙境，故为"又入仙境"。

　　萧韶重新活泼起来，问："我们去哪里玩？"

　　林疏拿地图看了看，选了去南海归墟看鲸鱼。

　　正要走，林疏忽然感觉自己的玉符亮了亮。

　　萧韶拿玉符看，道："我贪玩心切，忘了去探望梦先生。"

　　他俩便一起去见了梦先生。

　　梦先生一身蓝衣，笑意深深，对他们一揖："道友。"

　　他们给梦先生问好。

　　梦先生与他们见礼后，却向林疏提出一问。

"道友，当年你们追溯光阴之事，在下思索甚多，更是觉出万物玄妙，不可言说。只是，昔年旧事，仍有一惑。"

林疏道："先生请讲。"

梦先生道："剑阁《长相思》，千百年来皆有传说，为何却是道友亲手写出？"

林疏道："剑阁确实曾有镇派心法《长相思》，是千年前叶帝所写。"

梦先生："愿闻其详。"

"开始时，我亦只是猜测，后来去幻荡山与陈公子下棋，才知道其中曲折。"林疏道，"所谓怀璧其罪，后来剑阁大魔出世，种种祸患，皆由《长相思》引起。陈公子那时还说，《长相思》的无情道本就是迷障，贻害甚深云云，总之，那时叶帝真身下凡间，说是将《长相思》带走，实则毁去了。后来我写的那本，虽有原来《长相思》的遗风，却大多是自身感悟。"

而折竹剑本身与叶帝有些许渊源，他能写出《长相思》，冥冥之中，亦有因果。

梦先生颔首道："原来如此。"

闲谈毕，梦先生道："今日唤两位道友前来，却是有一桩正事。"

萧韶道："先生请说。"

只听梦先生道："道友，你们当年离开学宫之时，尚有许多课没有上完，考试亦未完成，不若就此留下——"

梦先生话未说全，林疏就迅速被萧韶拉出了梦境。

只听萧韶道："先生，萧韶忽然想起盈盈最喜欢的发钗落在家中，须尽快去取，不再叨扰先生，先生珍重，就此别过。"

梦先生的声音幽幽响起："道友，躲得过一时，躲不过一世……"

——然后就没有了。

他们从梦境里逃出来了。

然后，萧韶迅速带着林疏离开学宫的鹤，离开学宫的大门，离开学宫的地界，最终逃之夭夭。

林疏想用力揉这只逃学的鸡崽。

先前还说什么怀念学宫中少年时，如今还不是乐不思蜀，不想再回去上学。

"鸦言鸦语"罢了！

无缺

城中，人来人往。

一人站在高楼上，俯视。

是萧无缺。

萧无缺看着路上形形色色的行人，眯了眯眼睛。

"衣服又变了，"他自言自语，"这次睡了一百年。"

但萧无缺对衣饰天生的感知何其敏锐，观察半小时之后，得出结论，在做整条街上最漂亮的女孩子和做整条街上最引人注目的男孩子之间，他稍作思忖，选择了后者。

摇身一变后，他审视一番自己的形象，感到满意。

面对着整座繁华的城，他闭上眼。

虚空中，一片佛莲花瓣落下，荡出涟漪。

他睁开眼，向前方望，目光落在一座高楼上。

所幸百年来凡人使用的字形没有改变多少，他认出这是藏宝阁。

今日，今时，有一个人，会在这里出现。

走廊放着很多古老的器物，这些器物所诞生的年代，他都生活过。

路上，很多人看他，这个世界的女孩子很可人，但他没有去管。

四楼的深处，这里陈列着的东西，没有分年代，是一些来源不可考的器物。

他一路走过去，知道这些凡人追溯不了根源的东西，大多有仙道的痕迹。

大厅最里面，有一个人。

他穿着很简单的白衬衫，像个学者，作凡人打扮，只腕上缠了两圈杏色佛珠，佛珠上刻着一百零八罪孽，似乎与这尘世格格不入。

萧无缺停住了脚步。

他低下头，咬了咬嘴唇，竟是欲上前又不敢上前的模样。

似乎很艰难地，他转了身。

却看见背后一把通身漆黑的三尺长剑。

展柜前方牌子上写着这剑的来历，说是某日雷暴过后，几个人在某座高楼顶端发现，无法追溯其来历。

他眼中有微微的惘然，将手贴在展柜玻璃上，似乎在感悟着什么。然后，在下一刻，他陡然破开玻璃！

他把那把剑取了出来。

与此同时，那人缓缓转身。

一双乌黑的眼瞳，似乎装了万物，又似乎什么都没有。

他面容沉静，映出纷纷扰扰浮世尘埃。

但听他道："你在做什么？"

浑不在意似的，萧无缺笑了笑。

他是用手生生破开的玻璃，鲜血不住地淌着，却丝毫没有去止血的意思，倒像是故意要给人看一样。

他掂了掂手中剑："我弟弟，我带他上去。"

那人没说话，只静静地看着他。

萧无缺移开目光，看他腕上的佛珠："佛身劫，一百零八罪孽，一百零八轮回，这是最后一世，你也该想起来了。"

他嘴角噙了冷冷的笑："和尚，我跟了你一千五百年，不跟了，我去飞升了，你自便吧。"

"凡所有相，皆是虚妄，"那人微垂眼，"你执迷不悟，不止一千五百年。"

"随你，"萧无缺笑得越发冷，"若所见诸相非相，即见如来——我执迷不悟累得很，要去仙界找我爹和我妹妹了，你就陪你的如来去过吧。"

他别开眼，似乎欲转身，却红了眼眶。

水雾眯了眼，蒙眬中，他看见那人走过来。

他鲜血淋漓的手腕被抬起来，有人给他缠上佛珠。

声音沉静缥缈，似冷淡，又很温和，仿佛来自遥远佛国："我见你如见如来。"

无愧

死城，烽烟未绝。
禁咒之下，血流遍野。
"我好苦……好苦……"
有人抓住了他的衣角。
无愧低头望。
一具血污的人体，脸上露出了白森森的骨骼，牙齿上染着血，嗓音嘶哑："我好苦……为什么杀我……"
他冷冷地看着那个半死的人。
"你有我苦吗？"他道。
那人笑了笑，嘴角又流了血："你怎么了？"
"有人把我杀了。"
"为什么杀？"
"因为我坏。"
那人嘿嘿地笑起来："你该。"
"是啊，"无愧用靴尖踹着这人身上的血肉，"我该。"
"我不该，"那人道，"我什么都没有做……这座城里，又有谁该死？"
无愧笑了笑："我知道为什么。"
"为什么？"
无愧拽住他的衣领，将他整个人提起来，在他耳畔道："因为……我想报仇。
"所以，你们的命……我……却之不恭！"
他把这人狠狠掼在地上，踏着尸骸和鲜血走在闽州城。

漫天的怨气像狂暴的龙卷风，刹那间灌注于他的全身。

他眼里血色更深，衣上流淌血痕，振袖间，悲风烈烈。

待闽州城彻底成为厉鬼游走的死城，他缓缓勾了勾唇。

"林疏……你我之间，必有了结。"

他从孽镜台里出来了。

围在殿里的那些人聒噪不已，他挥手杀了。他今天已经杀了许多人，不介意杀更多。

站在剑阁大殿满地血泊中，他不知道自己还能去哪里。

他是有仇必报的，但不是这个时候，等林疏从镜中出来，不过是又一剑。

他低下头，重新走进了镜子里。

时间的河流很长，他要去一切还没发生的时候，杀掉林疏，或拆散他和凤凰。

这样，世间就没有无愧，也没有过往一切事情。

他便走入了不知何年何月，一场大雪中。

他随意给自己捏了一张脸，一脚深一脚浅，踏入寒风呼啸的山谷。

在这里，他遇见了一个老人。

老人披着黑斗篷，在雪地涂了血阵。

无愧忽然肺腑剧痛，咳出声来。林疏的剑带了因果的威力，伤在他神魂上，戳穿了肺管。他知道久咳与痛楚从此将会伴随他此生所有的夜晚。

于是那人注意到了他。

老人，老人总让无愧想起欧冶子，即使他成人之前的记忆都极端模糊。

老人说："孩子，你从哪里来？"

他说："我不知道。"

老人又说："你往哪里去？"

他说："我没有地方去。"

老人说："那你跟我走吧。"

他说："为什么要跟你走？"

老人笑了笑，说："我快死了，得找个徒弟，你适合。"

无愧问："你是谁？"

老人说："我是北夏的大巫，北夏皇帝对我言听计从，北夏巫师唯我是从，你跟了我，日后有滔天的权势，还有精绝的巫术。"

无愧想了想，说："好。"

老人就笑，说："那你跟我走，是想要什么？"

他说："我都要。"

老人问："你要这些，是要做什么？"

他说："想找一个人，杀一个人。"

老人大笑，说："好。"

他就留下来了。

林疏废了他的经脉，但跟着老人，他学到了巫术。

老人常说："我收过不少徒弟，让你来接位子，我最放心，将来你领兵踏平南夏，我在地下，也就更放心了。"

无愧没有说话。

再后来，老人牵着他的手，带他离开雪谷，回到北夏王都。

在王宫里，他看到了萧瑄。

萧瑄似乎被他吓到了，他本意并非如此。

他开始接管大巫的鹰犬与在南夏的眼线。

他也带兵攻打过南夏的边境，战场上有很多怨气，他吃掉了很多。

但这世间，仿佛从来没有林疏这个人存在。

他在某个深夜里看着下属呈上来的文书，忽然感到一阵遥远的空茫。

他不知道。

他所有清晰的记忆开始于被林疏赋予人身的那一刻，他不知道林疏何时出生，家在哪里，也不知道林疏经历过什么。

他去看过几次小凤凰。

小凤凰在练刀，拿着同悲。

刀的秉性从来都不平和，他见不得主人拿别的刀，想现身毁掉，看到小凤凰认真拭刀的样子，又忍住了。

他的神魂日益混乱和虚弱着，靠无数温补神魂的药材维持着形体，下令让下属四处寻访《长相思》后，便陷入断断续续的闭关中。

功力，他已经不需要了，闭关不见人的时候，思绪纷繁，往事扑面而来。

他总是梦回那一天的夜晚，梦见那个亭中赏墨的诗痴。

那一句话，他竟记了很多年。

他抬头望向塔顶的弦月。

此时，此夜，此月——茫茫天地，他知道这月不仅照着他，还照着那个人，那个他无从觅得影踪的人。

而此时相望……不相闻，愿逐……

他又咳起来，肺腑中的剧痛，二十年如一日。

他忽然想：我改主意了。

他想要一个没有往事的世界。

他用巫法渗入人的神魂，剥去悲苦、怨恨，这人一辈子，就永远活在欢喜中。他又想起那条时间河流的构造，年复一年，生生创出了一个世界来。

但这世界终究不是人间，假如拿到八本秘籍，夺了天道的气运，他的极乐之国，就是真的世界了。

等到那一天，等到那一天……

他要做什么？

他不知道，或者，不想承认那一点隐秘的向往。

大巫死的那一天，他跪在大巫床前。

老人气若游丝，问他："徒儿，你十几年前，要杀的那个人，杀了没有？"

他说："没有。"

老人说："那就去杀吧，杀了他，你就没有心魔了。"

说罢这句，他溘然长逝。

身后巫师齐拜，拥立他为新一任的大巫。

他握着前任大巫冰凉的手，听着身后呼声，那一刹那，仿佛明白了很多事。

他命令属下寻访八本秘籍，尤其是《长相思》。

属下领了命，他们办事素来是严谨的。

另有两名属下，捧上大巫的袍服。

他将手按在那墨黑带紫的衣料上，看向自己所穿的青衣。

青衣，他穿了十几年。

不是什么特殊的嗜好，是青衣让他想起一个人。

凤凰喜欢看那人穿白衣，喜欢看那人离红尘、在云端。

他不是。

他心里那人穿青衣，戴木簪，一山桃花里，笑得像三月暖软的春风。

他指尖忽然微颤。

最终，他还是没有穿黑衣。

他想，终有一天，他要把那人的神魂和凤凰的神魂，还有所有他们喜欢的人的神魂，接来极乐之国——他们会永远留在那里，永远没有悲苦，没有杀戮，没有死亡，也就没有当初林疏刺向他的那一剑。

这个故事就结束在这里，一切都没有发生。

林疏不需要知道桃源君是谁，凤凰也永远不必知道自己的刀后来变成了人。

那个青衣的桃源君只活在他心里。

可若能达成……又为何，会有今日之大巫呢？

他想到这里，不自觉地笑了笑，接着撕心裂肺地咳出来，咯了血。

周围下属只见他状若癫狂，似哭似笑，以为他得到大巫之位欣喜若狂。

无人知道有一个人从此永坠地狱，万念俱灰。

他拂袖挥退众人，失魂落魄地穿过长街，行至南城门。

今日大寒，雪下得早了，遍地琼瑶，远方白茫茫一片，檐角挂着冰凌。

护城河结了冰，冰里冻着几尾死鱼。

他望着鱼，仿佛看见自己。

冰冻三尺，非一日之寒。

图书在版编目（CIP）数据

折竹：大结局 / 一十四洲著. — 广州：广东旅游出版社, 2022.12
ISBN 978-7-5570-2840-4

Ⅰ.①折… Ⅱ.①一… Ⅲ.①长篇小说—中国—当代 Ⅳ.①I247.5

中国版本图书馆CIP数据核字（2022）第137577号

折竹：大结局
ZHE ZHU: DA JIE JU

出 版 人：刘志松
责任编辑：陈　吉
责任技编：冼志良
责任校对：李瑞苑

广东旅游出版社出版发行
地址：广州市荔湾区沙面北街71号首、二层
邮编：510130
电话：020-87347732（总编室）　020-87348887（销售热线）
投稿邮箱：2026542779@qq.com
印刷：嘉业印刷（天津）有限公司
（地址：天津市静海经济开发区北区银海道48号）
开本：700毫米×980毫米　1/16
字数：394千
印张：22
版次：2022年12月第1版
印次：2022年12月第1次印刷
定价：49.80 元

【版权所有 侵权必究】

如发现图书质量问题，可联系调换。质量投诉电话：010-82069336